MAX BENTOW

EULENSCHREI

GOLDMANN

MAX BENTOW

EULENSCHREI

PSYCHOTHRILLER

GOLDMANN

Originalausgabe

MIX
Papier | Fördert gute Waldnutzung
FSC® C014496
FSC
www.fsc.org

Penguin Random House Verlagsgruppe FSC® N001967

1. Auflage

Dieses Werk wurde vermittelt
durch die Literarische Agentur Gaeb & Eggers
Umschlaggestaltung: Uno Werbeagentur, München
Umschlagmotiv: Ilona Wellmann / Trevillion Images; FinePic®, München
CN · Herstellung: ik
Satz: Uhl + Massopust, Aalen
Druck und Bindung: GGP Media GmbH, Pößneck
Printed in Germany
ISBN 978-3-442-20657-5

www.goldmann-verlag.de

ERSTER TEIL

Das Unheil begann mit einer Reise, die mehr eine Flucht war. Mutter hatte unsere wenigen Sachen eingepackt, weckte mich mitten in der Nacht und trieb mich zur Eile an. Wir fuhren los, und ich wusste nicht, wohin.

Ich versuchte, auf der Rückbank des Wagens weiterzuschlafen, doch ihre Angst hielt mich wach. Sie umklammerte das Lenkrad, überschritt die Höchstgeschwindigkeit. Von da an ließ ich sie nicht mehr aus den Augen, ständig war ich in Sorge um sie.

Ich wollte sie trösten, ihr etwas Aufmunterndes sagen, doch mir fiel nichts Passendes ein. Sie hatte blaue Flecken im Gesicht, und wo ihre Augenbraue aufgeplatzt war, klebte schief ein Pflaster. Ansonsten war sie schön wie immer. Ihr rotbraunes Haar, die vollen Lippen. Wenn sie endlich wieder lächeln konnte, würde ihre winzige Zahnlücke aufblitzen, die mochte ich besonders an ihr.

Ich erinnere mich an Landstraßen und Autobahnen, Parkplätze im frühen Morgenlicht. Wenn wir kurz anhielten, um eine Pause zu machen, warfen ihr Fernfahrer begehrliche Blicke zu, bis sie ihre Blutergüsse sahen, dann wandten sie sich ab. Mutter nahm es achselzuckend hin, schon fuhren wir weiter.

Ich drückte meine Nase an die Fensterscheibe. Landschaften und Städte flogen an mir vorüber.

»Wohin wollen wir?«, fragte ich sie einmal, doch sie

schwieg. Bald brach die nächste Nacht über uns herein. Das Brummen des Motors war mein Schlaflied.

In letzter Zeit waren wir so oft umgezogen, dass ich die Hoffnung aufgegeben hatte, jemals irgendwo anzukommen. Und so wusch ich morgens mein Gesicht unterm Wasserhahn in einer schmutzigen Raststätte.

Mutter öffnete mit besorgtem Blick ihr Portemonnaie. Eigentlich waren wir fast pleite, dennoch durfte ich mir einen Schokoriegel und einen Milchshake kaufen, während sie zum Frühstück bloß einen Kaugummi hatte.

Unsere Fahrt ging weiter. Irgendwo am Horizont schien eine bleiche Sonne, und bald darauf war es wieder Nacht.

»Du musst schlafen«, sagte ich zu ihr, und endlich fand sie eine Stelle, wo sie uns halbwegs sicher glaubte, verriegelte die Türen und ließ den Sitz herunter. Sie schlief unruhig, ihre Augenlider zitterten. Ich hatte es mir zur Aufgabe gemacht, sie zu bewachen, doch irgendwann übermannte auch mich der Schlaf.

Kaum war es hell, startete sie den Motor, und wir waren zurück auf der Straße. Ich beobachtete ängstlich den Zeiger für den Tankfüllstand, wir näherten uns dem roten Bereich.

»Hast du Geld für Benzin?«, fragte ich.

»Wird knapp.«

Kilometer um Kilometer rannen dahin.

Später tankte sie für dreißig Euro. Hinterm nächsten Autobahnabzweig fuhr sie langsamer, um Sprit zu sparen.

Mir wurde klar, dass wir uns im Zickzack durch das Land bewegten. Mutter hatte kein Ziel, und ich fürchtete, den Rest meiner Kindheit mit ihr im Auto verbringen zu müssen.

Einmal hielt sie an, um zu telefonieren. Ich wartete im Wagen auf sie. Als sie zurückkam, hatte sich ihre Stimmung gebessert. Sie wendete, und es ging zügig weiter.

Ihr Griff um das Lenkrad lockerte sich. »Wir fangen woanders neu an.«

Wie oft sie das schon zu mir gesagt hatte. Wie viele Träume geplatzt waren. Aber ich wusste, ich musste ihr Mut machen.

»Das schaffen wir«, sagte ich.

Auf einmal begann sie zu lächeln. Ihre Zahnlücke blitzte auf. Ich fand sie wunderschön.

Ich zählte erst die blauen Hinweisschilder, dann die gelben, nur um mich abzulenken.

Schließlich erreichten wir eine Stadt. Sie war größer als alle anderen, die ich jemals gesehen hatte. Hier war das Licht anders, die Straßen breiter, ein Strom von Menschen auf den Gehwegen. Staunend sah ich aus dem Fenster, während Mutter uns durch den dichten Verkehr kurvte.

»Bleiben wir hier?«, fragte ich.

Sie nickte. »Wir können eine Weile in der Wohnung einer Bekannten unterkommen. Sie ist zurzeit im Ausland.«

»Wohnen wir zur Untermiete?«

»Ja.«

»Ist es teuer?«

»Wir kommen klar.«

»Müssen wir danach wieder weg?«

Sie hob die Schultern. »Ich hoffe nicht.«

Und wieder versicherte ich ihr, dass wir es schaffen würden, nur um mir selbst Mut zu machen.

Ich sah ihr an, dass eine Last von ihr abfiel. Vielleicht

waren wir in dieser Stadt endlich einmal in Sicherheit. Immer war Mutter an die falschen Männer geraten. Oft hatte sie zu viel getrunken. Wenn sie feiern ging, wie sie es nannte, ließ sie mich allein.

Ich wusste, sie trank nur, um sich zu trösten. Wenn der Schmerz sie überkam, griff sie zur Flasche. Sie hatte ihre Dämonen, und die teilte sie mit mir.

Als habe sie meine Gedanken gelesen, sagte sie: »Heute beginnt ein neues Leben.«

»Wirklich?«

Sie trommelte einen wilden Rhythmus auf das Lenkrad. »Versprochen.«

Ich beschloss, ihr zu glauben. Ich hatte keine andere Wahl.

Wir hielten vor einem Haus mit heller Fassade. Es sah freundlich aus. Bei einer Nachbarin war der Schlüssel hinterlegt. Schließlich öffnete Mutter unser neues Zuhause.

»Willkommen«, sagte sie strahlend und führte mich durch die Räume. Ich kam aus dem Staunen nicht mehr heraus. Hohe Decken, Stuckverzierungen, Parkettboden. Auch die Möbel sahen edel aus.

»Können wir uns das leisten?«

Sie verwuschelte mein Haar. »Das Glück ist endlich auf unserer Seite.«

Wir packten unsere Sachen aus. Mein Zimmer ging zum Hof hinaus, das Bett war bequem. Ich fürchtete, dass irgendetwas an der Sache faul war, aber ich ließ mir nichts anmerken, um Mutter nicht die Stimmung zu verderben.

Ich kannte sie nur allzu gut. Sie war mal himmelhoch jauchzend, mal zu Tode betrübt. Dazwischen gab es nichts für sie.

Sie hüpfte in ihrem Schlafzimmer auf der Matratze auf und ab, ausgelassen wie ein kleines Kind.

»Das gehört jetzt alles uns.«

Ich nickte.

»Mach mit«, rief sie und reichte mir die Hand.

Wir tanzten beide unseren Freudentanz.

Sie war so übermütig, dass sie abends unser Lieblingsessen zubereitete. Sie hielt nichts von gewöhnlichen Mahlzeiten. Manchmal gab es Frühstück am Abend und Gebäck zum Mittag, an anderen Tagen dafür gar nichts. Mutter aß, wann und wie sie Lust hatte, und ich hatte mich darauf eingestellt.

Sie rührte den Teig an, drückte ihn in die Formen, dann schob sie das Blech in den Ofen.

Bald füllte sich die Wohnung mit dem herb-süßen Duft nach Zimt, Nelken und Kardamom.

Nach einer Stunde zog sie das Blech heraus. »Wir essen sie von nun an jeden Tag. Ganz egal zu welcher Jahreszeit.«

Es machte mich froh, sie so glücklich zu sehen.

»Komm, du darfst den Ersten haben.«

Ich nahm einen der Lebkuchenmänner in die Hand und schaute in sein lächelndes Gesicht.

An diesem Abend schien das Glück tatsächlich auf unserer Seite zu sein.

Doch das Unheil ließ nicht lange auf sich warten.

Der Lebkuchenmann grinste zuckersüß.

Nur ein kurzes Zögern, dann biss ich ihm den Kopf ab.

EINS

Sonntag, 19. November, abends

Er mochte die Zeit, wenn es draußen dunkel wurde. Stille herrschte in seinem Atelier. Nur der Wind war zu hören, der leise ums Haus strich. Er liebte die intensiven Momente am Ende des Tages, da sich die Gedanken beruhigten und es nur ihn und sein Werk gab. Er tauchte in die Farben auf der Leinwand ein und war so fokussiert, dass sich das Bildnis, mit dem er beschäftigt war, wie von selbst erschuf.

Es störte ihn nicht, bei künstlichem Licht zu arbeiten. Er hatte verschiedene Tageslichtlampen aufgestellt, sie waren so ausgerichtet, dass keine Schatten fielen. In diesem Raum, etwa fünfzehn mal zehn Meter breit, verbrachte er nun schon seit vielen Jahren seine Abende. Er hatte den Überblick über die genaue Anzahl seiner Gemälde verloren. Nur seine Frau und sein Galerist führten darüber Buch. Er schätzte sich glücklich, von seiner Arbeit leben zu können. Doch letztlich war es ihm egal.

Robert Lumen war ein Kunstmaler, der ganz in seinem Werk aufging. Er saß kerzengerade auf dem Schemel vor der Staffelei, daneben ein Spiegel, in den er gelegentlich einen prüfenden Blick warf.

Mit einem Kohlestift hatte er eine Woche zuvor die Umrisse seines Gesichts auf die Leinwand aufgetragen. Danach hatte er lange auf dem Hocker gebrütet, dessen Holz vom stundenlangen Sitzen blank poliert war, und auf Eingebung gewartet. Es brauchte einige Zeit, bis er ein Gefühl für die richtige Farbgebung entwickelte.

Nun mischte er die Farben an, in der Linken die Palette, in der Rechten einen Rosshaarpinsel, und trug sie auf, gefühlvoll strichelnd, dann wieder großflächig markierend. Seine Bewegungen hatten Schwung, seine Mimik war hoch konzentriert.

Noch nie hatte er ein Porträt von sich selbst erschaffen. Doch nun, im Alter von Mitte fünfzig, hielt er es für an der Zeit, sein Gesicht für die Ewigkeit zu konservieren. Es war kantiger geworden, die Wangen schmaler, die Stirn höher, sein frühzeitig ergrautes Haar war längst schlohweiß.

Er fand es beschämend, andere Männer in den Fünfzigern hatten zum Teil noch dunkle Haare. Mit einem eleganten Silber wäre er schon zufrieden. Während er den Pinsel führte, zwang er sich, liebevoller über sein Äußeres zu denken, doch die großen Ohren störten ihn, die Wulst über seinen Augen, die buschigen Brauen.

Seine Frau Karla wurde nicht müde zu betonen, er habe einen Charakterkopf.

Lumen mengte Blau für seine Augen in das Gemälde, vermischte es mit Weiß. Die Augen waren das Schwierigste, das wusste er aus langjähriger Erfahrung.

Werk für Werk mühte er sich ab, die Menschen, die er porträtierte, mit einem besonderen Augenaufschlag abzubilden, der ihn seit seiner Jugend beschäftigte.

Es war der Grund, weshalb er Kunst studiert hatte.

Auf all seinen Bildern schienen seine Modelle entrückt, verloren und doch wie erlöst zu sein. Beinahe selig schauten sie aus einer anderen Welt auf den Betrachter herab.

Lumen stand auf, entfernte sich von der Leinwand und dachte nach. Würde ihm das mit seinem Selbstbildnis auch gelingen? Er sah sich in seinem Atelier um. Seine jüngsten Arbeiten waren an die Wand gelehnt, allesamt Porträts von

Frauen, Männern, die meisten alt, aber auch Jüngere waren darunter, sogar ein Kind.

Ihre Augen. Das war das Wichtigste. Nur darum ging es ihm.

Diesen einen Blick einzufangen. Zu verewigen.

Er schaute in den Spiegel. Dann auf sein Porträt.

Er setzte sich wieder und arbeitete weiter.

Plötzlich war ihm, als würde er sich selbst als Toten malen. Er schauderte.

Unsinn, dachte er. Sind nur die Nerven. Wenn er mit einem neuen Bild begonnen hatte, vergaß er alles um sich herum und malte bis an den Rand der Erschöpfung. Karla warnte ihn häufig vor diesen Zuständen, mahnte ihn, er solle Pausen einlegen.

Doch sie wusste auch, wie wichtig der Schaffensdrang für ihn war. Das Grübeln, Skizzieren, die langen Planungsphasen für ein Gemälde, die mindestens ebenso wichtig waren wie der eigentliche Malprozess, drückten auf seine Stimmung, machten ihn gereizt. Nur wenn er endlich loslegen konnte und wie berauscht vom Geruch nach Farbe und Terpentin war, lief er zur Hochform auf.

Die Zeit verstrich. Das Bildnis wuchs. Er arbeitete am Hintergrund. Das weiße Haar, wild verwirbelt, sein markanter Kopf, der grimmig entschlossene Mund, all das schien aus den Farbflächen herauszustechen. Nun war die Wirkung der Augen noch stärker. Nur zu, dachte er, weiter so. Er traute sich mehr, spachtelte die Farbe, bis er wieder filigraner arbeitete, mit feinem Pinsel, manchmal berührte er mit der bloßen Fingerspitze die Leinwand und arbeitete sacht eine Kontur heraus.

Da ließ ihn ein Geräusch zusammenfahren. Es knackte, kurz darauf heulte es vorm Fenster.

Nur der Wind, versuchte er sich zu beruhigen. Doch die Konzentration war dahin.

Er hielt inne und lauschte. Das Heulen dämpfte sich zu einem Säuseln.

Wie Stimmen. Ganz entfernt meinte er, jemand riefe seinen Namen.

Lumen legte Pinsel und Palette weg, erhob sich von seinem Schemel und trat ans Fenster.

Es war Ende November, der Winter nahte. Ein eisiger Wind, der am Fenster rüttelte, das nicht richtig schloss. Die Tanne vorm Haus wogte hin und her.

Auf dem Rasen bewegte sich noch etwas. Sah aus wie eine Gestalt mit zerzaustem Haar. Etwas Helles blitzte auf, als sich kurzzeitig der Mond hinter den Wolken hervorschob und den Vorgarten in gleißendes Licht tauchte.

War das ein Gesicht?

Schon war es weg.

Möglicherweise ein Irrtum.

Achselzuckend wandte sich Lumen vom Fenster ab.

Ein erneuter Windstoß, und dann hörte er es so deutlich, dass er erneut zusammenzuckte.

Robert, wisperte eine Stimme.

Das kam nicht von draußen. Es war nicht der Wind.

Ich bin hier. Hier.

Er sah sich um. Das Gemurmel so nah, als sei es im Gebäude. Spielten ihm seine Nerven einen Streich? War er schon zu lange mit seinem Porträt beschäftigt?

Hier bin ich. Noch immer hier.

Er schaute auf die Gemälde an der Wand. Für einen Moment war ihm, als würde sich eines der gemalten Modelle bewegen.

Nein, das war nicht möglich.

Robert.

Die Stimme wirkte erschreckend echt.

So nah an seinem Ohr, als stünde jemand direkt hinter ihm. Hastig drehte er sich um. Doch da war niemand. Nur sein erschrockenes Gesicht, das sich in der Fensterscheibe spiegelte.

Plötzlich legte sich der Wind, und alles war still.

Bloß sein Herzschlag war zu vernehmen.

Verlor er allmählich den Verstand? Verbrachte er zu viel Zeit mit seiner Kunst?

Ich muss hier raus, dachte er. Kurzentschlossen wusch er die Pinsel aus und räumte die übrigen Arbeitsutensilien weg. Er warf einen letzten Blick auf sein Selbstporträt, dann schlüpfte er in seinen Mantel.

Er zog das Handy aus der Tasche und schaltete es ein.

Drei Textnachrichten in Abwesenheit, allesamt von Karla: *Arbeitest du noch lange?*

Eine Stunde später war die nächste eingetroffen. *Wo bleibst du?*

Und die letzte: *Ich gehe jetzt zu Bett.*

Lumen löschte das Licht und ging die Stufen ins Erdgeschoss hinunter. Er hatte dieses Haus schon vor vielen Jahren erworben. Es war alt und zugig, das Dach in schlechtem Zustand, das Mauerwerk feucht. Doch er mochte es. Er brauchte den Abstand zu seinem Privathaus, um in Ruhe arbeiten zu könne.

Er trat in den Vorgarten hinaus. Fröstelnd schlug er den Mantelkragen hoch.

Plötzlich berührte ihn etwas im Gesicht, und er wich entsetzt zurück.

Wieder fuhr das Mondlicht hinter den Wolken hervor.

Ein Gesicht starrte ihn an. Zwei Augen, ein geschwungener Mund.

Erst mit einiger Verzögerung erkannte er, was dort vor ihm hing. Es war mit einem Bindfaden an einem Zweig der Tanne befestigt.

Ein Lebkuchenmann, etwa so groß wie eine Hand. Augen und Mund aus Zuckerguss.

Das wie ein Mensch geformte Gebäckstück bewegte sich sacht hin und her.

Es lächelte ihn an.

Lumen brauchte mit dem Auto nicht länger als eine Viertelstunde bis nach Hause. Er sah an der Fassade hoch. Hinter dem Schlafzimmerfenster brannte Licht. Also war Karla wohl noch wach.

Der Gedanke kam heftig, und unwillkürlich presste er die Kiefer zusammen. Sie sollte lieber schlafen. Er wollte heute Abend nicht mehr mit ihr sprechen.

Sofort tat es ihm leid. Er musste geduldig mit ihr sein.

Er schloss auf, zog seinen Mantel aus und hängte ihn an die Flurgarderobe. Er ging so leise wie möglich nach oben, falls sie doch schon eingeschlafen war.

Langsam näherte er sich der angelehnten Tür und spähte ins Schlafzimmer. Das Bett war leer.

Er wandte sich um. Ein Streifen Licht unter der Tür zum Bad.

»Karla?«

Stille.

»Ja, Robert«, kam es schließlich leise zur Antwort.

»Alles in Ordnung bei dir?«

Ein Schweigen, das nichts Gutes verhieß.

Dann, kaum hörbar: »Hilf mir. Bitte.«

Beherzt öffnete er die Tür.

Das Erste, was er sah, war ihr Krückstock. Er lag auf dem

Boden. Dann sah er ihre nackten Knie. Sie hockte auf dem Badewannenrand, trug ihr weißes Nachthemd.

»Was ist passiert?«

»Mir wurde schwindlig. Und jetzt schaffe ich es nicht mehr hoch.«

Er griff ihr unter die Arme und zog sie an sich. Wacklig kam sie zu stehen. Ihre Blicke trafen sich, und er atmete durch.

Sie war noch immer wunderschön. Ihr Haar glänzend, in ihren Augen dieser Schimmer, der ihn seit ihrer ersten Begegnung fasziniert hatte. Er musste daran denken, wie er sie das erste Mal zum Tanzen ausgeführt hatte. Ihre Bewegungen fließend und elegant, das lindgrüne Kleid, das sie getragen hatte. Ihr Lächeln, die Wärme ihrer Wange, als sie sich an ihn geschmiegt hatte.

Sie zitterte. »Ich wollte noch ein Bad nehmen.«

»Du sollst doch damit warten, bis ich zurück bin.«

»Aber es wurde spät. Und du hast auf meine Nachrichten nicht geantwortet.«

»Tut mir leid, Karla.«

Ihre Krankheit war unberechenbar. Mal gab es einen Schub, der sie zurückwarf und sie leiden ließ. Dann gab es Pausen, manchmal sogar leichte Besserungen. Doch stets drohte der nächste Schub. Wann er eintreffen würde, ließ sich nicht vorhersagen. Eine Autoimmunerkrankung, die das Nervensystem angriff. Nach Meinung der Ärzte hatte sie noch Glück gehabt. Andere Menschen mit Multipler Sklerose traf es stärker. Karla hatte einen äußerst schleichenden Krankheitsverlauf.

»Ich helfe dir, mein Liebling.«

Sie wog nicht viel. Robert trug sie hinüber ins Schlafzimmer und legte sie behutsam aufs Bett. Liebevoll deckte er sie zu.

Ihr Blick war weich. »Ich will dir nicht zur Last fallen.«

»Tust du nicht.«

Einen Moment stand er reglos da und schaute auf sie herab. Seltsamerweise musste er an den Lebkuchenmann denken. Wer zum Teufel hatte sich diesen Scherz mit ihm erlaubt?

»Kommst du auch schlafen?«, fragte sie.

Er setzte sich zu ihr auf den Bettrand. »Ich bin noch zu aufgewühlt.«

»Dein Selbstporträt?«

»Ja.«

»Es wird ein großartiges Werk, Robert, davon bin ich überzeugt.«

Er liebte Karla. Nicht nur für ihre sanfte Art, ihre Schönheit, den Mut, den keine Krankheit brechen konnte, sondern auch für ihre Klugheit, den Kunstverstand.

Er drückte ihre Hand. »Vor meinem Atelier hing ein Lebkuchenmann.«

»Wie bitte?«

»Du weißt doch, dieses Weihnachtsgebäck. Jemand hat es an die Tanne gehängt. Mit einem Bindfaden.«

»Wie sonderbar.«

Plötzlich richtete sie sich auf und legte beide Händen an seine Wangen. »Versprich mir eines, Robert.«

»Was denn?«

»Verlass mich nicht.«

»Aber warum sollte ich das tun?«

»Du hast mich als gesunde Frau kennengelernt.«

Er küsste sie so rasch auf den Mund, dass sie leicht zusammenzuckte. »Niemals verlasse ich dich.«

Auf einmal wurde ihm kalt. Er hob die Schultern.

Wieder dachte er an das lächelnde Gesicht aus Zuckerguss.

Es war eine Vorahnung, die ihn traf wie ein eisiger Windhauch. Es wird etwas Böses geschehen, dachte er.

Etwas sehr Böses.

ZWEI

Die Gestalt war ihr sehr nah. Sie sprach zu ihr. Doch Katrina konnte die Worte nicht genau verstehen. Ängstlich sah sie auf einen großen, roten Mund. Wulstige Lippen, sie waren riesig, schnappten auf und zu.

Katrina wollte sich umdrehen, weg von diesem Gesicht. Doch es ging nicht, sie war wie gelähmt.

Sie spürte heißen Atem auf ihrer Haut, begann zu schwitzen.

Dann wurde sie bei ihrem Namen gerufen.

»Katrina?«

»Ja?«, fragte sie zögernd.

»Das Geheimnis ist bei mir gut aufgehoben.«

Eine Geste mit der Hand, als würden sich die Lippen für immer verschließen.

Die Gestalt beugte sich noch weiter vor. Das Gesicht weiß, kalkweiß.

»Auch du darfst es nicht verraten. Hörst du?«

»Ja«, entgegnete sie.

»Kein Mensch darf je davon erfahren.«

Sie nickte.

Und plötzlich drang ein seltsames Kichern aus dem übergroßen Mund. Es war verstörend. Denn es erinnerte mehr an ein Schluchzen. Mal glucksend, dann wimmernd.

Auf einmal wurde Katrina an den Schultern gepackt. »Du musst schweigen wie ein Grab.«

Ein modriger Geruch stieg ihr in die Nase. Das Lachen, das wie ein Weinen klang, giggelnd und jammernd zugleich, verstärkte sich zu einem Dröhnen. Katrina wälzte sich herum.

Es gab einen Sprung in ihrer Wahrnehmung.

Sie stand vor einer Tür, tastete nach der Klinke. Rüttelte daran. Endlich war sie draußen. Ihre nackten Füße auf dem kalten Dielenboden.

Sie irrte umher. Noch eine Tür. Sie öffnete sie.

Katrina stieß sich den Fuß an.

Und dann schrie jemand laut auf.

Das Licht ging an. Sie starrte in ein anderes Gesicht. Erst allmählich begriff sie, wo sie sich befand.

»Katrina!«

Es war ihre Mutter. Sie saß aufrecht im Bett. Katrina stand vor ihr, schlaftrunken, verwirrt.

»Mama?«, fragte sie leise.

»Du hast mich zu Tode erschreckt.«

Katrina atmete durch. »Wie bin ich hierhergekommen?«

Der Blick ihrer Mutter war vorwurfsvoll. »Erklär du es mir.«

»Hab ich dich geweckt?«

»Natürlich hast du das. Es ist mitten in der Nacht.«

War es ihr wieder passiert? Offenbar war sie aufgestanden, ohne es mitbekommen zu haben.

Wie zur Bestätigung sagte ihre Mutter streng: »Du hast geschlafwandelt.«

»Tut mir leid.«

»Kind, so kann das nicht weitergehen.«

»Ich mache es nicht mit Absicht.«

Ihre Mutter verdrehte die Augen. Dann ließ sie sich aufs Kissen zurücksinken.

»Wirklich, Mama, ich kann es nicht steuern.«

»Vielleicht muss ich mit dir zu einem Psychologen.«

Sie sprach es aus, als sei es die schlimmste Sache der Welt. Katrina schämte sich dafür. Offenbar gingen nur Versager zum Seelenklempner. Hatte sie etwas Verbotenes getan? Wie Bettnässen? War Schlafwandeln wie Schmutz? Wie sich nicht die Hände waschen? Mit dreckigen Fingernägeln an den Frühstückstisch? In der Nase bohren und hinter Mutters Rücken Grimassen schneiden?

Sie könnte die Liste unendlich fortführen. Oft beruhigte es sie, sich Unartigkeiten auszudenken. Verhaltensweisen, die ihre Mutter nervten. Es war anstrengend, für sie das gute Kind zu sein.

Katrina war eine Meisterin der Verstellung. In ihrem Kopf waren verschlossene Kammern, darin eingesperrt all die Gedanken, die ihre Mutter böse fand.

Unwillkürlich veränderte sie ihre Stimme, fragte im kindlichen Tonfall, obwohl sie schon zwölf war: »Darf ich zu dir, Mama? Nur für einen Moment?«

Es war ein Trick, der manchmal funktionierte. Das Herz der Mutter erweichen, sich kleinmachen.

Doch es kam keine Antwort.

»Eine Minute kuscheln?«

Wieder nichts.

»Eine halbe?«

Endlich hob ihre Mutter die Bettdecke an. »Also schön. Aber nur kurz.«

Im Nu war Katrina bei ihr. So warm war es an ihrer Seite, halbwegs sicher.

Und doch nagte das Schuldgefühl an ihr. Wenn Mutter aus dem Schlaf gerissen wurde, kam sie oft nicht mehr zur Ruhe. Das verhieß auch für den nächsten Tag nichts Gutes. Ihre Launen konnten aufreibend sein, und Katrina gelang es selten, sie aufzuheitern. Wenn sie doch endlich wieder bei ihrem Vater sein könnte.

Die Mutter sah sie an.

»Was ist denn los, Schätzchen? Hast du schlecht geträumt?«

»Kann sein.«

»Keine Erinnerung daran?«

»Nur wenig.«

»Immer derselbe Traum?«

»Ja.«

»Erzähl mir nicht, was passiert ist. Sonst träume ich selbst davon.«

Plötzlich erinnerte sich Katrina an den großen, roten Mund. Die fiesen Lippen. Den Grabgeruch.

Eigentlich wäre sie bereit gewesen, darüber zu sprechen, doch es war wohl besser, zu schweigen.

»Man kann seine Albträume beeinflussen«, sagte ihre Mutter. »Hab einen Artikel darüber gelesen.«

»Wie soll das funktionieren?«

»Denk dir am Abend einen guten Schluss dafür aus. Vor dem Schlafengehen nimmst du dir fest vor, wie dein Traum enden soll. Ist da ein Monster, schickst du es weg und sperrst es aus.«

»So einfach ist das?«

»Imagination. Sich eine Tür vorstellen. Und einen Schlüssel. Die Tür abschließen. Das Böse draußen lassen. Du musst es trainieren. Es dir immer und immer wieder vorstellen.« Nach einer Pause fügte sie hinzu: »Ich hatte auch Albträume, als uns dein Vater verlassen hat.«

Katrinas Rücken verkrampfte sich. Sie mochte es nicht, wenn ihre Mutter so über den Vater sprach.

»Du kannst deine Träume beherrschen. Mit viel Disziplin.

Ich hab es geschafft. Einen Schlüssel und eine Tür imaginieren. So bleibst du vom Bösen verschont.«

»Ich will es versuchen.«

»Gut.«

Neulich Nacht hatte ihre Mutter sie im Garten erwischt. Am Baumhaus. Mutter mochte das Baumhaus nicht. Denn Vater hatte es gebaut. Sie hatte an ihren Schultern gerüttelt. Mit ihr geschimpft. Aufwachen. Schlafwandlerin. Du holst dir noch den Tod.

Sich draußen im Garten den Tod holen. Böser Gedanke. Gehörten die roten Lippen zu ihrer Mutter? Träumte sie deshalb davon?

Wulstige Lippen. Schweigen wie ein Grab. Mit einem Seelenklempner darüber reden. Doch der war nur etwas für Verlierer.

»Genug jetzt. Ich muss schlafen.«

Katrina verstand. Die halbe Minute war längst um. Gehorsam stand sie auf.

»Gute Nacht.«

»Gute Nacht, Kind.«

Zurück in ihrem Zimmer, im eigenen Bett, ballte sie die Hand zur Faust.

Sie flüsterte: »Ich hasse dich, Mama.«

Schon tat es ihr leid. Darum murmelte sie dreimal hintereinander: »Hab dich lieb.«

Am nächsten Morgen war sie sehr früh wach. Stille im Haus. Die Mutter schlief offenbar noch.

Katrina stand auf, duschte, zog sich an und ging hinunter in die Küche. Sie setzte Kaffee für ihre Mutter auf. Das würde sie vielleicht freuen, zumindest ihre Laune bessern.

Danach machte sie sich einen Kakao, nahm die dampfende

Tasse und trat ans Fenster. Sehnsüchtig schaute sie in den Garten hinaus, halbdunkel in der Dämmerung, verlockend und geheimnisvoll. Wenn sie leise und rechtzeitig zurück war, könnte sie noch vor der Schule ins Baumhaus klettern, ohne dass die Mutter es merkte.

Sie schlüpfte in ihren Mantel, zog sich Schuhe an, nahm die Tasse und ging durch die Hintertür hinaus. Erleichtert sog sie die kühle Morgenluft ein.

Im Haus fühlte sie sich beengt, hier draußen war ihr wohler.

Sie ging zu der großen Linde weiter hinten im Garten und sah an der Strickleiter hinauf. Wehmütig dachte sie an ihren Vater. Vor der Trennung ihrer Eltern hatte sie viele Nachmittage mit ihm dort oben verbracht.

Selbst als das Baumhaus fertig war, kamen ihm immerzu Ideen für Verbesserungen, kleine Anbauten und spezielle Ausstattungen. Begeistert hatte er gesägt, gehämmert und gebohrt, um das Haus für sie zu einem besonderen Ort zu machen.

Sogar einen Lastenaufzug, wie er es nannte, hatte er für sie gebaut. Es war ein Flaschenzug mit einem stabilen Korb. Darin stellte sie nun ihre Tasse mit dem Kakao ab und zog sie vorsichtig an den Schnüren hinauf.

Schließlich stieg sie die Hängeleiter hinauf und kletterte ins erste Stockwerk. Es gab noch ein zweites, eine sogenannte Aussichtsplattform, die man von der unteren Etage aus erreichen konnte, ebenfalls über eine Strickleiter. An diesem Ausguck hatte Vater besonders intensiv gebaut. Sie war gerne mit ihm hoch oben gewesen, beinahe schon im Baumwipfel.

Doch in letzter Zeit mied sie diesen Bereich. Neuerdings wurde ihr dort schwindlig, und sie bekam es mit der Angst zu tun.

Sie nahm die Kakaotasse aus dem Korb, setzte sich auf den Holzboden und schmiegte sich in ihre Lieblingsecke am

Geländer, die sie mit einer Baumwolldecke ausstaffiert hatte. Ihrer Mutter gefiel das nicht, nach ihrer Meinung könnte sie in der Feuchtigkeit Stockflecken bekommen.

Oft waren sie darüber in Streit geraten, doch Katrina hatte sich ausnahmsweise durchgesetzt. Seit ihrer früheren Kindheit war das ihre Kuscheldecke. Sie brauchte sie hier oben.

Auch zwei Windlichter und eine Packung Streichhölzer lagen für sie parat. Manchmal zündete sie die Kerzen an, um es besonders gemütlich zu haben.

Fröstelnd hüllte sie sich in ihre Decke und schlürfte den Kakao.

Dann betätigte sie den Schalter, den ihr Vater am Geländer angebracht hatte, mit spezieller Isolierung für den Außenbereich, und die Lichterkette ging an.

Unzählige kleine Lichter, über die Zweige verteilt. Sie tanzten sachte im Wind.

Wie Glühwürmchen, hatte ihr Vater einmal gesagt.

Halb beglückt, halb melancholisch sah Katrina in den erhellten Baum, blinzelte in sein leuchtendes Geäst.

Sie drückte sich noch enger in die Ecke vor dem kleinen Tisch, den Vater für sie gebaut hatte. Darauf legte sie ihre Bücher ab, wenn sie an den Nachmittagen hier oben las. Im Frühjahr unterm noch hellgrünen Laub, den Sommer über im kühlenden Schatten, im Herbst und Winter im Schein einer Taschenlampe, bis ihr entweder so kalt war, dass sie es nicht mehr aushielt, oder ihre Mutter sie rief und vor einer Erkältung warnte.

Da fiel ihr Blick auf etwas, das sie irritierte.

Was war das?

Dort auf dem Tisch.

Zwei Augen schauten sie an. Ein Mund lächelte ihr zu.

Katrina streckte die Hand danach aus.

Es war ein Lebkuchenmann, ziemlich groß, etwa zwanzig Zentimeter lang.

Sie nahm ihn auf und betrachtete ihn genauer. Das Gesicht war aus Zuckerguss gestaltet. Ein würzig-süßlicher Duft nach Weihnachten, Nelken, Kardamom und Zimt stieg ihr in die Nase.

Ob den ihre Mutter für sie gebacken hatte? Eine Leckerei als Zeichen der Versöhnung, weil sie in letzter Zeit nicht gut miteinander ausgekommen waren? Als Überraschung für sie bereitgelegt?

Mama wusste doch, wie gerne sie hier oben saß, auch schon vor der Schule.

Katrina stellte die Tasse mit dem Kakao ab und führte den Lebkuchenmann an ihren Mund. Ein kurzes Zögern, dann biss sie ihm den rechten Arm ab, danach den linken. Genüsslich kauend, nahm sie sich erst den einen Fuß vor, dann den anderen.

Der Geschmack war herrlich, herb und süß zugleich, pfeffrig und zuckrig.

Doch dann verzog sie das Gesicht.

Da war etwas, was entschieden nicht hineingehörte.

Voller Ekel zog sie es sich aus dem Mund.

In dem Gebäckstück waren Haare. Blond. Ein ganzes Büschel davon.

Niemals würde ihre Mutter beim Backen so unachtsam sein. Außerdem war sie nicht blond.

Angewidert spuckte Katrina aus.

Von wem war dieser Lebkuchen? Und wer um alles in der Welt war auf ihr Baumhaus geklettert?

In diesem Moment erschien ihre Mutter an der Hintertür zum Garten.

»Katrina«, rief sie.

Der Tonfall war scharf.

»Komm runter. Du wirst dich noch erkälten.«

Katrina sog die Luft ein. Sie durfte ihrer Mutter nichts davon erzählen. Essen von Fremden. Ausgefallene oder ausgerissene Haare. Mangelnde Hygiene. Das würde sie wütend machen.

Entsetzt ließ Katrina die Reste des Lebkuchenmanns fallen. Nur der Kopf war übrig geblieben.

Die Augen schienen zu blinzeln. Der Mund aus Zuckerguss lächelte sie an.

DREI

Montag, 20. November, morgens

Carlotta Weiss trat Viertel nach sechs aus dem Haus. Es war noch dunkel draußen. Sie bemühte sich um einen aufrechten, federnden Gang. Erst neulich hatte sie in einer psychologischen Abhandlung gelesen, dass die Körperhaltung eines Menschen entscheidenden Einfluss auf sein Gefühlsleben hatte. Angeblich reichte es aus, das Kinn zu heben, die Schultern zurückzurollen und die Brust rauszustrecken, um sich stark und selbstbewusst zu fühlen.

Sie hatte ihre Zweifel, und dennoch versuchte sie es. Als sie von der Bötzowstraße in die Hufelandstraße einbog, kam ihr ein Passant entgegen und warf ihr einen verwunderten Blick zu. Wahrscheinlich wirkte ihre Haltung albern und aufgesetzt. Schon ließ Carlotta die Schultern wieder hängen, senkte den Kopf und verlangsamte ihren Schritt.

Besser so, dachte sie, passt eher zu einem nasskalten Novembermorgen.

Sie war nervös. Etwas Neues stand an, und das machte ihr Angst. Carlotta war ein Freigeist, eine Einzelgängerin, sich auf ein Team einzulassen und das für einen längeren Zeitraum, war nicht ihre Sache. Fluchtgedanken meldeten sich, und doch mahnte sie eine innere Stimme, sich endlich der Herausforderung zu stellen. Sie konnte doch nicht ewig ausweichen. Nächtelang hatte sie darüber gegrübelt. Heute Morgen stand die Entscheidung an. Noch war sie sich nicht sicher, wie ihre Antwort lauten würde.

Auch in der letzten Nacht hatte sie kaum ein Auge zugedrückt. War drauf und dran gewesen, Nils Trojan anzurufen und ihn um Rat zu bitten. Aber sie wusste ja, wie er über die Sache dachte. Er glaubte fest daran, dass sie sich durchkämpfen würde.

Nur sie selbst nicht.

Es war schon merkwürdig. Da hatte sie ihr Studium in Rekordzeit und mit Auszeichnung abgeschlossen, ganz nebenbei die Polizeiakademie absolviert, sich als Frau im Machogehabe der Kripo durchgesetzt, und dennoch nagte ständig das Gefühl an ihr, nicht zu genügen.

Lag es daran, dass ihre Mutter zu früh gestorben war? Ihr Vater ihr nicht genug Halt und Anerkennung geboten hatte?

Oder war Inga der Grund? Hatte es damit zu tun, dass sie von dieser Person abgrundtief gehasst wurde?

Carlottas Magen verkrampfte sich. Bloß nicht daran denken. Das könnte ihr heute Morgen den Rest geben.

Doch als Psychologin wusste sie nur allzu gut, dass der Versuch, Gedanken zu unterdrücken, nahezu unmöglich war.

Die schmerzhaften Erinnerungen an ihren letzten Fall würden sie so schnell nicht loslassen. Das musste sie akzeptieren.

Das Urteil war unumstößlich. Lebenslange Haft für eine der gefährlichsten Serienmörderinnen in der Geschichte der Bundesrepublik. Niemand anderes als Carlotta selbst hatte dafür gesorgt, dass Inga hinter Schloss und Riegel saß.

Man hatte ihr zu diesem Erfolg gratuliert. Sollte sie sich etwa darüber freuen?

Auch das war nicht möglich. Auf ihrer Familie würde ewig ein Schatten lasten. Und Carlotta Weiss war nun für immer die Profilerin, die ihre eigene Schwester zur Strecke gebracht hatte. Eine Bürde, mit der sie leben musste.

Gebückt ging sie weiter.

Erst als sie ihren VW-Bus erreicht hatte, wurde ihr ein wenig leichter ums Herz. Luisa, ihr geliebter Bulli, das legendäre Modell Helsinki. Hellblau, leicht verbeult, mit rostigen Stellen, das Aufstelldach nicht mehr ganz dicht. Sie hatte ihn von ihrer Mutter geerbt und nach ihr benannt.

Unbeschwerte Luisa. Hippiefrau in Schlaghosen. Kein Tag verging, an dem sie sie nicht vermisste.

Carlotta schloss auf und setzte sich ans Steuer.

Sie atmete durch. Der Bus war ein wichtiger Rückzugsort für sie. Schlafraum, Küche und mobiler Arbeitsplatz in einem. Am liebsten würde sie sämtliche Ermittlungen von hier aus durchführen. Sacht strich sie über den Flokati, mit dem ihre Mutter die Armaturen ausgelegt hatte, und schob eine Kassette in die altmodische Stereoanlage. Es war *Dark Side Of The Moon* von Pink Floyd. Sie spulte vor bis »Brain Damage«, lauschte dem Gesang von Roger Waters, lehnte sich zurück und schaute verträumt auf die Discokugel, die von der Decke hing.

»Auch ich werde dich auf der dunklen Seite des Monds wiedersehen.«

Carlotta fuhr zusammen.

Die Stimme war deutlich an ihrem Ohr. Ein entsetzter Blick in den Rückspiegel, und da war sie.

Inga auf der Rückbank des Bullis. In Häftlingskleidung, ein schmales Lächeln auf den Lippen.

Nur eine Halluzination, durchfuhr es Carlotta. Kann vorkommen bei Übermüdung und Stress.

Sie presste die Augen zusammen. Doch als sie erneut in den Rückspiegel sah, war ihre Schwester noch immer da.

»Hau ab. Du hast in meinem Leben nichts mehr zu suchen.«

Inga grinste. *»Aufgeregt vor deinem ersten Arbeitstag?«*

Carlotta zwang sich, ruhiger zu atmen.

Nach einer Pause meldete sich erneut die unheimliche

Stimme von der Rückbank. *»Ich denke, du wirst sie alle beeindrucken.«*

»Wieso?«

»Weil du mich hast.«

»Wie meinst du das?«

Inga lehnte sich vor. *»Befrag die dunkle Seite des Monds. Besuch mich im Knast. Dein böses Schwesterherz kann dich künftig beraten.«*

»Niemals.«

»Aber warum denn nicht? Ich werde dir helfen.«

»Wir haben uns nichts mehr zu sagen.«

»Ach nein? Überleg doch mal. Wer kann sich besser in die Seele eines Mörders hineinversetzen als jemand, der schon ein paar Menschen abgeschlachtet hat?«

Energisch startete sie den Motor.

Sie versuchte auszuparken, ohne in den Rückspiegel zu schauen, manövrierte vor und zurück.

Schließlich scherte sie aus der Parklücke aus und fuhr los.

Als sie in die Greifswalder Straße einbog, war Inga endlich fort.

Sie parkte ihren Bulli auf dem Hof des Kommissariats und schaute zur Uhr. Zehn Minuten vor sieben.

Sie verließ den Wagen, ging ins Innere des Gebäudes und stieg die Treppe hinauf.

Ihre Schritte hallten im Flur. Sie hob das Kinn, straffte die Schultern. Vielleicht half es ja doch, ihre Unsicherheit zu kaschieren.

Sie blieb vor der Bürotür stehen und horchte auf ihr pochendes Herz.

Ein letzter prüfender Blick auf ihr Handy. Es war eine Minute vor sieben.

Carlotta Weiss zählte die Sekunden runter. Um punkt sieben klopfte sie an die Tür.

»Herein.«

Landsberg empfing sie mit einem strahlenden Lächeln.

»Carlotta.« Er kam hinter seinem Schreibtisch hervor, eilte auf sie zu und drückte ihr fest die Hand. »Guten Morgen.«

Sie war überrascht. Diese Dynamik und Freundlichkeit kannte sie nicht von ihm.

»Hallo«, murmelte sie.

»Setz dich doch.« Er wies auf einen Stuhl. Auch dass er sie plötzlich duzte, war ihr neu.

Sie nahm Platz.

Zu ihrer Verwunderung setzte er sich auf die Kante seines Schreibtischs. Er war ihr so nah, dass sein Knie beinahe ihre Hüfte berührte. Sie hatte ihn als einen eher zurückhaltenden Menschen kennengelernt. Instinktiv rückte sie ein Stück von ihm ab.

Auch äußerlich hatte er sich verändert. Er trug einen dunklen Anzug, ziemlich lässig geschnitten, beinahe jugendlich und dennoch korrekt. Und was war mit seinen Haaren passiert? Es waren nicht mehr viele, schon ziemlich angegraut, aber die elegante Stirnlocke stand ihm gar nicht schlecht. Vielleicht hatte er den Friseur gewechselt.

Eine kürzliche Trennung? Hatte er eine Affäre? Oder erhoffte er sich eine? Sie sah auf seine Hände. Den Ehering trug er noch. Daran konnte es wohl nicht liegen.

»Schön, dass du so früh kommen konntest.«

»Keine Ursache.«

Es entstand eine Gesprächspause.

Sein permanentes Lächeln machte sie misstrauisch. Was war hier los? Als sie bei ihrem letzten Fall auf Trojans Veranlassung hin mit der fünften Mordkommission zusammengearbeitet hatte, war der Chef ihr gegenüber bloß abweisend und kühl gewesen.

Versuchte er, sie aus irgendeinem Grund zu umgarnen? War der Vorschlag, den er ihr am Telefon unterbreitet hatte, so wichtig für ihn? Oder war das alles bloß Show?

»Also.« Landsberg schlug die Hände zusammen, noch so eine Geste, die sie nicht von ihm kannte.

Er stand auf und ging federnden Schritts durch sein Büro. Die Schultern gestrafft, das Kinn gestreckt. Hatte er etwa die gleiche Abhandlung wie sie gelesen? Bisher war er ihr stets etwas hüftsteif vorgekommen, verhalten, mit einer gewissen Strenge.

»Ich erwähnte es ja bereits am Telefon: Die Polizeipräsidentin rief mich an.«

Er betonte es, als sei es ein Anruf aus dem britischen Königshaus gewesen. Er kam wieder zu ihr, setzte sich erneut auf die Tischkante und drückte sacht ihren Arm. Carlotta war irritiert. Sie nahm etwas Frisches, Minziges an ihm wahr. War das sein Rasierwasser, oder hatte er einen Lutschbonbon in seinem Mund versteckt?

Zu ihrer Erleichterung nahm er die Hand schnell von ihr weg.

»Das ist ein aufregender Moment«, sagte er.

»Ja?«

»Solche Anrufe verheißen normalerweise nichts Gutes. Entweder es wird Druck gemacht. Oder es geht um Stellenstreichungen. Wir leben in schlechten Zeiten.«

»Hmm.«

»Doch diesmal war es wie ein Neubeginn.«

Carlotta wartete ab.

»Die Präsidentin hat mir eine neue Planstelle versprochen. Für meine Mordkommission.«

»Das sagten Sie bereits am Telefon.«

Eine Irritation machte sich in seinem Gesicht breit. »Waren wir nicht beim Du?«

»Natürlich«, entgegnete sie rasch.

Er runzelte die Stirn. »Ich bin mir sicher, dass wir uns von Anfang an geduzt haben. Ist doch eigentlich selbstverständlich bei uns.«

So war es aber nicht. Carlotta tat sich ohnehin schwer damit. Sie brauchte Distanz, besonders zu Landsberg. Doch sie wollte nicht unhöflich erscheinen.

Nach einer Pause schlug er erneut die Hände zusammen. Er ist mindestens so verunsichert wie ich, dachte sie.

Er hob die Stimme. »Kommen wir endlich zur Sache. Wie ist deine Entscheidung, Carlotta?«

Sie zögerte.

Der Chef musterte sie. Je länger sie schwieg, desto schmaler wurde sein Lächeln.

Schließlich begann sie leise: »Sie wissen ja ... du weißt ja, dass ich nicht gerne im Team arbeite.«

Seine Lippen verkniffen sich. »Richtig.«

»Zuletzt ließ man mir bei meinen Tätigkeiten als Kriminalpsychologin gewisse Freiheiten.«

»Schon klar.«

Offenbar wurde er in seiner Absicht, freundlich zu erscheinen, von ihr auf eine harte Probe gestellt. Er erhob sich und nahm nun doch hinter seinem Schreibtisch Platz.

»Darum ...«

Er fiel ihr ins Wort. »Ich will ehrlich zu dir sein. Anfangs hatte ich meine Schwierigkeiten mit dir. Doch du hast dich bei unserem letzten Fall bewährt, trotzdem du sehr eigenwillig vorgegangen bist. Und du hast in Nils Trojan einen großen Fürsprecher. Er hält große Stücke auf dich. Und da wir in letzter Zeit chronisch unterbesetzt waren, dachte ich nach dem Anruf der Polizeipräsidentin sofort an dich.«

»Das weiß ich zu schätzen.«

»Und ich habe dir ausreichend Bedenkzeit gewährt.«

»Natürlich.«

Er breitete die Hände aus. »Gibt es noch irgendein Problem? Hast du Fragen?«

»Nein.«

»Also?«

Er mag mich nicht, durchfuhr es sie. Er kann mich einfach nicht leiden. Warum unterbreitet er mir dann dieses Angebot? Hatte Nils Trojan so viel Einfluss auf ihn?

Nein. Ganz im Gegenteil. Landsberg war nicht der Typ, der sich in seine Arbeit reinreden ließ.

Und plötzlich kam ihr ein furchtbarer Verdacht: Er will mich verheizen. Er möchte zusehen, wie ich versage. Aus irgendeinem Grund möchte er es Trojan damit heimzahlen. Ihm zeigen, dass er sich in mir irrt. Es passt ihm einfach nicht, dass Nils sich für mich einsetzt.

»Komm schon, Carlotta. Spann mich nicht auf die Folter. Andere würden ihr letztes Hemd für diesen Posten geben.«

Da brachte sie es wie zum Trotz hervor: »Ich bin dabei.«

»Tatsächlich?«

»Ja, ich möchte Teil dieses Teams werden.«

Kein Lächeln mehr, dafür ein Blick, kühl und überlegen, wie sie ihn von Landsberg kannte. »Ich wusste es. Es ist ein Angebot, dass du nicht ablehnen kannst. Gut so. Herzlich willkommen in der fünften Mordkommission.«

»Danke.«

»Kommen wir gleich zu den Details.«

Sie wurde hellhörig. »Ja?«

Er holte tief Luft. »Nils hat sich für dich stark gemacht,

dich sogar als potenzielle Nachfolgerin vorgeschlagen für den Fall, dass er sich mal aus dem Job zurückzieht. Er ist ja älter als du. Darum möchte ich herausfinden, ob du dich bei uns auch in höchster Position bewähren kannst. Die Planstellen sind ja leider festgeschrieben, dennoch möchte ich deinen Aufgabenbereich variabel gestalten.«

»Und das heißt?«

»Ich möchte, dass du bei uns arbeitest, als wärst du die erste Ermittlerin. Du kommst also in der Rangfolge direkt nach mir.«

Sie war überrascht. »Aber das ist doch Trojans Posten.«

»Natürlich. Und den wird er vorerst auch behalten. Trotzdem sollst du einige seiner Aufgaben mit übernehmen.«

»Wie stellst du dir das vor?«

»Ich verlange von dir vollen Einsatz.«

»Das steht außer Frage. Ich gebe immer mein Bestes.«

»Du agierst künftig, als seist du die leitende Ermittlerin.«

»Ich will Trojan keine Konkurrenz machen.«

»Solltest du aber, wenn du tatsächlich deine Zukunft in diesem Team siehst. Trojan ist mein bester Mann. Und wenn er schon dermaßen von deinen Fähigkeiten überzeugt ist, musst du dich auch vor den anderen beweisen. Zeig mir und dem gesamten Team, dass du die Größe hast, seinen Posten zu übernehmen.«

Carlotta stieg Hitze ins Gesicht. Sie lag also richtig mit ihrer Einschätzung. Und Landsberg schien sogar noch einen Schritt weiterzugehen. Offenbar wollte er einen Keil zwischen sie und Trojan treiben.

»Ich glaube nicht, dass sich Nils in absehbarer Zeit zurückziehen wird.«

Landsberg wiegte den Kopf. »Zuletzt wirkte er ein wenig ausgebrannt auf mich. Außerdem ist mir nicht entgangen, dass er eine Liebesbeziehung zu einer Kollegin im Team unterhielt, obwohl er das stets abgestritten hat.«

Stefanie Dachs, dachte sie.

»Ein Fehlverhalten und eine Lüge, die mein Verhältnis zu ihm belastet haben.«

Das also war der Grund.

»Bei allem Respekt. Bitte versuch nicht, Trojan und mich gegeneinander auszuspielen.«

»Ich will dir lediglich die Voraussetzungen klarmachen, unter denen du hier arbeitest.«

»Es ist also eine Probe«, sagte sie forsch.

»Nennen wir es eine Herausforderung. Wir haben eine hohe Aufklärungsquote, und die fünfte Mordkommission verfügt über einen hervorragenden Ruf, der sogar über die Stadtgrenzen hinausreicht.« Wieder dieses falsche Lächeln. »Wenn wir uns nun mit einer Mitarbeiterin wie dich verstärken, die Hauptkommissarin und Profilerin in einer Person ist, sind das beste Voraussetzungen, oder etwa nicht?«

Er sagte es überaus freundlich, und doch klang es wie eine Drohung.

Carlotta schwieg.

»Bist du noch immer einverstanden?«

»Ich stehe zu meinen einmal getroffenen Entscheidungen.«

»Sehr gut.«

»Weiß Nils von deinen Plänen?«

»Nein. Ich denke, es ist besser, wenn dieses Gespräch unter uns bleibt.« Er lehnte sich vor. »Ich behalte dich im Auge, Carlotta. Und das Angebot ist eine einmalige Chance für dich. Also, bitte enttäusch mich nicht.«

Sie war um Haltung bemüht. »War es das?«

Er nickte, noch immer mit einem Lächeln. »Ich habe dir ein Büro am Ende des Flurs freiräumen lassen.«

Sie stand auf. »Vielen Dank.«

»Auf gute Zusammenarbeit.«

Wortlos verließ sie den Raum.

Niemand kam ihr entgegen. Das Kommissariat wirkte verstörend leer. Am Ende des Gangs entdeckte sie ihren Namen auf einem kleinen Schild.

Sie blieb stehen, drückte nach einer Pause die Klinke und öffnete.

Es gab ein lautes Krachen.

Die Tür stieß gegen den Schreibtisch.

Sie trat ein und sah sich um. Ihr neuer Arbeitsplatz war nicht viel größer als eine Abstellkammer.

Ihr erster Impuls war, alles hinzuschmeißen und Landsberg eine wüste SMS zu schreiben. Ihr fielen verschiedene Beschimpfungen dafür ein.

Doch dann atmete sie durch.

Jetzt erst recht, dachte sie.

VIER

Montag, 20. November, nachts

Marianne Fries schreckte aus dem Schlaf hoch. Ein Geräusch hatte sie geweckt.

Sie lauschte.

War jemand in ihrem Zimmer?

Plötzlich vernahm sie eine gedämpfte Stimme: »Der rote Mund.«

Sie stieß einen erstickten Schrei aus.

Kaum hatten sich ihre Augen an die Dunkelheit gewöhnt, bemerkte sie die Umrisse einer Gestalt.

Entsetzt knipste sie die Nachttischlampe an.

Da war tatsächlich jemand und starrte sie an.

Ihr Atem stockte.

Sekunden später erkannte sie ihre Tochter wieder. Sie trug den gestreiften Pyjama. Stand reglos vor ihr, die Augen geöffnet, mit einem seltsamen Schimmer darin.

»Katrina.«

Ihre Tochter reagierte nicht.

Marianne Fries legte die Hand auf ihren Brustkorb. Ihr Herz schlug laut und schnell.

»Verdammt«, entfuhr es ihr. Wieder dieses Schlafwandeln. Das musste aufhören.

»Der rote Mund«, wiederholte ihre Tochter. »Er macht mir Angst.«

»Du schläfst. Es ist nur ein Traum.«

Marianne stand auf und berührte Katrina am Arm. Diesmal wollte sie behutsamer vorgehen. Nicht an ihr rütteln, sie nicht wecken.

»Komm mit.«

Sie griff ihr unter die Achsel und schob sie vorsichtig hinaus in den Flur. Willenlos ließ es Katrina geschehen. Die Tür zu ihrem Zimmer war nur angelehnt.

»Du legst dich wieder hin.«

Schritt für Schritt führte sie Katrina zu ihrem Bett. Kein Widerstand von ihr. Doch ihre Bewegungen waren unheimlich. Ungelenk, ruckartig. Und ihre Augen wirkten leblos.

»Alles gut. Das gibt sich wieder.«

In ihrem tranceartigen Zustand ließ sich Katrina auf der Bettkante nieder.

»Hinlegen.«

Sie gehorchte.

Marianne setzte sich zu ihr und deckte sie zu. »Schließ die Augen, Kind.«

Keine Reaktion.

Marianne seufzte. »Augen zu, bitte.«

Ungeduldig strich sie ihrer Tochter über den Kopf. Doch Katrinas Blick war unablässig ins Leere gerichtet, beklemmend und starr.

Wie tot.

Was sollte sie nur tun? Am besten gleich morgen einen Termin bei einem Psychologen vereinbaren. Aber sie mochte diese Seelenklempner nicht. Fortwährend im Schmutz der Vergangenheit wühlen, wozu sollte das gut sein?

Schuld war letztlich nur ihr Exmann. Die Trennung hatte Spuren hinterlassen. Das Kind war doch erst zwölf Jahre alt.

Katrinas Augenlider flackerten. Endlich schlossen sie sich. Ihre Atemzüge wurden ruhiger.

Marianne wartete eine Weile ab.

Schließlich ging sie zurück in ihr Zimmer und kroch unter die Bettdecke.

Voller Zorn dachte sie an ihren Exmann. Es dauerte lange, bis sie zurück in einen unruhigen Schlaf fiel.

Erneut wurde sie wach. Was war das? Klang wie ein Wispern.

Sie richtete sich auf. Lauschte ängstlich.

Schließlich sank sie auf ihr Kissen zurück. Nur der Wind, der in den Nussbaum fuhr. Die Äste strichen gegen die Hausfassade. Müssten dringend geschnitten werden.

Früher hatte sich ihr Exmann darum gekümmert. Jetzt musste sie ein Unternehmen dafür beauftragen. Sie selbst traute sich das nicht zu. Die hohe Leiter, auf der er gestanden hatte, die Säge in der Hand. Überhaupt sein handwerkliches Geschick.

Das Baumhaus, dachte sie. Wie lange er daran gebastelt hatte. Sie sollte es abreißen lassen. Doch das würde ihrer Tochter das Herz brechen. Und wenn schon. Es konnte sich nicht immer alles um Katrina drehen.

Plötzlich war sie hellwach. Das Baumhaus. Katrinas Schlafwandeln. War sie etwa draußen im Garten gewesen? Wieder einmal? Mitten in der Nacht?

Rasch stand sie auf, trat ans Fenster und öffnete die Vorhänge.

Die Äste des Nussbaums wogten im Wind. Weiter hinten im Garten brannte Licht. Die kleinen Glühlampen in der Linde waren eingeschaltet. Auch einen matten Feuerschein bemerkte sie. Im Baumhaus hatte jemand Kerzen angezündet.

Die Windlichter, dachte Marianne erzürnt. Also war Katrina wohl tatsächlich heute Nacht dort draußen gewesen.

Wie gefährlich das war. Feuer könnte ausbrechen. Das Kind würde sie noch ins Unglück stürzen, wenn sie weiterhin nachts unkontrolliert umherwandelte.

Marianne Fries verließ das Schlafzimmer und ging die Treppe hinunter. Sie zog sich ihre Jacke über und schlüpfte in ihre Schuhe. Dann ging sie durch die Hintertür in den Garten hinaus. Die nächtliche Kälte fuhr ihr in die Glieder. Sie schlang die Arme um die Brust und eilte in den hinteren Teil des Gartens.

Die Lichterkette an den Zweigen tänzelte im Wind. Die Strickleiter schwang hin und her.

Marianne griff danach und stieg langsam hinauf. Morgen früh würde sie ihre Tochter zur Rede stellen. So konnte das nicht weitergehen. Das Baumhaus zerstören, am besten gleich die Linde fällen. Nichts mehr im Garten sollte an ihren Exmann erinnern. Das Kapitel schließen. Die Vergangenheit begraben.

Die Leiter wackelte. Marianne wurde leicht schwindlig.

Endlich hatte sie die Unterkante des Baumhauses erreicht. Schwer atmend kletterte sie hoch und richtete sich auf.

Sie sah Katrinas Baumwolldecke am Boden, zu einem länglichen Knäuel zusammengebauscht. Wie nachlässig von ihrer Tochter. Sie sollte doch keine Sachen im Garten liegen lassen.

Das Kind konnte so dickköpfig sein.

In einer Ecke standen die flackernden Windlichter. Daneben befand sich die Schachtel mit den Zündhölzern. Noch etwas, was sie Katrina nicht austreiben konnte. Hier oben zu zündeln, war höchst gefährlich. Und dann auch noch im Schlaf. Von nun an wäre Schluss damit.

Marianne blies die Kerzen aus. Fortan sollte sie ihre Tochter nachts im Zimmer einsperren. Die Tür abschließen. Den Schlüssel abziehen. Ganz egal, was Katrina davon hielt. Nur rabiate Methoden schienen zu helfen.

Gerade wollte Marianne die Lichterkette ausschalten, da fuhr sie zurück.

Hatte sich hier oben etwas bewegt?

Es war wohl nur ihr Schatten.

Im matten Widerschein der Glühlampen schaute sie auf die Baumwolldecke am Boden. Lichtreflexe tanzten darüber hinweg.

Die Zweige knarrten im Wind. Marianne blickte sich um.

Sie hörte noch etwas. Sehr leise.

Ein gedämpftes Kichern.

Auf einmal war sie wie erstarrt. Was war das nur?

Nur ruhig, dachte sie. Bloß ein schwaches Säuseln im Geäst der Linde. Nichts als Windgeräusche. Es war recht stürmisch heute Nacht.

Doch da hörte sie es wieder. Klang mehr wie ein Schluchzen. Oder eher eine Mischung aus beidem. Ein Giggeln und Weinen. Ein Wimmern und Prusten.

Ihr Blick fiel erneut auf den Boden.

Die Decke. Kein Zweifel. Die eigenartigen Geräusche kamen direkt darunter hervor.

Plötzlich war es still.

Nur weg hier, durchfuhr es sie, doch ihre Glieder waren vor Schreck wie gelähmt.

Nach einer Weile vernahm sie von Neuem das merkwürdige Kichern. Es wurde lauter. Ein Japsen und Glucksen, kurz darauf steigerte es sich zu einem Lachen und Heulen.

Plötzlich schob sich eine Hand unter der Decke hervor.

Marianne wollte schreien, doch kein Laut drang aus ihrer Kehle.

Und dann ging alles sehr schnell. Eine zweite Hand tauchte auf, danach ein Kopf.

Endlich konnte sich Marianne aus ihrer Erstarrung lösen. Sie eilte zur Strickleiter.

In ihrem Rücken ein kühler Lufthauch.

Ein ratterndes Geräusch ertönte. Etwas erfasste sie von hinten. Sie verspürte einen höllischen Schmerz.

Dann brach sie zusammen.

Das Letzte, was sie sah, war ihr Blut, das auf den Holzboden spritzte.

FÜNF

Dienstag, 21. November, morgens

Trojan joggte barfuß am Strand entlang. Er fühlte sich frei und gelöst, voller Energie. Gelegentlich wich er den Wellen aus, die sacht am Ufer ausliefen. Er sog die salzige Luft ein und ließ den Blick über den klaren Horizont schweifen.

Das Meeresrauschen hatte eine beruhigende Wirkung auf ihn, und sein Atem war tief und gleichmäßig. Weiter vor ihm eine Strandhütte, kaum sichtbar noch. Vielleicht drei Kilometer entfernt. Er setzte sie sich zum Ziel und trabte ruhig pulsend weiter.

Nach einiger Zeit vernahm er ein schwaches Geräusch. Eine wiederkehrende Tonfolge, die ihn irritierte. Von irgendwoher kannte er die Melodie. Er verband sie mit Stress und mangelndem Schlaf.

»Nicht ablenken lassen«, sprach er leise zu sich selbst und nahm Tempo auf. Doch plötzlich sackten seine Füße ein, und er kam aus dem Rhythmus, begann zu schnaufen.

Die Töne wurden lauter. Wolken zogen heran, wie aus dem Nichts. Trojan sank bis zu den Knien in den Sand. Hilflos ruderte er mit den Armen, als ihn Wasserwogen überspülten. Er schlug die Hände über den Kopf, bekam keine Luft mehr.

Schon war er wach.

Verwundert blickte er zur Zimmerdecke hinauf, bis er begriff, was los war.

Sein Mobiltelefon brachte die Töne hervor, die ihn aus dem

Schlaf gerissen hatten. Beharrlich läutete es auf seinem Nachttisch.

Seine Hand tastete danach.

Als er den Namen auf dem Display erkannte, richtete er sich auf und schaltete das Licht ein.

Er nahm den Facetime-Anruf an, und das Gesicht seiner Tochter erschien auf dem Bildschirm.

»Emily«, sagte er atemlos. »Ist was passiert?«

»Nein, Paps. Aber ich hab dich offenbar geweckt.«

Seine verschlafenen Augen, das verstrubbelte Haar in einem Ausschnitt am Bildrand.

»Kein Problem. Wie spät ist es bei dir?«

»Zehn Uhr abends.«

»Hier ist es früher Morgen.«

»Tut mir leid.«

Er rieb sich über das Kinn. »Macht nichts. Ist wirklich alles in Ordnung bei dir?«

Sie sah blass aus. Und ihre Miene war ernst. Nicht das strahlende Lächeln, das er von ihr gewohnt war.

Sie jobbte noch immer auf einer Farm auf Vancouver Island, konnte sich für kein Studium entscheiden. Er vermisste sie sehr.

»Emily?«

Sie wiegte schweigend den Kopf, fuhr sich mit der Hand durch ihre blonden Locken.

»Sag nur. Weswegen rufst du an? Was bedrückt dich?«

»Ach, es ist komisch. Ich hab schon den ganzen Tag schreckliches Heimweh. Eigentlich zum ersten Mal, seitdem ich hier bin.«

»Komm doch nach Berlin.«

»Ganz spontan?«

»Ja. Ich spendiere dir den Flug.«

»Im Ernst?«

»Na klar.«

Sie schien darüber nachzudenken. Doch dann zuckte sie mit den Schultern. »Ich weiß nicht.«

»Dir steht doch noch Urlaub auf der Farm zu, oder etwa nicht?«

»Ich könnte fragen, ob sie mir ein paar Tage freigeben.«

»Mach das, Emily.«

»Aber lohnt sich das auch?«

»Zwei, drei Wochen sollten es schon sein. Ich würde mich jedenfalls riesig freuen, dich endlich wiederzusehen.«

Sein letzter Besuch bei ihr lag eine Weile zurück. Er erinnerte sich an die unbeschwerte Zeit an der Pazifikküste. Wie er mit seiner Tochter in der Brandung gebadet hatte. Damals war sie so fröhlich gewesen.

Später hatten sie sich ein Wohnmobil gemietet und waren quer durch British Columbia gefahren. Einmal hatten sie in der Ferne Braunbären gesehen. Und an einem Nachmittag auf der einsamen Landstraße, die schnurgerade durch die atemberaubende Wildnis führte, hatten sie einen Elch beobachtet, der etwa zweihundert Meter vor ihnen gemächlich ihren Weg kreuzte.

»Und was wäre, wenn du zu mir kommst?«, fragte sie.

»Liebend gern. Leider hab ich keinen Resturlaub mehr.«

»Schade.«

»Überleg dir das mit dem Flug.«

»Okay.«

In diesem Moment kündigte sich ein weiterer Anruf an. Er war dienstlich.

»Emily, ich muss leider Schluss machen. Kann ich dich später zurückrufen?«

»Klar, Paps.«

»Hab dich lieb.«

»Ich dich auch.«

Als ihr Gesicht vom Bildschirm verschwand, versetzte es ihm einen Stich. Er sah seine Tochter viel zu selten.

Erneut hob er ab. Diesmal war es Stefanie.

»Nils?«

»Ja.«

Er hörte, wie sie am anderen Ende tief Luft holte. »Wir brauchen dich hier.«

»Worum geht es?«

Ihre Stimme klang belegt. »Komm einfach schnell her.«

Sie nannte ihm eine Adresse.

Schon hatte sie aufgelegt.

Lepsiusstraße, Nähe Botanischer Garten in Berlin-Steglitz. Einfamilienhäuser mit gepflegten Vorgärten. Trojan erkannte schon von Weitem die zuckenden Blaulichter der Einsatzfahrzeuge.

Er hielt an, stieg aus dem Wagen, zeigte einem uniformierten Polizisten seinen Dienstausweis vor und duckte sich unter den Absperrbändern hindurch.

Es war ein hell getünchtes, zweistöckiges Wohngebäude im Bauhausstil. Stefanie kam ihm auf dem Kiesweg vor der Eingangstür entgegen, ihr Haar wie so oft zu einem Pferdeschwanz gebunden.

Nils straffte die Schultern. Seitdem Steffie ihre Beziehung überraschend beendet hatte, hoffte er, dass wenigstens ihre Zusammenarbeit davon nicht beeinträchtigt wurde. Denn bisher hatten sie bei den Ermittlungen immer harmoniert. Außerdem versuchte er, sich ihr gegenüber möglichst ungezwungen zu verhalten.

Doch das war nicht leicht. Jedes Mal, wenn er sie sah, spürte er, dass die Trennung ihn mehr belastete, als er sich eigentlich eingestehen wollte.

Auch Stefanie gab sich den Anschein von Unbekümmertheit. Sie deutete ein Lächeln an und ließ die Begrüßung aus. Stattdessen sagte sie forsch: »Gut, dass du da bist.«

»Was steht an?«

»Der Name der Ermordeten ist Marianne Fries, einundvierzig Jahre alt, zurzeit ohne Beschäftigung. Seit der Ehetrennung von ihrem Mann wohnte sie allein mit ihrer zwölfjährigen Tochter in dem Haus. Das Mädchen heißt Katrina. Sie war es auch, die ihre Mutter heute Morgen gefunden hat.«

»Das muss ein Schock für sie gewesen sein.«

»Ja.«

»Kümmert sich gerade jemand um sie?«

Stefanie nickte. »Ihr Vater. Manfred Fries. Er war der Erste, den sie alarmiert hat. Beide sind hier. Du kannst nachher mit ihnen sprechen.«

»Wie schlimm ist es?«

»Ein brutaler Mord. Einzelheiten wirst du gleich sehen.«

»Wo wurde die Leiche gefunden?«

»Im Garten.«

»Ist Carlotta schon da?«

Stefanie warf ihm einen vielsagenden Blick zu. »Ja. Sie war übrigens als Erste am Tatort.«

Trojan war kurz verblüfft. »Also hat sie der Chef zuerst informiert?«

»Sieht so aus.«

Das Team hatte die Kriminalpsychologin am Vortag als feste neue Mitarbeiterin begrüßt. Trojan war nicht entgangen, dass Landsberg ihr das kleinste Büro im Kommissariat zugewiesen hatte. Er hielt das für eine Unverschämtheit.

»Also los«, sagte er. »Packen wir's an.«

Stefanie führte ihn über einen schmalen Weg am Haus vorbei in den Garten, wo die Kriminaltechniker ihre Halogenscheinwerfer aufgebaut hatten. Beamte in weißen Overalls vor einer Linde mit weitverzweigtem Geäst. Kleine Glühlampen hingen an den Zweigen und schaukelten im Wind. Eine Strickleiter hing von einem hölzernen Bau herab, der in ungefähr acht Metern Höhe auf den kräftigen Ästen der Linde errichtet war. Sie waren vom gleißenden Licht der Scheinwerfer erhellt.

»Dort oben wurde die Leiche entdeckt«, sagte Steff.

Trojan sah hinauf.

Ein Baumhaus. Wie oft er als Kind davon geträumt hatte. Ein Platz nur für sich allein, hoch oben im Freien, dem Himmel nah. Doch es war bei einer Wunschvorstellung geblieben. Er war nicht in einem Haus mit Garten aufgewachsen, sondern in einer tristen Neubausiedlung.

Am Fuße der Linde fiel ihm eine umgekippte Porzellantasse im Gras auf. Darüber baumelte ein Korb, der mittels eines Flaschenzugs mit dem Baumhaus verbunden war.

»Ich unterstütze das Team bei der erweiterten Spurensuche«, sagte Steff.

»In Ordnung.«

Sie nickte ihm zu und entfernte sich von ihm.

Trojan zog sich Latexhandschuhe an und streifte sich Plastiküberzieher über die Schuhe. Dann stieg er die Strickleiter hinauf und kletterte in das Baumhaus, wo ihn Carlotta Weiss und der Rechtsmediziner Dr. Carsten Semmler erwarteten.

Er begrüßte beide mit einem stummen Kopfnicken. Sie traten beiseite. Auf dem Boden lag eine zusammengebauschte Baumwolldecke mit einem karierten Muster.

Sie war blutdurchtränkt.

Darunter zeichneten sich die Umrisse einer menschlichen Gestalt ab.

»Die Leiche war verhüllt?«, fragte Trojan.

»Ja«, erwiderte Carlotta.

»Genau so wurde sie gefunden?«

»Von ihrer Tochter, ja. Wir haben den Leichnam wieder zugedeckt, damit du einen unverstellten Eindruck hast.«

Trojan blickte sich zunächst in dem Baumhaus um. Es war sehr geräumig. Ein hölzernes Geländer, in einer Ecke ein niedriger Tisch, am Boden zwei Windlichter mit erloschenen Kerzen. Daneben eine Schachtel mit Zündhölzern. Über dem Geländer hing eine weitere Strickleiter.

Trojan schaute in den Baumwipfel hinauf, unter dem ein zweites, etwas kleineres Holzplateau errichtet war.

Carlotta folgte seinem Blick. »Ich war bereits oben.«

»Und?«

»Hab den Bereich abgesucht. Bisher ohne Ergebnis.«

Er fröstelte, zog die Schultern hoch.

»Bist du bereit?«, fragte sie.

Statt einer Antwort bückte er sich und war im Begriff, die Decke zurückzuschlagen.

Carlotta trat einen Schritt auf ihn zu. »Mach dich auf einiges gefasst.«

Er hielt inne. »Ist es so schlimm?«

»Ziemlich.«

Er musterte sie. Ihre grünblauen Augen, das rotbraune Haar. Sie war von zierlicher Statur. Bei ihrem ersten gemeinsamen Einsatz hatte er sie als überaus scharfsinnig und clever erlebt. Sie war schnell, sportlich und belastbar. Konnte sich erstaunlich gut in die Abgründe menschlicher Seelen hineinversetzen. Er kannte sie als einfühlsam und hochsensibel. Dabei hatte sie etwas Zerbrechliches an sich.

Die Tatsache, dass ihre Schwester eine Serienmörderin war, schien ihr schwer zuzusetzen. Dennoch war sie offenbar gewillt, sich nichts davon anmerken zu lassen.

Noch bevor sie die Zusage gegeben hatte, künftig längerfristig für die fünfte Mordkommission zu arbeiten, hatte Trojan oft mit ihr nach Feierabend telefoniert.

Er wusste von Carlotta, dass sie professionelle Distanz brauchte. Darum war es ihr anfangs wichtig gewesen, beim förmlichen Sie zu bleiben.

Schließlich hatte ihr Trojan das Du angeboten. Und sie war einverstanden gewesen. Mehr und mehr hatte sie sich ihm bei den privaten Gesprächen geöffnet.

Semmler räusperte sich. »Du bist ja einiges von deiner Arbeit gewöhnt. Also dürfte dich das hier auch nicht weiter schockieren.«

Trojan spürte, wie sich sein Herzschlag beschleunigte.

Seine Hand näherte sich dem verhüllten Leichnam.

Noch zögerte er.

»Was wissen wir eigentlich über diese Decke?«, fragte er.

»Sie gehört der Tochter der Toten«, antwortete Carlotta. »Katrina. Ich habe im Beisein ihres Vaters bereits kurz mit ihr gesprochen. Sie sagte, sie habe die Decke stets hier oben liegen lassen.«

»Warum?«

»Um es sich gemütlich zu machen.«

»Die Tasse, die unten im Gras liegt. Hast du Katrina dazu befragt?«

»Ja. Sie wollte heute Morgen wie so oft im Baumhaus ihren Kakao trinken. Das scheint ein festes Ritual von ihr zu sein.«

»Sie zieht die Tasse normalerweise in dem Korb hoch?«

»Genau. Doch irgendetwas kam ihr komisch vor.«

»Sie hatte eine Vorahnung?«

»Ja. Sie begann zu zittern, da fiel ihr die Tasse aus der Hand.«

»Dann ist sie raufgeklettert?«

»So ist es.«

»Sah sie nur die blutbefleckte Decke oder etwa auch den Leichnam?«

Carlotta nagte an ihrer Unterlippe. »Ich fürchte, sie hat ihre Mutter gesehen.«

»Warum verhüllt der Täter die Tote?«

»Ich weiß es nicht, Nils.«

»Irgendeine Theorie?«

»Katrina sagte, es sei ihre Kuscheldecke. Vielleicht ist das von Bedeutung. Sie hat regelmäßig hier oben gesessen. Auch schon vor der Schule.«

»Wusste der Täter davon?«

»Falls ja, müsste er das Kind kennen.«

»Oder zumindest beobachtet haben.«

»Richtig. Ihm dürfte bewusst gewesen sein, dass höchstwahrscheinlich Katrina die Tote finden wird. Nach der Trennung der Eltern lebte sie ja allein mit ihrer Mutter in dem Haus.«

Trojan ließ den Atem ausströmen. »Ich wünsche mir eine Welt, in der Kinder so etwas Furchtbares nicht miterleben müssen.«

»Also eine Welt ohne Morde?«, fragte Semmler sarkastisch.

»Ja.«

»Dann wärst du arbeitslos.«

»Ist mir egal.«

»Lass dich besser nicht von deinen Emotionen mitreißen.«

»Du hast recht.«

Beherzt schlug Trojan die Decke zurück.

Der Anblick traf ihn mit Wucht. Marianne Fries lag auf

dem Rücken. Sie trug ein blutbespritztes Nachthemd, darüber einen geöffneten Anorak, ebenfalls blutdurchtränkt. Ihre Füße steckten in Schuhen.

Ihre Augen waren weit aufgerissen. Ihr Hals war kaum noch vorhanden.

Tiefe Schnittwunden, der Kehlkopf durchtrennt.

Und überall Blut. Eingetrocknetes Blut auf ihrem Brustkorb, dem Kinn und den Wangen.

Trojan wandte den Blick ab.

Dann sah er erneut hin. Der Mörder hatte ihr die Kehle aufgeschlitzt. Der Kopf der Toten lag merkwürdig schief, vom Rumpf halb abgetrennt.

Die Arme der Leiche lagen flach neben dem Körper. Trojans Blick wanderte an ihnen herab.

Bis hinunter zu den blutigen Stümpfen.

An dem Leichnam fehlte etwas.

Der Mörder hatte Marianne Fries beide Hände abgeschnitten.

Nils kämpfte gegen einen Würgereiz an und stand auf. Er krümmte sich leicht.

»Alles in Ordnung?«, fragte Carlotta.

»Geht schon wieder.« Er atmete tief durch. »Warum die Hände?«

Schweigen.

»Wieso nimmt der Täter die Hände als Trophäe?«, fragte er mit Nachdruck.

Sie schien nachzudenken. »Wir sollten uns nicht auf frühzeitige Spekulationen einlassen, aber …«

»Aber was?«

»Es wirkt auf mich wie ein Akt der Bestrafung.«

»Du meinst …?«

»Spontan kam mir der Ausdruck ›strafende Hand‹ in den Sinn.«

Trojan schaute sie an. »Interessant. Erste Eindrücke am Tatort sind sehr wichtig. Intuitive Eingebungen. Noch etwas, Carlotta?«

»Ich muss das alles zunächst auf mich wirken lassen.«

»Gut.« Er wandte sich an den Rechtsmediziner. »Irgendeine Einschätzung, mit welcher Mordwaffe wir es zu tun haben?«

»Ich vermute, der Täter benutzte eine akkubetriebene Säge«, erwiderte Semmler.

»Todeszeitpunkt?«

»Irgendwann im Laufe der letzten Nacht. Genaueres kann ich dir nach der Obduktion sagen.«

»Eine Säge also. Das muss Lärm gemacht haben.«

»Nicht unbedingt. Es gibt schallisolierte Modelle. Kriegst du in jedem Baumarkt.«

»Das ist abartig.«

»Ein brutales Vorgehen«, sagte Carlotta.

Trojan schaute auf den Leichnam. »Marianne Fries trägt eine Jacke über dem Nachthemd. Außerdem hat sie sich Schuhe angezogen. Sie scheint in der Nacht etwas bemerkt zu haben und geht in den Garten hinaus.«

»Richtig«, sagte Carlotta. »Offenbar wurde sie vom Täter hergelockt.«

»Ausgerechnet ins Baumhaus. Wieso?«

»Es ist ein wichtiger Ort für die Tochter.«

»Auch das könnte von Bedeutung sein.«

»Ja.«

»War die Lichterkette eigentlich eingeschaltet?«

Carlotta nickte. »Als wir eintrafen, ja.«

»Vielleicht kam Marianne Fries her, um das Licht zu löschen. Wunderte sich, warum der Baum erhellt war.«

Abermals stimmte sie ihm zu. »Der Schalter befindet sich jedenfalls hier oben. Andererseits lassen manche Leute ihre Gartenbeleuchtung nachts an. Besonders in der Vorweihnachtszeit.«

»Hmm.«

»Auch über die Kerzen habe ich nachgedacht.«

»Wir sollten Katrina fragen, ob sie gebrannt haben, als sie ihre Mutter fand.«

»Ja.«

»Jedenfalls muss Marianne Fries etwas irritiert haben. Auch ein Geräusch ist denkbar.«

»Sie wacht auf, tritt ans Fenster. Danach entschließt sie sich, zum Baumhaus hinauszugehen.«

Trojan blickte sie nachdenklich an. »Was haben wir noch?«

»Ich habe etwas gefunden. Und zwar das hier.«

Sie zog einen Asservatenbeutel aus ihrer Jackentasche und zeigte ihm den Inhalt.

Es war der abgebissene Kopf eines Lebkuchenmanns.

Trojan war überrascht. »Wo genau hast du ihn entdeckt?«

Sie wies in die Ecke, wo sich der Tisch befand. »Er lag dort unten. Zwischen zwei Holzbohlen.«

Trojan nahm den Klarsichtbeutel in die Hand und besah sich die Reste des Gebäckstücks genauer.

Zwei Augen aus Zuckerguss, ein lächelnder Mund.

Ein merkwürdiges Gefühl beschlich Trojan. Als würde ihn dieses Gesicht, zuckrig und nett, auf braunem Lebkuchen, mit seinem niedlichen Grinsen in Wahrheit verhöhnen.

Langsam, dachte er, es könnte auch ein Zufall sein. Nicht jedes Fundstück musste unbedingt mit dem Mord zusammenhängen.

»Außerdem fand ich an der derselben Stelle Haare«, sagte Carlotta und reichte ihm einen zweiten Beutel.

Trojan betrachtete das Büschel darin, an dem ein paar Krümel hafteten, vermutlich von dem Gebäck.

»Blonde Haare«, murmelte er und blickte erneut auf den Leichnam. Marianne Fries hatte dunkles Haar. »Wir müssen beides im Labor untersuchen lassen. Ist jemand in der Familie blond?«

»Nein. Weder die Tochter noch der Exmann.«

»Gute Arbeit, Carlotta. Wir sollten mit Katrina darüber sprechen.«

SECHS

Manfred Fries war ein attraktiver Mann Ende vierzig. Gepflegter Vollbart, randlose Brille, schwarzer Rollkragenpullover. Er saß auf dem Sofa im Wohnzimmer des Hauses und hielt seine Tochter Katrina im Arm, ein sehr schlankes Mädchen, schmales Gesicht, glattes, glänzendes Haar, das ihr bis zu den Hüften reichte.

Als Trojan mit Carlotta den Raum betrat, erhob er sich schweigend.

Nils trat auf ihn zu. »Ich bin Hauptkommissar Nils Trojan. Meine Kollegin Carlotta Weiss kennen Sie bereits?«

Fries nickte.

»Sie sind seit heute Morgen hier?«

»Ja. Früher war das auch mein Haus. Aber nach der Scheidung ging es an Marianne.«

»Um wie viel Uhr kamen Sie her?«

»Meine Tochter rief mich ungefähr um halb sieben an. Sie erzählte mir, dass ...«, ihm brach kurz die Stimme, »... mit meiner Exfrau etwas ... nicht in Ordnung sei. Ich bin dann sofort hergefahren.«

»Wo waren Sie heute Nacht?«

»In meiner Wohnung in Mitte.«

»Kann das jemand bestätigen?«

Ein verlegener Blick zu seiner Tochter. »Nein.«

»Welchen Beruf üben Sie aus, Herr Fries?«

»Ich bin freischaffender Architekt.«

Trojan musterte ihn. Dann sagte er: »Bitte warten Sie im Nebenraum auf uns. Wir haben noch weitere Fragen an Sie. Doch zunächst möchten wir mit Ihrer Tochter allein sprechen.«

Fries hob das Kinn. »Das ist absolut unmöglich.«

»Wieso?«

»Katrina ist völlig durcheinander. Ich schlage vor, dass Sie sie heute gar nicht mehr mit Ihren Fragen belasten.«

»Bitte«, sagte Carlotta mit Bestimmtheit. »Es dauert auch nicht lange.«

Fries wandte sich an Katrina. »Ist das in Ordnung für dich, mein Schatz?«

Die Zwölfjährige nickte kaum merklich.

Manfred Fries bedachte Trojan und Carlotta mit einem kritischen Blick. »Also schön. Aber gehen Sie behutsam mit ihr um.«

»Natürlich.«

Widerstrebend verließ er das Zimmer

Carlotta schloss hinter ihm die Tür, dann setzte sie sich zu Katrina aufs Sofa.

Nils zog sich einen Stuhl heran.

Stille im Raum. Künstliches Licht. Von draußen war das geschäftige Treiben der Kriminaltechniker zu vernehmen.

Die Vorhänge waren zugezogen. Trojan überlegte, ob sie wohl am Morgen erst gar nicht geöffnet worden waren. Oder hatte Manfred Fries sie aus Rücksicht auf seine Tochter geschlossen, weil die Fenster zum Garten hinausgingen? Dort, wo Katrinas ermordete Mutter lag?

Trojan suchte Augenkontakt zu der Zwölfjährigen. Sie wirkte leicht apathisch und in sich gekehrt.

Schließlich sagte er: »Katrina, ist es dir möglich, uns beiden noch einmal genau die Abläufe von heute Morgen zu schildern?«

Leichtes Kopfnicken.

»Um wie viel Uhr bist du aufgestanden?«

»Ich war um halb sechs wach.«

»So früh?«

»Ja. Ich konnte nicht mehr schlafen.«

»Hast du in der Nacht etwas gehört. Irgendein Geräusch?«

»Nein.«

»Halb sechs also. Was hast du gemacht?«

»Geduscht.«

»Und dann?«

»Hab mich angezogen und bin leise in die Küche gegangen.«

»Warum leise?«

»Um Mama ... nicht zu wecken ... Ich dachte doch, sie schläft.«

»Verstehe. Kann man von der Küche aus in den Garten schauen?«

»Ja.«

»War draußen jemand?«

Sie schwieg, rührte sich nicht. Schließlich zuckte sie mit den Schultern.

»Ist dir irgendetwas Verdächtiges aufgefallen?«

»Es war noch dunkel draußen.«

»War die Lichterkette nicht eingeschaltet?«

»Ich glaube, sie war an.«

»Du glaubst?«

»Bin mir ziemlich sicher.«

»Also war es nicht völlig dunkel.«

»Ich hab nichts gesehen.«

»Erzähl weiter. Was geschah als Nächstes?«

»Ich hab mir einen Kakao gemacht.«

»Und danach?«

»Ich bin in den Garten gegangen.«

»War dir nicht kalt?«

»Ich hab mich warm angezogen.«

»Du hast die Tasse mit dem Kakao rausgetragen?«

Erneutes Kopfnicken. »Ich wollte ihn im Baumhaus trinken.«

»Das machst du öfter, ja?«

»Hmm.«

»Es ist ein sehr schönes Baumhaus.«

»Papa hat es gebaut.«

»Er lebt von deiner Mutter getrennt?«

»Ja.«

»Seit wann?«

»Seit zwei Jahren.«

»Was ist dir aufgefallen, als du unten vor dem Baumhaus standst?«

Sie schlug die Augen nieder. »Ich weiß nicht.«

»War irgendetwas anders als sonst?«

»Ich bekam plötzlich Angst. Und mir fiel die Tasse aus der Hand.«

»Warum hattest du Angst?«

»Es waren Krähen im Baum.«

»Krähen?«

Wiederum nickte Katrina. Eine Träne lief ihr übers Gesicht. »Sehr viele. Sie haben geschrien.«

Aasfresser, dachte Trojan. Angelockt durch die Tote im Baumhaus. »Und in diesem Moment ahntest du, dass etwas nicht stimmt?«

»Ja.«

Trojan sah zu Carlotta hin. Sie blickte das Kind unverwandt an.

Schließlich räusperte er sich. »Du bist die Strickleiter hochgeklettert?«

Katrina rührte sich nicht.

»Du warst oben, ja?«

»Hmm.«

»Ich weiß, es ist sehr schlimm für dich. Aber es ist äußerst wichtig, dass du es uns erzählst. War noch jemand da?«

»Nein.«

»Auch nicht weiter oben? Es gibt doch noch ein zweites Stockwerk.«

»Ich weiß nicht.«

»Brannten die Windlichter?«

Schweigen. Sie schien nachzudenken.

»Die Kerzen. Waren sie an?«

»Nein.«

»Ganz sicher?«

»Ziemlich.«

»Hör zu, Katrina. Diese Baumwolldecke ... Du hast meiner Kollegin gesagt, sie gehört dir?«

»Ja. Es ist meine Lieblingsdecke.«

»Und du lässt sie immer draußen?«

»Hmm. Mama wollte das nicht.«

»Wieso nicht?«

»Sie hat gesagt, sie wird feucht und bekommt Stockflecken. Ich hab mich ein paarmal mit ihr deswegen gestritten.«

»Auch gestern?«

Katrina wirkte irritiert. »Ich glaube nicht.«

»Hattet ihr öfter Streit?«

»Manchmal, ja.«

»Weswegen?«

»Es ging meistens ums Baumhaus. Weil ich so viel Zeit darin verbracht habe. Papa hat es mir gebaut. Und seitdem ... dachte Mama ... ich würde lieber bei ihm sein als bei ihr.«

»Stimmt das denn?«

»Weiß nicht.«

Pause.

»Du magst dein Baumhaus sehr, nicht wahr?«, meldete sich Carlotta zu Wort.

»Jetzt nicht mehr.« Das Mädchen wandte sich der Kriminalpsychologin zu. »Wie soll ich jemals wieder da oben …?« Sie brach ab. »Das war für mich der liebste Ort auf der Welt.«

»Es ist ein großer Schock für dich. Das verstehe ich gut.«

Katrina schluchzte auf. »Was ist mit Mamas Händen passiert? Wer tut ihr so etwas an?«

»Wir wissen es nicht«, sagte Carlotta sanft. »Aber wir tun alles, um es herauszufinden.«

Sie schien abzuwarten, bis sich das Mädchen beruhigt hatte. Dann fragte sie: »Gab es noch wegen anderer Dinge Streit zwischen dir und deiner Mutter?«

»Sie war genervt wegen meines Schlafwandelns.«

Carlotta blickte sie an. »Du schlafwandelst?«

»Ich hab manchmal komische Träume. Dann irre ich herum. Ich war ein paarmal nachts draußen, ohne es zu wissen. Mama hat mich gefunden.«

»Wo draußen?«

»Bei der Linde. In der Nähe von meinem Baumhaus. Sie hat einen Schreck bekommen.«

»Was sind das für Träume?«, fragte Carlotta.

»Ich kann mich kaum daran erinnern.«

»Gibt es irgendein Detail, das dir im Gedächtnis blieb?«

»Ein großer roter Mund spricht zu mir.«

»Was sagt der Mund?«

Lange Pause.

»Ich weiß nicht.« Katrina senkte den Kopf. »Ich will jetzt zu meinem Vater.«

Carlotta berührte das Mädchen sacht am Arm. »Es ist gleich geschafft. Wir haben nur noch eine einzige Frage.«

Trojan nahm die beiden Asservatenbeutel aus seiner Jackentasche und lehnte sich vor. »Das hier hat meine Kollegin in dem Baumhaus gefunden.«

Katrina blickte auf den Inhalt. Ihr Gesichtsausdruck war eine Mischung aus Erschrecken und Wiederkennen.

»Der Lebkuchenmann«, sagte sie leise.

»Du hast ihn also auch gesehen?«, fragte Trojan.

»Ja.«

»Wann war das?«

»Gestern früh. Er lag auf dem Tisch, als ich meinen Kakao getrunken hab. Ich dachte, er wäre von Mama.«

»Hat denn deine Mutter so etwas jemals gebacken? Oder gekauft?«

»Eigentlich nicht. Ich dachte, es wäre eine Überraschung.«

»Es ist nur der Kopf.«

»Ich hab den Rest gegessen. Aber es war eklig.«

»Warum?«

»Es waren Haare darin.«

Trojan hielt ihr den anderen Beutel hin. »Diese Haare?«

»Ja.«

»Hast du mit deiner Mutter darüber gesprochen?«

»Nein.«

»Hast du irgendeine Ahnung, von wem dieser Lebkuchenmann sein könnte?«, fragte Carlotta.

Sie warteten gespannt ab.

Doch nach einer Weile schüttelte die Zwölfjährige den Kopf.

SIEBEN

Dienstag, 21. November, abends

Endlich allein. Die Kollegen waren gegangen. Die Halogenschweinwerfer hatten die Forensiker abtransportiert. Nur die Markierungen der Spurensicherung erinnerten noch an einen Tatort.

Der Abend war kühl. Temperaturen um den Gefrierpunkt. Dunkelheit und Stille im Garten. Bloß das leise Rauschen des Winds und der matte Widerschein der Lichterkette in der Linde.

Carlotta spürte die Kälte kaum. Denn sie war hoch konzentriert. Sie schaute zum Baumhaus hinauf. Dann stieg sie die Strickleiter hoch.

Oben angelangt, kauerte sie sich in die Ecke hinter dem niedrigen Tisch. Sie zog eine transparente Tüte hervor. Fröhliche Gesichter aus Zuckerguss lächelten sie an. Sie hatte eine Portion Lebkuchenmänner in einer Bäckerei in der Nähe gekauft.

Einen davon nahm sie heraus und legte ihn auf den Tisch. So hatte ihn Katrina gefunden. Nur dass jenes Exemplar wohl größer gewesen war. Zwanzig Zentimeter, schätzte Carlotta. Das Gebäckstück, der abgebissene Kopf, den das Mädchen übrig gelassen hatte, befand sich nun im Labor. Auch die blonden Haare wurden untersucht. Eine DNA-Analyse sollte erstellt werden.

Die Haare des Täters? Sie hielt das für unwahrscheinlich. Zu offensichtlich. Welcher Mörder hinterließ schon demonstrativ seine eigene DNA am Tatort?

Sie dachte an Katrinas Worte.

»Ich hab den Rest gegessen. Aber es war eklig.«

Wenn das Gebäck vom Täter stammte, wovon sie mittlerweile ausging, hatten die blonden Haare darin sicherlich eine besondere Bedeutung.

Carlotta nahm den Lebkuchenmann vom Tisch und biss hinein. Er schmeckte nach Weihnachten. Ja, das vertraute Aroma der Vorweihnachtszeit. Zimt, Kardamom, Nelken, Zucker, eine Mischung aus süß und herb.

Sie biss dem Lebkuchenmann die linke Hand ab. Kaute, schluckte. Dann nahm sie sich die rechte vor.

Plötzlich hielt sie inne.

Sie musste an die abgetrennten Gliedmaßen des Mordopfers denken. Die blutigen Stümpfe.

Ihr wurde übel.

Carlotta betrachtete den handamputierten Lebkuchenmann. Sein Lächeln war unverändert. Froh und unbeschwert.

Und doch kam es ihr gespenstisch vor.

War das von Bedeutung? Dieses zuckrige Grinsen im Kontext großer Grausamkeit?

Rasch aß sie den Lebkuchenmann auf, sodass sein Lächeln verschwand.

Ihr kam Katrinas Vater in den Sinn. Sie hatte ihn zusammen mit Trojan noch ausführlicher vernommen. Da Manfred Fries kein Alibi für die Mordnacht vorweisen konnte, galt er als tatverdächtig. Nur hatten sie nicht genug gegen ihn in der Hand, um ihn vorläufig festzunehmen. Zumindest wussten sie bereits, dass er sich mit seiner Exfrau einen erbitterten Scheidungskrieg geliefert hatte. Er musste ihr das Haus überlassen, das er nach eigenen Angaben jahrelang liebevoll umgebaut hatte. Zudem war er zu hohen Unterhaltungszahlungen verpflichtet worden. Reichte das als Motiv aus?

Dieser irritierende Blick von ihm, als Nils ihn das erste Mal befragt hatte.

»Wo waren Sie heute Nacht?«

»In meiner Wohnung in Mitte.«

»Kann das jemand bestätigen?«

Er hatte sich zu seiner Tochter umgedreht und sie auf merkwürdige Weise angeschaut. Als habe er ein schlechtes Gewissen. Als wolle er irgendetwas verbergen.

Erst danach hatte er die Frage verneint.

Carlotta sah sich um. Was für ein schönes Baumhaus. In Gedanken hörte sie Katrinas Stimme.

»Papa hat es mir gebaut.«

Ein prachtvolles Geschenk für seine Tochter, fantasievoll ausgetüftelt. Gleich zwei Stockwerke.

Ihr hätte das als Kind auch gefallen. Sich hier stundenlang aufzuhalten. Selbst in der Novemberkälte. Sie fand es bemerkenswert, dass sich Katrina von keinem Wetter abhalten ließ, im Schutz der Linde allein zu sein.

Carlotta erhob sich und schaute in den Wipfel hinauf. Die Glühlampen an den Zweigen schaukelten im Wind hin und her.

Die zweite Etage des Baumhauses. Das wundervolle Werk eines Architekten. Ein Kindheitsparadies. Jäh zerstört durch einen abscheulichen Mord.

Behände schwang sich Carlotta auf die nächste Strickleiter und kletterte weiter nach oben. Für einen Moment musste sie an die Vögel denken, die Katrina gesehen hatte.

»Ich bekam plötzlich Angst. Und mir fiel die Tasse aus der Hand.«

»Warum hattest du Angst?«

»Es waren Krähen im Baum.«

Der Schock, die eigene Mutter zu finden, verstümmelt und ermordet. Ausgerechnet unter dieser Baumwolldecke.

»Es ist meine Lieblingsdecke.«

»Und du lässt sie immer draußen?«

»Hmm. Mama wollte das nicht.«

Der Täter muss sie beobachtet haben, dachte Carlotta. Er kennt Katrinas Gewohnheiten.

Auch die Decke befand sich nun im Labor der Kriminaltechnik und wurde auf Spuren untersucht.

Carlotta gelangte auf die höhere Plattform. Näher an der Baumkrone. Kleiner im Umriss.

Sie blickte sich um. Rechts von ihr das Haus der Ermordeten, links, in einiger Entfernung, das Nachbargrundstück. Dichter Baumbestand. Nur ein schmaler Ausschnitt des Wohngebäudes war sichtbar.

Hatte der Täter hier oben gelauert? Oder hatte er sich nicht bis zur Spitze vorgewagt?

Durch eine Öffnung in der Holzplattform konnte man in die erste Etage des Baumhauses hinunterschauen. Genau auf die Stelle, wo die Tote gelegen hatte. Die Öffnung war ungesichert. Kein Geländer davor. Carlotta blickte ungefähr drei, vier Meter in die Tiefe.

Eigentlich war sie schwindelfrei. Dennoch wurde ihr leicht mulmig. Warum hatte Katrinas Vater diesen Bereich nicht abgesichert? Es war doch gefährlich, gerade wenn sich hier ein Kind aufhielt.

Wozu hatte er überhaupt das zweite Stockwerk errichtet? Die Laune eines Architekten? Reine Lust am Entwerfen und Bauen? Oder gab es noch einen anderen Grund?

Plötzlich wurde im Nachbargebäude Licht eingeschaltet. Eine Frau trat ans Fenster, etwa fünfzig Meter von ihr entfernt.

Instinktiv trat Carlotta einen Schritt zurück und suchte Deckung hinter einem breiten Ast.

Ein idealer Beobachtungsposten, dachte sie. Wenn im Frühjahr und Sommer die Linde dicht belaubt war, konnte man von hier aus relativ unbemerkt in das Fenster des Nachbarhauses schauen.

Offenbar waren vor längerer Zeit die Zweige so beschnitten worden, dass sich ein kleiner Ausguck ergab. Inzwischen war er fast zugewachsen, trotzdem blieb er noch erkennbar.

Vorsichtig bog Carlotta das Astwerk auseinander.

Die Frau gegenüber schien in ihre Richtung zu blicken.

Und dann geschah etwas Merkwürdiges.

Im hellen Lichtschein am Fenster zog sie ihren Pullover aus, öffnete ihren BH und streifte ihn ab. Danach schlüpfte sie aus ihrem Rock.

In einer nahezu anmutigen Bewegung breitete sie die Arme aus.

In dieser Position verharrte sie.

Nach einer Weile aber verschwand sie, um nur wenig später erneut am Fenster zu erscheinen.

Nun trug sie ein trikotartiges Kostüm.

Ein letzter Blick in die Dunkelheit hinaus.

Dann begann die Frau zu tanzen.

Carlotta läutete an der Tür des Nachbarhauses.

Nichts geschah.

Aus dem Innern erschallte moderne klassische Musik, sehr dynamisch. Wirbelnde Streicher, jubelnde Trompeten, energischer Paukenschlag. Offenbar war eine Musikanlage laut aufgedreht.

Sie drückte ein zweites Mal auf den Klingelknopf. Diesmal lang anhaltend. Danach hämmerte sie mit der Faust gegen die Tür.

Schließlich wurde es still im Haus.

Schritte hinter der Tür. Dann wurde ihr geöffnet.

Sie zückte ihren Dienstausweis. »Carlotta Weiss, Kriminalpolizei.«

Die Frau in der Eingangstür war außer Atem. Carlotta schätzte sie auf Ende dreißig. Sie hatte sich das Haar hochgesteckt. Ihre Augen blitzten. Ihr Mund war fein geschwungen. Sie trug ein ärmelloses Shirt und eine Ballethose, darüber einen Tüllrock. Sie war barfuß. Auf ihrer Stirn glänzte Schweiß.

»Worum geht es?«

»Ich ermittle in einem Mordfall in der Nachbarschaft. Wie ist Ihr Name?«

»Elsa Herzmann.«

»Darf ich reinkommen?«

»Ich bin gerade beschäftigt.«

»Sie tanzen?«

Eine Irritation machte sich in ihrem Gesicht breit. »Wie kommen Sie darauf?«

»Erkläre ich Ihnen drinnen.«

Elsa Herzmann ließ sie unwillig herein. Sie führte sie in einen salonartigen Raum mit Parkettboden. Die Wände waren unverputzt, das blanke Mauerwerk freigelegt. Wenige Möbelstücke. Überwiegend weiß. Moderne Grafiken an der Wand, abstrakt.

Elsa Herzmann verschränkte die Hände und sah sie fragend an. »Wie kann ich Ihnen helfen?«

»Ihre Nachbarin wurde ermordet. Marianne Fries.«

Keine Regung. Kein Anzeichen von Erschrecken oder Mitgefühl für die Angehörigen.

Nur Schweigen.

»Kannten Sie sie?«

»Flüchtig.«

Elsa Herzmann stützte die Hände in die Hüften. »Ist noch etwas? Ich habe nämlich nicht viel Zeit.«

»Was ist mit der Tochter? Katrina Fries? Ist sie Ihnen bekannt?«

»Man grüßt sich. Mehr aber auch nicht.«

Carlotta musterte sie. War das nun Arroganz? Oder reine Abwehrhaltung?

Sie wartete ab.

Der Frau in dem Tanzkostüm schien die Stille allmählich unangenehm zu werden. Schließlich sagte sie: »Hören Sie, ich stecke mitten in einem kreativen Prozess. Darum möchte ich Sie bitten, es kurz zu halten.«

»Sie tanzen also.«

»Richtig. Ich bin Choreografin an der Deutschen Oper.«

»Eine moderne Inszenierung?«

»Woher wissen Sie …?«

»Ich habe Sie beobachtet. Könnten Sie mich mal ins Obergeschoss führen?«

»Wozu?«

»Dort befindet sich Ihr Studio, nicht wahr?«

»Was wollen Sie …?«

Carlotta fiel ihr ins Wort. »Es geht um die Ermittlungen. Sie könnten eine wichtige Zeugin in dem Fall sein. Interessiert es Sie denn überhaupt nicht, was in Ihrer unmittelbaren Nachbarschaft geschehen ist?«

»Wer, sagten Sie, wurde ermordet?«

»Marianne Fries.«

»Das tut mir sehr leid, aber … ich stand in keinerlei Verbindung zu ihr.«

Carlotta wies zu der geschwungenen Eichenholztreppe in die obere Etage. »Ich möchte mich gern mal in dem Raum umsehen, in dem Sie tanzen.«

»Warum?«

»Das Fenster führt zum angrenzenden Garten hinaus. Und dort wurde der Leichnam Ihrer Nachbarin gefunden.«

Wiederum zeigte Elsa Herzmann keinerlei Regung.

Nach einer Pause fragte sie trotzig: »Haben Sie einen Durchsuchungsbeschluss?«

»Nein.«

»Dann wüsste ich nicht, warum …?«

»Es dauert nicht lange.«

Sie rümpfte die Nase. »Also schön.«

Sie gingen hinauf, durchschritten einen Flur. Elsa Herzmann öffnete eine Tür und führte sie in einen Raum mit verspiegelten Wänden, eine Ballettstange davor.

Carlotta trat ans Fenster. Sie sah hinüber zu der von der Lichterkette erhellten Linde, die so ausladend war, dass sie die Sicht in den Nachbargarten einschränkte. Doch das Baumhaus war schwach zu erkennen, besonders der obere Teil.

»Proben Sie oft am Abend hier?«

»Ja.«

Sie wandte sich zu ihr um. »Auch gestern?«

»So ist es.«

»Im Garten gegenüber befindet sich ein Baumhaus.«

»Tatsächlich?«

»Ist Ihnen das nicht aufgefallen?«

»Nein.«

»Wirklich nicht?«

Achselzucken.

»Ich konnte Sie von dort beobachten. Sie standen genau hier, wo ich jetzt stehe, und haben sich umgekleidet.«

»Ja und?«

»Ist Ihnen nicht bewusst, dass man Sie von drüben sehen kann?«

»Ich weiß nicht, worauf Sie hinauswollen.«

»Kommen Sie.« Carlotta winkte sie ans Fenster heran und deutete hinaus. Die Choreografin trat zu ihr. »Sehen Sie die Lichterkette?«

»Ja.«

»War sie gestern Abend eingeschaltet?«

Sie studierte die Mimik der Tänzerin genau. Carlotta hatte die Gabe, Mikroexpressionen zu erkennen. Das waren winzige Muskelreaktionen im Gesicht, die im Bruchteil von Sekunden auftauchten. Nur wenige Menschen waren in der Lage, diese wahrzunehmen.

Elsa Herzmann zögerte. »Ich glaube, ja.«

»Und von dem Baumhaus haben Sie nichts gewusst?«

»Nein.« Ein Zucken um die Augen. Und gleichzeitig eine Bewegung in der Mundpartie. Der Ausdruck von Furcht.

Sie lügt, dachte Carlotta.

»Kennen Sie Manfred Fries? Den Exmann der Ermordeten?«

Wieder eine Mikroexpression. Diesmal stärker. Unwillen. Und Angst.

»Ich habe keine Ahnung, was Sie mit Ihren Fragen bezwecken.«

»Woran haben Sie gedacht, als Sie hier am Fenster waren und die Arme ausbreiteten?«

»An nichts. Ich hab mich bloß konzentriert. Mich innerlich auf meinen Tanz vorbereitet.«

»Ihre Körpersprache verriet etwas anderes.«

»Was denn?«

»Traurigkeit. Sehnsucht. Und eine Spur von Hingabe.«

Elsa Herzmann schien verblüfft zu sein. »*Das* konnten Sie beobachten?«

»Ja.«

»Erstaunlich. Schauen Sie in Menschen hinein? Auch aus größerer Entfernung?«

»Gehört zu meinem Job.«

»Möglich, dass ich in diesem Moment an die schreckliche Tragödie von nebenan denken musste.«

»Sie wussten also bereits von dem Mordfall?«

Es entstand eine Pause. Elsa Herzmann schien aus dem Konzept zu geraten.

»Antworten Sie.«

»Natürlich ist mir nicht entgangen, dass sich drüben offenbar ein Verbrechen abgespielt hat. Das Blaulicht, die vielen Polizeifahrzeuge auf der Straße. Und als ich vom Einkaufen zurückkam, sah ich, dass Männer in weißen Overalls im Haus ein und aus gingen.« Sie senkte den Blick. »Außerdem erzählte mir eine Nachbarin, was passiert ist.«

»Noch einmal: Sind Sie mit Manfred Fries bekannt?«

Ihre betont selbstsichere Haltung bröckelte. »Ich weiß, dass er früher dort gewohnt hat. Er … er hat sich liebevoll um seine Tochter gekümmert. Kann sein, dass er sogar mal das Baumhaus erwähnt hat. Ich glaube, er hat es für Katrina entworfen und gebaut. Ja, jetzt erinnere ich mich wieder. Er hat mir davon erzählt.« Sie ließ den Atem ausströmen. »Das arme Kind. Nun ist es ohne Mutter.«

»Sie kennen die Familie also doch ganz gut.«

Elsa Herzmann wiegte den Kopf. »Es war bloß ein nachbarschaftliches Verhältnis. Mehr nicht.« Sie holte Luft. »Würden Sie mich jetzt bitte in Ruhe arbeiten lassen?«

»Wohnen Sie allein?«

»Ja.«

Carlotta versuchte erneut, ihre Körpersprache zu deuten. Wieder erkannte sie Traurigkeit. Womöglich auch Wut. Und eine tiefe Sehnsucht.

Wonach nur? Fühlte sie sich ungeliebt? War dieses selbstbewusste Auftreten bloß Maskerade? Verbarg sich dahinter eine zutiefst verletzte Person?

»Es ist ein schönes Zuhause«, sagte Carlotta.

»Ich hab es von meinen Eltern geerbt.«

»Wo waren Sie gestern Nacht?«

Irritation. Auch Angst. Sie schien Carlottas prüfende Blicke zu spüren. »Ich war hier.«

»Die ganze Zeit?«

»Ja. Bis abends gegen zehn bin ich meine neue Choreografie durchgegangen, danach habe ich noch ein paar Seiten gelesen und dann das Licht ausgeschaltet.«

»Und Ihnen ist in der Nacht nichts Verdächtiges aufgefallen?«

»Nein.«

»Ihr Schlafzimmer geht ebenfalls zum Garten hinaus?«

»Ja.«

»Sie haben keine Schreie gehört? Kein merkwürdiges Geräusch?«

»Ich habe einen tiefen Schlaf.«

Nach einer längeren Pause reichte ihr Carlotta ihre Karte. »Bitte rufen Sie mich an, falls Ihnen noch etwas einfällt.« Sie wandte sich von ihr ab. »Ich finde alleine hinaus.«

Noch auf der Straße hatte sie das Gefühl, dass ihr Elsa Herzmann etwas Entscheidendes verschwieg.

ACHT

Mittwoch, 22. November, später Abend

Lange hatte Eva nach einem Namen für ihren Jack Russell Terrier gesucht, bis sie auf die naheliegendste Lösung gekommen war. Sie nannte ihn einfach Jack.

Jack war ein possierlicher Hund, immer gut gelaunt, solange er genug Auslauf hatte und es ausreichend zu fressen gab.

Er sprang zu Eva aufs Sofa und ließ sich von ihr das Fell kraulen.

»Wenn Tanja nach Hause kommt, musst du runter von der Couch, klar?«

Jack stupste sie mit der Schnauze an, als habe er sie verstanden.

Sofa und Bett waren für ihn eigentlich tabu. Evas Freundin Tanja, mit der sie sich die Wohnung teilte, war in Sachen Hundeerziehung strenger.

Jack rollte sich neben ihr zusammen und schnaufte leise.

Eva liebte diesen Hund. Ursprünglich hatte sie ihn nur angeschafft, um Tanja damit aufzuheitern. Denn ihre Freundin war in letzter Zeit sehr bedrückt. Jack hatte es anfangs mit seinem freundlichen Wesen tatsächlich geschafft, mehr Freude in ihr Leben zu bringen.

Doch mittlerweile interessierte sich Tanja kaum noch für ihn. Jack schien ihr das nicht übel zu nehmen. So waren Hunde eben.

Für Eva war es nicht ganz so leicht, mit Tanjas Launen klarzukommen. Sie hatte sich zwar fest vorgenommen, sich nicht mehr von ihren Stimmungsschwankungen herunterziehen zu lassen. Im Moment aber verspürte sie ein leichtes Ziehen im Bauch.

Jeden Moment könnte Tanja nach Hause kommen. Und dann stellte sich die Frage: War der Tag ihrer Freundin mies gewesen? Halbwegs erträglich? Oder sollte es zur Überraschung mal ein schöner Abend werden?

Eine fröhliche Tanja? Ein Lächeln von ihr? Zur Begrüßung vielleicht sogar eine Umarmung?

Jack hob den Kopf und spitzte die Ohren.

Kaum wurde die Wohnungstür aufgeschlossen, sprang er auf und flitzte Tanja entgegen.

Auch Eva erhob sich und ging in den Flur.

»Hallo«, sagte sie zu ihrer Freundin.

»Hi.« Tanja warf den Schlüssel auf die Flurkommode und zog ihre Jacke aus.

Ein Blick in ihre Augen, und Eva wusste, dass ihr kein angenehmer Abend bevorstand.

Jack sprang schwanzwedelnd an Tanja hoch. Sie schüttelte ihn ab und ging in die Küche. Eva folgte ihr.

Tanja öffnete den Kühlschrank und blickte suchend hinein. »Ist noch Salat von gestern da?«

»Nein.«

Sie nahm sich ein Bier heraus und warf die Kühlschranktür zu.

»Wollen wir uns was beim Lieferservice bestellen?«, fragte Eva, um gute Stimmung bemüht.

Tanja hebelte den Verschluss auf und nahm einen großen Schluck aus der Flasche.

Keine Antwort.

»Indisch oder Thailändisch? Worauf hast du Lust?«

»Weiß nicht.«

Im Wohnzimmer fläzte sich Tanja mit dem Bier auf die

Couch. Jack machte Anstalten, zu ihr zu hüpfen, doch ihr ausgestreckter Zeigefinger und ein warnender Gesichtsausdruck hielten ihn davon ab. Er trollte sich, nahm seinen Kauknochen ins Maul und ließ sich auf dem Boden nieder.

Eva setzte sich zu ihr.

Sie wusste, dass sie die nächste Frage nur äußerst behutsam vorbringen durfte. »Wie war die Arbeit?«

Tanja rollte mit den Augen.

»So schlimm?«

»Ich hasse diesen Job. Ich glaube, ich kündige.«

»Aber du hast doch gerade erst angefangen.«

Tanja war Büroangestellte in einer Firma für den Onlineversand von Elektroartikeln. Zuvor hatte sie lange Zeit gekellnert. Auch eine Ausbildung zur Heilpraktikerin hatte sie mal versucht, aber wieder abgebrochen.

Eva war mit ihrem Job als Physiotherapeutin recht zufrieden. Tanja aber schien ewig auf der Suche nach ihrer wahren Bestimmung zu sein. Mit Mitte vierzig war das nicht mehr so einfach. Viele Träume waren geplatzt.

Eva berührte ihre Hand. Tanja zog sie gleich darauf weg.

»Lass das bitte.«

Es versetzte ihr einen Stich. Was sie für Tanja empfand, war mehr als reine Freundschaft. Sie hatte sich schon immer zu Frauen hingezogen gefühlt.

Tanja hingegen wollte sich einfach nicht festlegen. Ursprünglich war sie mit ihr zusammengezogen, weil sie sich allein die Miete nicht leisten konnte, dann war sie mit Eva im Bett gelandet, hatte ihr gesagt, sie sei verliebt.

Ein Jahr lang hatten sie wie ein Paar zusammengelebt. Doch in letzter Zeit sprach Tanja oft von Männern, mit denen sie mal zusammen gewesen war. Sie gab zu, dass sie die Zeit mit ihnen vermisste.

Eva hatte all ihren Mut zusammengenommen und sich darüber beklagt. Denn es war demütigend für sie.

Dann die Phase der Versöhnung. Erst neulich konnte sie Tanja die Worte entlocken, das Leben mit ihr sei schön. Sie wolle sie als Partnerin nicht verlieren.

Und jetzt?

War nicht mal eine Berührung erlaubt? Geschweige denn ein Kuss? Dafür lange Diskussionen über ihre berufliche Unzufriedenheit? War sie denn nur der Abfalleimer für ihren seelischen Müll?

Eva gab sich innerlich einen Ruck. Nicht runterziehen lassen. Lieber für gute Stimmung sorgen.

»Komm lass uns was essen. Ich bestelle uns was Thailändisches, ja?«

Tanja nahm noch einen Schluck Bier. »Eigentlich bin ich schon satt. Jan, du weißt ja, der Mitarbeiter, der mir schöne Augen macht, hat seinen Geburtstag gefeiert und Sushi für alle kommen lassen.«

Aus dem Ziehen im Bauch wurde ein krampfartiger Schmerz. Sie sollte sich das nicht länger bieten lassen. Der Kollege Jan wurde doch nur erwähnt, damit Tanja ihre Überlegenheit demonstrieren konnte.

Sie stand auf.

»Wollen wir mit dem Hund rausgehen?«

Kopfschütteln.

Natürlich, dachte Eva. In letzter Zeit führte sie den Terrier nur noch ohne Tanja aus. Früher hatten sie lange gemeinsame Abendspaziergänge unternommen, jetzt nicht mehr.

Jack ließ den Kauknochen fallen und war im Nu auf den Beinen. Begeistert wedelte er mit dem Schwanz. Er schien gewisse Wörter und Gesten von ihr zu verstehen.

»Ich drehe eine Runde allein mit ihm.«

Jack kläffte voller Vorfreude.

Tanja nickte ihnen bloß schweigend zu.

Kaum war Eva mit dem Hund draußen, wurde ihr ein wenig leichter ums Herz. Egal, was passieren würde, sie hatte Jack. Er würde ihr immer treu bleiben.

Sie durchquerte die Siedlungsstraßen und erreichte die beinahe ländliche Gegend rund um den Hahneberg.

Der Terrier rannte voraus. Sie hatte ihm das grüne Cape übergestreift, damit er nicht fror. Erst neulich hatte sie es nach einem Streit mit Tanja für ihn gekauft, eigentlich mehr, um sich selbst zu trösten. Dazu passend ein grünes Leuchthalsband, damit sie ihn auch in der Dunkelheit im Auge hatte.

Eva fröstelte. Für Ende November war es schon recht kalt. Sie folgte dem zum Teil gepflasterten Weg, der sich den Berg am Stadtrand hinaufschlängelte. Gelegentlich rief sie nach Jack, und der Hund wartete gehorsam auf sie. Dann lobte sie ihn, und er lief weiter.

Sie orientierte sich an den Lichtern an seinem Halsband. Ohne Hund wäre sie um diese Zeit nicht mehr allein in dem menschenleeren Gebiet unterwegs.

Doch mit Jack fühlte sie sich sicher.

Es war finster, nahezu still. Die Stadt war nur noch als ein entferntes Rauschen hörbar.

Niemand kam ihr entgegen.

Je länger sie dem Weg folgte, desto ruhiger wurde ihr Atem, und die düsteren Gedanken, die um ihre Beziehung zu Tanja kreisten, verflüchtigten sich allmählich.

Selbst wenn es zur Trennung kommen würde, Jack bliebe bei ihr. Sein unbekümmertes Wesen würde sie aufheitern. Er konnte minutenlang Luftsprünge machen, aus reiner Daseinsfreude, und Eva wurde nicht müde, ihm dabei zuzusehen.

Plötzlich hatte sie ihn aus den Augen verloren.

»Jack!«, rief sie.

Vielleicht ein Eichhörnchen, dem er hinterherjagte?

Der Weg verlief in einer Biegung. Sie ging schneller und rief noch einmal nach ihm.

Ganz entfernt machte sie auf einmal das Leuchten seines Halsbands aus.

Abermals beschleunigte sie.

Schließlich hatte sie ihn fast erreicht.

»Jack, komm her!«, rief sie.

Doch der Hund rührte sich nicht.

Vor einer Gruppe von Bäumen schien er Witterung aufgenommen zu haben.

»Bei Fuß!«

Er reagierte nicht.

Sie war nur noch ein paar Schritte von ihm entfernt, da vernahm sie sein leises Knurren.

»Sei ein braver Hund, komm.«

Doch der Terrier spitzte die Ohren und schob den Kopf vor.

Abermals knurrte er.

Eva blickte in seine Richtung. An den Ästen hing etwas und schaukelte sacht im Wind.

Sie trat näher heran.

Was war das nur?

Eva schaltete die Taschenlampe an ihrem Handy ein und leuchtete den Baum ab.

Sie traute ihren Augen nicht. Es waren Lebkuchenmänner, ungewöhnlich groß. Mit Bindfäden an den Zweigen befestigt. Ihre zuckrigen Gesichter lächelten sie an.

Jack bellte.

Und da war noch etwas.

Ein merkwürdiger Schatten an einer Astgabel.

Eva zuckte zusammen.

Der Hund bellte erneut.

Was sie sah, war so grotesk, dass sie für einen Moment an ihrer Wahrnehmung zweifelte. Spielte ihr Gehirn ihr einen Streich?

Noch ein Bellen von Jack.

Lautes Knurren.

Es gab keinen Zweifel. Auf der Astgabel, gegen den Baumstamm gelehnt, grinste sie ein weiterer Lebkuchenmann an.

Doch das eigentlich Verstörende war etwas anderes.

Das Knurren des Terriers wurde heftiger. Eva rang nach Luft. Ihr war, als würde ihr Herz für ein paar Schläge aussetzen.

War sie dabei, den Verstand zu verlieren?

Zitternd hielt sie ihr Handylicht hoch.

Nein, sie irrte nicht.

Was sie sah, war so erschreckend, dass es ihr kurzzeitig den Atem nahm.

Eva schrie gellend auf.

Danach ging alles sehr schnell.

Eine Bewegung weiter oben im Baum. Dann flog etwas in einem hohen Bogen herunter.

Eva erkannte einen Fleischbrocken. Der Hund sprang auf, schnappte sich das Fleisch und raste damit davon.

»Jack, nicht!«, schrie sie.

Sie wandte sich wieder dem Baum zu. Spähte ängstlich hinauf.

Da oben war jemand. Ein Gesicht, das sie angrinste. Kein Lebkuchenmann. Ein menschliches Gesicht.

Eine Gestalt sprang herab.

Eva wollte ausweichen. Doch dann spürte sie, wie sie am Kopf getroffen wurde.

Kurz darauf war alles schwarz um sie herum.

NEUN

Donnerstag, 23. November, nach Mitternacht

Der Anruf riss ihn aus einem kurzen Erschöpfungsschlaf. Trojan wollte zu Hause nur rasch duschen, die Wäsche wechseln und eine Kleinigkeit essen. Doch dann war er auf sein Bett gesunken und wohl für ein paar Minuten eingeschlafen.

Bloß eine Viertelstunde später rannte er die Forster Straße entlang und sprang in seinen Dienstwagen.

Er war seit mehr als 48 Stunden im Einsatz.

Trojan startete den Motor, setzte das Blaulicht aufs Wagendach und fuhr los. Er bog in die Skalitzer Straße ein und beschleunigte. Waghalsig überholte er einige Fahrzeuge. Die Sirene heulte. Über den Wassertorplatz erreichte er die Gitschiner Straße und drückte das Gaspedal durch.

»Komm, so schnell du kannst«, hatte Carlotta am Telefon gesagt.

Trojan war vom Schlaf noch ein wenig benommen. Völlig überhastet war er aufgestanden. Verdammt, dachte er, ich hätte mich gar nicht erst hinlegen sollen.

Die Sitzung am Abend im Kommissariat war unerfreulich verlaufen. Die Teammitglieder hatten ihre bisher mageren Ergebnisse zusammengetragen. Der Chef hatte getobt und sie alle zu mehr Einsatz aufgefordert.

Daraufhin hatte sich Trojan mit Carlotta zu einem Strategiegespräch zurückgezogen. In ihrem viel zu kleinen Büro waren sie beide zu dem Schluss gekommen, dass sie sich Manfred Fries noch einmal vorknöpfen sollten. Er galt nach wie vor als verdächtig.

Da sich der Architekt aber wegen eines Bauprojekts in Hamburg befand und erst im Laufe des nächsten Tages zurückkehren würde – seine Tochter Katrina hatte er derweil bei seiner Schwester untergebracht –, mussten sie die Vernehmung zunächst verschieben.

Carlotta hatte Trojan zudem von ihrem Gespräch mit der Nachbarin Elsa Herzmann berichtet. Auch diese wollten sie noch einmal befragen, konnten sie aber telefonisch nicht erreichen. In ihrem Haus war sie ebenfalls nicht anzutreffen.

Darum hatten sie beschlossen, eine kurze Verschnaufpause einzulegen, um neue Kraft für die kommenden Ermittlungen zu schöpfen.

Nun aber der nächtliche Anruf. Wieder einmal hatte Landsberg die Kriminalpsychologin noch vor Trojan informiert.

Was war da nur los? Schließlich war *er* der leitende Ermittler und nicht Carlotta. Er musste dringend mit dem Chef darüber reden.

Trojan raste am Ufer entlang, passierte das Hallesche Tor, das Gleisdreieck und bog an der Nationalgalerie in die Klingelhöferstraße ein. Bald darauf passierte er den nächtlichen Tiergarten und erreichte die Siegessäule. Über die Straße des 17. Juni gelangte er zum Ernst-Reuter-Platz und fuhr im hohen Tempo über die B2 weiter quer durch die Stadt.

Am Sophie-Charlotte-Platz musste er an Emily denken. In diesem Viertel hatte sie früher bei ihrer Mutter gewohnt, wenn sie nicht gerade bei ihm in Kreuzberg gewesen war. Bereits gestern hatte er vergeblich versucht, seine Tochter anzurufen. Auch heute Abend war sie nicht an ihr Telefon gegangen. Dabei war es in Kanada noch nicht allzu spät.

Ihn beschlich ein ungutes Gefühl. Irgendetwas stimmte

mit seiner Tochter nicht. Ihr ernster Blick neulich bei ihrem Gespräch mit FaceTime. Sie war doch sonst nicht so bedrückt.

Oder machte er sich zu viele Sorgen? Es war merkwürdig, seit der Trennung von Steffie fühlte er sich besonders dünnhäutig.

Trojan spürte, dass er zu flach atmete. Sein Herz hämmerte. Was würde ihn wohl in Spandau erwarten?

Carlotta hatte bloß Andeutungen gemacht. »Ein grausiger Fund am Hahneberg in Staaken, Ortsteil von Spandau. Steht offenbar im Zusammenhang mit dem Mord an Marianne Fries.«

»Eine weitere Leiche?«

»Nein, aber …« Dann wurde sie unterbrochen. »Nils, ich muss mich um die Zeugin kümmern. Komm, so schnell du kannst.«

Konzentrier dich, ermahnte er sich selbst, richte den Fokus auf die Ermittlungen.

Er umfasste das Lenkrad fester. Jagte die Heerstraße entlang. Mit quietschenden Reifen bog er nach links in die Wilhelmstraße ein. Kurz darauf hatte er den Weinmeisterhornweg erreicht.

Der Hahneberg am Stadtrand von Berlin. Ein Weg, der eigentlich für den Autoverkehr gesperrt war. Trojan trat auf die Bremse und musste im Schritttempo weiterfahren.

Plötzlich erinnerte er sich. Emily war noch sehr klein. Er war mit ihr und seiner Exfrau Friederike hier gewesen. Sie hatten einen Drachen steigen lassen. Eine herrliche Aussicht über die Stadt. Er sah den Drachen deutlich vor sich, flatternd im Wind. Emilys begeisterte Kinderaugen.

Erst die Scheidung von Friederike, dann die Trennung von Jana. Und nun Steff.

Was machte er nur verkehrt? Lag es an seiner Arbeit? Verpasste er das Leben, während er immer nur Verbrecher jagte?

Mit einem Mal fühlte sich Trojan sehr einsam.

Jetzt nur nicht sentimental werden, dachte er.

Hinter der nächsten Biegung erkannte er die Polizeifahrzeuge. Ein Rettungswagen war ebenso vor Ort.

Und dort war auch die Kriminalpsychologin. Sie kam ihm im Scheinwerferlicht entgegen. Klein und zerbrechlich sah sie aus. Blass und übermüdet. Sie hatte sich das rotbraune Haar hochgesteckt. Eine Strähne hing ihr in der Stirn.

Er hielt an und stieg aus.

»Nils.«

»Ja?«

»Es war ein Schock, das zu sehen.«

»Was denn?«

Sie wies wortlos auf eine Baumgruppe am Wegrand. Er konnte in der Dunkelheit nicht viel erkennen.

Nach einer Pause sagte sie mit belegter Stimme. »Landsberg hat mich angerufen.«

»Ich war ebenfalls erreichbar.«

Ein Stirnrunzeln. »Ich weiß, er sollte dich eigentlich zuerst in Kenntnis setzen.«

»Finde ich auch.«

Nach einer Pause kam sie zur Sache. »Passanten haben eine hilflose Person entdeckt. Sie war am Kopf verletzt. Kurzzeitig ohnmächtig. Sie sprach anfangs wirr. Suchte nach ihrem Hund. Dann wurde eine Polizeistreife alarmiert. Die Frau wird medizinisch versorgt. Inzwischen hat sie den Beamten ihren Namen nennen können. Sie heißt Eva Meinhardt, ist dreiundvierzig Jahre alt.«

»Was hat das alles mit unserem Fall zu tun?«

Carlotta berührte ihn am Arm. »Komm mit.«

Sie führte ihn näher an die Bäume heran. Birken, ein paar Eschen.

Trojan schaltete seine Maglite ein.

Der Lichtkegel erfasste eine Reihe von Lebkuchenmännern. Sie waren mit Bindfäden an den Zweigen befestigt.

Sie grinsten ihn an, freundlich und unheimlich zugleich.

Aber da war noch etwas.

Trojans Brust verkrampfte sich. Für einen Moment fiel ihm das Atmen schwer.

Er ließ die Stableuchte sinken.

Dann flammte die von Carlotta auf, und er sah genauer hin.

Es war eine abgetrennte menschliche Hand.

Sie lag auf einer Astgabel in etwa zwei Metern Höhe. Ein weiterer Lebkuchenmann steckte zwischen zwei Fingern dieser Hand.

Ein erschütternder Kontrast zu dem Leichenteil.

Trojan schauderte. Er kniff die Augen zusammen.

Gleich darauf starrte er erneut auf die abgesägte Hand mit der Figur aus Lebkuchen. Dieses kleine Gesicht, das zuckrige Lächeln, scheinbar harmlos, dabei so unheimlich und fies.

Die Hand schien ihm das Gebäck wie eine freundliche Weihnachtsgabe zu präsentieren. Süßlich. Und doch voller Hohn.

Was für ein bizarrer Anblick.

Trojan holte tief Luft und trat näher.

Er leuchtete den Leichenteil ab. Es war eine feingliedrige Hand. Möglicherweise die einer Frau.

»Wir sollten keine voreiligen Schlüsse ziehen«, sagte er, »aber es ist durchaus denkbar, dass …« Er brach ab.

Carlotta vervollständigte seinen Satz. »… es könnte sich um eine der beiden abgetrennten Hände der Ermordeten handeln.«

»Warum ausgerechnet hier?«

»Es ist rätselhaft.«

»Der Fundort ist einige Kilometer von der Lepsiusstraße in Steglitz entfernt.«

»Äußerst merkwürdig.«

»Nur *eine* Hand.«

»Wer weiß, was der Täter mit der anderen vorhat.«

Trojan dachte nach. »Und diese Frau … die Zeugin … Wie war ihr Name …?«

»Eva Meinhardt.«

»… Sie hat den Leichenteil entdeckt?«

»Ja. Sie ging hier mit ihrem Hund spazieren. Und offenbar wurde sie überfallen.«

»Hast du bereits mit ihr gesprochen?«

»Noch nicht ausführlich. Komm.« Abermals berührte sie Trojan am Arm, und sie gingen gemeinsam zu dem Rettungsfahrzeug.

Sie sprachen mit einem der Sanitäter und erkundigten sich nach den Verletzungen der Zeugin.

»Wir haben sie versorgt. Offenbar ist es nur eine Platzwunde und eine leichte bis mittelschwere Gehirnerschütterung, aber wir müssen sie zur genaueren Abklärung in die Klinik bringen.«

»Können wir vorher mit ihr reden?«, fragte Trojan.

»Wenn Sie sich kurzfassen, ja.«

Trojan und Carlotta betraten das Innere des Rettungsfahrzeugs.

Eva Meinhardt saß zusammengesunken auf der Trage. Ihr Kopf war verbunden. Man hatte ihr eine Decke um die Schultern gelegt.

»Nils Trojan, Kriminalpolizei. Könnten Sie uns bitte schildern, was vorgefallen ist?«

Sie war erstaunlich gefasst. »Ich war mit meinem Hund spazieren. Jack.«

»Wohnen Sie hier in der Nähe?«

»Ja. Es ist meine übliche Route, wenn ich mit dem Hund unterwegs bin.«

»Was ist passiert?«

»Ich sah plötzlich diese Lebkuchenmänner. Und die … die abgetrennte Hand.«

»Um wie viel Uhr war das?«

»Ungefähr vor einer Stunde.«

»Was geschah dann?«

Schweigen. Sie schien sich zu sammeln.

»Sie sagten, Sie wurden überfallen?«

Eva Meinhardt nickte. »Jemand saß weiter oben in dem Baum. Dann flog etwas herunter. Mein Hund hat es sich geholt und ist damit davongerannt.«

»Was war das?«

»Ein Fleischbrocken.« Sie blickte ihn flehend an. »Sie müssen meinen Hund finden. Er ist verschwunden.«

»Erzählen Sie weiter.«

»Jemand sprang vom Baum. Ich wurde am Kopf getroffen. Ich weiß nicht, wovon.«

»Konnten Sie denjenigen erkennen?«

»Nein.«

»Bitte versuchen Sie sich zu erinnern.«

»Ich sah nur ein Gesicht.«

»Genauere Beschreibung?«

»Es war irgendwie … weiß.«

»Weiß?«

»Es tut mir leid, mehr konnte ich nicht erkennen. Es ging alles so schnell.«

»Und dann?«

»Ich war wohl für eine Weile ohnmächtig. Und als ich wieder zu mir kam, wollte ich Hilfe rufen. Da hab ich bemerkt, dass … mein Handy weg ist … und auch meine Wohnungsschlüssel stecken nicht mehr in meiner Jackentasche. Ich fürchte, ich bin bestohlen worden.«

Trojan warf Carlotta einen Blick zu. Sie schien angestrengt nachzudenken.

Mit rauer Stimme wandte sie sich an Eva Meinhardt: »Ihre Schlüssel sind weg?«

»Ja.«

»Leben Sie eigentlich allein?«

»Nein. Meine Partnerin wartet zu Hause auf mich. Ich denke, sie wird sich schon Sorgen machen.«

Carlotta wirkte auf einmal wie elektrisiert. »Wie heißt Ihre Partnerin?«

»Tanja Grater. Wieso?«

Und auch Trojan durchzuckte es. »Geben Sie uns die Adresse. Schnell.«

ZEHN

Eine Stunde zuvor

Die Fernbedienung in der Hand, zappte sich Tanja unruhig durch verschiedene TV-Serien, Dokus und Spielfilme, wechselte unentschlossen zwischen drei Streaming-Anbietern hin und her, bis sie den Fernseher schließlich abschaltete.

Sie machte sich Vorwürfe. War sie vorhin zu schroff gewesen? Vermutlich schon. Ihre Freundin war eine Seele von Mensch. Und sie sollte sich glücklich schätzen, mit ihr zusammen zu sein.

Sie sah zur Uhr. Eva blieb ungewöhnlich lange mit dem Hund draußen. Wahrscheinlich war sie beleidigt.

Sie sollte es wiedergutmachen.

Ab jetzt beginnt ein neues Leben, dachte sie. Ich halte mich zurück mit meiner beruflichen Unzufriedenheit. Werde netter zu ihr sein.

Gleich morgen Abend könnte sie für Eva kochen. Schluss mit den Bestellungen beim Lieferservice. Wieder selbst Rezepte ausprobieren. Eva mochte Thailändisch. Sie könnte sie mit Meeresfrüchten in einer Sesam-Curry-Soße überraschen, dazu Zitronengras und Edamame. Das Gericht war ihr erst neulich in einer Kochsendung aufgefallen.

Oder sollte sie sich noch heute an den Herd stellen? Abermals blickte sie zur Uhr. Nein, es war entschieden zu spät. Außerdem war sie satt von den Sushis im Büro.

Morgen also. Ein Neuanfang.

Tanja stand auf und ging ins Bad. Eine heiße Dusche würde

ihr guttun. Und sobald Eva heimkam, würden sie es sich gemeinsam im Bett gemütlich machen.

Als Zeichen der Versöhnung ließ sie die Badezimmertür einen Spaltbreit offen. Vielleicht hatte Eva ja auch noch Lust zu duschen.

Bei dem Gedanken musste sie lächeln. Ja, von nun an würde sie dafür sorgen, dass ihre Beziehung wieder romantischer wurde.

Tanja war selbst noch ein wenig überrascht von ihrem Stimmungswechsel. So war das eben in letzter Zeit bei ihr. Es gab kurze Momente voller Hoffnung und Euphorie, von denen Eva nur wenig mitbekam, und gleich darauf drohte der Absturz. Tiefe Trübsal und das lähmende Gefühl, es niemandem recht machen zu können, wertlos und ungeliebt zu sein.

Aber nicht doch, dachte sie, reiß dich zusammen. Eva ist für dich da. Sie fängt dich wieder auf. All deine Männerbekanntschaften führten bloß in ein Desaster.

Mit Eva war ein leuchtender Stern in ihr Leben gekommen.

Das Glück nur nicht wieder zerstören.

Sie kleidete sich aus, drehte den Hahn auf, stieg in die Wanne und zog den Duschvorhang zu.

Das heiße Wasser auf ihrer Haut, prickelnd, der Duft ihres liebsten Duschgels, Vanille und Granatapfel, verführerisch. Auf einmal dachte sie mit großer Zärtlichkeit an Eva.

Wenn sie doch endlich heimkommen würde. Zusammen mit Jack, der ihnen so viel Freude bereitete. Besonders wenn der kleine Terrier seine lustigen Luftsprünge veranstaltete.

Plötzlich meinte sie, das Klappen der Wohnungstür zu vernehmen.

Sie drehte den Hahn ab.

»Eva?«, rief sie in die Stille hinein.

ELF

Sie nahmen Trojans Dienstwagen. Nils am Steuer, Carlotta auf dem Beifahrersitz, fuhren sie den Bergweg hinunter. Das Blaulicht zuckte durch die Nacht.

Der Weg war holprig, nicht an allen Stellen gepflastert. In den Kurven schlingerte der Wagen. Plötzlich drehten die Räder durch.

Trojan fluchte.

Sie waren in ein Schlammloch geraten. Am Vortag hatte es stark geregnet.

Ungeduldig trat er das Gaspedal durch. Der Motor heulte auf, doch sie kamen nicht weiter.

»Du musst langsamer machen«, sagte Carlotta.

»Langsamer? Wir dürfen keine Zeit verlieren.«

»Um aus dem Schlamm herauszukommen, meine ich. Nur leicht Gas geben.«

Er tat es.

»Jetzt wieder lockerlassen.«

Er probierte es.

»Und noch einmal versuchen.«

Es funktionierte nicht.

»Mit Gefühl.«

Und dann klappte es. Sie konnten weiterfahren.

»Du kennst dich aus«, murmelte er erleichtert.

»Langjährige Erfahrung mit einem Oldtimer.«

»Dein Bulli? Den du Luisa nennst?«

»Ja.«

»Du hast ihn nach deiner verstorbenen Mutter benannt, nicht wahr?«

Sie sah ihn an. »Du bist ein aufmerksamer Zuhörer, Nils.«

Er versuchte, ihren Blick zu deuten. Er mochte es, mit ihr zusammenzuarbeiten. Auch wenn sie sehr eigenwillige Ermittlungsmethoden hatte.

Oder gerade deshalb.

»Wir schaffen das«, murmelte er.

»Schön, dass du so zuversichtlich bist.«

»Wir haben keine andere Wahl.«

Endlich hatten sie die Siedlungsstraße am Fuße des Bergs erreicht. Trojan beschleunigte und kurvte hoch konzentriert durch das Wohnviertel.

»Fassen wir es zusammen«, sagte er. »Auch die zwölfjährige Katrina Fries fand zunächst einen Lebkuchenmann. Kurz darauf wurde ihre Mutter ermordet.«

»Nun entdeckt Eva Meinhardt mehrere von diesen Gebäckstücken mit höhnisch lächelnden Gesichtern, aufgehängt an den Zweigen eines Baums.«

»In einer Gegend, die sie regelmäßig mit ihrem Hund durchquert.«

»Der Täter scheint sie beobachtet zu haben.«

»Und dazu findet sie noch ein Leichenteil, von dem wir annehmen müssen, dass es von Katrinas Mutter stammt.«

»Also ist es zumindest denkbar, dass nicht Eva Meinhardt im Fokus des Mörders steht …«

»… sondern Tanja Grater, ihre Partnerin«, ergänzte er und erhöhte das Tempo.

»Die Szenerie am Hahneberg könnte seine perfide Art sein, den nächsten Mord anzukündigen. Es ist möglicherweise ein Muster.«

»Ja.«

Aufs Äußerste gespannt fuhren sie weiter.

»Vielleicht irren wir uns ja«, sagte sie leise.

Er warf ihr einen kurzen Seitenblick zu. Ihre ernste Miene verriet ihm, dass sie nicht von einem Irrtum ausging.

Und auch er war davon überzeugt, dass jede Sekunde zählte, um das Leben von Tanja Grater vielleicht noch retten zu können.

Carlotta checkte das Navi. »Die nächste Querstraße links.«

Er riss das Steuer herum. Die Reifen quietschten auf dem Asphalt.

»Weiter geradeaus.«

Angestrengt kontrollierte sie die erleuchteten Nummernschilder an den Häusern.

»Hier ist es«, rief sie.

Trojan bremste ab. Er parkte den Wagen quer auf dem Gehsteig.

Sie sprangen heraus, zogen ihre Waffen aus den Holstern.

Von ihrem letzten Fall wusste Nils, dass Carlotta eine sehr gute Schützin war. Auf sie war also Verlass.

Er selbst hatte erst neulich auf dem Schießstand trainiert. Seine Trefferquote war noch immer beachtlich.

Die Voraussetzungen sind günstig, dachte er. Ein finaler Rettungsschuss, und sie hätten den Täter erledigt.

Die Frage war nur, ob sie noch rechtzeitig kamen.

Sie checkten die Lage.

Ein Haus mit mehreren Appartements. Die fragliche Wohnung befand sich im Erdgeschoss, wie sie von Eva Meinhardt wussten. Wenn sie mit Waffengewalt durch die Haustür eindrangen, könnten Nachbarn in die Schussbahn gelangen.

Carlotta schien den gleichen Gedanken zu haben. Mit einer stummen Geste wies sie auf den hinteren Teil des Grundstücks.

Sie zwängten sich durch Büsche.

Kurz darauf hatten sie einen kleinen Garten erreicht. Ein schmales Rasenstück. Eine Terrasse. Ein Panoramafenster.

Im Innern brannte kein Licht.

Sie schauten sich an.

Abermals schien Carlotta das Gleiche zu denken wie er. Sie nickte ihm zu, und der Plan war gefasst.

Die Scheibe einschlagen.

Durch die Terrassentür eindringen.

Und dann blitzschnell handeln.

ZWÖLF

Eine halbe Stunde zuvor

Eva?«, rief Tanja erneut.

»Mhhmmhh«, folgte nach einer Weile die Antwort aus dem Flur.

»Bin unter der Dusche.«

Sie drehte das Wasser wieder auf.

Es dauerte nicht lange, und sie hörte, wie jemand ins Badezimmer kam.

»Da bist du ja endlich«, sagte sie hinter dem Duschvorhang. »War ein langer Spaziergang, ja?«

»Hmm.«

»Tut mir leid, dass ich so zickig war.«

Sie wusch sich die Haare. Der Wasserstrahl rauschte.

»Schon gut«, hörte sie es hinter dem Vorhang murmeln.

»Wir machen es uns schön, wir beide, ja?«

»Mhhmmhh.«

»In letzter Zeit war ich oft schlecht gelaunt. Wird sich ändern. Ich verspreche dir, ich werde mich bessern.«

»Okay.«

Die Stimme klang eigenartig dumpf. Lag es daran, dass ihr Wasser in die Ohren geraten war?

»Willst du nicht zu mir kommen? Wir könnten zusammen duschen.«

Sie sehnte sich nach ihrer Nähe. Wollte alles wiedergutmachen.

»Bitte.«

»Jetzt nicht.«

Tanja spürte, wie sie eine Gänsehaut bekam. Die Stimme irritierte sie.

»Bist du heiser?«, fragte sie.

»Kann sein.«

»Bekommst du etwa eine Erkältung?«

»Vielleicht.«

»Ich kann dich nachher mit Menthol einreiben.«

»Gut.«

Tanja lächelte. Sich versöhnen, dachte sie. Den Abend retten.

Das Leben war zu kurz, um sich zu streiten. Es war zu kostbar, um sich permanent zu beklagen. Sie sollte sich mehr auf die positiven Aspekte besinnen. Mit Eva hatte sie eine wundervolle Partnerin gefunden. Sie war so geduldig und einfühlsam.

Tanja spülte die Seife ab, drehte den Hahn zu und tastete durch einen Spalt im Vorhang nach ihrem Handtuch auf der Stange.

Doch die Stange war leer.

»Kannst du mir ein Handtuch reichen?«

Keine Antwort.

Dafür vernahm sie ein merkwürdiges Kichern. Oder war das ein Schluchzen?

Weinte ihre Freundin? Hatte sie sie vorhin so sehr gekränkt, dass ihr die Tränen kamen?

»Was ist los, Eva?«

Sie zog den Vorhang auf.

Schlagartig blieb ihr die Luft weg.

Eine Gestalt hockte auf dem zugeklappten WC-Deckel. Das Gesicht war kalkweiß, der Mund grellrot. Das unterdrückte Lachen, das mehr wie ein Wimmern klang, erstarb.

Tanja rang nach Atem. Dann schrie sie.

Die Gestalt erhob sich. Sie hielt etwas in der Hand. Es war ein Gerät, das sich plötzlich zu bewegen begann.

Abermals schrie Tanja.

Die Gestalt kam auf sie zu.

Was war das für ein Gerät?

Entsetzt wich sie zurück. Sie spürte die kalten Fliesen an ihrem nackten Rücken.

Das Gerät ratterte. Es hatte eine gezackte Klinge, vibrierend.

Die Klinge näherte sich ihr.

Tanja schrie lauter.

DREIZEHN

In der Eile fanden sie nichts, mit dem sie die Scheibe einschlagen konnten. Keinen großen Stein. Keinen Blumenkübel. Gar nichts.

Für den Waffenkolben allein war das Glas wohl zu stabil. Also blieb bloß die rabiate Methode.

Carlotta nickte ihm erneut zu.

Trojan nahm Abstand und zielte mit seiner SIG Sauer auf den Knauf der Terrassentür. Dann drückte er ab.

Das Glas splitterte.

Ein paar Schläge mit dem Kolben der Pistole, und das Loch in der Scheibe war groß genug, um hindurchzufassen.

Trojan klinkte von innen die Terrassentür auf. Die Waffen im Anschlag stürmten sie herein.

Im Wohnzimmer war es finster. Sie knipsten ihre Maglites an. Lautlos näherten sie sich der Diele. Auch hier war das Deckenlicht ausgeschaltet.

Trojan schlich mit dem Rücken zur Wand voran, die Maglite in der Linken, die SIG Sauer in der Rechten, aufgestützt auf dem linken Unterarm. Carlotta folgte ihm in der gleichen Position.

Ihre Lichtkegel glitten durch den Raum.

Eine verschossene Tür.

Blickwechsel mit Carlotta.

Er klinkte auf und stürmte hinein. Sie gab ihm Deckung.

Es war das Schlafzimmer. Trojan sicherte nach vorn, links, rechts. Er näherte sich dem Bett. Es war leer.

Sie zogen sich in die Diele zurück.

Die nächste Tür, ebenfalls verschlossen. Trojan zählte innerlich bis zehn, dann öffnete er und stürmte hinein.

Die Küche. Sichern nach vorn, links, rechts.

Er hörte Carlottas Atemgeräusche hinter sich.

Auch hier war niemand. Sie gingen zurück.

Nur noch eine einzige Tür. Verschlossen. Wahrscheinlich das Badezimmer.

Trojan atmete durch.

Carlotta sah ihn an. Sie bewegte kaum merklich den Kopf. Und Nils legte die Hand auf die Klinke.

Jetzt!

Er drückte sie herunter. Schon war er im Innern.

Der Lichtstrahl irrte umher.

Blut. Er sah Blut. Dort an den Fliesen.

»Polizei!«, schrie er.

Stille.

Nur heftiges Atmen. Er spürte Carlotta in seinem Rücken.

Da hörte er, wie sie leise sagte: »Die Wanne.«

Er schritt auf die Badewanne zu. Kein Vorhang an der Halterung. Dafür ein Schriftzug auf den Fliesen, geschrieben aus Blut.

Noch drei Schritte, und er spähte in das Innere der Wanne hinein.

Der Duschvorhang, blutbeschmiert. Jemand lag darunter.

»Polizei«, rief er noch einmal.

Doch er ahnte es bereits. Sie kamen zu spät.

Carlotta knipste das Deckenlicht an.

Trojans Hand zitterte nicht. Er hielt die Waffe fest umklammert.

Die Gestalt unter dem Vorhang rührte sich nicht.

Mit einem Ruck zog er das Plastik weg.

Der Mörder hatte sein Opfer eingewickelt. Wie schon in dem Baumhaus.

Trojan stieg ein kupfriger Blutgeruch in die Nase.

Die Frau in der Wanne war nackt. Ihr Hals aufgeschnitten. Der Mund blutverquollen, weit geöffnet. Unnatürlich weit. Ihre Augen starrten ins Leere.

Der Mund, durchfuhr es Trojan. Was stimmte nicht damit?

Er streifte sich Latexhandschuhe über. Dann drückte er den Kiefer der Toten nach unten, sodass der Mund weiter aufklaffte.

Entsetzt stieß er die Luft aus.

Carlotta trat neben ihn. Er hörte sie atmen.

Sie beugte sich über die Tote. »Was ist … Was hat er …?«

Und dann hatte sie begriffen. Sie richtete sich auf.

Wären sie nur früher gekommen. Sie hätten einen bestialischen Mord verhindert.

Der Täter hatte Tanja Grater die Zunge herausgeschnitten.

Gemeinsam starrten sie auf die Blutflecken an den Fliesen über der Wanne.

Sie waren zu Buchstaben verschmiert worden.

Der Mörder hatte ihnen eine Botschaft hinterlassen:

RENN, RENN, SO SCHNELL DU KANNST.
DU KANNST MICH NICHT FANGEN.
ICH BIN DER LEBKUCHENMANN.

ZWEITER TEIL

Mutter entwickelte einen Ehrgeiz, der mich überraschte. Sie wollte einen anderen Beruf ergreifen. Es war wohl eine Tätigkeit, von der sie schon immer geträumt hatte. Sie nannte es ihre geheime Leidenschaft.

»Was ist das für ein Beruf?«, fragte ich sie.

»Das möchte ich lieber noch nicht verraten.«

»Warum nicht?«

»Aus einem gewissen Aberglauben heraus. Ich will nicht zu viel darüber sprechen, bevor ich es wirklich erreicht habe. Du weißt ja, wie viele meiner Träume schon geplatzt sind.«

»Ich bin mir sicher, dass du es schaffst.«

Sie gab mir einen Kuss auf die Stirn. »Wie lieb von dir.«

Dann senkte sie die Stimme und raunte mir zu: »Es ist eine Berufung. Ich denke, ich wurde dazu geboren. Tief in mir drin schlummert eine Gabe, nun will ich sie endlich nutzen. Hätte ich mich nicht in all den Jahren mit Männern abgegeben, die mich nur wie Dreck behandelten, wäre ich längst am Ziel.«

Das Trinken hatte sie tatsächlich aufgegeben. Doch ich ahnte, wenn es den nächsten Rückschlag gab, würde sie wieder damit anfangen.

Ich hatte Angst um sie. Hoffte inständig, dass sie nicht erneut scheitern würde.

Sie schloss sich nun öfter in ihrem Zimmer ein. Ich

hörte, wie sie unruhig auf und ab lief. Sie sprach vor sich hin. Mir war, als würde sie etwas auswendig lernen, um es danach laut zu deklarieren. Sie brach ständig ab, begann von Neuem und probierte verschiedene Stimmlagen aus.

Schließlich erzählte sie mir, dass sie bei einer älteren Dame Unterricht nehmen werde.

»Sie ist eine wichtige Persönlichkeit, und sie hat meine Berufung erkannt. Ich werde viel Zeit und Energie investieren müssen, aber sie hat mir prophezeit, dass ich eine große Karriere vor mir habe.«

»Musst du für den Unterricht bezahlen?«

»Ja, es kostet Geld.«

»Können wir uns das auch leisten?«

Ihre Miene verfinsterte sich. »Sei nicht so kleinlich. Willst du mir denn alles verderben?«

»Nein, Mutter.«

Wieder einmal hatte ich die Schule wechseln müssen. Auch hier wurde ich belächelt, weil ich nicht die richtigen Klamotten besaß. Es waren keine Markenartikel. Ich hatte gehofft, dass mir Mutter wenigstens ein paar neue Sneakers kaufen würde, aber ich traute mich nicht zu fragen.

»Man muss nur fest an sich glauben, dann kann man auch Großes erreichen«, sagte sie.

»Du hast recht.«

»Ich werde wieder kellnern, um mir den Unterricht zu finanzieren.«

»Musst du dafür in Kneipen arbeiten?«

»Ja.«

»Ist das nicht gefährlich?«

Sie warf mir einen funkelnden Blick zu. »Was meinst du damit?«

Ich dachte daran, welchen Verlockungen sie ausgesetzt war. All die Flaschen hinterm Tresen. All die Männer, die ihr einen Drink spendieren wollten.

Ich erinnerte mich an die Nächte in den anderen Städten, als sie überhaupt nicht nach Hause gekommen war. Und ich musste an die Kerle denken, die sie manchmal mitgebracht hatte. Verstörende Geräusche im Nebenzimmer. Ihre verquollenen Augen am nächsten Tag.

Wie oft war sie verprügelt worden, und ich hatte nichts für sie tun können. Würde das wieder von vorn beginnen?

»Ach, nichts«, murmelte ich.

Sie packte mich an den Schultern. »Bist du auf meiner Seite?«

»Ja.«

»Glaubst du an mich?«

»Natürlich.«

Sie atmete auf. »Gut so. Wir halten zusammen.«

Fortan ließ sie mich nachts allein. Ich schlich durch die große Wohnung, die nicht uns gehörte. Stets war ich darauf gefasst, dass jemand kommen und uns herauswerfen würde. Durften wir hier wirklich so lange bleiben, wie Mutter behauptete?

In einer Nacht geschah etwas Sonderbares. Sie hatte mir gesagt, ich solle um zehn ins Bett gehen, aber ich fand keine Ruhe. Ich wusste, sie würde erst um zwei, halb drei zu Hause sein, wenn die Kneipe geschlossen wurde. Doch ich wollte mich vergewissern, ob sie nicht rückfällig geworden war, und beschloss, bis zu ihrer Rückkehr wach zu bleiben.

Tagsüber war sie besonders aufgedreht gewesen. Eine beinahe fiebrige Stimmung, die nichts Gutes verhieß.

Sie hatte mal wieder ein ganzes Blech mit Lebkuchenmännern für mich gebacken.

»Ich will dich im Voraus verwöhnen«, sagte sie. »Du sollst es schön haben, wenn ich nicht da bin.«

Um Mitternacht, halb weil ich mich langweilte, halb weil ich in großer Sorge um sie war, machte ich mich über die Gebäckstücke her. Eins nach dem anderen stopfte ich in mich hinein. Bis nur noch ein letzter Lebkuchenmann übrig war.

Auf einmal bewegte sich sein Mund.

»Iss mich nicht auf«, sprach er zu mir.

Ich erschrak.

Verwirrt streckte ich die Hand nach ihm aus.

»Iss mich nicht auf«, sagte er wieder, »dann bin ich dein Freund.«

Ich hatte keine Freunde. In der Schule war ich immer allein. Und Mutter würde wieder zu trinken anfangen. Es war nur eine Frage der Zeit.

Und doch durfte ich nicht den Verstand verlieren. Es war verrückt, sich mit einem Gesicht aus Zuckerguss zu unterhalten. Der pure Wahnsinn.

Schließlich aber fragte ich den Lebkuchenmann: »Wie heißt du?«

»Ginger«, antwortete er.

Ich legte ihn in eine Kiste und versteckte ihn unter der Matratze meines Betts.

Von da an war Ginger mein Freund.

VIERZEHN

Donnerstag, 23. November, frühmorgens

Noch im Morgengrauen war das Team mit der Spurensicherung und den Befragungen im Haus beschäftigt. Eine Nachbarin hatte am späten Abend einen Schrei aus der Wohnung von Eva Meinhardt und Tanja Grater gehört, sich aber nicht weiter darum gekümmert.

Sie gingen davon aus, dass der Täter mit Eva Meinhardts Schlüssel die Tür aufgeschlossen und Tanja Grater überrascht hatte. Er war von keinem der Hausbewohner gesehen worden, auch den Nachbarn in den umliegenden Häusern war auf der Straße nichts Verdächtiges aufgefallen. Die meisten hatten ohnehin schon geschlafen.

Die geschockte Partnerin der Ermordeten konnte die Person, die sie am Hahneberg überfallen hatte, nicht weiter beschreiben. Sie blieb bei ihrer Aussage, sie habe ein völlig weißes Gesicht gesehen, bevor sie das Bewusstsein verloren habe.

Immerhin konnte ihr Hund gerettet werden. Die Forensiker fanden ihn reglos und nur noch schwach atmend ein paar hundert Meter vom Fundort des Leichenteils entfernt. Der Fleischbrocken, der ihm zugeworfen worden war, wies Spuren eines stark wirkenden Gifts auf. Der Terrier wurde in einer Veterinärklinik behandelt.

Trojan verließ das Badezimmer der Wohnung in Staaken. Die Leiche war abtransportiert worden.

Im Flur begegnete er Stefanie. Sie verwickelte ihn in ein

Gespräch über Einzelheiten, dem er vor lauter Erschöpfung kaum noch folgen konnte.

»Entschuldige, was hast du eben gesagt?«, fragte er zerstreut.

»Die Ergebnisse aus dem Labor liegen vor. Es geht um die abgetrennte Hand. Und auch um die blonden Haare, die im Baumhaus gefunden wurden.«

»Und?«

»Die Forensik hat uns die Befunde soeben zugeschickt. Du müsstest sie auf deinem Handy haben.«

»Danke, Steff, ich lese mir den Bericht gleich durch.«

Sie blickte ihn besorgt an. »Alles in Ordnung bei dir? Du siehst blass aus.«

»Ich muss hier dringend mal raus.«

»Okay.«

Er verließ den Tatort.

Auf der Straße sog er die kühle Novemberluft ein.

Für einen Moment wurde ihm schwindlig. Er sollte langsamer machen, dachte er, war zu oft auf Hochtouren.

Er setzte sich auf den Bordstein, lockerte die Schultern und versuchte, tiefer zu atmen.

Schließlich erhob er sich und lief ein paar Schritte auf und ab. In diesem Moment vibrierte sein Handy.

Es war eine SMS von Carlotta: *Schon das Laborergebnis gelesen?*

Er schrieb zurück: *Noch nicht. Wo bist du?*

Ihre Antwort kam prompt: *Luisa. Hahneberg. Ganz oben. Kannst du kommen?*

Zehn Minuten später parkte er seinen Dienstwagen am Weinmeisterhornweg. Er wollte sich ein bisschen Bewegung verschaffen, darum ging er zu Fuß weiter.

Er stieg den Berg hinauf, der mehr ein Hügel war, etwa achtzig Meter hoch. Trojan meinte sich zu erinnern, einmal gelesen zu haben, dass er nach der Zuschüttung einer Kiesgrube entstanden und mit Bauschutt aufgefüllt worden war, irgendwann in den Siebzigerjahren.

Er passierte den Fundort des Leichenteils. Flatterleinen wehten im Wind. Auch die grotesken Lebkuchenmänner waren von den Forensikern abgenommen und ins Labor gebracht worden.

Als er die Bergspitze erreicht hatte, sah er den von innen erleuchteten VW-Bus. Er stand ein Stück abseits von der kleinen Sternwarte, die auf dem künstlichen Berg errichtet worden war.

Trojan klopfte an die Scheibe des Bullis, und Carlotta öffnete die Schiebetür.

»Komm rein«, sagte sie und schob die Tür hinter ihm wieder zu.

Im Innern war es angenehm warm.

Er nahm neben ihr auf der Rückbank Platz. »Hier steckst du also.«

»Ich brauchte ein bisschen Distanz. Möchtest du einen Kaffee?«

»Gern.«

Sie holte ihm eine Tasse aus einem der Schränke und nahm die Kanne von der Kaffeemaschine, die sich fest verschraubt auf der schmalen Küchenzeile befand.

Trojan schaute durch das Fenster hinaus. Keine Wolken am Himmel. Klare Sicht. Im Norden und Osten die langsam erwachende Stadt, ein Meer aus Lichtern. Eine Hochhaussiedlung im Vordergrund, weit entfernt am Horizont erkannte er die Spitze des Fernsehturms am Alexanderplatz. Auch der Fernmeldeturm auf dem Schäferberg war zu sehen.

Er schaute durch das andere Fenster. Weiter südlich das Land Brandenburg, nahezu unberührte Natur.

Ein fantastischer Ausblick.

Es könnte ein wundervoller Morgen sein, dachte er. Wenn sich nur nicht dieser grausame Mord abgespielt hätte.

»Nimmst du Sojamilch?«, fragte Carlotta.

»Ja.«

Sie nahm den Getränkekarton aus dem Kühlschrank, gab einen Schuss davon in seinen Kaffee, stellte ihm die Tasse hin und setzte sich wieder.

»Danke.« Er nahm ein paar Schlucke. Die Wärme und das Koffein taten ihm gut. »Du bist also gestern Abend mit dem Bulli hergekommen, als dich Landsberg anrief?«

»Ja.«

»Hat er dir eigentlich schon einen Dienstwagen zugeteilt?«

»Noch nicht.«

»Der Chef ist komisch drauf.«

»Finde ich auch. Jedenfalls hab ich den VW-Bus weiter unten geparkt. Aber heute Nacht bin ich hier raufgefahren. Ich musste mal weg vom Tatort.«

»Kann ich verstehen.«

»Auf einem Berg kann man besser denken.«

»Mehr Abstand?«

»Genau. Wenn ich ein Problem aus der Höhe betrachte, kommt es mir nicht mehr so schwierig vor.«

»Von welchem Problem sprichst du?«

Auch sie trank von ihrem Kaffee. »Das Problem, das wir mit dem Täter haben. Er spielt mit uns. Ihm muss klar gewesen sein, dass er nur einen äußerst geringen Zeitvorsprung hatte, um Tanja Grater zu töten.«

»Darüber habe ich auch schon nachgedacht. Er hat sicherlich damit gerechnet, dass Eva Meinhardt nach dem Überfall die Polizei informieren würde.«

»So makaber es auch klingt, leichter wäre es für ihn gewesen, wenn er auch Tanjas Lebensgefährtin und den Hund umgebracht hätte.«

»Das wollte er offenbar nicht.«

»Und die Frage ist, warum.«

Trojan überlegte. »Weil er die Macht genießt, wenn er auf volles Risiko geht und uns dennoch um einen Schritt voraus ist.«

Sie nickte. »Und weil sich sein Motiv wahrscheinlich eher auf Tanja Grater bezieht und nicht auf ihre Partnerin.«

»Welches Motiv? Und wo ist die Verbindung zwischen Tanja Grater und Marianne Fries?«

Carlotta sah ihn nachdenklich an. »Um das herauszufinden, müssen wir tiefer in der Vergangenheit der beiden Frauen forschen.«

Sie öffnete eine Datei auf dem iPad, das vor ihr auf dem Tisch lag. »Zunächst aber zu dem Laborbericht. Die abgetrennte Hand stammt tatsächlich von Marianne Fries, das wurde von den Forensikern bestätigt.«

»Und was ist mit den Haaren, die in dem Lebkuchenmann steckten, den Katrina Fries zum Teil aufgegessen hat? Entschuldige, ich bin wirklich noch nicht dazu gekommen, den Bericht zu lesen.«

»Der DNA-Abgleich mit den Proben von Katrina, Marianne und Manfred Fries ist, wie schon wegen der anderen Haarfarbe zu erwarten war, negativ. Die Haare gehören also zu niemandem aus der Familie. Es gibt aber auch keinen Treffer in der Datenbank.«

»Sie stammen also nicht von jemandem, der bereits bei der Polizei auffällig wurde.«

»So ist es.«

»Sie könnten dennoch vom Mörder selbst sein.«

»Was unwahrscheinlich ist.«

»Du meinst, so unvorsichtig würde er sich nicht verhalten?«

»Genau.«

»Hast du eine Theorie zu dem Leichenteil und den blonden Haaren? Wozu diese Inszenierung?«

Carlotta kräuselte die Stirn. »Er ließ die Hand, die er Marianne Fries abgetrennt hat, von einer Angehörigen seines nächsten Mordopfers finden.«

»Ein Ankündigungszeichen gewissermaßen.«

»Ja. Demnach könnten die Haare am ersten Tatort von einem Opfer stammen, das wir noch nicht gefunden haben.«

»Richtig. Oder sie gehören zu einer Person, die noch nicht ermordet wurde, aber bereits im Fokus des Täters steht.«

»Auch das ist denkbar.«

Trojan lehnte sich vor. »Warum trennt er Marianne Fries beide Hände ab, Tanja Grater hingegen die Zunge?«

»Das ist rätselhaft.«

»Er ist sadistisch und skrupellos. Sein Seelenleben scheint völlig gestört zu sein. Du bist Kriminalpsychologin. Welche tiefere Bedeutung haben Hände für jemanden wie ihn?«

»Ich will mich noch nicht festlegen, aber …« Sie brach ab.

Stille.

Er ließ ein paar Sekunden verstreichen. »Sprich es aus, Carlotta.«

»Ich müsste darüber frei assoziieren.«

»Dann tu es.«

»Kann ich dir vertrauen?«

»Wie meinst du das?«

»Ich verlasse mich auf meinen Instinkt. Oder anders ausgedrückt: Ich folge intuitiv der Vorgehensweise des Mörders. Versuche, buchstäblich in seine Haut zu schlüpfen.«

»Das ist vollkommen in Ordnung. Dafür wurdest du eingestellt.«

»Aber deine Kollegen sind damit nicht einverstanden. Sie halten es für Humbug.«

Er drückte kurz ihre Hand. »Das spielt jetzt keine Rolle. Ich bin auf deiner Seite.«

»Also gut.« Sie schloss die Augen und atmete durch.

Es entstand eine lange Pause.

Plötzlich sagte sie leise: »Nach jemandem die Hände ausstrecken.«

»Berühren, meinst du?«

»Ja. Aber mit den Händen tun wir nicht nur Gutes. Wir können damit streicheln, liebkosen, aber auch Gewalt anrichten, sogar töten.«

»Die zärtliche Hand und die …?«

»… strafende Hand.«

»Was wurde dem Täter selbst angetan? Was lief verkehrt in seinem Leben?«

»Verbotene Hände«, murmelte sie. »Hände, die nach ihm greifen. Er schneidet sie ab.«

Trojan folgte ihrer Assoziationskette. »Er präsentiert uns ein Weihnachtsgebäck in der abgetrennten Hand.«

»Die Lebkuchenmänner.«

»Süß und herb zugleich.«

»Ihre lächelnden Gesichter.«

»Kindlich.«

»Aber auch böse.«

»Und die Zunge? Welche Bedeutung hat dieses Körperteil für ihn?«

Ihre Lider zitterten. Sie war hoch konzentriert. »Etwas verschweigen«, sagte sie kaum hörbar. »Ohne Zunge kann man nicht sprechen. Aber es gibt auch eine Redensart.«

»Was für eine Redensart?«

»Böse Zungen behaupten etwas. Oder jemand spricht mit falscher Zunge.«

Trojan wollte Carlotta nicht aus ihrem seltsam versunkenen Bewusstseinszustand herausbringen. Darum senkte er die Stimme und fragte behutsam nach: »Hat Tanja Grater vielleicht etwas Böses gesagt? Ist es das, worum es dem Täter geht?«

Abermals bebten ihre Augenlider. »Heuchelnde Zunge.«

»Heucheln?«

»Etwas Freundliches sagen, obwohl man hasserfüllt ist.«

»Wie kommst du darauf?«

Abrupt öffnete sie die Augen. »Ich … ich weiß nicht.«

»Weiter. Ich wollte dich nicht unterbrechen. Was fällt dir noch ein?«

Sie suchte seinen Blick. »Ich frage mich …« Wieder brach sie ab.

»Was?«

Für einen Moment war sie völlig geistesabwesend. Danach gab sie sich einen Ruck, griff zu ihrem iPad und öffnete eine App. Offenbar suchte sie etwas im Internet.

Schließlich las sie aufmerksam einen Text.

Daraufhin sah sie Trojan an. »Kennst du eigentlich das Märchen vom Lebkuchenmann?«

»Nein.«

»Mir kam schon am ersten Tatort flüchtig in den Sinn, dass ich irgendwann mal davon gehört habe. Ich glaube Luisa, meine Mutter, hat es mir erzählt.«

»Wovon handelt das Märchen?«

»Ein Kind verspeist Lebkuchenmänner. Doch einer davon

ist lebendig. Er fleht das Kind an, ihn nicht aufzuessen. Und dann rennt er weg. Und es gibt diesen Vers. Es sind genau die Worte, die der Mörder mit dem Blut seines Opfers auf die Badezimmerfliesen schrieb.«

Carlotta holte tief Luft.

Und dann rezitierte sie mit rauer Stimme:

Renn, renn, so schnell du kannst.
Du kannst mich nicht fangen.
Ich bin der Lebkuchenmann.

Nach einer langen Pause fragte Trojan: »Hat der Mörder etwa Angst, verschlungen zu werden?«

Sie nickte schwach. »Möglicherweise.«

»Von wem?«

Fahrig griff sie nach ihrer Tasse und verschüttete etwas von dem Kaffee.

Trojan erhob sich, nahm ein Handtuch und rieb die Flüssigkeit weg.

Carlotta war bleich geworden.

»Was ist los?«

»Die andere Hand«, murmelte sie.

»Was ist damit?«

»Ich habe eine Ahnung, was er damit vorhat.«

»Sprich es aus.«

Doch plötzlich schüttelte sie den Kopf. »Nein.«

»Warum nicht?«

Abermals gab sie sich einen Ruck. »Es ist rein spekulativ. Wir müssen uns allein auf die Fakten konzentrieren.«

»Du hast recht. Wir sollten uns mehr mit dem Exmann von Marianne Fries beschäftigen. Vielleicht kannte er ja Tanja Grater.«

»Das wäre eine wichtige Verbindung. Aber hat er nicht gerade beruflich in Hamburg zu tun?«

»Zumindest hat er das behauptet.«

»Er hätte also für heute Nacht ein Alibi.«

Trojan schaute sie an. »Das müssen wir überprüfen.«

FÜNFZEHN

Donnerstag, 23. November, nachmittags

Nils saß Manfred Fries im Vernehmungsraum gegenüber. Carlotta hielt sich währenddessen nebenan vor der Mithöranlage auf. Durch einen Einwegspiegel konnte sie unbemerkt zuschauen. Ihre Aufgabe war es, die Mikromimik des Verdächtigen zu studieren.

Das Gespräch lief seit etwa einer halben Stunde. Bisher machte Fries einen sehr gefassten, selbstsicheren Eindruck.

Doch dann überraschte ihn Trojan mit der entscheidenden Frage. »Wo waren Sie in der vergangenen Nacht?«

Fries rutschte auf seinem Stuhl hin und her. »Ursprünglich war es geplant, dass ich … also eigentlich hatte ich berufliche Termine in Hamburg und wollte bis heute dortbleiben.«

Trojan musterte ihn. »Noch einmal: Wo waren Sie in der Nacht von gestern auf heute?«

»Zu Hause in meinem Appartement in Mitte.«

»Und wer kann das bestätigen?«

»Katrina. Meine Tochter.«

Trojan lehnte sich vor. »Sie haben erst neulich vorgegeben, Sie müssten wegen eines Bauprojekts die Stadt verlassen.«

»Ja.«

»Sie sagten uns, Sie würden Katrina bei Ihrer Schwester unterbringen.«

»Das ist richtig.«

»Und nun erzählen Sie mir, Sie waren gestern Nacht in Berlin?«

»Es gab Schwierigkeiten bei dem Projekt. Meine Termine wurden kurzfristig abgesagt. Ich verstehe nicht, warum das von so großer Bedeutung ist.«

Trojan ließ eine Pause verstreichen. Dann fragte er beiläufig: »Kennen Sie eine Tanja Grater?«

»Wer sollte das sein?«

»Antworten Sie nur auf meine Frage.«

»Mir ist keine Person mit diesem Namen bekannt.«

»Und wo waren Sie in der Nacht von Montag auf Dienstag?«

»Das sagte Ihnen doch schon bei unserem ersten Gespräch. Ich war zu Hause.«

»Kann nur leider niemand bestätigen.«

»Ich habe Marianne nicht umgebracht.«

»Hat das denn jemand behauptet?«

»Entschuldigen Sie mal. Sie laden mich vor. Löchern mich mit Ihren Fragen. Mir ist längst klar, dass Sie mich verdächtigen.«

Trojan musterte ihn schweigend. Fries sah anders aus als bei der letzten Vernehmung. Sein Gesicht hatte sich verändert. Woran lag das nur?

Plötzlich fiel es ihm auf. Der Architekt trug eine andere Brille. Nicht mehr das randlose Modell.

Je länger Nils schwieg, desto unruhiger wurde sein Gegenüber.

Schließlich fragte Fries: »Was ist denn passiert?«

»Sagen *Sie* es mir.«

»Es drehte sich doch immer nur um Montagnacht.«

»So ist es.«

»Und nun interessieren Sie sich dafür, wo ich gestern war?«

»Gehen wir es gemeinsam durch. Wann haben Sie Ihre Tochter bei Ihrer Schwester abgeholt?«

»Ich habe Sie erst gar nicht hingebracht.«

»Interessant.«

»Ich erhielt am Morgen einen Anruf aus Hamburg. Katrina war bei mir. In ihrem Zustand wollte ich sie noch nicht in die Schule schicken. Eigentlich hatte ich vor, sie zu Resi zu bringen, so heißt meine Schwester.«

»Damit Katrina nicht unbeaufsichtigt ist?«

»Ja. Sie ist völlig durcheinander seit dem Mord an ihrer Mutter.«

»Das ist verständlich.«

»Deshalb war ich regelrecht erleichtert, als mir der Bauleiter am Telefon mitteilte, die Termine in Hamburg seien gestrichen. Es gab Verzögerungen auf der Baustelle.«

»Wie verlief Ihr Tag weiter?«

»Ich bin nicht in mein Büro gefahren, sondern habe zu Hause gearbeitet, damit ich immer wieder nach Katrina schauen konnte.«

»Wie lange haben Sie gearbeitet?«

»Ungefähr bis achtzehn Uhr. Danach habe ich etwas gekocht, wir haben gegessen, dann ferngesehen. Und um neun habe ich Katrina zu Bett gebracht.«

»Sie ist zwölf. Kann sie nicht allein ins Bett gehen?«

»Sie hat geweint. Ich musste sie trösten.«

»Wann ist sie eingeschlafen?«

Fries atmete durch. »Ich habe ihr eine von den Beruhigungstabletten gegeben, die ihr nach dem Vorfall mit ihrer Mutter ein Arzt verschrieben hat. Danach schlief sie tief und fest.«

»Das heißt, sie hätten die Wohnung verlassen können, ohne dass sie es merkt.«

»Ich würde meine Tochter doch nicht nachts allein lassen. Schon gar nicht nach dem, was sie durchgemacht hat.«

»Haben Sie eigentlich noch einen Schlüssel zu dem Haus in der Lepsiusstraße?«

»Nein. Marianne hat die Schlösser ausgetauscht.«

»Ist es richtig, dass Ihre Exfrau Ihnen das Sorgerecht für das Kind entziehen wollte?«

»Das ist leider wahr.«

»Wie kam Marianne Fries darauf? Was hatte sie gegen Sie in der Hand?«

»Ich möchte nicht schlecht über sie reden.«

»Ach nein?«

»Glauben Sie denn nicht, dass mich der Mord an der Mutter meiner Tochter mindestens genauso erschüttert wie Katrina selbst?«

»Es ist mir egal, was ich glauben soll. Ich halte mich an die Fakten. Und wir haben mittlerweile auch mit Ihrer Schwester gesprochen.«

»Mit Resi?«

»Ja.«

»Warum?«

»Wir wollten mehr über die Scheidung erfahren.«

Pause.

Fries nahm seine Brille ab, rieb mit dem Finger über das Gestell und setzte sie wieder auf.

Trojan lehnte sich vor. »Erzählen Sie es mir lieber gleich.«

»Ich verstehe nicht.«

»Schildern Sie mir die wahren Hintergründe Ihrer Trennung.«

»Ich möchte einen Anwalt sprechen.«

»Das können Sie gerne tun.«

Trojan wartete ab.

»Wir können die Sache aber auch abkürzen«, sagte er schließlich.

»Wie meinen Sie das?«

»Sie opfern mir noch etwa zehn Minuten Ihrer kostbaren Zeit, und dann lasse ich Sie gehen.«

»Im Ernst?«

Nils setzte ein betont freundliches Gesicht auf. »Herr Fries, ich möchte Sie nicht beunruhigen. Sehen Sie das Ganze als eine reine Routineangelegenheit. Es ist nun mal so, dass bei Mordfällen oftmals der Verdacht auf nähere Angehörige fällt. Und da wir von den etwas schwierigen Umständen Ihrer Scheidung wissen, müssen wir diesem Anhaltspunkt nachgehen.«

Fries schien darüber nachzudenken.

Unvermittelt fragte Trojan: »Verspüren Sie noch immer einen großen Zorn auf Ihre Exfrau?«

Der Architekt schwieg.

Nils ließ nicht locker. »Ich kann das durchaus nachvollziehen. Meine Ehe wurde auch geschieden. Und ich habe ebenfalls eine Tochter. So wie Sie. Ich kann mir also denken, wie hart es sein muss, wenn einem vor Gericht angedroht wird, das eigene Kind nicht mehr sehen zu dürfen.«

Fries nahm erneut seine Brille ab. Er rieb sich über die Augen. Danach setzte er sie wieder auf. »Marianne hat mir furchtbare Dinge vorgeworfen.«

»Was denn zum Beispiel?«

»Angeblich hatte ich eine Affäre mit einer gerade mal achtzehnjährigen Praktikantin aus meinem Architekturbüro.«

»Und ist das wahr?«

»Nein.«

Trojan erhob sich. »Bitte entschuldigen Sie mich einen Moment.«

Er drückte auf den Signalknopf, und kurz darauf öffnete sich die Sicherheitstür. Sie fiel hinter ihm ins Schloss.

Im Nebenraum stand Carlotta vor dem Einwegspiegel und beäugte Manfred Fries genau.

»Konntest du etwas erkennen?«, fragte Trojan.

Sie blickte ihn an. »Es war nicht eindeutig.«

»Gab es eine Mikroreaktion?«

»Mich irritiert seine Brille.«

»Sie ist anders, nicht wahr?«

»Die Gläser sind nicht entspiegelt. Ich muss aber seine Augenpartie studieren.«

»Das heißt, du weißt nicht, ob er lügt?«

»Ich bin mir nicht sicher.«

»Verdammt.«

»Du solltest ihn dazu bringen, die Brille abzusetzen.«

»Wie soll ich das machen?«

»Lass dir was einfallen.«

Trojan nickte ihr zu und ging zurück in den Vernehmungsraum. Er setzte sich.

Lange Zeit blickte er Manfred Fries schweigend an. Dann sagte er freundlich: »Das Baumhaus. Es ist wunderschön. Ihr Werk?«

»Ja.«

»Für Ihre Tochter?«

»Hmm.«

»Sie lieben Katrina sehr, nicht wahr?«

»Natürlich tue ich das.«

»Warum zwei Stockwerke?«

»Wie bitte?«

»Warum haben Sie in dem Baumhaus noch ein zweites Stockwerk errichtet?«

»Damit es etwas Besonderes ist.«

»Nicht wegen der Aussicht?«

»Wie meinen Sie das?«

Abermals wartete Trojan lange ab. Dann sagte er leise: »Sie ist sehr hübsch.«

Fries starrte ihn an. »Ich verstehe nicht ganz.«

»Ich hab mir ihre Website angesehen.«

»Von wem reden Sie?«

»Auf der Homepage gibt es ein Video, auf dem sie tanzt. Unglaublich schön.«

»Was?«

Beiläufig ließ Trojan den Namen fallen: »Elsa Herzmann.«

Fries legte den Kopf schief. Dann nahm er abermals die Brille ab und rieb an dem Gestell.

Mit einer plötzlichen Bewegung nahm sie ihm Trojan weg. »Lassen Sie das bitte.«

»Erlauben Sie mal.«

»Es macht mich furchtbar nervös. Dauernd fummeln Sie daran herum.« Er steckte die Brille in seine Jackentasche. »Sie kriegen sie nachher wieder.«

»Das ist eine Unverschämtheit.«

»Erzählen Sie mir von Elsa Herzmann.«

Fries wirkte verblüfft. Er strich mit zwei Fingern über seinen gepflegten Vollbart. Dann sagte er: »Ich möchte sofort mit meinem Anwalt sprechen.«

»Das würde die Sache nur verschlimmern.«

»Wie bitte?«

Trojan entschied sich für einen Bluff. »Wir wissen es längst. Ja, rufen Sie Ihren Anwalt an. Er wird Ihnen raten zu schweigen. Aber das wird Ihnen nichts bringen. Denn wir wissen bereits Bescheid. Sie hatten eine Affäre mit Elsa Herzmann, Ihrer Nachbarin. Das war der Grund, warum Ihre Frau die Scheidung eingereicht hat und es zu dieser hässlichen Schlammschlacht vor Gericht kam.«

»Hat Ihnen das Elsa erzählt?«

Treffer, dachte Nils und lächelte ihm zu. »Ich verstehe Sie gut, Herr Fries. Sie glaubten, es ginge von ihr aus, nicht wahr? Jeden Abend diese Show. Sie steht am Fenster. Sie zieht sich aus. Sie streift sich ihr Trikot über. Und dann beginnt sie zu tanzen. In Ihrer Vorstellung tut sie das nur für Sie. Es wird beinahe zur Sucht. Sie müssen sie ansehen. Sie klettern auf das Baumhaus Ihrer Tochter und schauen Elsa Herzmann beim Tanzen zu. Sie googeln ihren Namen. Sie finden heraus, dass sie eine bekannte Choreografin ist. Das macht die Sache noch reizvoller für Sie. Und vielleicht ist es ja tatsächlich so: Sie weiß, dass sie dort oben auf dem Baumhaus stehen und zu ihr herüberspähen. Sie lässt sich auf das Spiel ein. Noch ist es harmlos. Aber irgendwann wird aus dem Spiel Ernst.«

Pause.

»Sie sind ein attraktiver Mann. Gebildet. Haben einen interessanten Beruf. Sie müssen sich nicht in einem Baumhaus verstecken. Es fiel Ihnen sicherlich nicht schwer, Elsa Herzmann irgendwann anzusprechen. Zumal sie ja gleich in der Nachbarschaft wohnt.« Trojan zog die Brille aus der Jackentasche und reichte sie ihm. »Setzen Sie sie ruhig wieder auf. Aber sie steht Ihnen nicht besonders gut. Das andere Modell fand ich hübscher.«

Fries nahm sie entgegen, legte sie aber vor sich auf den Tisch. »Es ist meine Ersatzbrille.«

»Deshalb die nicht entspiegelten Gläser. So etwas gibt es bei einem guten Optiker gar nicht mehr, oder?«

»Ich hab sie aus einer Drogerie. Vom Ständer gekauft. Auf die andere habe ich mich heute Morgen draufgesetzt. Sie ist kaputt.«

»Eine Notlösung, ja?«

»Hmm.«

»Und?« Abermals lächelte Trojan ihn an. »Wollen Sie es mir nicht endlich erzählen?«

Ein langes Schweigen.

Auf einmal entspannte sich das Gesicht von Manfred Fries. Er wirkte nahezu erleichtert. »Ja, es war wegen Elsa. Marianne hat mir das nie verziehen. Und ich kam mir anfangs wie ein Idiot vor. Jeden Montag und Donnerstag, immer wenn Marianne abends ihren Yogakurs hatte, bin ich heimlich auf das Baumhaus meiner Tochter gestiegen, um Elsa bei ihrem Tanz zuzusehen. Ja, es wurde zu einem Spiel. Einer aufregenden Abwechslung. Ich war gelangweilt, fühlte mich einsam in meiner Ehe. Natürlich hat Elsa irgendwann bemerkt, dass ich sie beobachte. Zunächst hielt sie mich für einen Perversen. Aber schließlich kamen wir auf der Straße ins Gespräch. Und wir konnten beide darüber lachen. Eine harmlose Plauderei unter Nachbarn. Doch daraus entwickelte sich mehr.«

»Haben Sie noch immer ein Verhältnis mit ihr?«

»Ja. Gelegentlich treffen wir uns.«

»War Elsa Herzmann in der Nacht, als Ihre Exfrau ermordet wurde, bei Ihnen? Haben Sie deshalb verlegen zu Ihrer Tochter geschaut und behauptet, Sie wären allein gewesen?«

»So ist es.«

»Lügen Sie mich nicht an. Wir werden das überprüfen.«

»Es ist die Wahrheit.«

»Sie hätten es uns gleich sagen sollen.«

»Ich habe es aus Rücksicht auf meine Tochter verschwiegen. Ich wollte nicht, dass sie denkt ... Wie sieht das denn aus? Ihr Vater vergnügt sich mit seiner Freundin, während ihre Mutter bestialisch ermordet wird.«

»Und die Affäre mit der Praktikantin?«

»Nichts davon ist wahr. Marianne hat bloß versucht, es gegen mich zu verwenden. Sie war sehr gekränkt. Und was sie am meisten getroffen hat, ist, dass Katrina lieber …« Er brach ab.

»Was?«

»Katrina kam schon länger nicht mehr zurecht mit ihrer Mutter. Besonders nach der Trennung hat sie sich oft mit ihr gestritten. Nachdem die Scheidung rechtskräftig war, wollte sie lieber bei mir wohnen.«

»Sie hält zu ihrem Vater, obwohl Sie derjenige sind, der untreu wurde?«

»Ja. Meine Tochter war eigentlich schon immer auf meiner Seite. Aber sie hat sich nicht getraut, das vor Marianne laut auszusprechen.«

»Weiß Katrina von Ihrem Verhältnis zu Elsa Herzmann?«

»Natürlich weiß sie das. Ich habe nur ständig ein schlechtes Gewissen deswegen. Darum habe ich auch irgendwann aufgegeben, vor Gericht zu kämpfen. Ich überließ Marianne das Haus und wollte endlich meinen Frieden.«

Plötzlich füllten sich seine Augen mit Tränen. »Ich habe ihr nichts angetan. Das müssen Sie mir glauben. Als mich Katrina am Dienstagfrüh anrief und ich zu ihr fuhr, war ich außer mir vor Angst.«

»Warum?«

»Sie sagte, es sei etwas Schreckliches geschehen. Und dann weinte sie nur noch. Später sah ich meine Exfrau in dem Baumhaus liegen. Unter der blutverschmierten Decke.«

»Haben Sie den Leichnam berührt?«

»Nein. Ich stieg von der Leiter herab und alarmierte sofort die Polizei.«

»Sie wussten aber, dass Ihre Exfrau unter der Decke lag?«

»Ich ahnte es.«

»Kennen Sie eine Eva Meinhardt?«

»Nie gehört.«

Trojan stand wortlos auf und ging in den Nebenraum.

Carlotta schaute ihn schweigend an.

Nils holte tief Luft. »Ich bin zwar kein Experte in Sachen Mikromimik, aber ich habe schon viele Vernehmungen geführt.«

»Du bist ein Menschenkenner.«

»Mag sein.«

»Als du die Partnerin von Tanja Grater erwähntest, gab es keine auffällige Reaktion in seiner Mimik.«

»Entweder hat er sich sehr gut im Griff, oder er ist wirklich unschuldig. Auf jeden Fall müssen wir Elsa Herzmann fragen, ob sie sein Alibi für die erste Mordnacht bestätigen kann.«

»Ja.«

Trojan dachte nach. »Eines ist doch merkwürdig: Seine Ehe zerbricht, weil er heimlich auf dem Baumhaus seine Nachbarin beobachtet, mit der er dann eine Affäre beginnt.«

»Und später wird seine frühere Ehefrau genau in diesem Baumhaus ermordet«, ergänzte sie.

»Ist das nun ein Zufall?«

Carlotta runzelte die Stirn. »Ich weiß es nicht. Auf jeden Fall brauchen wir einen neuen Ansatz. Mit Manfred Fries kommen wir nicht weiter.«

»Ich fürchte nur, dass uns nicht viel Zeit bleibt.«

»Wie meinst du das?«

Trojan ließ den Atem ausströmen. »Vielleicht täusche ich mich ja. Bloß eine diffuse innere Unruhe.«

»Du glaubst, der Täter wird wieder zuschlagen?«

»Ja. Und zwar bald.«

SECHZEHN

Freitag, 24. November, spätabends

Robert Lumen betrat zum zweiten Mal an diesem Abend sein Atelier. Er hatte eine Pause gebraucht und sich draußen Bewegung verschafft. Die Arbeit an seinem Selbstporträt verlangte ihm viel ab. Er war kurz davor, sein Werk zu beenden. Nach einem einsamen Spaziergang durch die Dunkelheit, der ungefähr eine Stunde gedauert hatte, erhoffte er sich einen frischen Blick auf das Gemälde.

Er zog den Mantel aus und stieg ins obere Stockwerk hinauf. Dort schaltete er die Tageslichtlampen ein. Der betörende Geruch von Ölfarbe und Terpentin hing in der Luft. Die Leinwand stand mit der Rückseite zu ihm.

Lumen war angespannt. Er kannte diese entscheidende Phase der Kreativität, wenn all seine Kräfte nur noch auf den letzten Moment zusteuerten. Auf den Abschluss. Den Moment der Vollendung.

Er vertraute darauf, dass ihm das Bild verraten würde, wann es vollbracht wäre. Der Augenblick, da weder etwas zuzufügen noch zu entfernen war. Wenn jede Kontur, jede Farbgebung stimmte. Das Bild musste zu ihm sprechen. Ein schier magischer Akt.

Noch zögerte er es hinaus, vor die Leinwand zu treten.

Er hatte gekämpft, sich sämtliche Energien abgerungen. Dieses Werk war immens wichtig.

Wenn er es geschafft hätte, wäre ihm eine erhebliche Last genommen. Die größte Herausforderung in seiner Karriere.

Dabei hatte er Abend für Abend diese geisterhafte Stimme in seinem Atelier vernommen: *Ich bin hier, Robert, hier. Siehst du mich denn nicht?*

Es war keine Sinnestäuschung. Nicht der säuselnde Novemberwind, der ums Haus strich. Die Stimme wirkte erschreckend real.

Anfangs hatte er versucht, sie niederzukämpfen. Letztlich hatte er sich damit abgefunden. Entweder lauerte ein Spuk in diesem Haus, irgendeine böse Macht. Oder die Stimme entsprang aus ihm selbst. Ein Anflug von Wahnsinn möglicherweise. Eine Art Paranoia.

Ich muss es hinnehmen, dachte er. Das Wichtigste ist das Werk. Nur das Bildnis zählte am Ende. Einerlei, ob er darüber den Verstand verlor.

Der Spiegel stand noch immer neben der Leinwand. Stunde für Stunde hatte er darin seine Gesichtszüge studiert und auf das Bild übertragen. Zuletzt hatte er es kaum noch ausgehalten.

Es war schwierig, sich dem eigenen Ich zu stellen.

Seinem markanten Gesicht. Den Augen. Diesem wissenden, leicht entrückten Blick.

War es ihm gelungen?

Mit einem Mal scheute er davor zurück, das Ergebnis seiner Arbeit zu betrachten.

Er war entsetzlich müde. Hatte er sich etwa verausgabt? Sollte er lieber morgen weitermachen?

Nein, es drängte ihn voran. In diesem Zustand würde er ohnehin keinen Schlaf finden.

Lumen wollte sich gerade der Vorderseite der Leinwand zuwenden, als er zusammenzuckte. Am Fenster bewegte sich ein Schatten.

Er fuhr herum.

Auf dem Fensterbrett hockte eine Krähe. Sie hob den Kopf und blickte ihn direkt an. Wie merkwürdig, dachte er. Seines Wissens waren Krähen normalerweise im Dunkeln nicht mehr aktiv.

Er trat näher an das Fenster heran. Die Krähe spreizte die Flügel. Dann klickte sie mit dem Schnabel gegen die Fensterscheibe, als wollte sie ihm ein Zeichen geben.

Seine Nerven waren in Aufruhr. Ganz ruhig, dachte er. Nur abergläubische Menschen würden das für ein böses Omen halten.

Schließlich pickte der Rabenvogel etwas auf und flatterte davon.

Lumen trat noch näher heran. Auf dem Fensterbrett lagen Reste eines Gebäckstücks. Ein zuckriges Gesicht grinste ihn an.

In diesem Moment läutete sein Mobiltelefon in der Hosentasche.

Er zog es heraus und sah auf das Display. Es war Karla.

Er hob ab. »Ja?«

»Robert.« Ihre Stimme klang belegt.

»Was ist los?«

»Ich habe Angst.«

»Was ist passiert? Bist du gestürzt?«

Sie hatten verabredet, dass er sein Telefon immer eingeschaltet ließ. In letzter Zeit war Karla noch unsicherer auf den Beinen als gewöhnlich. Lumen befürchtete, dass ein nächster Krankheitsschub bevorstand.

»Sag schon. Was ist los?«

»Jemand hat mir ein seltsames Foto geschickt. Auf mein Handy.«

»Ein Foto?«

Sie schien heftig in den Hörer zu atmen.

Dann sagte sie: »Von deinem Selbstporträt.«

Er war so verblüfft, dass er für einen Moment an seiner Wahrnehmung zweifelte.

»Wie bitte?«

»Es ist unverkennbar deine Arbeit. Das Porträt, von dem du mir erzählt hast. Jemand muss es abfotografiert haben.«

»Aber … ich bin doch …« Er wandte sich vom Fenster ab. Wie war das möglich? Er blickte zu der Staffelei, die mit dem Rücken zu ihm stand.

»Das Bild ist noch nicht fertig«, sagte er. »Wie kann dir jemand ein Foto davon schicken?«

»Es sieht sonderbar aus.«

»Sonderbar?«

»Es ist entstellt.«

»Ich verstehe nicht.«

»Was hast du mit dem Gemälde gemacht?«

»Nichts, ich …«

Sein Herz schlug höher. Er zwang sich, ruhiger zu atmen.

Nach einer Pause fragte er: »Wer hat dir das Foto geschickt?«

»Ich weiß es nicht. Es ist eine unbekannte Nummer.«

»Hast du zurückgerufen?«

»Ja. Keine Verbindung.« Sie holte Luft. »Robert, was hat das zu bedeuten?«

Er näherte sich der Rückseite der Leinwand. War Karla übergeschnappt? Oder war tatsächlich jemand hier gewesen?

Er setzte einen weiteren Schritt vor. Da knirschte etwas unter seinen Schuhsohlen.

Und dann sah er es.

Der Rollwagen, auf dem er seine Farbtuben und Pinsel aufbewahrte, hatte ihm zuvor den Blick verstellt. Über den Boden verteilt lagen weitere Kuchenreste. Eine Spur, die direkt zu dem Gemälde führte. Teile eines Lebkuchenmanns, zerbrochen. Dort war ein Arm, da ein Fuß, und der Kopf mit dem lächelnden Gesicht befand sich ein paar Zentimeter vor der Staffelei.

Schon wieder ein Lebkuchenmann. Er hatte doch erst neulich einen an der Tanne vor seinem Atelier entdeckt.

Und gerade eben auf dem Fensterbrett. Die Krähe hatte davon gefressen.

Entsetzt hielt er inne.

Die Stimme seiner Frau meldete sich durchs Telefon. »Was hast du nur angerichtet, Robert? Seit Wochen arbeitest du an dem Bild. Es sieht so … merkwürdig aus … mir fehlen die Worte dafür… Du hast es entweiht.«

»Entweiht?«

»Was tust du deinem eigenen Werk an?«

»Ich weiß nicht, wovon du sprichst.«

War jemand in sein Atelier eingebrochen? In der Zeit, als er draußen gewesen war? Und was war mit seinem Gemälde passiert? Er musste dringend nachsehen.

Es waren nur noch wenige Schritte bis zur Staffelei.

Robert Lumen aber rührte sich nicht. Geh schon, sprach er in Gedanken zu sich selbst.

Doch er war wie gelähmt.

Reglos starrte er auf den zerbröselten Lebkuchenmann am Boden.

»Robert?«, fragte seine Frau am Telefon. »Bist du noch dran?«

»Ja.«

»Was hat das alles zu bedeuten?«

»Keine Ahnung.«

»Ich habe Angst«, wiederholte sie.

»Bleib ganz ruhig.«

Endlich konnte er sich aus seiner Erstarrung lösen. Entschlossen setzte er ein paar Schritte vor.

Lumen umrundete die Staffelei. Er schloss kurz die Augen. Dann riss er sie auf.

Ihm stockte der Atem.

Fassungslos betrachtete er sein Gemälde.

Im Grunde genommen war ihm das Porträt geglückt. Sein weißes Haar, das kantige Gesicht, der nahezu entgeisterte Augenaufschlag. All das stach in beinahe perfekter Manier aus dem Bildhintergrund heraus.

Ja, es war ein gelungenes Selbstbildnis. Die intensive Arbeit hatte sich gelohnt.

Doch aus der Mitte des Bildes ragte etwas hervor, das entschieden nicht dort hingehörte.

Was war das nur?

Blutrot. Plastisch.

Und es roch eigenartig.

Karla hatte recht, durchfuhr es ihn. Das Werk war entweiht.

Jemand hatte sein Selbstbildnis entstellt.

»Das muss ein böser Scherz sein«, sagte er.

»Ein Scherz? Es ist dein Gemälde, Robert!«

»Beruhige dich. Alles wird sich aufklären.«

Plötzlich vernahm er ein Poltern durchs Telefon. Erneut schrak er zusammen.

»Karla?«

Sie antwortete nicht.

»Mein Schatz, was ist passiert?«

Keine Antwort.

»Bist du hingefallen?«

Die Verbindung wurde unterbrochen.

SIEBZEHN

Lumen stieg in seinen Wagen und fuhr los. Von unterwegs rief er bei Karla an.

Das Freizeichen ertönte. Doch sie hob nicht ab.

Er war zutiefst beunruhigt. Hektisch hatte er nach dem Schlüssel für sein Privathaus gesucht, den er stets neben der Eingangstür des Ateliers ablegte, wenn er zum Arbeiten herkam. Doch da war er nicht mehr.

Sollte er ihn auf seinem Abendspaziergang verloren haben? Angestrengt dachte er nach. Nein, das konnte nicht sein. Er hatte doch nur den Atelierschlüssel bei sich gehabt, als er nach draußen gegangen war.

War er zu allem Überfluss auch noch bestohlen worden?

Das Fenster im Erdgeschoss, durchfuhr es ihn. Es schloss nicht richtig. Vielleicht war der Einbrecher dort reingekommen.

Lumen beschleunigte. Er bog von der Blankenfelder Straße in die Schönhauser Straße ein. Er sollte die Polizei anrufen, dachte er, doch zunächst musste er nach Karla schauen.

Ruhig, ermahnte er sich, ganz ruhig, einen Schritt nach dem anderen. Das Wichtigste war, dass er sich zunächst um seine Frau kümmerte. Normalerweise trug sie ihr Mobiltelefon immer bei sich. Doch wenn sie gestürzt war, könnte es ihr aus der Hand geglitten sein.

Aber warum war die Verbindung unterbrochen worden?

Lumen trat aufs Gaspedal. Ein heftiger Krankheitsschub,

dachte er. Sie fällt, tastet nach dem Telefon. Drückt versehentlich eine falsche Taste. Danach könnte sie das Bewusstsein verloren haben.

Schneller, dachte er. Ich muss ihr helfen.

Das seltsame Foto. Wer hatte es ihr geschickt? Die Aufregung war nicht gut für sie. Und wenn er gleich einen Notarzt alarmierte? Aber nein, er hatte es ja nicht mehr weit. So schlimm würde es schon nicht sein. Er kannte die Phasen ihrer Krankheit. Anfangs wirkten sie recht dramatisch, doch bisher waren sie halbwegs glimpflich verlaufen.

Und wenn es diesmal nicht so war?

Kein Grund zur Panik, dachte er, ich bin ja gleich bei ihr. Dann könnte er noch immer einen Arzt anrufen.

Doch wer zum Teufel drang in sein Atelier ein, um sein Werk zu beschädigen?

Abermals zwang er sich zur Ruhe.

Endlich hatte er das alte Villenviertel von Pankow erreicht.

Vor seinem Haus stieg er aus, rannte durch den Vorgarten und blickte an der Fassade hinauf. Ein paar der Fenster waren hell erleuchtet.

Wie kam er jetzt ohne Schlüssel herein? Zur Not müsste er es bei der Nachbarin versuchen, bei der Karla einen Zweitschlüssel deponiert hatte. Zunächst aber drückte er den Klingelknopf. Vielleicht war ihr Zustand ja besser als befürchtet, sodass sie ihm öffnen könnte.

Doch in diesem Moment sah er, dass die Haustür nur angelehnt war.

Lumen stürmte ins Innere hinein.

»Karla?«, rief er in der Diele.

Es kam keine Antwort.

Ein Blick in die Küche. Hier war niemand. Auch an der Tür zum Wohnzimmer schaute er sich um. Nichts.

Er hastete die Treppe hinauf.

»Karla!«

Er öffnete die Schlafzimmertür. Das Bett war leer.

Lumen riss die Tür zu ihrem Arbeitszimmer auf. Der Schreibtisch mit Büchern und Papieren überhäuft. Auf einem anderen Tisch in der Zimmerecke ihre Nähmaschine. Ein Haufen Kleider am Boden.

Lumen erschrak. Ihm war, als würde sich darunter eine Gestalt abzeichnen.

War sie das?

»Liebling?«

Zögernd streckte er die Hand nach den Kleidungsstücken aus. Schließlich zog er sie mit einem Ruck weg.

Jäh packte ihn ein Schwindelgefühl.

Kurzzeitig blieb ihm die Luft weg.

Er richtete sich auf und fuhr sich mit der Hand an den Mund.

Nur die Ruhe, dachte er. Es war eine Täuschung.

Das war nicht seine Frau. Bloß ihre Schneiderpuppe, die umgestürzt war.

Sein Herz hämmerte.

Was war passiert? War auch hier jemand eingebrochen? Der entwendete Schlüssel, dachte er. Die geöffnete Haustür.

Er eilte zurück in den Flur. Das Badezimmer. Vielleicht war sie dort.

Beherzt drückte er die Klinke herunter und trat ein.

Lumen knipste das Licht an und sah sich um.

Keine Spur von seiner Frau.

Während er sich wieder der Treppe zuwandte, zog er sein Handy aus der Manteltasche und wählte ihre Nummer.

Freizeichen.

Komm schon, dachte er, heb ab.

Er rannte die Stufen hinab. Im Erdgeschoss sah er sich noch einmal suchend in der Küche um.

Plötzlich hielt er inne.

Ganz entfernt hörte er etwas.

Lumen lauschte.

Es war ein Klingelton. Ihr Handy.

Er betrat das Wohnzimmer. Ein kühler Luftzug.

Das Klingeln wurde lauter.

Erst jetzt bemerkte er, dass die Terrassentür nicht richtig verschlossen war. Sie bewegte sich leicht im Wind und klappte auf und zu.

Abermals fühlte sich Lumen wie gelähmt. Als sei nicht seine Frau die Kranke, sondern er. Seine Beine waren bleischwer, als er sich der Glastür näherte.

Ängstlich spähte er hinaus.

Plötzlich blitzte der Mond hinter den Wolken hervor, und der Garten war in ein fahles Licht getaucht.

Und da sah Lumen sie.

Er erkannte ihren Rollstuhl, den sie benutzte, wenn ihr das Gehen besonders schwerfiel. Sie saß mit dem Rücken zu ihm, vor den Büschen an der Grundstücksgrenze, ein paar Meter von ihm entfernt. Sie hatte sich eine Decke umgelegt und um den Kopf geschlungen.

Das Klingeln kam aus ihrer Richtung.

»Karla«, rief er.

Er schaltete sein Handy aus und steckte es ein.

Prompt verstummte das Läuten.

Langsam ging er auf den Rollstuhl zu. Noch immer waren seine Beine ungewöhnlich schwer.

Was war nur los mit ihr, fragte er sich, warum antwortete sie nicht?

»Liebling.«

Lumen hatte sich dem Rollstuhl bis auf etwa drei Meter genähert, als er ein leises Geräusch vernahm.

Es klang wie ein Kichern.

Die Decke bewegte sich.

Das Kichern wurde stärker.

Aber es klang eigenartig.

Lachte seine Frau? Oder weinte sie?

»Karla«, sagte er noch einmal.

Die Wolldecke auf ihrem Kopf bebte.

»Schatz, was ist mit dir? Frierst du denn nicht hier draußen? Und warum gehst du nicht ans Telefon?«

Plötzlich wurde der Rollstuhl gewendet.

Und Robert Lumen erschrak.

Es war nicht seine Frau, die darin saß.

Er blickte in ein kalkweißes Gesicht mit einem grellroten Mund.

ACHTZEHN

Normalerweise hatte Ruth Norten einen tiefen Schlaf. Doch in dieser Nacht warf sie sich unruhig hin und her. Merkwürdige Geräusche drangen an ihr Ohr.

Einmal meinte sie, entfernt das Läuten eines Handys zu vernehmen.

Sie drehte sich auf die andere Seite, knautschte ihr Kissen zurecht und entspannte sich.

Allmählich dämmerte sie ein.

Traumfetzen zogen an ihr vorbei.

Jemand schien laut zu lachen. Allerdings hörte es sich eher wie ein Jammern an.

Ruth vernahm ein gedämpftes Rattern. Weitere Traumbilder, undeutlich und beängstigend, flimmerten an ihrem geistigen Auge vorüber. Sie hatte die diffuse Ahnung, dass jemand irgendwo in ihrer Nähe ein elektrisches Gerät benutzte.

Sie seufzte im Halbschlaf. Die Fenster waren nicht dicht. Eigentlich waren ihre Nachbarn ruhige Personen, aber wenn sie sich im Garten aufhielten, bekam sie einiges mit.

Kurz darauf vernahm sie einen gellenden Schrei.

Abrupt war sie wach.

Ruth Norten hob den Kopf und lauschte.

Nun war es still.

Sie richtete sich auf. War das eben wirklich passiert? Hatte jemand geschrien?

Nein, nur ein Albtraum, versuchte sie sich zu beruhigen. Sie hatte geträumt, dass ihr Nachbar mit einer ratternden Gartensäge hantierte.

Doch dieser Schrei. Er war ihr ziemlich echt vorgekommen. Markerschütternd.

Ihr Puls beschleunigte sich.

Was war bei den Nachbarn los? Warum sollten sie mitten in einer kalten Novembernacht im Garten ihre Hecke trimmen?

Das war der Moment, da sie die Hand auf die andere Seite des Betts ausstreckte. Beinahe hätte sie den Namen ihres Mannes geflüstert.

Aber die zweite Betthälfte war leer.

Wäre Dietmar nicht vor drei Jahren gestorben, würde sie ihn nun wecken und bitten nachzusehen, ob draußen etwas Unheimliches geschehen war.

Doch sie war allein.

Noch immer schüttelte sie abends liebevoll Dietmars Kissen auf und strich seine Bettdecke glatt. Seit seinem Tod fühlte sie sich einsam und mit ihren einundachtzig Jahren mit vielen Dingen im Haus überfordert. Dietmar hätte die Fenster längst abgedichtet.

Ruth Norten knipste die Nachttischlampe an.

Sie horchte.

Nichts.

Da war nichts.

Und doch musste sie nachschauen.

Sie setzte sich auf, schlüpfte in ihre Pantoffeln und griff nach dem Morgenmantel, den sie stets auf einem Hocker neben dem Bett aufbewahrte, denn sie war sehr kälteempfindlich.

Ruth erhob sich, zog den Morgenmantel über, ging zum Fenster und schob den Vorhang einen Spalt auf.

Im Garten nebenan stand der verwaiste Rollstuhl ihrer

Nachbarin Karla Lumen, angeschienen vom Mondlicht. Davor lag eine zusammengebauschte Decke.

Ruth blinzelte. Sie sah nicht mehr sehr gut. Allerdings meinte sie zu erkennen, dass unter der Decke eine Hand hervorragte.

Sie holte tief Luft.

Die arme Frau ist aus dem Rollstuhl gefallen, dachte sie, mitten in der Nacht. Darum der Schrei.

Ruth öffnete das Fenster und rief hinaus: »Hallo?«

Kalter Wind schlug ihr entgegen. Sie fröstelte.

»Frau Lumen?«

Keine Regung.

Sie musste Hilfe holen.

Zittrig schloss sie das Fenster und sah sich suchend im Zimmer um. Wo hatte sie ihr Telefon? Vermutlich unten, dachte sie.

Im Flur schaltete sie das Licht ein und wandte sich der Treppe zu. Langsam stieg sie die Stufen hinab. Ihre arthritischen Gelenke schmerzten.

Die arme Nachbarin, dachte sie. Wo war nur ihr Mann? Ein Kunstmaler, wie sie einmal erfahren hatte. Eigentlich kümmerte er sich aufopferungsvoll um seine Frau. Diese furchtbare Krankheit, dachte sie. Frau Lumen war ihres Wissens gerade mal zweiundfünfzig Jahre alt und schon gelegentlich auf den Rollstuhl angewiesen. Ansonsten bewegte sie sich an einem Krückstock. Eine freundliche Person, sehr feinsinnig. Sie hatte Ruth ihren Hausschlüssel anvertraut, falls sie sich mal aussperren würde. Und auch Ruth hatte einen Schlüssel bei den Nachbarn liegen. Man kümmerte sich umeinander.

Endlich im Untergeschoss angelangt, suchte sie nach dem Festnetztelefon. Es befand sich nicht in der Ladeschale. Und wo war ihr Handy?

Allmählich wurde sie vergesslich. Sie überlegte angestrengt. Erst neulich hatte sie darauf ihrer Enkelin geschrieben. Diese hatte ihr gezeigt, wie man kostenlos Nachrichten mit einer App versenden konnte, deren Name ihr entfallen war.

Schließlich fand sie das Handy unter einem Stapel von Zeitschriften auf dem Couchtisch.

Ruth Norten wählte 112. Sie bemühte sich um einen ruhigen Tonfall, als sie dem Mann von der Notrufzentrale die Situation schilderte. »Meine Nachbarin, an Multipler Sklerose erkrankt, liegt reglos in ihrem Garten. Ich bin leider auch nicht mehr sehr schnell auf den Beinen.«

Sie nannte Namen und Adresse, beantwortete ein paar Fragen und legte schließlich auf.

Minuten später hatte sie sich ihren Wintermantel übergezogen, war mühsam in ihre Stiefel geschlüpft und hatte den Schlüssel von Karla und Robert Lumen eingesteckt.

Als sie ihr Haus verließ, war der Notarzt noch immer nicht eingetroffen.

Mit vorsichtigen Schritten ging sie über das Trottoir auf das Nachbarhaus zu. Ihre Kinder, selbst nicht mehr die Jüngsten, hatten ihr zur Anschaffung eines Rollators geraten. Doch Ruth Norten hatte ihren eigenen Stolz. Sie wollte sich aufrechthalten, solange es ihre schmerzenden Glieder zuließen. Täglich absolvierte sie längere Spaziergänge und verzichtete dabei auf jegliche Gehhilfen.

Entschlossen durchquerte sie den Vorgarten des Ehepaars.

Als sie bemerkte, dass die Haustür nur angelehnt war, beschlich sie ein ungutes Gefühl.

Sie betrat das Haus, ging durchs Wohnzimmer, zog die bloß angelehnte Terrassentür auf und rief erneut nach ihrer Nachbarin.

Fahles Mondlicht. Keine Regung unter der Decke.

Abermals blinzelte Ruth. Ihre Augen waren tatsächlich nicht mehr die besten. Doch nach ein paar Schritten erkannte sie, dass die Decke, unter der die Hand hervorlugte, blutdurchtränkt war.

Entsetzt blieb sie stehen.

Die Novemberkälte ließ sie erneut frösteln.

Offenbar war ihre Nachbarin nicht nur aus dem Rollstuhl gefallen.

Hier war etwas weitaus Schlimmeres passiert.

Aus der Ferne hörte sie die Sirene des Rettungswagens.

NEUNZEHN

Samstag, 25. November, drei Uhr morgens

Eine alte Villa am Rosenthaler Grenzweg in Niederschönhausen, Ortsteil von Pankow, erhellt von Scheinwerfern und zuckenden Blaulichtern. Die an manchen Stellen abgeplatzte Fassade war grau. Das Dach zum Teil bemoost. Die Holzfenster hätten einen frischen Anstrich vertragen.

Trojan bremste ab und parkte auf dem Gehweg. Diesmal traf er beinahe gleichzeitig mit Carlotta am Tatort ein. Sie stieg gerade aus ihrem Bulli, der, verbeult und leicht angerostet, wie ein Fremdkörper zwischen all den Einsatzfahrzeugen wirkte.

Er sprang aus dem Wagen und trat ihr entgegen.

»Ich nehme an, Landsberg hat dich erneut zuerst angerufen?«

»Ja, aber damit bin ich absolut nicht einverstanden.«

»Na schön. Mir wurde bloß gesagt, ich solle schleunigst herkommen.«

Ihre Miene war besorgt. »Jedenfalls scheinst du recht zu haben mit deiner Vermutung. Offenbar hat der Mörder wieder zugeschlagen.«

»Was hat dir der Chef erzählt?«

»Nicht viel. Anscheinend ist es die Art der tödlichen Verletzungen, die auf unseren Täter hinweisen.«

»Wieder eine elektrische Säge also?«

»Danach sieht es wohl aus.«

Gemeinsam gingen sie auf das Gebäude zu. Sie begegneten Landsberg in der Eingangstür.

Trojan überlegte kurz, ob er ihn wegen seines eigenartigen Verhaltens zur Rede stellen sollte, doch dann entschied er, dass dies nicht der richtige Zeitpunkt war.

Der Chef kam gleich zur Sache. »Die Leiche befindet sich im Garten. Eine Nachbarin, ihr Name ist Ruth Norten, einundachtzig Jahre alt, hat den Notarzt alarmiert, als sie etwas Verdächtiges durchs Fenster beobachtet hat. Sie sah eine offenbar hilflose Person am Boden liegen. Irrtümlich glaubte sie, es handle sich um einen Unfall. Doch die Sachlage ist etwas komplizierter. Dazu komme ich gleich.« Er wies ins Innere des Hauses. »Hier entlang.«

Er führte sie durch die Diele und das Wohnzimmer hin zur Terrasse.

»Die Villa gehört dem Ehepaar Robert und Karla Lumen«, fuhr er fort. »Ein Kunstmaler, fünfundfünfzig Jahre alt, sie eine Journalistin im Alter von zweiundfünfzig.«

Sie traten in den Garten hinaus.

Die Wolken hatten sich über Nacht verzogen. Der Mond am mittlerweile klaren Himmel tauchte die Umgebung in ein nahezu gespenstisch fahles Licht.

Die Forensiker waren dabei, ihre Halogenscheinwerfer aufzubauen. Die übrigen Teammitglieder schienen ebenfalls gerade erst eingetroffen zu sein.

Steffie hatte dunkle Ringe unter den Augen. Sie nickte Trojan und Carlotta zu.

Der bullige Ronnie Gerber, der wie immer ein wenig bleiche Albert Krach, Max Kolpert mit seiner verätzten Gesichtshälfte und Olaf Maas, blond, strenger Seitenscheitel, sie alle wirkten übermüdet, von dem Blutrausch des Täters erschüttert. Die Abfolge seiner Morde war erschreckend kurz getaktet.

Nils schaute sich um. Die Bepflanzung des Gartens war

eher zweckmäßig. Ein einzelner Apfelbaum, eine große Rasenfläche, winterkahle Büsche vor einem Maschendrahtzaun.

Sein Blick fiel auf einen leeren Rollstuhl. Am Boden davor eine blutverschmierte Decke. Eine Hand ragte darunter hervor.

Trojans Nacken verkrampfte sich, als er nähertrat. Wie schon am Tatort in der Lepsiusstraße hatte der Täter sein Opfer in eine Decke gehüllt. Ähnlich wie in der Wohnung in Staaken, wo er dafür den Duschvorhang benutzt hatte.

Nils wandte sich an Carlotta: »Wozu diese Verhüllung? Reiner Showeffekt? Oder geht es dem Täter um etwas anderes?«

Sie atmete durch. »Eine Decke sorgt für Wärme und Wohlbehagen. Auch für Schutz.«

»Will er uns darauf hinweisen?«

»Möglicherweise. Unbewusst oder absichtlich erzählt er durch diese Art der Inszenierung von einem Mangel.«

»Wovon?«

»Fürsorge und Geborgenheit. Das würde auch zu den Lebkuchenmännern passen, auf die er offensichtlich fixiert ist.«

»Wie meinst du das?«

»Es ist ein Gebäck, das Menschen in der Vorweihnachtszeit verwöhnen soll. Vielleicht fehlte ihm als Kind ein soziales Umfeld der Sicherheit.«

»Klingt plausibel.« Wieder einmal war Trojan von Carlottas Scharfsinn beeindruckt. Er richtete sich an Landsberg. »Sind denn auch diesmal solche Gebäckstücke gefunden worden?«

»Erstaunlicherweise nicht.«

Trojan verspürte das Aufkeimen einer Beklemmung. Seine Augen brannten vor Erschöpfung. Sein Puls war erhöht. Um es zu überspielen, versuchte er es mit einer flapsigen Bemerkung. »Ich finde Lebkuchenmänner inzwischen eher unheimlich.«

»Geht mir genauso«, erwiderte der Chef.

»Wem gehört der Rollstuhl?«

»Der Hausbewohnerin. Karla Lumen.«

»Und sie liegt unter dieser Decke?«

Landsberg machte eine vielsagende Geste. »Ich fürchte, wir haben da ein Problem.«

»Was für eins?«

»Schau dir zunächst die Leiche an. Ich denke, dann kommst du von selbst darauf.«

Trojan streifte sich Latexhandschuhe über und bückte sich. Kupfriger Blutgeruch stieg ihm in die Nase.

Er witterte das Unheil. Den Tod. Die unfassbare Brutalität des Mörders.

Auf einmal fiel ihm das Atmen schwer.

Nicht schon wieder, durchfuhr es ihn. Nicht jetzt.

Übelkeit kroch seine Kehle hinauf.

Schon hatte ihn die Panik fest im Griff. Sein Puls raste.

Ich halte das nicht mehr aus, dachte er. Mal bin ich von den Ermittlungen wie berauscht, fordere mir meine letzten Energien ab. Dann wieder durchleide ich diese peinigenden Zustände. Atemnot. Schlaflosigkeit. Versagensängste. Ich pendle ständig zwischen den beiden Extremen hin und her.

Es war merkwürdig still um ihn herum.

Sämtliche Geräusche schienen urplötzlich in den Hintergrund getreten zu sein.

Seine Gesichtsmuskulatur fühlte sich taub an. Trotz der Kälte trat ihm der Schweiß auf die Stirn.

Trojan ballte die Hand zur Faust. Atmen, dachte er. Einfach weiteratmen.

Doch sein Brustkorb verkrampfte sich nur noch mehr.

Zu allem Überfluss fühlte er sich von seinem Chef beobachtet. Und schlimmer noch. Die anderen Teammitglieder schienen ihm auch verstohlene Blicke zuzuwerfen.

Selbst Stefanie sah ihn auf eine Weise an, als wollte sie ihn durchleuchten.

Lediglich Carlotta wirkte weiterhin ganz und gar auf den Fall fokussiert. Sie hatte bloß Augen für den Tatort, scannte das Umfeld mit Blicken, war gleichzeitig offenbar tief in Gedanken versunken.

Der Chef räusperte sich ungeduldig.

Unvermittelt kam Nils ein erschreckender Gedanke. Landsberg testete ihn. Darum dieses Spielchen mit Carlotta. Was sollte das? Hatte er nicht immer gute Arbeit geleistet?

Die Panikattacken, dachte er. Hatte der Chef ihn durchschaut? Wusste er davon? Hielt er ihn womöglich für nicht mehr belastbar?

Landsberg wiegte den Kopf. »Na los. Worauf wartest du noch?«

Aber das war nicht möglich. Nie hatte er sich wirklich jemandem geöffnet. Bloß beiläufig hatte er vielleicht mal seine Angstzustände erwähnt. War Landsberg etwas zu Ohren gekommen?

Hatte Steffie mit ihm geredet? Nein, ausgeschlossen. Selbst sie war nicht eingeweiht.

Am meisten wusste noch Ronnie Gerber, dem er sich vor langer Zeit einmal anvertraut hatte. Sollte sein Kollege ihn beim Chef verraten haben?

Auch das hielt er für undenkbar.

Ich halte die Angst gefangen, dachte er. Sie ist wie ein Eisklumpen in mir. Sie darf nicht flüssig werden.

Warum nur?

Aber er kannte die Antwort bereits. Wenn er diese Emotion zum Schmelzen brachte, würde sie ihn erst recht außer Gefecht setzen. Zumindest befürchtete er das.

Er hatte Angst vor der Angst.

Er musste sie verbergen. Immerzu geheim halten.

Inzwischen schien Carlotta seine Irritation bemerkt zu haben. »Alles in Ordnung bei dir?«

Er reagierte nicht.

Eine ungewollte Konkurrenzsituation zwischen ihr und mir, dachte er. Der Chef hetzt uns gegeneinander auf. Er nimmt es mir übel, dass ich mich für Carlotta eingesetzt habe. Mir ging es lediglich um eine Verstärkung des Teams. Ihn hat es in seiner Eitelkeit verletzt.

»Nils?« Carlotta schaute ihn verwundert an. »Soll *ich* das für dich übernehmen?«

Energisch schüttelte Trojan den Kopf.

Mit einem Ruck riss er die Decke weg.

Der Anblick war noch verheerender als bei den anderen Mordopfern.

Der Hals des männlichen Leichnams war komplett durchschnitten worden. Der Kopf beinahe abgetrennt. Der Mund wie zu einem letzten stummen Schrei geöffnet.

Noch verstörender aber war ein weiterer Aspekt.

Trojan wandte den Blick ab.

Sein Herzschlag stolperte.

Er versuchte, sich auf seinen Atem zu konzentrieren.

Erst nach einer Weile hatte er sich wieder soweit im Griff, dass er das entsetzliche Detail erneut betrachten konnte.

Abermals hatte der Täter etwas von seinem Opfer entfernt.

Wiederum paarweise.

Doch diesmal war es diffiziler.

Trojan richtete sich auf. Um einen sachlichen Tonfall bemüht, fragte er: »Wo ist der Rechtsmediziner?«

»Semmler müsste jeden Moment eintreffen«, erwiderte Landsberg.

Nils starrte auf die Leiche. »Das war nicht nur eine akkubetriebene Säge.«

Carlotta pflichtete ihm bei. »Der Täter scheint zusätzlich ein Skalpell benutzt zu haben.«

»Ja.« Allmählich konnte Trojan wieder tiefer atmen.

Fassungslos blickte er auf den Leichnam. Unterhalb der Stirn klafften zwei blutige Löcher.

Der Killer hatte seinem Opfer beide Augen entfernt.

Nils wischte sich den Schweiß von der Stirn. »Es handelt sich bei dem Toten also um Robert Lumen?«

Landsberg nickte. »So ist es.«

»Und Lumens Frau ist …?«

»Sie betrifft das Problem, von dem ich sprach. Karla Lumen wird vermisst. Sie ist an Multipler Sklerose erkrankt. Darum auch der Rollstuhl hier. Ursprünglich dachte die Nachbarin, sie sei gestürzt. Die Haustür war nur angelehnt, und auch die Terrassentür war offen. Wir müssen davon ausgehen, dass der Täter einen Schlüssel hatte. Wie schon bei dem Mord in Staaken.«

»Könnten wir es mit einer Entführung zu tun haben?«

»Möglicherweise.«

»Wo ist die Nachbarin?«

»Sie wartet in einem der Einsatzfahrzeuge. Ein Beamter kümmert sich um sie.«

Plötzlich hatte es Trojan sehr eilig. Er nickte Carlotta zu, und gemeinsam gingen sie zurück ins Haus.

Sie wischte über das Display ihres Smartphones. »Dass ausgerechnet der Leiche eines Kunstmalers beide Augen entfernt werden, könnte von Bedeutung sein«, sagte sie.

»Du meinst, weil in Lumens Beruf das Sehen immens wichtig war?«

»Ja.«

»Googelst du ihn gerade?«

»Hmm.«

»Und?«

»Einem eingeweihten Publikum ist er wohl bekannt. Er ist keine Berühmtheit, aber ein anerkannter Künstler.«

Sie verließen das Haus und betraten die Straße. Carlotta steckte das Smartphone wieder ein. Schließlich hatten sie den Mannschaftswagen der Polizei erreicht.

Ruth Norten, eine resolut wirkende Seniorin, trug einen Mantel über ihrem Nachthemd und hatte Winterstiefel an. Im Beisein eines uniformierten Polizisten saß sie am Tisch im hinteren Bereich des Fahrzeugs, einen Becher mit einem dampfenden Getränk in der Hand.

Nils stellte sich kurz vor. »Ich bin Hauptkommissar Trojan, das ist meine Kollegin Hauptkommissarin und Kriminalpsychologin Weiss. Bitte schildern Sie uns, was Sie heute Nacht gesehen haben.«

Die Einundachtzigjährige erzählte recht ausschweifend, sodass sie Trojan mehrmals unterbrechen musste. Er bat sie, sich auf die wesentlichen Fakten zu beschränken.

Schließlich fasste es Trojan in Gedanken zusammen. Verstörende Geräusche, ein Schrei, ein Blick aus dem Fenster, die Annahme, Karla Lumen sei aus dem Rollstuhl gefallen, dann der Anruf in der Notrufzentrale. Daraufhin war die alte Dame zum Nachbarhaus gegangen.

»Haben Sie jemanden aus dem Haus kommen sehen?«

»Nein.«

Um ein Haar wäre Ruth Norton dem Täter begegnet, dachte er.

»Ist Ihnen ansonsten etwas aufgefallen?«

Kopfschütteln.

»Und Sie haben keine Ahnung, wo sich Ihre Nachbarin aufhalten könnte?«

»Leider nicht. Ich mache mir Sorgen um sie. Schließlich ist sie ja gehbehindert.«

»Haben Sie Ihre Handynummer?«

»Ja.«

»Ich vermute, mein Chef hat Sie bereits danach gefragt?«

»Nein.«

Ein grober Fehler, dachte Nils. Er musste sich immer mehr über Landsberg wundern.

»Warten Sie.« Die alte Dame zog ihr Mobiltelefon aus der Manteltasche. Ihre Hand zitterte leicht, als sie im Verzeichnis suchte.

»Darf ich?« Trojan nahm ihr das Handy ab, scrollte sich durch die Einträge, bis er den Namen Karla Lumen gefunden hatte. Er speicherte die Nummer auf seinem eigenen Smartphone und gab ihr das Telefon zurück.

Danach verabschiedete er sich von ihr. »Bitte halten Sie sich für weitere Befragungen bereit.«

Carlotta und er stiegen aus dem Wagen, durchquerten den Vorgarten und betraten erneut die Villa.

Im Wohnzimmer wählte Trojan die Nummer von Karla Lumen.

»Freizeichen«, murmelte er.

Auf einmal wirkte Carlotta wie elektrisiert. »Ich höre etwas.«

Auch Trojan lauschte.

Sie zog ihn zur geöffneten Terrassentür.

Ganz entfernt war ein Klingelton zu vernehmen.

War das ein Zufall? Ein anderes Telefon? Eines der Kollegen womöglich?

Sie gingen wieder hinaus in den Garten.

Das Läuten war nun deutlicher zu hören.

Wie zur Probe unterbrach Trojan die Verbindung.

Prompt verstummte das Klingeln.

»Es kam von dort hinten«, rief Carlotta. »Aus dem Gebüsch.«

Sie eilten zum Gartenzaun und suchten dort alles ab.

Kurz darauf hatten sie das Handy von Karla Lumen gefunden.

Es lag unter einem Strauch.

»Da ist noch etwas«, sagte Carlotta atemlos.

Sie bogen die Zweige auseinander.

Trojan zuckte leicht zusammen.

Er machte ein zuckriges Lächeln aus.

Neben dem Mobiltelefon befand sich ein grinsender Lebkuchenmann.

ZWANZIG

Carlotta streifte sich Latexhandschuhe über, zog einen Asservatenbeutel aus der Tasche, tütete das Handy ein und verstaute es in ihrer Jackentasche. Danach nahm sie einen zweiten Beutel hervor und sicherte den Lebkuchenmann.

Sie blickte Trojan nachdenklich an. »Wenn der Täter Karla Lumen entführt hat, warum lässt er dann das Handy hier? Warum versteckt er es so, dass wir es recht einfach finden können?«

»Es ist Teil seiner Inszenierung. Er spielt mit uns.«

»Ich denke, es steckt noch mehr dahinter.«

»Kannst du das genauer erläutern?«

Sie antwortete nicht. Auf einmal wirkte sie völlig geistesabwesend. Er kannte das bereits von ihr. Sie schloss die Augen.

Erst nach einer Weile blickte sie wieder auf. »Der Rollstuhl von Karla Lumen. Die Decke. Ich bin mir beinahe sicher, dass sie ihr gehört. Der Täter lässt alles so aussehen, als habe er nicht Robert Lumen, sondern dessen Frau ermordet.«

»Er will für einen Überraschungseffekt sorgen.«

»Ja. Doch ihr Handy liegt im Gebüsch. Zusammen mit dem Lebkuchenmann.«

»Ich sagte doch, es ist ein Spiel.«

»Das schon. Aber es ist auch eine Aufforderung.«

»Wozu?«

»Wir sollen die Ehefrau des Toten suchen. Und zwar hier in der Nähe.«

»Bist du dir sicher?«

»Ziemlich.«

»Wie kommst du darauf?«

Carlotta wies erst auf den Leichnam, dann auf das Gebüsch, unter dem sie das Telefon gefunden hatten. »Der Abstand ist nicht besonders groß.«

Und Trojan verstand. »Der Tote hier, nahe bei den Sachen seiner Frau. Das Handy soll Karla Lumen repräsentieren. Und es liegt nur ein paar Meter von ihm entfernt.«

»Ja. So makaber es klingt, aber er hat das Ehepaar nur ein kleines Stück auseinandergebracht. Zumindest lassen sich die Zeichen so deuten.«

»Sehr gut, Carlotta. Lass uns im Haus nachsehen.«

Sie kehrten zurück in die Villa. Inspizierten kurz das Wohnzimmer und die Küche und sahen sich danach in der Diele um. Im hinteren Bereich befand sich die Kellertür. Sie war unverschlossen.

Sie traten ein, knipsten das Licht ein und stiegen die Treppe hinunter.

Unten angelangt, durchschritten sie einen Gang und machten Halt vor einer weiteren Tür. Trojan drückte die Klinke. Ebenfalls unverschlossen. Im Innern tastete er nach dem Lichtschalter und betätigte ihn. Es war ein Abstellraum, vollgestellt mit allerhand Gerümpel. Doch auch hier war niemand.

Danach durchsuchten sie eine altertümliche Waschküche. Nichts. Schließlich blickten sie sich im Heizungskeller um. Von Karla Lumen keine Spur.

Sie verließen den Keller und wandten sich der Treppe ins Obergeschoss zu. Sie stiegen hinauf und nahmen sich die übrigen Räumlichkeiten vor. Das Schlafzimmer. Das Bad und zuletzt ein Arbeitszimmer.

Auf dem Boden lag eine Schneiderpuppe. Daneben und darüber verteilt verschiedene Kleidungsstücke, die offensichtlich Karla Lumen gehörten.

»Ich denke, der Täter hat die Puppe absichtlich umgestoßen«, sagte Carlotta.

»Ein Hinweis darauf, dass die Ehefrau irgendwo im Haus liegt?«

»Ja.«

»Fragt sich nur, ob tot oder lebendig«, erwiderte Trojan.

»Dem Muster nach lässt der Täter die Angehörigen seiner Opfer am Leben. Sie erhalten lediglich seine Botschaften.«

»Du hast recht. Anfangs sind es harmlose Hinweise. Beinahe kindliche Zeichen. Niedliche Gebäckstücke mit lächelnden Gesichtern.«

Carlotta schaute ihn ernst an. »Aber es sind auch Leichenteile darunter. Das dürfen wir nicht außer Acht lassen.«

Trojan straffte die Schultern. Er ahnte, dass sie sich auf weitere bösartige Überraschungen gefasst machen mussten.

Dann fragte er: »Wo würdest du einen Menschen in einem Haus wie diesem verstecken?«

»Im Keller.«

»Das wäre das Naheliegendste.«

»Aber dort waren wir schon.«

Trojan dachte nach. »Der erste Mord geschah in einem Baumhaus.«

Sie nickte ihm zu. »Richtig. Darum sollten wir weiter oben suchen.«

»Der Dachboden«, murmelte er.

Sie sahen sich im oberen Flur um. Die Decke war getäfelt. Nirgendwo schien es eine Öffnung zu geben.

An der Stirnseite der Diele stand ein Schrank.

Sie tauschten Blicke. Daraufhin rückten sie ihn gemeinsam zur Seite.

Dahinter befand sich eine Tür.

Sie war abgeschlossen. Das Schloss eingerostet. Offenbar wurde der Dachboden nur äußerst selten oder gar nicht benutzt.

Trojan nahm Anlauf und trat gegen die Tür. Einmal, zweimal, ein drittes Mal, und das morsche Holz splitterte.

Schließlich hatte er eine so große Öffnung herausgebrochen, dass sie nacheinander hindurchklettern konnten.

Hinter der Tür tat sich eine schmale Kammer auf.

Trojan schaltete seine Maglite ein und leuchtete nach oben. Eine Falltür an der Decke. Ein Haken.

Nur der Stab, mit dem man die Klappe herunterziehen konnte, fehlte.

Ein Blick zu Carlotta, und sie verstand.

Er verschränkte die Hände in Hüfthohe und beugte sich leicht herunter. Sie stieg auf seine Hände, hielt sich an seinen Schultern fest und griff nach dem Haken.

Sie zog daran, und die Falltür öffnete sich. Eine daran befestigte Klappleiter entfaltete sich. Carlotta sprang von Trojans Händen.

Danach kletterte sie die Leiter hoch.

Trojan folgte ihr. Ungute Erinnerungen an den Moment, da er auf das Baumhaus gestiegen war, überkamen ihn.

Sie richteten sich beide auf dem Dachboden auf und blickten sich um.

Trojan ließ den Lichtkegel seiner Maglite umherwandern.

Plötzlich vernahm er ein leises Geräusch.

Es klang wie ein Wimmern.

Da machte er am Fuße des Schornsteins eine schwache Bewegung aus.

Auch Carlotta hatte es bemerkt.

Sie eilten hin.

Hinter dem Kamin lag eine Frau am Boden. Sie war mit Kabelbindern gefesselt. Ihr Mund war mit einem Tape verklebt. Ihre Augen waren weit aufgerissen.

»Frau Lumen?«

Trojan kniete nieder und entfernte vorsichtig das Tape.

Dann löste er die Kabelbinder.

Die Frau atmete schwer.

»Sind Sie Karla Lumen?«

»Ja.«

»Nils Trojan, Kriminalpolizei. Das ist meine Kollegin Carlotta Weiss. Sie sind jetzt in Sicherheit.«

»Wo ist Robert? Wo ist mein Mann?«

»Ganz ruhig.«

Er half der Frau, sich aufzusetzen.

»Sagen Sie mir, wo mein Mann ist.«

Trojan beschloss, sie zunächst mit der bitteren Wahrheit zu verschonen. »Bitte erzählen Sie uns erst einmal, was vorgefallen ist.«

Es brauchte eine Weile, bis sie zu Atem gekommen war.

Schließlich sagte sie mit belegter Stimme. »Es kam jemand ins Haus. Ich war in meinem Arbeitszimmer. War gerade dabei, mit Robert zu telefonieren.«

»Um wie viel Uhr war das?«

»Vor ein paar Stunden, denke ich.«

»Was geschah dann?«

»Jemand stieg die Treppe herauf. Dann kam er ins Zimmer.«

»Wie sah derjenige aus?«

»Er stürzte auf mich zu. Ich habe in der Schnelle nicht viel erkennen können.«

»Denken Sie nach.«

»Eine Jacke. Schwarzer Hoodie. Die Kapuze tief in die Stirn gezogen.«

»Was noch?«

»Er hatte ein sehr weißes Gesicht.«

»War er geschminkt?«

»Ich glaube, ja.«

»Was geschah dann?«

»Er schlug mich mit einem Gegenstand nieder.«

»Was war das für ein Gegenstand?«

»Ich weiß es nicht. Jedenfalls muss ich wohl ohnmächtig geworden sein. Als ich wieder zu mir kam, lag ich hier.«

Pause.

Karla Lumen rang nach Luft. »Sie müssen sofort in Roberts Atelier fahren.«

»Warum?«

»Ich erhielt auf meinem Handy ein erschreckendes Foto. Es wurde mir von einer unbekannten Nummer zugeschickt.«

»Wann war das?«

»Auch am späten Abend. Darum habe ich Robert ja angerufen. Er war zu der Zeit in seinem Atelier.«

»Wir haben Ihr Mobiltelefon gefunden«, sagte Carlotta und zog es aus ihrer Jackentasche. Sie nahm es aus dem Asservatenbeutel und suchte im Verzeichnis.

Plötzlich verfinsterte sich ihr Gesicht.

»Ist es etwa dieses Foto?« Sie hielt der Ehefrau des Ermordeten das Display hin.

Und Karla Lumen nickte.

Auch Trojan warf einen Blick darauf.

Für einen Moment war er wie erstarrt.

EINUNDZWANZIG

Samstag, 25. November, 4:30 Uhr

Trojan saß mit Carlotta in seinem Dienstwagen und fuhr in Richtung Blankenfelde, einem weiteren Ortsteil von Pankow, wo sich das Atelier des Malers befand.

Es war noch immer finster draußen. Keine Anzeichen, dass bald der Morgen herandämmern würde. Nils mochte diese Jahreszeit nicht. Lange Nächte, kurze Tage. Kälte und viel zu wenig Sonnenschein.

Er hatte Blaulicht und Sirene eingeschaltet und raste im hohen Tempo die Schönhauser Straße entlang.

Fortwährend hallte in ihm der erstickte Aufschrei von Karla Lumen nach, als er ihr hatte mitteilen müssen, dass ihr Mann ermordet worden war.

Von Sanitätern war sie vom Dachboden getragen worden. Bevor sie in einer Klinik vorsorglich auf Verletzungen untersucht werden sollte, konnte sie ihm und Carlotta noch ein paar weitere Fragen beantworten.

Nun wussten sie auch mit Sicherheit, dass der Rollstuhl nicht von ihr in den Garten gefahren worden war. Er war tatsächlich ein Teil der Inszenierung des Mörders.

Erst nach diesem Gespräch waren Trojan und Carlotta zu dem Atelier aufgebrochen.

Nils warf der Kriminalpsychologin einen kurzen Seitenblick zu. »Worüber denkst du nach?«

»Über dieses Foto auf ihrem Handy.«

»Es ist äußerst perfide.«

Er umklammerte mit beiden Händen das Lenkrad und beschleunigte.

»Ja, aber es passt vollkommen ins Muster«, sagte sie. »Der Täter bringt die Angehörige seines nächsten Opfers dazu, eine grausame Entdeckung zu machen. So kündigt er den folgenden Mord an.«

»In diesem Fall via Mobiltelefon.«

»Und dafür gibt es einen Grund.«

»Die Gehbehinderung von Karla Lumen.«

»Richtig. Sie ist weniger beweglich. Also muss er zu einem anderen Mittel greifen.«

»Er schickt ihr anonym ein Foto.«

Trojan bog links in die Nisbléstraße ein, dann rechts in den Kalvinistenweg. An der nächsten Kreuzung hielt er sich erneut links und hatte die Blankenfelder Straße erreicht.

Er trat aufs Gaspedal. Das Blaulicht zuckte durch die Nacht.

Sie hatten bereits herausgefunden, dass die unbekannte Nummer, unter der das Bild versendet wurde, zu einem Prepaidhandy mit fehlerhaften Nutzerdaten gehörte. Der Anschluss war nicht mehr aktiv, vermutlich waren Telefon und SIM-Karte längst zerstört worden.

Noch klammerte sich Nils an die Hoffnung, das Foto könnte gefälscht sein.

Denn was darauf zu sehen war, übertraf alles, was sich der Täter bisher geleistet hatte.

»Er wird übermütig«, sagte er.

»Ja. Er scheint einen Hang zum Risiko zu haben.«

»Für den Mord an Robert Lumen blieb ihm wieder nur ein schmales Zeitfenster.«

»Er hätte ihn gleich in seinem Atelier töten können.«

»Wollte er aber offenbar nicht.«

»Nein, es ging ihm um das Spiel mit der Angst.«

»Laut Karla Lumen war ihr Mann bis in die späten Abendstunden im Atelier.«

»Sie rief ihn an, kurz nachdem das verstörende Foto auf ihrem Handy eingetroffen war.«

»Der Täter muss es noch am gestrigen Abend aufgenommen haben.«

»Zu der Zeit hat sich Robert Lumen vermutlich außerhalb des Ateliers aufgehalten.«

»Seine Frau sagte, dass er manchmal den Arbeitsplatz verließ und einen Spaziergang unternahm, um einen klaren Kopf zu bekommen.«

»In diesem Zeitraum scheint ihm auch der Schlüssel für sein Haus entwendet worden zu sein.«

»Karla Lumen erwähnte ein defektes Fenster im Erdgeschoss.«

»Als sie ihren Mann anrief, war der Mörder bereits auf dem Weg zu ihr.«

»Wahrscheinlich stand er längst vor der Tür.«

»Für die Strecke zwischen Atelier und Wohnhaus braucht man mit dem Auto nicht länger als eine Viertelstunde«, sagte Carlotta, »das habe ich bereits auf meinem Smartphone überprüft.«

»Robert Lumen sollte also in großer Angst um seine Frau sein.«

»Ja. Laut ihrer Aussage muss er am Telefon etwas mitbekommen haben, als sie von dem Täter überwältigt wurde.«

»Er scheint es aber eher als einen Sturz aufgrund ihrer Krankheit interpretiert zu haben, ansonsten hätte er wohl gleich die Polizei alarmiert.«

»Stimmt. Ein großes Risiko für den Täter. Doch das hat er offenbar einkalkuliert.«

»Lumen fährt in großer Sorge zurück nach Hause …«

»… und trifft dort auf seinen Mörder«, ergänzte Carlotta.

»Was können wir aus dieser Vorgehensweise schließen?«

»Ein Spiel, wie schon erwähnt. Er wollte beiden große Angst einflößen.«

»Es ging ihm also um die Interaktion zwischen den Eheleuten.«

»Ja.« Sie sah ihn an. »Das ist ein wichtiger Aspekt. Als du Karla Lumen vorhin eröffnen musstest, dass ihr Ehemann ermordet wurde, hat sie etwas Bezeichnendes gesagt. ›Er war doch immer für mich da.‹«

Trojan stieß die Luft aus. »Der Täter ahnte also voraus, wie sich Lumen verhalten würde. Wir können vermuten, dass der Mörder seine Opfer und deren Angehörige sehr genau beobachtet. Nicht nur über ihre äußerlichen Verhaltensweisen ist er informiert, er scheint auch viel über ihre tieferen Bindungen zu wissen.«

»Du hast recht, Nils. Er hat eine sehr ausgeprägte Beobachtungsgabe.«

»Kennt er seine Opfer eventuell von früher?«

»Auch das ist nicht auszuschließen. Es kann aber auch eine Mischung aus beidem sein.«

»Mordopfer, die er persönlich kennt, und welche, die er bloß beobachtet hat?«

»Genau. Auf jeden Fall muss es eine längere Latenzzeit gegeben haben, bevor er mit dem Morden begann. Er hat präzise Verhaltensstudien angelegt. Lag buchstäblich auf der Lauer.«

»Und nun schlägt er zu.«

Sie nickte. »Sein Blutrausch ist unermesslich.«

Trojan hielt vor dem Atelier des Malers im Kapellenweg. Es war eine beinahe ländliche Gegend am Stadtrand von Berlin. Stoppelfelder, weite Sicht.

Das zweistöckige Haus wirkte klein, unscheinbar und leicht baufällig. Ein Vorgarten, eine weitverzweigte hohe Tanne.

Trojan und Carlotta nahmen zunächst eines der Fenster im Erdgeschoss in Augenschein, durch das der Täter mutmaßlich eingedrungen war.

Nils forderte per Handy ein Team der Kriminaltechnik an, damit die Spuren gesichert wurden. Auch Kollegen von der Mordkommission sollten später zur Unterstützung dazukommen.

Dann öffnete er mit einem Zweitschlüssel, den er aus dem Wohnhaus des Malers mitgenommen hatte, die Eingangstür.

Sie traten ein und machten Licht.

Unten befand sich eine Küche und ein Wohnzimmer mit Schlafgelegenheit.

Der eigentliche Atelierraum befand sich im Obergeschoss. Auch hier schaltete Nils das Licht ein.

Verschiedene Ölgemälde standen an die Wand gelehnt.

Eine Leinwand auf einer Staffelei, die Rückseite zu ihnen gewandt, davor ein Schemel, daneben ein Standspiegel und ein Rollwagen mit Farbtuben und Pinseln darauf.

Trojans Herzschlag beschleunigte sich, als Carlotta vortrat, um Lumens letztes Werk zu betrachten.

Er selbst zögerte noch.

Carlotta war bereits im Begriff, die Staffelei zu umrunden, als sie plötzlich innehielt.

Mit einer stummen Geste wies sie auf den Boden.

Trojan trat zu ihr.

Wortlos betrachteten sie die Überreste eines zerbrochenen Lebkuchenmanns.

Schließlich gab sich Carlotta einen Ruck und ging abermals voran.

Sie schaute auf das Gemälde und atmete entsetzt aus.

Sekunden später hatte auch Nils die Vorderseite der Leinwand im Blick.

Das Handyfoto war keine Fälschung. Doch wenn man direkt davorstand, war es noch entsetzlicher.

Der Mörder hatte ein wichtiges Werk von Robert Lumen verunstaltet.

Es war dessen Selbstporträt.

Auf dem Gemälde erkannte Nils sofort die Gesichtszüge des Ermordeten wieder. Sein weißes Haar, das energische Kinn, die markante Kopfform.

Besonders eindringlich war Lumens Blick. Er schaute den Betrachter direkt an.

Ein überaus gelungenes Porträt, dachte Nils, wenn nur nicht diese eine verstörende Sache wäre.

An das Bild gelehnt war ein weiterer Lebkuchenmann, der ihn höhnisch angrinste.

Doch das war noch völlig harmlos im Vergleich zu dem, was aus dem Gemälde herausstach.

Trojan schauderte.

»Es ist grausam«, entfuhr es ihm. »Überaus abscheulich. Es wird höchste Zeit, dass wir diesen Wahnsinnigen schnappen.«

Carlotta berührte ihn am Arm. »Das werden wir, Nils, und zwar recht bald.«

Gemeinsam starrten sie auf die Leinwand.

Keiner von beiden sprach ein Wort.

Die Kriminalpsychologin fand als Erste ihre Sprache wieder. »Riechst du das?«, fragte sie.

»Ja. Es ist Formaldehyd.«

»Er hat sie konserviert.«

»Hat er sie mit Sekundenkleber angebracht?«

»Allem Anschein nach ja.«

»Sie gehört zu Tanja Grater, seinem vorigen Mordopfer.«

»Daran gibt es wohl keinen Zweifel.«

»Er hat sie halbiert.«

»Die andere Hälfte ist wahrscheinlich noch in seinem Besitz.«

»Wie eine der beiden abgeschnittenen Hände.«

Trojans Atem stockte. Er schloss die Augen.

Er brauchte eine Weile, bis er bereit war, erneut hinzuschauen.

An der Stelle, wo der Mund des Porträtierten war, klebte etwas fest.

Der abgebildete Robert Lumen schien dem Betrachter die Zunge herauszustrecken

Nur dass diese Zunge ein Leichenteil war.

ZWEIUNDZWANZIG

Samstag, 25. November, abends

Stille im Atelier. Die Teamkollegen und die Forensiker waren gegangen. Das Gemälde war von der Staffelei genommen worden und wurde nun im Labor untersucht.

Carlotta war allein. Sie wollte die Nacht im Haus des Malers verbringen.

Trojan hatte sie stirnrunzelnd angesehen, als sie ihm von ihrem Vorhaben erzählt hatte.

»Warum willst du das tun?«, hatte er gefragt. »Die Durchsuchung ist abgeschlossen.«

»Ich muss hier etwas erspüren.«

»Was denn?«

»Kann ich dir nicht genau erklären.«

»Eine Vorahnung?«

»Eine merkwürdige Unruhe. Sie hat mit Robert Lumen zu tun.«

»Wie meinst du das?«

»Ich glaube, ihm kommt eine Schlüsselrolle in dem Fall zu. Irgendetwas stimmt in seinem Atelier nicht.«

Trojan hatte sie lange schweigend angesehen, bis er sagte: »Also gut. Das sind wohl deine speziellen Methoden. Nicht immer leicht nachvollziehbar, aber letztlich erfolgreich.«

»Danke.«

»Wofür?«

»Dass du zu mir hältst.«

Sein Lächeln war warm und freundlich. »Ist doch selbstverständlich. Ich spreche derweil noch einmal mit der Ehefrau des Ermordeten.«

Danach hatte er die Tür hinter sich zugezogen.

Beinahe hätte sie ihn gefragt, ob sie die Aktion nicht gemeinsam durchziehen wollten. Denn sie mochte ihn, vertraute ihm. Aber wie sollte sie ihm ihre Vorgehensweise erklären? Stunden an einem unheimlichen Ort wie diesem zu verbringen, an dem sie gerade erst eine grausige Entdeckung gemacht hatten. Lange Zeit warten, bis die Schwingungen des Schauplatzes vollständig auf sie einwirkten.

Sie wollte nicht von Magie sprechen, denn sie mochte das Wort nicht. Letztlich aber verfügte sie offenbar über feine Sensoren, die andere Menschen nicht besaßen.

Zuweilen genügte ihr es, sich einem Ort auszusetzen und auf eine Eingebung zu warten. Manchmal machte sie dabei erstaunliche Entdeckungen.

Gern hätte sie ihre Feinfühligkeit mit jemandem geteilt. Doch bislang war sie weder in ihrem Privatleben noch im Beruf auf einen Menschen gestoßen, der Verständnis dafür hatte. Das machte sie scheu und verletzlich. Sie glaubte, dass andere sie für verschroben hielten, kauzig und sonderbar. Außerdem brauchte sie ihre Rückzugsräume. Oftmals musste sie allein sein, um wieder bei sich selbst anzukommen. Und auch dafür hatten wenige Verständnis.

War Trojan vielleicht jemand, der sie so akzeptieren könnte, wie sie war?

Vorsicht, dachte sie. Nur nicht Privates und Berufliches vermischen. Ihm selbst war der Fehler mit Stefanie Dachs unterlaufen. Carlotta hatte längst durchschaut, dass die beiden einmal ein Paar gewesen waren und sich mittlerweile getrennt hatten. Selbst der Chef schien davon zu wissen. Nun hatten Trojan und Stefanie offenbar Schwierigkeiten, zur Normalität zurückzukehren und wieder unbeschwert zusammenzuarbeiten. Auch das war ihr nicht entgangen.

Sie schloss für einen Moment die Augen. Sie sah Nils deutlich vor sich. In der letzten Nacht am Tatort. Seine gebückte Haltung vor dem verhüllten Leichnam.

Die wenigen Sekunden, kurz bevor er die blutverschmierte Decke wegzog.

Sein keuchender Atem. Die blasse Haut.

Schweiß auf seiner Stirn.

Sie war sich beinahe sicher, dass er eine Panikattacke erlitten hatte.

Ob das öfter bei ihm vorkam?

Ein starker, attraktiver Mann in den besten Jahren, einfühlsam und höchst sensibel, als Mordermittler überaus erfolgreich. Aber da war auch etwas Dunkles, das ihn umgab.

Sollte er unter einer Angststörung leiden? War es das, was er vor anderen geheim hielt?

Wäre es hilfreich, ihn einmal behutsam darauf anzusprechen? Sehnte er sich womöglich nach jemandem, dem er sich endlich offenbaren konnte?

Oder war das bloß eine Wunschvorstellung von ihr? Nähe herzustellen? Ein Geheimnis mit ihm zu teilen?

Auf einmal fühlte sie sich entsetzlich einsam. Zugleich merkte sie, wie sie innerlich abdriftete.

Was war nur los mit ihr?

Schien wohl die Erschöpfung zu sein.

»Komm schon«, sprach sie laut zu sich selbst, »konzentrier dich auf den Fall.«

Sie sah sich in dem Arbeitsraum des Künstlers um. Letztlich wusste sie wenig über Lumen. Was sie im Internet über ihn gelesen hatte, war nicht sonderlich aufschlussreich. In seinem Wikipedia-Eintrag waren bloß Geburtsdatum, Geburtsort und die Hochschule, an der er studiert hatte, vermerkt. Dazu eine Auflistung seiner Ausstellungen und der Hinweis, dass er in der Fachwelt als relativ anerkannt galt.

Ansonsten war er wohl recht scheu gewesen. Keine Interviews. Keine öffentlichen Auftritte.

Kunstkritiker schrieben wenig über ihn. Wenn sie ihn aber erwähnten, dann respektvoll. Er hatte den Ruf, unnahbar und leicht verrätselt zu sein. »Der Porträtmaler des Übergangs« lautete die Überschrift einer etwas ausführlicheren Abhandlung, verfasst von einer Kritikerin. Carlotta hatte jedoch noch nicht die Zeit gehabt, diesen Artikel zu lesen.

Außerdem wollte sie sich mehr auf ihren Instinkt verlassen und sich ein eigenes Urteil über ihn bilden.

Hatte ihre diffuse Unruhe etwa mit den frischen Ölgemälden zu tun, die gegen die Wand gelehnt waren? Carlotta trat näher an die Leinwände heran. Sie vermutete, dass es sich um Arbeiten handelte, die Lumen erst vor Kurzem fertiggestellt und noch nicht zum Verkauf freigegeben hatte.

Es waren insgesamt sieben an der Zahl. Ungefähr ein Meter mal zwei Meter groß. Allesamt Porträts.

Eines der Bilder zeigte eine Frau in einem blassblauen Kleid. Sie hatte viele Falten im Gesicht und wirkte dennoch alterslos. Ihr Haar war beinahe leuchtend weißblond.

Sie schien aus dem dunklen Bildhintergrund herauszuschweben.

Nein, dachte Carlotta. Eher wurde sie angesogen. In die dunkelblaue, fast schwarze Farbfläche hineingezogen.

Ihr Haar war aufgewirbelt, als würde es ein Windstoß packen. Ihr Blick war wie entrückt. Und gleichzeitig entstand ein Sog, wenn man ihr in die Augen schaute.

Die Augen, dachte Carlotta. Robert Lumen war ein Meister darin, sie abzubilden.

Dass ausgerechnet ihm vom Mörder die Augen entfernt worden waren, konnte kein Zufall sein.

Die Ölgemälde sind gespenstisch, durchfuhr es sie. Großartig und beunruhigend zugleich.

Unvermittelt musste sie an das Phantombild denken, das mittlerweile nach Eva Meinhardts und Karla Lumens Angaben angefertigt worden war. Beide Zeuginnen hatten von einem weißen Gesicht gesprochen.

Und auf dem Phantombild war letztlich nicht viel zu erkennen, so vage waren ihre Beschreibungen des Täters.

Ein Gespenst, dachte sie. Ein Unwesen. Lautlos verteilt es seine Lebkuchenmänner mit zuckrig lächelnden Mündern. Es raubt erst zwei Hände, dann eine Zunge, die halbiert wird, und nun zwei Augen.

Ein Schauer lief über ihren Rücken.

Reglos betrachtete sie das Gemälde der Frau mit dem blassblauen Kleid. Verlor sich mehr und mehr darin, spürte, wie sie nun selber angesogen wurde von diesem mysteriösen Blick.

Die Augen. Auch Lumen hatte sich selbst mit diesem Augenaufschlag porträtiert.

Schließlich wandte sich Carlotta ab, ging zu der leeren Staffelei und setzte sich davor auf den Schemel. Sie schaute in den Spiegel, den sich Lumen wohl bereitgestellt hatte, um an seinem Selbstporträt zu arbeiten.

Wie bekam der Künstler diesen seltsamen Blick hin? Sie studierte ihre Augen im Spiegel, grünblau, trotz aller Erschöpfung noch funkelnd, vom Adrenalin der Ermittlungen zum Leuchten gebracht, und strich sich das rotbraune Haar aus der Stirn.

Dann öffnete sie auf ihrem Smartphone eines der Fotos, die sie von Lumens letztem Werk aufgenommen hatte, bevor es ins Labor gebracht worden war.

Sie bemühte sich, nicht auf die angeklebte Zunge zu achten, sondern lediglich auf seine Augen. Ja, auch er hatte diesen entrückten Blick. Was hatte der bloß zu bedeuten?

Sie stand auf und betrachtete die anderen Ölgemälde. Jeder der Porträtierten sah sie auf die gleiche Weise an.

Plötzlich fiel ihr ein Wort dafür ein: *jenseitig*.

Ja, dachte sie. Die Abgebildeten schauen mich aus dem Jenseits an. Oder besser noch: Sie sind halb hier, doch ein anderer Teil von ihnen ist bereits fort. Drüben. Auf der anderen Seite.

Im Schattenreich.

Die Farbflächen. Der Bildhintergrund. Es zieht die Figuren hinüber. Sie wollen noch bleiben. Doch ihre Augen sind schon beinahe erloschen.

Aber warum hat sich Robert Lumen so gemalt? Sah er seinen Tod voraus? Hat er etwas geahnt?

Carlotta steckte das Handy ein, streifte sich Latexhandschuhe über und begann, den Rollwagen zu durchsuchen, auf dem Lumen seine Farbtuben, eine Palette und einige seiner Pinsel abgelegt hatte. Der Wagen hatte mehrere Schubladen. Sie öffnete sie. Weitere Malutensilien, Schachteln, Tuben, Pinsel in verschiedenen Größen und Stärken. Lappen. Eine Flasche Terpentin. Skizzenbücher. Papiere.

Plötzlich ertasteten ihre Hände einen Umschlag. Sie zog ihn heraus. Im Innern befand sich ein Stapel Fotografien. Sie sah sie durch.

Offenbar hatten die Kollegen diesen Aufnahmen keine Bedeutung beigemessen, sonst wären sie bei den Asservaten gelandet.

Carlotta jedoch fand die Fotos überaus verstörend. Sie brauchte eine Weile, bis sie vollständig begriff, was sie da in den Händen hielt.

Es waren die Vorlagen für Lumens Arbeiten. Fotografien

von Verstorbenen. Wahrscheinlich in Beerdigungsinstituten aufgenommen. Sie erkannte die Frau in dem blassblauen Kleid wieder. Ihr weißblondes Haar.

Sie lag aufgebahrt in einem Sarg.

Ihre Augenlider waren geschlossen. Lumen hingegen hatte die Frau mit geöffneten Augen gemalt.

Und nun verstand Carlotta. Er war ein Maler der Toten, der seine Modelle für einen einzigen Blick wieder lebendig machte. Er zeigte sie auf der Schwelle zum Jenseits.

Das war das Geheimnis seiner Kunst.

Und das erklärte auch die Haltung seiner Figuren auf den Gemälden. Sie schienen bereits zur Hälfte im Hintergrund verschwunden zu sein. Tauchten für einen letzten Gruß aus den dunklen Farbflächen auf. Konserviert für die Ewigkeit.

Nun hatte Carlotta auch das Rätsel um Lumens letztes Werk gelöst. Er hatte sich selbst dabei gemalt, wie er im Reich der Toten verschwand.

Und das kurz vor seiner Ermordung.

Plötzlich hörte sie ein Geräusch.

Schritte, durchfuhr es sie, und sie zuckte zusammen.

Sie lauschte.

Ein Schurren. Schlurfen. Rascheln.

Es kam von oben.

Als würde sich dort jemand schleichend hin- und herbewegen.

Erschrocken richtete sie den Blick hinauf zur Decke.

Hatte das Atelier einen Dachboden? Es gab offenbar keinen Zugang. Zumindest war ihr und den Kollegen nichts dergleichen aufgefallen.

Auf einmal war es still.

Carlotta legte die Fotos weg und schaltete ihre Maglite ein.

Ihr Blick wanderte suchend die Decke entlang, während sie die gesamte Fläche ableuchtete.

Langsam durchschritt sie das Atelier.

Wieder schurrte und raschelte es dort oben.

Kurz darauf herrschte erneut Stille.

Schließlich entdeckte Carlotta in einer Nische im hinteren Teil des Arbeitsraums schmale Ritzen im Putz an der Decke, viereckig, kaum erkennbar.

Auf einmal musste sie an Lumens Ehefrau denken, die sie halb ohnmächtig auf dem Speicher des Wohnhauses gefunden hatten.

Entschlossen wandte sie sich der Treppe zu, ging hinunter ins Erdgeschoss und dort in die Küche. Sie öffnete die Tür zur Speisekammer. Darin befand sich eine hohe Metallleiter, wie ihr bereits bei der Durchsuchung aufgefallen war.

Sie nahm sie heraus, trug sie zurück ins Obergeschoss, klappte sie auf und stellte sie in die Nische.

Langsam kletterte sie hinauf.

Sie tastete die Ritzen ab. Kein Zweifel, es gab eine viereckige Öffnung in der Decke. Sie drückte dagegen, und eine Luke schwang nach oben auf.

Carlotta zog sich hinauf auf den Dachboden.

Sie richtete sich auf und ließ den Kegel ihrer Stableuchte umherwandern.

Nach einer Weile hielt sie entsetzt inne.

Zwei Augen starrten sie an.

DREIUNDZWANZIG

Karla Lumen öffnete Trojan die Tür zum Nachbarhaus im Rosenthaler Grenzweg. Sie war auf einen Krückstock gestützt. Man hatte ihn bereits am Nachmittag darüber informiert, dass sie nach einer vorsorglichen Untersuchung die Klinik verlassen hatte und sich nun bei Ruth Norten aufhielt.

Der Tatort nebenan war noch nicht freigegeben.

Die Kollegen hatten einen Phantombildzeichner zu der Witwe des Mordopfers geschickt. Doch das Ergebnis war ernüchternd.

»Bitte entschuldigen Sie die späte Störung«, sagte Nils, »aber ich habe noch ein paar Fragen an Sie.«

Sie führte ihn schweigend ins Wohnzimmer und nahm in einem Sessel Platz. Den Stock lehnte sie griffbereit an einen Couchtisch.

Trojan zog sich einen Stuhl heran und blickte sich um. »Ist Frau Norten nicht da?«

»Sie schläft bereits.«

»Werden Sie von ihr gut versorgt? Sie ist doch schon sehr betagt.«

»Ich bin nicht verletzt. Und ich komme auch allein zurecht. Ich hoffe nur, dass ich recht bald in mein Haus zurückkehren kann. Ich möchte meiner Nachbarin nicht länger zur Last fallen.«

»Das verstehe ich gut.«

»Wann kann ich wieder in meinem eigenen Bett schlafen?«

»Bitte haben Sie noch etwas Geduld.«

Nach außen hin wirkte die Witwe einigermaßen gefasst. Aber die Erschöpfung war ihr anzusehen. Und Trojan vermutete, dass der Schock über den grausamen Tod ihres Mannes erst nachwirken würde.

Karla Lumen schien um einen festen Tonfall bemüht zu sein, als sie fragte: »Womit kann ich Ihnen helfen, Herr Kommissar?«

»Ich möchte mehr über Ihren Mann erfahren.«

»Er war ein großartiger Mensch. Er hat sich liebevoll um mich gekümmert.«

»In Bezug auf Ihre Krankheit?«

»Nicht nur. Als er mich kennenlernte, war ich eine junge dynamische Frau. Und schon damals war er sehr fürsorglich zu mir.«

»Sie sind Journalistin von Beruf?«

»Das trifft es nicht ganz. Ich bin Kunsthistorikerin und schreibe Abhandlungen für verschiedene Magazine. Zudem habe ich zwei kunstwissenschaftliche Bücher publiziert. Im Zusammenhang mit dieser Tätigkeit lernte ich Robert kennen. Er ist …«, sie verbesserte sich, »… er war ein begnadeter Maler.« Sie holte Luft. »Ich kann noch immer nicht fassen, dass er tot ist.«

»Hatte er Feinde?«

Ein konsternierter Blick. »Nicht, dass ich wüsste.«

»Wie würden Sie ihn charakterisieren?«

»Er war ein eher scheuer Mensch. Eigentlich lebte er nur für sein Werk. Und für mich.«

»Wie lange waren sie verheiratet?«

»Seit fünfzehn Jahren.«

»Würden Sie Ihre Ehe als glücklich bezeichnen?«

Erneut schien sie irritiert zu sein. »Warum fragen Sie mich das?«

»Nur so.«

»Wir haben uns sehr geliebt.«

Trojan ließ eine Pause verstreichen. Dann sagte er: »Ich kenne mich in der Kunstszene nicht gut aus. Deshalb war mir bisher der Name Ihres Mannes kein Begriff. Wie ist sein Bekanntheitsgrad einzuschätzen?«

Karla Lumen zuckte mit den Mundwinkeln.

Trojan dachte flüchtig an seine Exfrau Friederike, die eine Kunstbuchhandlung in Mitte betrieb. Ob sie wohl mit dem Werk von Robert Lumen vertraut war?

»Mich persönlich interessiert es nicht, ob ein Künstler in der Öffentlichkeit mehr oder weniger bekannt ist«, erwiderte die Witwe.

»Sondern?«

»Für mich sind handwerkliche Fähigkeiten ein Kriterium. Und natürlich das Visionäre in der Kunst.«

»Was waren Robert Lumens Visionen?«

»Er hat sich intensiv, ja beinahe obsessiv mit dem Tod beschäftigt.«

Trojan wurde hellhörig. »Mit dem Tod?«

»Er war besessen von dem Moment des Übergangs. Wenn die Seele eines Menschen den Körper verlässt.«

Nils war erstaunt. »Ihr Mann war Mitte fünfzig. In diesem Alter beschäftigt man sich normalerweise eher beiläufig mit dem Tod.«

»Es hat mit seiner Herkunft zu tun, seiner Familiengeschichte. Er war siebzehn, als kurz hintereinander seine Eltern starben. Das hat ihn geprägt. Robert war ein Einzelkind. Er hat den Todeskampf seiner Mutter hautnah miterlebt.«

»Todeskampf?«

»Sie hatte Krebs. Robert war mit ihr allein, als sie starb.«

»Wo war der Vater?«

»Er hat absichtlich das Haus verlassen, als es mit seiner Frau zu Ende ging. Robert hat nicht gern darüber gesprochen, aber …« Ihre Stimme brach. Sie fuhr sich mit der Hand über den Mund. »Bitte entschuldigen Sie.«

»Aber nicht doch.«

»Es sind sehr aufwühlende Themen für mich.«

»Das kann ich verstehen. Bitte lassen Sie sich Zeit.«

Sie schwieg.

Trojan beobachtete sie. Eine gut aussehende Frau, ein eher schmales Gesicht, hohe Wangenknochen, langes, dunkelblondes Haar, das offen auf ihren Schultern lag. Er schätzte sie als eine Person mit ausgeprägter innerer Stärke ein. Das Schicksal ihrer Krankheit schien sie mit Fassung zu tragen.

Er registrierte, dass sie mit großer Hochachtung von ihrem Mann sprach. Wahrscheinlich hatte sie ihn sehr geliebt.

Sie räusperte sich. »Es war wohl so, dass der Vater sich überfordert fühlte und den Sohn mit der Sterbenden alleinließ. Roberts Mutter wollte ihre letzten Stunden nicht in einer Klinik verbringen, sondern zu Hause. Kurz darauf nahm sich der Vater das Leben. Robert fand ihn.«

»Eine traumatische Jugend also«, murmelte Trojan.

Karla Lumen nickte. »Nun wissen Sie, woher seine Beschäftigung mit dem Tod kam. Manche Ereignisse lassen uns nicht mehr los. Robert hat die Wunden seiner Vergangenheit in der Kunst verarbeitet.«

»Ich habe ein paar seiner Bilder in seinem Atelier gesehen.«

»Es sind Porträts von Toten.«

Trojan war perplex. »Wie bitte?«

»Robert ging regelmäßig in Beerdigungsinstitute. Mit der Einwilligung der Angehörigen fertigte er Fotos von den dort aufgebahrten Verstorbenen an. Nach diesen Fotos hat er sie gemalt. Allerdings so, als würden sie noch für ein paar Atemzüge leben. Robert hat sich mit dem letzten Blick beschäftigt, dem Moment, da das Auge bricht, wenn jemand stirbt. Er war zudem sehr spirituell, auf eine beinahe kindliche Art.«

Die Witwe wischte sich eine Träne aus dem Gesicht.

Nach einer Pause fuhr sie fort. »Er glaubte an die unsterbliche Seele. Das ist für mich ein Trost.«

»Glauben Sie denn auch daran?«, fragte Trojan behutsam.

»Ich bemühe mich zumindest darum. So habe ich die vage Hoffnung, ihm eines Tages wieder zu begegnen. Wo auch immer das sein mag. Ein Himmelreich. Eine Wolke. Der Wipfel eines Baumes. Oder das große Nichts.«

Trojan atmete tief durch. »Frau Lumen, ich möchte Ihre Zeit nicht über die Maßen beanspruchen. Sie haben Entsetzliches durchgemacht. Reicht Ihre Kraft noch aus, mit mir über das letzte Werk Ihres Mannes zu sprechen?«

»Sie brauchen mich nicht zu schonen. Nur weil ich MS habe, muss ich nicht mit Samthandschuhen angefasst werden.«

»Aber Sie haben gerade erst Ihren Ehemann verloren. Und Sie wurden letzte Nacht überfallen.«

»Es geht schon.«

»Gut.«

»Sie meinen das Selbstporträt?«

Er nickte.

Ihre Stimme bekam eine bittere Färbung. »Das Bild, das von diesem Monster verunstaltet wurde?«

»Ja.«

»Was möchten Sie darüber wissen?«

»Stellt es nicht einen Bruch in der künstlerischen Vorgehensweise dar? Sie sagten, Lumen habe fotografische Vorlagen benutzt.«

»Das ist richtig.«

»Nun porträtierte er sich selbst. Vor einem Spiegel, wenn ich das recht verstehe. Warum?«

»Er sagte mir, es sei höchste Zeit dafür. Er dürfe es nicht länger aufschieben. Dieses eine Bild noch. Es sei immens wichtig für ihn.«

»Das klingt, als fürchtete er sich davor, es nicht mehr rechtzeitig zu schaffen.«

»Zugegeben, es drängte ihn.«

»Er war gerade erst fünfundfünfzig.«

Achselzucken. »Manchmal sind das bloß künstlerische Strömungen. Das sollten Sie nicht überbewerten.«

»Malte er sich auch in einer Art Übergang?«

»Sie haben das Bild gesehen.«

»Ich bin kein Experte.«

Karla Lumen schwieg.

Schließlich fragte Trojan: »Hat Ihr Mann womöglich seinen Tod vorausgeahnt?«

Die Witwe antwortete nicht.

»Sie erzählten mir, er habe Menschen gemalt, die sich gewissermaßen im Augenblick ihres Todes befanden. Wie lässt sich sein Selbstbildnis in diesem Kontext begreifen? Ist es nicht erstaunlich, dass er dieses Werk ausgerechnet kurz vor seiner Ermordung schuf?«

Karla Lumen griff nach ihrem Krückstock und erhob sich. Aufrecht und sicher, ohne zu hinken, ging sie zum Fenster und zog den Vorhang einen Spaltbreit auf. Trojan war, als wollte sie hinüber in den Garten ihres Hauses spähen, wo sich der Mord ereignet hatte.

Mit einem Ruck schloss sie den Vorhang wieder und drehte sich zu ihm um.

»Der Mörder hat auch mein Leben zerstört. Robert hat

alles für mich getan. Als ich die Diagnose meiner Krankheit erhielt, dachte ich zuallererst an ihn. Ich fand, Robert hatte genug Leid aus seiner Kindheit mit sich herumzuschleppen. Der Gedanke, ihm fortan zur Last zu fallen, war mir zuwider. Aber er hat auch dieses Schicksal gemeistert. Er war immer für mich da. Unsere Liebe hat mir alles bedeutet. Und nun bricht diese Bestie bei uns ein und …« Sie brach ab.

Auch Trojan stand auf. »Bitte antworten Sie auf meine Frage. Hat Lumen etwas geahnt? Machte er irgendwelche Bemerkungen, die Ihnen sonderbar vorkamen?«

Sie schluckte. »Nein.«

»Wirkte er verändert in letzter Zeit?«

»Er war hoch konzentriert. Ganz in seinem Werk versunken. Ich merkte ihm an, wie viel Kraft es ihn kostete, sich selbst zu malen. Einmal sagte er mir, er müsse sich seinem eigenen Gesicht stellen.«

»Waren das exakt seine Worte? Sich dem eigenen Gesicht stellen?«

»Ja.«

»Klingt nach einer Selbstprüfung.«

»Mag sein. Jedenfalls war es eine künstlerische Herausforderung für ihn. Ob das nun bereits eine Vorahnung seines nahenden Todes war? Ich habe keine Ahnung. Es ist nur ein Jammer, dass dieses großartige Bild entweiht wurde.«

»Man kann es doch sicherlich restaurieren.«

Sie hob die Stimme. »Was klebte eigentlich darauf? Was war das für ein hässliches Etwas? Auf dem Foto sah es aus wie …« Abermals brach sie ab.

»Sie haben genug durchlitten. Quälen Sie sich bitte nicht mit den Einzelheiten.«

»Finden Sie dieses Monster.«

»Wir geben unser Bestes.« Trojan trat einen Schritt auf sie

zu. »Frau Lumen. Sie sind dem Mörder Ihres Mannes begegnet. Können Sie sich wirklich nicht an weitere Einzelheiten erinnern?«

»Es geschah innerhalb von Sekunden. Er stürmte herein. Er schlug mit einem Gegenstand auf meinen Kopf. Und kurz darauf verlor ich das Bewusstsein.«

»Wie sah sein Gesicht aus?«

»Es war merkwürdig weiß. Geschminkt, vermute ich.«

»Und die Augen? Welche Farbe hatten sie?«

»Das konnte ich nicht erkennen.«

»Welche Größe hatte der Täter?«

»Ich sagte es Ihnen doch bereits. Und auch dem Experten, der das Phantombild anfertigte. Ich kann ihn nicht genauer beschreiben.«

Mit einem Mal zitterte sie. Sie stützte sich auf den Krückstock. Trojan hielt sie am Arm und führte sie zurück zum Sessel.

»Haben Sie nicht jemanden, der sich um Sie kümmern könnte? Außer Ihrer einundachtzigjährigen Nachbarin?«

»Wie ich schon erwähnte, jemandem zur Last zu fallen, ist mir zuwider.« Sie hob das Kinn. »Bitte gehen Sie jetzt. Ich möchte allein sein.«

VIERUNDZWANZIG

Sonntag, 26. November, nach Mitternacht

Carlotta rührte sich nicht. Zwei gegensätzliche Impulse hinderten sie daran, zu reagieren. Der eine trieb sie zur Flucht an, der andere zum Angriff.

Endlich konnte sie sich aus ihrer Erstarrung lösen. Ihre Hand fuhr ans Holster, in dem ihre Dienstwaffe steckte.

Da schoss etwas im Halbdunkeln auf sie zu.

Sie duckte sich weg.

Ein Luftzug, ein Flattern, und sie wurde am Kopf berührt.

Danach Stille. Sie atmete schwer. Das Herz schlug ihr bis zum Hals.

Ihre Maglite war zu Boden gefallen. Staubflocken wirbelten im Lichtstrahl auf.

Ganz allmählich fand sie ihre Fassung wieder.

Sie bückte sich und hob die Stableuchte auf.

Ein Augenpaar, orangegelb, lauernd im hinteren Winkel des Dachbodens.

Langsam trat sie näher.

Dort oben. Was war das?

Ihr Puls beschleunigte sich.

Ruhig, dachte Carlotta, ganz ruhig.

Und schließlich begriff sie.

Sie hatte sich getäuscht. Es gab keinen Grund, die Waffe zu zücken.

Es war nur ein Tier, das sie aufgescheucht hatte.

Auf einem der Dachbalken hockte eine Eule. Sie war ziemlich groß. War das vielleicht ein Uhu?

Trotz aller Erleichterung lief Carlotta ein Schauer über den Rücken.

Ein gewaltiger Vogel, ungefähr so groß wie ihr Unterarm. Dunkelbraun gefiedert.

Sie fand ihn unheimlich.

Eulen hatten beinahe menschliche Gesichter. Denn beide Augen waren frontal angeordnet, anders als bei anderen Vögeln.

Offenbar war die Eule durch eine Dachluke hereingekommen. Vermutlich war der Speicher tagsüber ihr Schlafquartier, und nun war sie offenbar im Begriff, für einen nächtlichen Beutezug auszufliegen. Die Geräusche, die Carlotta aufgeschreckt hatten, stammten wohl von ihrem Flügelschlag.

Carlotta atmete durch.

Die Eule starrte sie unverwandt an.

Nach einer Weile blickte sich Carlotta um. Es gab bloß zwei Dachluken. Eine davon war halb geöffnet, drum herum fehlten ein paar Dachziegel. Sie stieß die Luke weiter auf, damit der große Vogel entweichen konnte.

Doch er rührte sich nicht.

Diese Augen, durchfuhr es sie. Orangegelb funkelnd, unheimlich. Eulen galten gemeinhin als Unheilsboten.

Sie schauderte.

Unvermittelt kam ihr ein seltsamer Gedanke. Die Eule hält Wache. Der Dachboden ist ihr geheimes Revier.

Unsinn, dachte sie. Hirngespinste. Sind wohl bloß meine gereizten Nerven.

Sie wollte sich bereits zum Gehen wenden, als sie plötzlich innehielt.

Der Lichtkegel ihrer Stableuchte hatte etwas Irritierendes erfasst.

Sie trat näher.

Im hinteren Bereich des Dachbodens, gegen einen Holzbalken gelehnt, befand sich ein weiteres Gemälde. Es stand mit dem Rücken zu ihr. Es war viel größer als die anderen unten im Atelier, etwa zwei Meter breit und drei Meter hoch.

Carlotta näherte sich Schritt für Schritt.

Abermals beschleunigte sich ihr Puls.

Denn etwas Rotes blitzte im Strahl ihrer Maglite auf.

Eine schmerzlich vertraute Aufschrift.

Hingeschmiert in großen Buchstaben auf die Rückseite der Leinwand.

> RENN, RENN, SO SCHNELL DU KANNST.
> DU KANNST MICH NICHT FANGEN.
> ICH BIN DER LEBKUCHENMANN.

Er war hier oben gewesen, dachte sie entsetzt.

Sie brauchte ein paar Sekunden, um sich zu sammeln.

Schließlich packte sie das Gemälde mit beiden Händen und drehte es um.

Erstaunt stieß sie die Luft aus.

Es war komplett anders als die übrigen Werke des Malers. Kurzzeitig zweifelte sie, ob es überhaupt von Lumen stammte. Doch dann entdeckte sie seine Signatur am unteren Bildrand.

Es war kein Porträt. Es bestand bloß aus Farbflächen, in einem wilden Gestus aufgetragen. Verschiedene Rottöne, zum Teil verspachtelt. Dicke Schichten Ölfarbe.

Carlotta betastete, die Hände in Latexhandschuhen, die krustige Oberfläche.

In der Bildmitte ein Wirbel aus ungestüm vermalten Kreisen, Rot verlief zu Dunkelrot, wurde zu Schwarz.

Aus der Tiefe dieses reliefartigen Strudels stürmisch vermengter Farbe schimmerte ein Fleck hervor, kreisrund, orangegelb leuchtend.

Wie das Auge der Eule, durchfuhr es sie.

Sie wandte sich zu dem gewaltigen Vogel um.

In diesem Moment breitete der Uhu seine weiten Schwingen aus, flatterte auf, stob wild über den Dachboden, steuerte auf die geöffnete Luke zu und entschwand mit einem letzten fauchenden Flügelschlag in die Nacht.

Trojan traf etwa eine halbe Stunde nach ihrem Anruf ein.

Gemeinsam standen sie vor dem Gemälde.

Auch Nils hatte seine Stableuchte eingeschaltet.

»Der Mörder war hier«, sagte sie. »Er hat das Gemälde auf der Rückseite markiert.«

»Warum ausgerechnet dieses?«

»Das müssen wir herausfinden. Jedenfalls ist es völlig anders.«

»Kein Porträt.«

»Abstrakt. Und zwar auf stürmische Art.«

»Ist es überhaupt von Lumen?«

Carlotta wies auf das Kürzel »R. L«. »Es wurde von ihm signiert.«

»Und wenn es eine Fälschung ist?«

»Denkbar, aber unwahrscheinlich. Warum sollte er es dann hier aufbewahren?«

»Du hast recht. Wir sollten es runter in sein Atelier tragen. Dort haben wir mehr Licht.«

»Daran habe ich auch schon gedacht. Aber sieh mal.« Sie deutete auf die Öffnung, durch die erst sie und dann Trojan heraufgestiegen waren.

Er stieß verblüfft die Luft aus. »Es passt nicht durch die Luke.«

»So ist es.«

»Dann steht es wohl schon länger hier oben.«

Sie nickte. »Rätselhaft, nicht wahr? Wie hat Lumen es hier heraufgebracht?«

»Sehr merkwürdig.«

Carlotta trat dichter an das Gemälde heran. Dann zeigte sie auf den Farbwirbel in der Mitte. »Schau, dieses Orangegelb. Es schimmert unter den anderen Farbschichten hervor, als würde …« Sie brach ab.

»Was?«

»Ich kann es nicht genau erklären.«

»Sag schon.«

»Ist mehr eine Intuition.«

»Sprich einfach aus, was dir in den Sinn kommt.«

»Ich habe den Eindruck, als würde das Orangegelb nicht zu dem Rest des Bildes passen.«

»Wie meinst du das?«

»Als sei die Farbe früher aufgetragen worden. Der Wirbel drum herum. Das ist ein ganz anderer Malgestus. Das Orangegelb ist ruhig. Klar. Es erinnert mich an ein Auge, das dich hoch konzentriert, aber auch lauernd anschaut. Und wenn du es genauer betrachtest, ist sogar ein kleiner schwarzer Fleck darin zu sehen. Wie von einer Pupille. Die heftig verschlungenen Rottöne jedoch wirken aggressiv. Wie nachträglich hinzugefügt.«

Plötzlich machte sie noch eine Entdeckung. »Sieh nur. Auch Lumens Signatur ist von der roten Farbe an einer Stelle überdeckt worden. Es ist nur ein winziger Farbspritzer, aber …« Abermals brach sie ab.

Trojan trat nun ebenfalls näher heran und leuchtete die Stelle mit seiner Maglite ab. »Du hast recht. Das könnte bedeuten …«

»Lumen hat das Gemälde übermalt.«

Er legte die Stirn in Falten. »Das würde zumindest einiges erklären. Dieser unbändige Malstil passt ja eigentlich nicht zu ihm.«

»Es wirkt beinahe, als hätte er es im Zorn getan. Oder in einer anderen heftigen Gefühlsaufwallung.«

»Dem sollten wir auf den Grund gehen.« Trojan zog sein Handy hervor. »Ich rufe Karla Lumen an. Vielleicht weiß sie mehr darüber.«

»Wie willst du sie telefonisch erreichen? Ihr Mobiltelefon ist bei den Asservaten.«

»Sie ist bei Ruth Norten, ihrer Nachbarin. Ich war doch gerade bei ihr. Ich habe die entsprechende Festnetznummer. Hoffentlich ist sie noch wach.«

Trojan wischte über das Display seines Smartphones und stellte die Verbindung her.

Carlotta wartete gespannt ab.

Als abgehoben wurde, schaltete Nils den Lautsprecher ein, sodass sie mithören konnte.

»Hallo?«, meldete sich eine Stimme.

»Karla Lumen?«, fragte er.

»Am Apparat.«

»Hier ist noch einmal Nils Trojan.«

Ein tiefer Seufzer. »Was kann ich denn noch für Sie tun?«

Er erzählte ihr von dem Gemälde. Beschrieb es ihr in wenigen Worten.

»Es steht auf dem Dachboden?«, fragte sie verwundert nach.

»Ja.«

Lange Pause.

»Sind Sie noch dran?«

»Ich weiß davon nichts. Ist das Bild wirklich von meinem Mann?«

»Es trägt seine Signatur.«

»Und es ist abstrakt?«

»Ja.«

»So hat Robert nie gemalt.«

»Haben Sie eine Ahnung, wie er es hier heraufschaffen konnte? Es ist ungefähr zwei Meter mal drei Meter groß. Und die Luke in seinem Atelier ist ziemlich klein.«

»Zwei Meter mal drei Meter? Das Format ist ungewöhnlich für ihn. Passt ganz und gar nicht zu Robert.«

»Vielleicht hat er es Ihnen aus irgendeinem Grund nicht gezeigt.«

»Ich kenne sämtliche Werke meines Mannes.«

»Jemand hat es aber auf den Speicher getragen. Haben Sie irgendeine Erklärung dafür?«

Sie schien lange nachzudenken. Schließlich sagte sie: »Robert hat vor etwa zehn Jahren bauliche Veränderungen in seinem Atelier vornehmen lassen. Früher gab es einen offenen, sehr viel breiteren Zugang zum Dachboden. Mit einer Treppe. Er wollte aber, dass der Arbeitsraum größer ist. Darum hat er sie entfernen lassen.«

»Danke, Frau Lumen. Das hilft uns zunächst weiter. Gute Nacht.«

Trojan beendete das Gespräch.

Carlotta blickte ihn an. »Höchst sonderbar. Wir können also vermuten, dass das Gemälde hier schon seit einigen Jahren steht.«

»Hmm. Es könnte völlig in Vergessenheit geraten sein.«

»Aber ausgerechnet der Täter weiß davon.«

»Er muss Lumen gekannt haben.«

»Und zwar von früher.«

»Das denke ich auch.«

Carlotta googelte ein paar Einträge auf ihrem Smartphone.

»Wonach suchst du?«, fragte Nils.

»Es gibt spezielle Röntgenverfahren, um alte Bildnisse zu durchleuchten. Ein berühmtes Beispiel ist ein Stillleben von van Gogh. Unter den Farbschichten seines Bildes wurde ein anderes Werk von ihm entdeckt. Nur die Makro-Röntgenfluoreszenzanalyse macht es möglich. In der Alten Nationalgalerie wurde sie auch bereits durchgeführt – und zwar an einem bekannten Gemälde von Caspar David Friedrich. Die entsprechende Apparatur hat die Bundesanstalt für Materialforschung zur Verfügung gestellt.«

»Du willst also …?«

»Wir müssen die Leinwand dorthin schaffen und untersuchen lassen. Nur so erfahren wir mehr.«

Trojan nickte ihr zu. »Hervorragende Arbeit, Carlotta. Ich rufe ein Team der Kriminaltechnik an. Sie müssen die Decke im Atelier aufbohren, damit wir die Leinwand abtransportieren können.«

FÜNFUNDZWANZIG

Sonntag, 26. November, spätabends

Carlotta war aufgeregt. Sie wanderte in Trojans Büro auf und ab, während er am Rechner saß.

»Warum dauert das so lange?«, fragte sie.

Trojan klapperte auf der Tastatur. »Ich schicke dem Forscher eine E-Mail und erkundige mich, wann wir mit dem Ergebnis rechnen können.«

Es war nicht ganz einfach gewesen, am Sonntag einen Experten zu erreichen, der sich mit der Makro-Röntgenfluoreszenzanalyse auskannte. Die Bundesanstalt für Materialforschung hatte geschlossen. Die Museen aber waren geöffnet. In der Alten Nationalgalerie hatten sie kein Glück gehabt, dafür konnten sie in der Gemäldegalerie am Matthäikirchplatz in Tiergarten eine Kuratorin erreichen. Diese nannte ihnen die Privatnummer eines Wissenschaftlers. Sein Name war Dr. Werner Holbert. Mit ihm hatte die Kuratorin bereits zusammengearbeitet, um die Werke alter Meister zu durchleuchten. Holbert war für die Bundesanstalt tätig und hatte auch am Wochenende Zugang zu dem Labor, in dem sich die Röntgenapparatur befand. Der Forscher hatte sich sofort bereiterklärt, das rätselhafte Bild von Robert Lumen zu untersuchen.

Durch eine verbreiterte Deckenöffnung wurde das Gemälde vom Dachboden des Ateliers gehievt und mit einem Lkw in Holberts Labor gebracht. Dort unterzog der Wissenschaftler es nun der aufwendigen Analyse.

Unterdessen wurde eine Teamsitzung im Kommissariat anberaumt. Landsberg und die Kollegen mussten auf den neusten Stand gebracht werden.

Nun war die Sitzung beendet, doch das Laborergebnis lag noch immer nicht vor.

Offenbar gab es Verzögerungen.

»Ob wir vielleicht falschliegen?«, fragte Carlotta.

Nils zuckte mit den Schultern.

»Der ganze Aufwand vergebens?«

»Wir müssen abwarten.«

Sie blieb stehen und atmete durch. »Möchtest du vielleicht einen Kaffee?«

»Sehr gern.«

»Der aus dem Automaten im Dienstgebäude schmeckt scheußlich.«

»Du hast recht.«

»Ich habe guten Hochlandkaffee in meinem Camper. Wir können auch dort auf das Ergebnis warten und es uns dann auf meinem Laptop ansehen.«

Er lächelte sie an. »Okay.«

Sie verließen sein Büro und gingen die Treppe hinunter.

»Ich dachte, du brauchst deinen VW-Bus, um allein zu sein«, sagte er.

Carlotta musste schmunzeln. »Bei dir mache ich eine Ausnahme.«

Sie überquerten den Hof und stiegen in den Bulli. Carlotta schaltete die Standheizung ein und bediente die Kaffeemaschine.

Schließlich machten sie es sich mit zwei dampfenden Kaffeebechern und ein paar Bagels, die Carlotta tagsüber besorgt hatte, auf der Rückbank gemütlich.

»Du hast es schön hier«, sagte Nils.

»Freut mich, dass es dir gefällt.«

»Willkommene Abwechslung zum tristen Kommissariat.«

»Der Chef nervt.«

»Ich denke, er steckt in einer Lebenskrise.«

»Wie geht es eigentlich deiner Tochter?«

Trojan schien überrascht zu sein. »Du fragst mich Privates? Wolltest du das nicht immer aus dem Berufsleben heraushalten?«

Abermals musste sie lächeln. »Noch eine Ausnahme.«

»Emily geht es, glaube ich, nicht so gut.«

»Ist sie noch immer im Ausland?«

»Ja. Sie jobbt in Kanada auf einer Farm. Ich bin mir nicht ganz sicher, ob sie mit ihrem Studium zufrieden ist. Alles in allem habe ich den Eindruck, dass sie nicht recht weiß, wohin in ihrem Leben.«

»Kein fester Berufswunsch?«

»Bisher noch nicht. Sie lässt sich einfach treiben. Anfangs hat ihr das wohl gutgetan. Jetzt nicht mehr, fürchte ich.«

Nach einer Pause fragte er: »Wie steht es bei dir? Womit beschäftigt sich eine erfolgreiche Kriminalpsychologin, wenn sie mal nicht im Dienst ist?«

»Ich gehe in den Zoo.«

Er hob die Augenbrauen. »Dein Ernst?«

»Ich habe einen Freund dort. Er heißt Floyd.«

»Ist er Tierpfleger?«

»Er ist ein Königspinguin.«

Trojan lachte. »Was?«

Auch sie musste lachen. »Ich mag ihn. Bilde mir ein, dass er mich erkennt. Er kommt auf mich zu geschwommen, wenn ich ihn besuche.«

»Wieso ausgerechnet ein Pinguin?«

»Weiß auch nicht. War Liebe auf den ersten Blick.«

»Den musst du mir mal zeigen.«

Sie spürte, dass sie leicht errötete. »Ich stelle dich ihm gern mal vor.«

»Ich denke nur, er spricht nicht viel. Schätzt du deswegen seine Gesellschaft?«

»Nein, das ist ein Irrtum. Ich mag gute Gespräche. Nur keinen Small Talk.«

Trojan nahm einen Schluck Kaffee. »Wie geht es eigentlich deiner Nichte?«

Sie wurde ernst. Marissa, dachte sie. Die Tochter einer Serienmörderin. »Sie lebt noch immer im Heim.«

»Hat sie es gut dort?«

Carlotta zuckte mit den Achseln. »Ich sollte sie endlich wieder besuchen.«

»Aber du zögerst es hinaus?«

»Ich habe Angst vor den Abgründen in meiner Familie.«

Er nickte ihr schweigend zu. Schließlich sagte er: »Es war ein Horror für dich, als du deine eigene Schwester in einer Mordserie überführen musstest, nicht wahr?«

»Ja.«

»Wenn du jemanden zum Reden brauchst. Ich bin da.«

»Danke, Nils.«

Nach einer Weile fuhr sie ihren Laptop hoch und loggte sich in das interne System des Kommissariats ein.

Dann sagte sie: »Die Ergebnisse sind da.«

Sie rückten näher aneinander heran und schauten gemeinsam auf den Bildschirm.

Carlotta überflog die Zeilen des Wissenschaftlers in der betreffenden E-Mail. Ausführlich beschrieb er die Details des Verfahrens. Er wies darauf hin, dass die roten Farbschichten wohl schon ein paar Jahre alt waren.

Am Ende der Zusammenfassung hieß es: »Unter der Oberfläche des Gemäldes ließ sich tatsächlich Erstaunliches entdecken.«

Sie klickte auf den Anhang, und ein Bild öffnete sich.

Carlotta ließ den Atem ausströmen.

Eigentlich hatte sie erwartet, dass die Analyse bloß eine Schwarz-Weiß-Aufnahme liefern würde.

Doch das Ergebnis war farbig.

Unter dem abstrakten Gemälde von Robert Lumen befand sich ein weiteres Bildnis.

Carlotta war sprachlos.

Sie hielt es für ein Meisterwerk.

Auf dem Bild war das Atelier des Malers zu erkennen. Eines der Fenster, im Hintergrund die Tanne, die vorm Haus stand.

Auf einem Stuhl saß eine junge Frau. Sie hatte langes, rotbraunes Haar und trug ein dunkelgrünes, ärmelloses Kleid. Ihr Gesicht war zur Hälfte von einer schwarzen Larve verdeckt. Ihr Mund war halb geöffnet. Fein geschwungene Lippen. Ihr rechter Arm war ausgestreckt.

Und auf ihrer Hand hockte ein Tier.

Es war eine Eule. Von der Art ähnlich wie die auf dem Dachboden. Jedoch sehr viel kleiner.

Ein junger Uhu, dachte Carlotta.

Die Eule hatte die Flügel gespreizt. Ihre Augen waren von einem leuchtenden Orangegelb. Sie befanden sich ungefähr in der Bildmitte. Also war es wohl tatsächlich das Detail, das sie unter den anderen Farbschichten erkannt hatte.

Die maskierte Frau, die dem Betrachter die Eule entgegenstreckte, feierlich, geheimnisvoll, wie eine Botin aus einem Schattenreich, trug eine Halskette, an dem ein kleiner silberner Anhänger befestigt war.

Und auch dieser war in der Form einer Eule gestaltet.

Carlotta sah Nils an. »Warum hat Lumen dieses wunderbare Kunstwerk übermalt?«

»Es ist ergreifend, nicht wahr?«

»Ja. Von den wenigen, die ich bisher gesehen habe, halte ich es für das beste.«

»Es ist von einer großen Kraft.«

»Sehr intensiv.«

»Verrätselt und schön.«

»Ich möchte zu gern wissen, wer diese Frau ist.«

»Ihr Gesicht ist wegen der Larve leider nicht richtig zu erkennen.«

»Aber gerade das macht es so eindrucksvoll.«

Carlotta konnte kaum den Blick von dem Gemälde lassen.

Schließlich gab sie sich einen Ruck.

»Lass uns sofort zu der Witwe des Malers fahren«, sagte sie. »Wir müssen ihr unbedingt das Bild zeigen.«

SECHSUNDZWANZIG

Sie trafen Karla Lumen in ihrem Haus an, denn der Tatort war mittlerweile freigegeben. Trotz der späten Stunde öffnete die Witwe des Malers nach dem ersten Klingeln die Tür.

Sie sah blass und verhärmt aus. Offensichtlich hatte sie unter den Nachwirkungen des Schocks zu leiden.

Carlotta hatte mit Trojan vereinbart, dass sie das Gespräch führen sollte. Er wollte sich zurückhalten und nur gelegentlich das Wort ergreifen.

»Dürfen wir reinkommen?«, fragte sie.

»Worum geht es denn?«

»Wir haben noch ein paar Fragen. Außerdem möchten wir Ihnen etwas zeigen.«

Karla Lumen zögerte. »Ich bin sehr erschöpft. Kann das nicht warten?«

»Es ist ziemlich dringend.«

Schließlich wurden sie hereingelassen. Sie folgten der Witwe ins Wohnzimmer.

Carlotta fiel auf, dass sie ihren Krückstock kaum auf dem Boden aufsetzte und ihn offenbar nur zur Sicherheit bei sich hatte. Kein Hinken, kein Schwanken, keinerlei Anzeichen ihrer heimtückischen Krankheit, jedoch wirkte ihr Gang hoch konzentriert und auf merkwürdige Art tastend und vorsichtig, als fürchtete sie sich vor dem Hinfallen.

Karla Lumen setzte sich auf einen Stuhl, während Trojan und Carlotta auf dem Sofa Platz nahmen.

Es entstand eine Verlegenheitspause.

Die Witwe räusperte sich. »Handelt es sich um das Gemälde auf dem Dachboden?«

Carlotta nickte. »Ja.«

»Ich war lange nicht mehr dort oben. Eigentlich seit dem Umbau nicht. Nun schaffe ich es wegen meiner MS erst recht nicht mehr hinauf.«

»Und der Umbau ist also ungefähr zehn Jahre her?«

»Es sind sogar exakt zehn Jahre. Ich habe noch einmal darüber nachgedacht.«

»Waren Sie öfter im Atelier Ihres Mannes?«

»Eher selten. Ich hatte stets großen Respekt vor seiner Arbeit und wollte ihn dort nicht stören.«

»Wir haben das Gemälde einer Makro-Röntgenfluoreszenzanalyse unterziehen lassen. Ist Ihnen dieses Verfahren bekannt?«

»Ja. Aber warum haben Sie es angewendet?«

»Wir vermuteten, dass sich unter der abstrakten Oberfläche ein anderes Bildnis befindet. Und wir hatten recht damit.«

Schweigen.

»Überrascht Sie das nicht?«

»Es stand auf dem Dachboden. Wäre es von Relevanz, hätte es Robert im Atelier aufbewahrt.«

Carlotta wartete ab.

Schließlich sagte sie: »Wir haben die Röntgenaufnahme dabei.«

Die Witwe zeigte keinerlei Regung.

»Sind Sie denn nicht an diesem Werk Ihres Mannes interessiert?«

»Verborgen unter der Oberfläche, ja?«

»Richtig.«

»Dann hat er es wohl übermalt.«

»Das denken wir auch.«

»Also ist es nicht mehr von Bedeutung.«

»Aber es ist wunderschön.«

»Tatsächlich? Verstehen Sie etwas von Kunst?«

»Ich bin keine Expertin. Doch ich habe einen offenen, neugierigen Blick, wenn es um hervorragende Kunstwerke geht.«

Die Witwe sah sie missbilligend an. »Es ist kein offizielles Gemälde meines Mannes. Er hat es anscheinend verworfen und darum übertüncht. Andererseits wüsste ich davon. Er hat mir jedes seiner vollendeten Werke gezeigt.«

»Möchten Sie es sich nicht anschauen?«

»Ich fürchte, Sie lassen nicht locker, bis ich es getan habe.«

Carlotta hatte die Datei auf ihr iPad gezogen. Sie öffnete die Aufnahme und reichte sie ihr.

Karla Lumen beugte sich vor und warf einen langen Blick darauf.

Carlotta wollte währenddessen ihre Mimik studieren. Doch das offene Haar fiel der Witwe tief ins Gesicht, sodass es wie von einem Vorhang verborgen war.

Ruckartig gab sie ihr das Tablet zurück.

Sie schwieg.

»Was halten Sie davon?«, fragte Trojan.

»Es passt nicht zum Gesamtwerk meines Mannes. Ich würde sogar anzweifeln, dass es von ihm stammt.«

»Von wem denn sonst?«

Carlotta bemerkte an ihr die Mikroexpression des Zorns. Anspannen der Augenlider. Aufeinandergepresste Lippen. Nur für den Bruchteil einer Sekunde.

Schon hatte sie sich wieder unter Kontrolle.

»Ich habe keine Ahnung.«

Carlotta lehnte sich vor. »Wenn es nicht von ihm ist, sondern von einem Künstlerkollegen, warum sollte er es dann übermalen und auf dem Dachboden seines Ateliers aufbewahren?«

Achselzucken.

Carlotta reichte ihr erneut das iPad mit der Abbildung. »Wie wäre es mit einem zweiten Blick?«

Die Witwe nahm es ihr ab und betrachtete es mit einigem Widerwillen. Danach legte sie das Tablet vor sich auf den Couchtisch. »Also schön. Es mag vielleicht von Robert sein, aber ich verstehe gut, dass er es übermalt hat.«

»Warum?«, fragte Trojan.

»Es ist nicht sein bestes Werk.«

»Mir hat es, wie auch meiner Kollegin, sehr gut gefallen.«

»Geschmäcker sind bekanntlich verschieden.« Karla Lumen verschränkte die Arme vor der Brust.

»Im Hintergrund ist das Atelierfenster zu erkennen«, sagte Carlotta nach einer Pause.

Achselzucken.

»Haben Sie eine Ahnung, wer die Frau mit der Larve sein könnte?«

Kopfschütteln.

»Ich vermute, sie hat Ihrem Mann Modell gesessen.«

»Er hat ausschließlich nach Fotos gemalt.«

»Dieses Bild ist anders. Meinen Sie nicht, dass er dafür eine Ausnahme gemacht hat?«

Schweigen

»Die Eule.« Carlotta deutete auf das Display. »Sie sitzt auf der Hand der unbekannten Frau. Diese ist dem Betrachter entgegengestreckt. Und die Eule spreizt ihre Flügel. Könnte das vielleicht ein Symbol des Todes sein?«

»Ich weiß es nicht.«

»Oder die Vorahnung eines Unheils?«

»Interpretationssache.«

»Mein Kollege hat mir auf der Fahrt hierher gesagt, sie seien Kunsthistorikerin.«

»Das ist richtig.«

»Wie deuten Sie als Kennerin dieses Bild?«

»Ich weiß wirklich nicht, worauf Sie hinauswollen.«

»Die abgebildete Frau, die im Atelier Ihres Mannes sitzt, wirkt auf mich verführerisch und unheimlich zugleich. Wie eine Liebhaberin und Todesbotin in einer Person.«

»Sie haben eine blühende Fantasie. Erstaunlich, was Sie alles in dieses Bild hineinlesen.«

Carlotta ließ nicht locker. »Ich habe mir einige der Porträts Ihres Mannes genauer angesehen. Und auch die fotografischen Vorlagen für seine Werke. Er malte Verstorbene mit einem seltsam entrückten Blick, halb im Diesseits, halb im Jenseits. Habe ich das richtig verstanden?«

»Ja.«

»Aber diese Frau mit der Larve wirkt auf mich sehr lebendig.«

Karla Lumen schwieg.

Abermals schaltete sich Trojan in das Gespräch ein. »Es tut mir leid, aber ich muss Sie das fragen: Hatte Ihr Mann womöglich eine Affäre?«

Die Antwort kam prompt. »Robert war mir immer treu.«

»Wie können Sie sich da so sicher sein?«

Die Witwe straffte die Schultern. »Ich habe keine Ahnung, wer die Frau auf dem Bildnis ist. Doch die Tatsache, dass mein Mann es übermalt hat, spricht dafür, dass er mit diesem Werk nicht zufrieden war.«

»Dennoch könnte er die Frau gekannt haben.«

»Sie hat ihm nicht Modell gesessen. Niemand hat das getan.«

Carlotta musterte sie.

»Ich kannte Robert sehr gut. Dieses Machwerk scheint eher seiner Fantasie entsprungen zu sein.«

Carlotta bemerkte ein kaum wahrnehmbares Zucken ihrer Augenlider.

»Das glauben Sie doch selbst nicht.«

»Wie bitte?«

Sie setzte nach. »Was verschweigen Sie uns?«

Karla Lumen senkte die Stimme. »Sie sollen den Mörder meines Mannes finden und nicht mit mir über ein malerisches Experiment diskutieren, das Robert ganz offensichtlich wieder verworfen hat.«

»Aber ausgerechnet dieses Werk wurde von seinem Mörder markiert«, warf Trojan ein.

Sie sah ihn überrascht an. »Ist das wahr?«

Trojan nickte. »Er hat eine Botschaft auf der Rückseite hinterlassen.«

»Was für eine Botschaft?«

»Kennen Sie das Märchen vom Lebkuchenmann?«, fragte Carlotta.

»Nein.«

»Ein Vers daraus wurde auf die Rückseite der Leinwand geschmiert.« Sie zitierte: *»Renn, renn, so schnell du kannst. Du kannst mich nicht fangen. Ich bin der Lebkuchenmann.«*

Karla Lumen schien völlig verblüfft zu sein.

Plötzlich legte sie die Stirn in Falten. »Robert hat vor Kurzem erwähnt, dass ein Lebkuchenmann vor seinem Atelier hing. Befestigt mit einem Bindfaden an die Tanne vorm Haus.«

Carlotta und Trojan tauschten Blicke. Dann fragte sie: »Wann war das?«

»Vor ein paar Tagen.«

»Wann genau?«

»Ich muss nachdenken.« Sie holte Luft. »Sonntagabend, glaube ich.«

»Also vor einer Woche?«

»Ja.«

»Wie hat er darauf reagiert?«

»Er war irritiert.«

»Glauben Sie, dass Ihr Mann dem eine tiefere Bedeutung beigemessen hat?«

»Wie meinen Sie das?«

»Löste es vielleicht eine Erinnerung in ihm aus? Hat er eventuell als Kind gerne Lebkuchenmänner gegessen?«

»Nicht dass ich wüsste.«

»Haben Sie denn welche in der Vorweihnachtszeit gebacken?«

»Nein.«

Carlotta war um einen sanften Tonfall bemüht. »Frau Lumen, ich kann nachvollziehen, dass Sie im Moment Furchtbares durchmachen. Doch ich muss Sie noch einmal fragen: Haben Sie wirklich keine Vorstellung, wer die Frau auf dem Gemälde sein könnte?«

Wiederum schwieg sie.

Carlotta reichte ihr das iPad. »Bitte schauen Sie sich das Bild nochmals genau an.«

Sie musterte die Witwe, während diese erneut die Röntgenaufnahme betrachtete. Diesmal hing ihr das Haar nicht im Gesicht.

Carlotta registrierte eine Mikroexpression.

Die Augenbrauen hoben sich. Der Mund spannte sich an. Es ging blitzschnell und war sicherlich für andere, die nicht über Carlottas Begabung verfügten, überhaupt nicht erkennbar.

Sie aber wusste, es war der Ausdruck der Furcht.

Gleich darauf reckte Karla Lumen das Kinn. »Ich bleibe dabei. Diese Frau ist ein Fantasiegebilde. Robert scheint sie in ein paar schwachen Stunden gemalt zu haben. Wenn Sie sich mit ihr abgeben, verschwenden Sie nur Ihre Zeit.«

SIEBENUNDZWANZIG

Montag, 27. November, vor Mitternacht

Sie war allein im Atelier. Sie hatte eine Kerze angezündet, die sie in einem der Schubfächer des Rollwagens entdeckt hatte. Im flackernden Licht bewegte sie sich hin und her.

Sie trug hochhackige Schuhe und ein besonderes Kleid, das sie sich tagsüber gekauft hatte. Es war nicht leicht gewesen, das richtige zu finden. Doch schließlich war sie in einem Outlet-Store in der Alten Schönhauser Straße fündig geworden. Auch einen speziellen Halsschmuck hatte sie sich besorgt. Danach war sie beim Friseur gewesen und hatte sich die Haare schneiden lassen.

Schließlich war sie weitergezogen, von einer Boutique in Berlin-Mitte zur nächsten.

Bis sie auch das letzte Accessoire gefunden hatte.

Die Larve.

Carlotta setzte sie sich auf.

Sie näherte sich dem Spiegel neben der Staffelei und betrachtete sich darin.

Das dunkelgrüne Kleid passte perfekt. Ärmellos, tief ausgeschnitten. Dazu die Kette mit dem Anhänger. Eine silberne Eule, die gelborangenen Augen aus zwei winzigen Schmucksteinen. Selbst die Frisur war gelungen. Halblang, bis zu den Schultern. Die Haarfarbe stimmte, es war ihr natürlicher Ton, rotbraun.

Sie hatte Rouge und Lippenstift aufgetragen. Nur wenig Mascara wegen der schmalen Augenschlitze in der Maske.

Nun sah sie aus wie die Frau auf dem rätselhaften Bildnis, das Robert Lumen übermalt hatte.

Die Ähnlichkeit war verblüffend. Es war, als sei sie soeben dem Gemälde entstiegen.

Für einen Moment hatte sie den Impuls, Trojan anzurufen, ihn herzubitten und ihm ihre Aufmachung zu zeigen.

Aber würde er sie nicht für verrückt erklären? Sie wusste ja selbst noch nicht genau, was sie beabsichtigte. Ließ sich bloß von der vagen Vorstellung leiten, es könnte für die Ermittlungen hilfreich sein, wenn sie in die Rolle der Unbekannten schlüpfte. Sich ihre Figur aneignete. Ihre Kleidung trug. Als sei sie in ihrer Haut. Ein Ebenbild von ihr. Vielleicht fand sie auf diese Art mehr über sie heraus.

Wer war diese Frau? Welche Gewohnheiten hatte sie? Wo war sie Lumen begegnet? Zu welchem Anlass hatte sie ihn das erste Mal getroffen?

Denn eines war für Carlotta gewiss. Die Unbekannte war kein Fantasiegebilde, wie es die Witwe des Malers behauptete. Das sagte ihr nicht nur ihr Instinkt. Auch ihre Beobachtungen brachten sie zu dieser Überzeugung. Karla Lumen hatte verstört auf das Bildnis reagiert. Mit verstecktem Zorn und verhohlener Angst. Sie schien sich von der Frau mit der Larve bedroht zu fühlen.

Carlotta nahm den Stuhl, der ihr unten in der Küche aufgefallen war. Er ähnelte dem auf dem Ölgemälde. Darum hatte sie ihn heraufgetragen. Sie stellte ihn so vor das Atelierfenster wie auf dem Bild. Sie setzte sich und nahm die Position der unbekannten Frau ein. Schlug das rechte Bein über das linke und schob den Saum ihres Kleids leicht nach oben.

Langsam streckte Carlotta die Hand aus und öffnete sie. Als würde eine junge Eule darauf sitzen, mit gespreizten Flügeln. Zudem versuchte sie, sich Lumen hinter der Staffelei vorzustellen.

Es muss aufregend sein, gemalt zu werden, dachte sie. Wie lange das wohl braucht? Wie viele Sitzungen sind nötig? Wenn sie nun das Modell ist – muss sie dabei völlig stillhalten? Darf sie mit dem Maler sprechen?

Ein intimer Vorgang. Stunde um Stunde allein mit ihm in diesem Raum. Seine hoch konzentrierte Mimik. Das leise Geräusch, wenn der Pinsel über die Leinwand streicht.

Allmählich entsteht ein Bild. Es wird sie selbst zeigen. So wie er sie sieht. Wann darf sie es anschauen? Erst wenn es fertig ist? Oder gestattet er ihr, einen frühen Blick darauf zu werfen?

Auch für ihn scheint es eine hinreißende Erfahrung zu sein, hat er doch bisher nur nach Fotos gemalt.

Dazu ihre Verhüllung. Die Augen halb verborgen hinter der Larve. Etwas Geheimnisvolles umgibt sie.

Seine Malbewegungen werden heftiger. Unruhig stricheln die Pinselborsten über das Gemälde. Manchmal verwischt er eine Kontur. Nimmt einen Lappen zur Hilfe oder auch die bloße Hand.

Die Zeit verstreicht. Sie wird auf dem Gemälde verewigt. Lumen gönnt sich keine Pause. Und sie verharrt in ihrer Position. Traut sich kaum zu atmen.

Das Kerzenlicht flackert. In Wahrheit muss Lumen ein anderes Licht verwenden. Die Lampen einschalten. Doch mit der Kerze ist es noch aufregender. Sie wirft lange Schatten.

Die anderen Werke. All die Porträtierten an der Wand. Verstorbene mit entrücktem Blick. Sie schauen sie an. Sie werden lebendig. Ihr ist, als würden sie aus den Bildern heraustreten. Sie wandeln über den Boden des Ateliers. Wimmern, wispern. Ihre Kleider rascheln. Sie sind dem Schattenreich entstiegen.

Carlottas Hand zitterte.

Sie sah auf einmal Lumen deutlich vor sich. Dort auf dem Schemel saß er. Palette und Pinsel in den Händen.

Allerdings fehlten ihm die Augen. Da waren bloß zwei dunkle Höhlen. Blutverkrustet. Der Mörder hatte sie ihm genommen. Nun war er ein Maler ohne Augenlicht.

Sie schauderte.

Die Kerze blakte.

Ihr Arm verkrampfte sich.

Die Eule, dachte sie. Der Uhu auf dem Dachboden. Ob er noch da war?

Abrupt stand sie auf und spähte zu der Öffnung in der Decke hinauf, aufgebohrt von den Kriminaltechnikern, um die vom Täter markierte Leinwand herunterzuschaffen. War die Eule dadurch aus ihrem Versteck vertrieben worden? Zu viele Menschen, zu viel Lärm?

Wie lange lebte sie eigentlich schon dort oben?

War die Eule auf dem Bildnis letztlich gar kein Symbol? Hatte sich Lumen von dem Vogel auf seinem Speicher zu dem Sujet des Gemäldes inspirieren lassen?

Kurzzeitig kam Carlotta der verrückte Gedanke, dass der Vogel aus dem Gemälde herausgeflogen war. Erst von Lumen für die Ewigkeit gemalt und dann lebendig geworden.

Und nun hielt er dort oben Wache. Der Uhu aus dem Schattenreich.

Plötzlich durchzuckte es sie. War die Frau mit der Larve vielleicht auch eine Tote?

Aber sie wirkte doch so lebendig und verführerisch auf dem Ölgemälde.

Ruhig, dachte sie, ganz ruhig. Deine Nerven sind überreizt.

Da hörte sie auf einmal einen Schrei von draußen.

Dunkel und unheimlich.

Hu! Hu!

Kurz darauf vernahm sie Bewegungen auf dem Dachboden.

Es raschelte, flatterte.

Die Eule ist zurück, dachte Carlotta, heimgekehrt von einem nächtlichen Beutezug.

Sie holte die Leiter, streifte ihre Pumps ab, nahm ihre Maglite, schaltete sie ein und kletterte hinauf.

Oben angelangt, ließ sie den Lichtstrahl kreisen.

Langsam näherte sie sich der Stelle, wo sie den Uhu das letzte Mal entdeckt hatte.

Da war er.

Oben auf einem Dachbalken, unweit der geöffneten Luke.

Carlotta trat ihm entgegen.

Der Vogel verharrte. Seine leuchtenden Augen starrten sie an.

Plötzlich flog er auf und flatterte direkt auf sie zu.

Und wieder dieser Schrei. *Hu! Hu!*

Carlotta duckte sich weg.

Er kreiste umher, fauchend schlugen seine Flügel. Schließlich landete er auf einem anderen Balken.

Der Lichtstrahl ihrer Maglite zitterte.

Auf einmal fesselte etwas ihre Aufmerksamkeit. Vor ihr hatte sich eine der Holzlatten am Boden gelockert. Sie bückte sich und leuchtete die Stelle ab.

Etwas schimmerte darunter hervor.

Carlotta ruckelte an dem Brett. Schließlich konnte sie es ein wenig zur Seite bewegen.

Darunter schien tatsächlich etwas zu liegen.

Sie schob die Finger in den Spalt zwischen den Bodenbrettern. Sie ertastete einen Gegenstand aus grober Pappe.

Vorsichtig zog sie daran.

Es war eine Mappe. Carlotta nahm sie auf und öffnete sie.

Im Innern befanden sich Skizzen in Schwarz-Weiß, allesamt von der Frau mit der Larve. Das Kleid, der Anhänger in Eulenform, ihr ausgestreckter Arm. Dazu verschiedene Studien, die einen Uhu mit ausgebreiteten Flügeln zeigten.

Es handelte sich wohl um Vorarbeiten für das Gemälde. Mit einem weichen Kohlestift angefertigt.

Und noch etwas zog Carlotta aus der Mappe hervor.

Es war ein Streichholzbrief.

Er trug eine Aufschrift.

ACHTUNDZWANZIG

Gedankenversunken steuerte sie ihren Bulli durch die Nacht. Der Motor ratterte wie eine altersschwache Nähmaschine. Über die Berliner und Pasewalker Straße gelangte sie in den Bezirk Prenzlauer Berg. Von dort aus fuhr sie nach Mitte, erreichte die Karl-Marx-Allee und bog am Strausberger Platz ab. Auf der Michaelbrücke überquerte sie die Spree und kam schließlich in die Köpenicker Straße.

Hier in der Nähe musste es sein.

Lange Zeit suchte sie nach einem Parkplatz. Endlich fand sie einen, scherte ein und stellte Motor und Scheinwerfer ab.

Sie betrachtete den Streichholzbrief. *Maison Bleue* stand in geschwungener Schrift darauf. Carlotta nahm ihr Smartphone und googelte den Namen erneut.

»Merkwürdig«, murmelte sie.

Im Rückspiegel kontrollierte sie ihr Aussehen. Sie nahm die Larve vom Beifahrersitz. Dann stieg sie aus.

Ihre Absätze klapperten auf dem Asphalt. Über dem Kleid trug sie eine dünne Lederjacke. Fröstelnd zog sie die Schultern hoch.

Sie ging in eine schmale, dunkle Seitenstraße. Eine Weile schaute sie sich suchend um. Dann hatte sie das versteckt gelegene Lokal entdeckt.

Es sah unscheinbar aus. Das Schild mit dem gleichen Schriftzug wie auf dem Streichholzbrief war nichts weiter als ein Brett, das an der Hausfassade befestigt war: *Maison Bleue*.

Hinter der Schaufensterscheibe hing ein dunkelblauer Vorhang. Neben der Eingangstür befand sich ein Klingelknopf aus Messing. Sie drückte darauf.

Ein Türsteher öffnete. Seine Augen waren von einer Halbmaske verdeckt. Dennoch spürte sie, wie sie von ihm taxiert wurde.

»Hast du eine Larve dabei?«, fragte er.

Sie nickte und setzte sie auf.

»Na dann viel Spaß.«

Er ließ sie herein, schloss hinter ihr die Tür.

Gedämpfte Musik. Eine Mischung aus Electronic und Swing, Salonorchester und Dubstep. Nierentische. Plüschige Sessel. Glitzernde Bar. Verspiegelte Wände.

Carlotta war keineswegs overdressed. Die Frauen trugen lange Kleider, die Männer legere Anzüge. Schwarze Larven schienen Pflicht zu sein, sowohl bei den Gästen als auch beim Personal. Die Atmosphäre war ungezwungen und dennoch leicht fiebrig. Eine verhalten knisternde Spannung in der Luft.

Kaum war sie eingetreten, fühlte sich Carlotta erneut taxiert. Funkelnde Blicke hinter den Sehschlitzen. Lächelnde Münder. Einladende Gesten.

Sie zog ihre Jacke aus und setzte sich an die Bar.

Der Barkeeper wandte sich ihr zu, maskiert auch er. »Was darf es sein?«

»Ein Gin Tonic.«

»Kommt sofort.«

Als er ihr kurz darauf den Drink hinstellte, nahm sie ihr Handy hervor, öffnete ein Foto von Robert Lumen, das sie aus dem Melderegister hatte, und zeigte es ihm.

»Kennen Sie diesen Mann?«

Er schaute nicht lange darauf. Dann schüttelte er den Kopf. »Nie gesehen.«

»Könnte es sein, dass er hier mal Gast war?«

»Schwer zu sagen. Ohne Larve kommt niemand rein.«

»Warum eigentlich?«

»Die Gäste lieben die Anonymität.«

Ein geschmeidiges Lächeln. Schon widmete er sich wieder den Gläsern, polierte sie mit einem weißen Tuch und stellte sie ins Regal.

Carlotta trank schnell. Eigentlich war sie Alkohol nicht gewöhnt.

Nach einer Weile nahm ein Typ auf dem Barhocker neben ihr Platz. Er trug ein weißes Smokinghemd. Kein Jackett, nachtblaue Hose. Der Duft seines Rasierwassers war dezent. Carlotta vermutete eine Mischung aus Sandelholz und Limetten. Er war schätzungsweise in ihrem Alter, Mitte dreißig.

»Darf ich dich zu einem Drink einladen?«

Carlotta wies auf ihren Gin Tonic. »Ich hab schon einen.«

»Vielleicht möchtest du später noch einen zweiten?«

»Keine Ahnung.«

Abermals fühlte sie sich gemustert. Er legte seine Hände flach auf den Tresen. Manikürte Fingernägel, kein Ring.

Ein forderndes Lächeln, weiß blitzend seine Zähne, glatt rasierte Wangen.

Um ihre Verlegenheit zu überspielen, wandte sie sich ihm direkt zu. »Warum bist du hier?«

»Ich möchte mich amüsieren.«

»Nur an der Bar?«

Sein Lächeln wurde breiter. »Nein.«

Carlotta leerte ihr Glas in einem Zug. Dann entschied sie sich, in den Angriffsmodus umzuschalten, um rasch mehr über dieses seltsame Etablissement herauszufinden. »Lass uns das abkürzen.«

Er wiegte den Kopf. »Okay.« Er winkte dem Barkeeper und bezahlte ihren Drink.

Carlotta nahm ihre Jacke und stand auf.

Auch er erhob sich. »Hier entlang.«

Zielstrebig führte er sie durch das Lokal, vorbei an den Tischen hin zu einem blauen Vorhang im hinteren Bereich. Mit einem Lächeln öffnete er ihn und ließ sie hindurch.

Seine Hand berührte flüchtig ihren Rücken, als er mit ihr durch eine Türöffnung ging und auf eine Treppe zusteuerte.

Sie stiegen hinauf.

Entfernt vernahm Carlotta wummernde Bässe.

»Wo sind wir hier?«, fragte sie verwundert.

»Im Treppenhaus.«

»Und die Musik? Woher kommt die?«

»Die Tanzfläche ist im Nebengebäude.« Er blieb stehen. »Willst du etwa nur tanzen?«

Sie zögerte. »Ich weiß nicht, ich …«

Er nahm ihre Hand. »Komm mit.«

Sie merkte, dass sie den Gin zu hastig getrunken hatte. Außerdem hatte sie zu wenig gegessen. Ihr war leicht schwindlig.

Am nächsten Treppenabsatz öffnete er eine Tür. Dahinter ein langer Flur. Verschiedene verschlossene Türen. Am Ende des Ganges war eine weit geöffnet.

Gemeinsam traten sie ein. Er schloss hinter ihr ab.

Carlotta spürte, wie ihr das Blut ins Gesicht schoss. Es war ein Zimmer, eingerichtet wie in einem Hotel. Breites Bett, blauer Überwurf. Zwei Sessel, ein Tisch und eine Minibar.

Der Typ im Smokinghemd setzte sich auf den Bettrand. »Bist du zum ersten Mal im Maison Bleue?«

Sie wollte nicht schüchtern wirken, schon gar nicht aus ihrer Rolle fallen. Also warf sie ihre Jacke aufs Bett und setzte sich neben ihn. »Ja.«

»Aufgeregt?«

»Geht so.«

»Kein Grund, nervös zu sein.«

Plötzlich war seine Hand auf ihrem Knie. »Ich komme nun schon seit vielen Jahren her, und es ist jedes Mal anders. Neu und inspirierend.«

Sie atmete durch. »Weiß deine Frau Bescheid?«

Ein Zucken um die Mundwinkel. Er schien überrascht zu sein. »Wie kommst du darauf, dass ich verheiratet bin?«

»Sagt mir mein Instinkt.«

»Interessant.« Er strich mit dem Finger am Saum ihres Kleids entlang. »Wie heißt du?«, fragte er.

»Spielt das eine Rolle?«

»Sag mir irgendeinen Namen.«

»Einer, der meiner Fantasie entspringt? Darauf läuft es doch hinaus, oder?«

»Magst du Fantasien?«

»Kommt darauf an, welche.«

Er rückte näher. Sie spürte seinen Atem auf ihrer Haut. »Ich verrate dir ein Geheimnis.«

»Da bin ich aber gespannt.«

»Meine Frau ist auch hier.«

Sie schob seine Hand weg und rückte ein paar Zentimeter von ihm ab. »Ernsthaft?«

»Kein Witz. Wir erzählen uns hinterher, wie es war.«

»Sie ist in einem der Zimmer nebenan?«

»Ja. Sie sucht sich jemanden und ich auch. Sie wird mir später in allen Einzelheiten berichten, wie er war. Sein Duft. Sein Aussehen. Was er getan hat.«

»Und das soll ich dir glauben?«

»Wenn du möchtest, kommt sie nachher dazu.«

Carlotta holte Luft. »Sind zu viele Reize für mich.«

»Wie meinst du das?«

»Würde mich überfordern.«

Er erhob sich, knöpfte sein Hemd auf und streifte es ab.

Carlotta überlegte fieberhaft, wie sie aus dieser Situation herauskam.

Was sie im Internet über das Maison Bleue gelesen hatte, war nicht besonders aufschlussreich gewesen. Dass es sich um einen Swingerclub handelte, wurde nicht explizit erwähnt.

Und dennoch beschimpfte sie sich in Gedanken selbst. Wie konnte sie nur so naiv sein.

Der Typ beugte sich vor und berührte sie am Kinn. Beiläufig registrierte sie seinen Waschbrettbauch.

Abrupt stand sie auf. »Lass das.«

Abermals wiegte er den Kopf. »Warum bist du hier?«

»Ich stelle Nachforschungen an.«

»Worüber?«

Sie blickte ihn forsch an. »Was meinst du wohl? Über das eigenartige Verhalten von Männern und Frauen? Die merkwürdigen Gepflogenheiten in diesem Club?«

»Es ist ein Spiel. Nichts weiter.«

»Wozu diese Maske?«

»Du trägst doch auch eine.«

»Was gefällt dir daran?«

»Verhüllung. Geheimnis. Das Unbekannte. All das.« Er trat nah an sie heran, strich mit zwei Fingern über ihre Wange. »Du hast etwas Dunkles an dir. Ich denke, du wurdest vor Kurzem verletzt. Hat dich ein Mensch enttäuscht? Großen Schaden bei dir angerichtet?«

Sie antwortete nicht. Musste an ihre Schwester denken, wie diese mit der Axt auf sie losgegangen war.

Auch an Trojan dachte sie. Wie sollte sie ihm jemals erklären, was sie hier zu suchen hatte?

Es sind bloß Ermittlungen, durchfuhr es sie. Spiel deine Rolle und lass dir nichts anmerken.

Der Typ ließ nicht locker. »Aber ich spüre auch deine Wärme. Und eine große Sehnsucht. Fühlst du dich einsam?«

»Im Moment bin ich eher …« Sie brach ab.

Verwirrt, dachte sie. Der Kerl roch gut. Er war hübsch. Diese Larven hatten ihren Reiz. Was hatte er gesagt? Inspirierend? Ja, es war durchaus anregend, dass sie nicht seinen Namen kannte. Und er nicht wusste, wer sie war. Aber sie war dienstlich hier. Sie hatte einen Auftrag. Sie musste einen Mörder finden. Verdammt, dachte sie, sie hätte den Gin nicht trinken sollen.

Plötzlich spielte er mit dem silbernen Anhänger in ihrem Dekolleté. »Magst du Eulen?«

»Ja.«

»Sie sind nachtaktiv. Und räuberisch.«

»Vielleicht bin ich eine Todesbotin.«

»Wie spannend.«

Sie machte sich von ihm los. »Genug jetzt.«

Er reckte das Kinn. »Was ist los?«

Sie nahm ihre Jacke und zog sie an. »Erzähl deiner Frau, was du willst. Erfinde eine aufregende Geschichte über uns beide. Was wir getan haben. Wie ich aussehe. Vielleicht gefällt ihr das.«

»Mit Sicherheit.«

Schon war sie an der Tür, drehte den Riegel herum, riss sie auf und eilte in den Gang hinaus.

NEUNUNDZWANZIG

Zurück im Treppenhaus atmete sie durch. Ich muss mein Leben ändern, dachte sie. Sollte öfter ausgehen. Wird Zeit, dass ich mehr Spaß habe.

Vor allem wollte sie nicht mehr allein sein.

Von unten aus dem Lokal drängten Leute herauf. Die Bässe wummerten stärker. Partyzeit. Jauchzende Paare. Offenbar war sie die Einzige hier, die ohne Begleitung gekommen war.

Aus reiner Neugier folgte sie der Menge.

Sie wurde von einem weiteren Türsteher durchgelassen, und auf einmal befand sie sich in dem Nebengebäude, von dem der Typ im Smokinghemd gesprochen hatte.

Carlotta staunte. Es war eine Halle, die Ähnlichkeit mit einem Opernhaus hatte. Drei Ränge, mehrere Logen, dicht gefüllt mit Feiernden, unten die Tanzfläche, auf der Bühne die Turntables, eine DJane in einem Kleid mit langer Schleppe. Auch sie war maskiert.

Die Musik dröhnte, das Partyvolk tanzte ausgelassen. Schwitzende Gestalten unterm Leuchtfeuer der Scheinwerfer, jedes Gesicht versteckt hinter einer schwarzen Larve.

Carlotta überkam die Lust, sich einfach mal treiben zu lassen. Schließlich war sie inkognito. Ja, dachte sie, ich darf eine andere sein, nicht mehr die strebsame, beherrschte Kriminalpsychologin, die niemanden zum Freund hat außer einem eingesperrten Pinguin im Zoo. Jetzt spiele ich die Rolle einer geheimnisvollen, verführerischen Frau, die einem Gemälde entstiegen ist.

Carlotta streifte ihre Pumps ab, nahm sie in die Hand und ging barfuß hinunter zum Dancefloor.

Noch ein wenig schüchtern begann sie zu tanzen. Bald aber wurde sie mutiger, gab sich den jagenden Loops, den jähen Breaks hin. Sie warf die Arme in die Höhe, wiegte sich in den Hüften.

Ich bin tapfer, dachte sie trotzig. Ich bin stark und unabhängig. Auch als Single, nicht mehr ganz jung, aber längst kein altes Eisen, kann ich mich amüsieren. Ich mache mir das Leben schön.

Sie mimte immer mehr die Ausgelassene. Entschlossen warf sie den Kopf hin und her, rotierte mit den Schultern.

Auf einmal wurde sie angerempelt, jemand trat ihr auf die nackten Füße. Der Schmerz war heftig, und sie kam aus dem Takt.

Im Nu fühlte sie sich wieder fremd, verloren, als Außenseiterin unter den Tänzern.

Sei nicht albern, beschimpfte sie sich selbst, denk an deinen Einsatz. Du musst herausfinden, was ein menschenscheuer Maler, der sich in seinen Werken obsessiv mit dem Tod beschäftigt hat, in einem Club wie diesem zu suchen hatte. War er nur auf ein erotisches Abenteuer aus gewesen? Hatte er die unbekannte Frau ausgerechnet hier kennengelernt? Oder steckte mehr dahinter?

Sollte sie sich mit dem Streichholzbrief geirrt haben? Aber warum hatte er ihn bei den Skizzen von der Unbekannten aufbewahrt? Wie ein wichtiges Souvenir? Das Andenken an eine besondere Nacht?

Wusste seine Frau wirklich nichts davon?

Die Toten, die Lumen gemalt hat. Im Kontrast dazu dieser berauschende Ort. Das Maison Bleue. Wildes Leben hier, düsteres Schattenreich dort.

Die Musik wechselte, die DJane wurde in rotes Licht getaucht, streckte feierlich einen Arm in die Luft. Die Basslinie grollend, peitschende Obertöne. Ein Johlen in der Menge. Dann stampften die Beats, schneller und schneller. Im Stroboskoplicht wurde Carlotta schummrig. Wieder wurde sie angestoßen. Die Luft war zum Schneiden dick.

Sie musste hier raus.

Als sie sich umdrehte, um sich einen Weg durch das Partyvolk zu bahnen, sah sie etwas Irritierendes.

Dort oben.

Dritter Rang.

An der Brüstung einer Loge.

Eine Gestalt. Weißes Sakko, darunter ein heller Hoodie, die Kapuze tief in die Stirn gezogen. Weiße Hose. Auch das Gesicht komplett weiß. Im Kontrast dazu die schwarze Larve. Breiter Mund, höhnisches Grinsen.

Die Gestalt winkte ihr zu. Dann streckte sie den Zeigefinger nach ihr aus. Schließlich eine lockende Geste mit dem gekrümmten Finger. *Komm. Komm zu mir.*

Carlotta hielt inne.

Kein Zweifel. Sie war gemeint.

Weiße Schminke, durchfuhr es sie. Wie Karla Lumen es beschrieben hatte. Und auch Eva Meinhardt.

Sie drängte sich an den Tanzenden vorbei. Die Pumps fielen ihr aus den Händen. Sie scherte sich nicht darum, ließ sie einfach liegen. Denn nun hatte sie es sehr eilig. Die Ellenbogen ausgebreitet, bahnte sie sich einen Weg durch die zuckende, wabernde Menge.

Endlich hatte sie den Vorraum erreicht. Sie eilte zur Treppe, hetzte zum ersten Stockwerk hinauf, dann zum zweiten.

Es brauchte einige Zeit, bis sie die Loge im dritten Rang erreicht hatte. Ein blauer Vorhang auch hier, sie schob ihn zur Seite.

Doch die Loge war inzwischen leer.

Carlotta trat an die Brüstung heran. Darauf lag etwas. Es war ein Mobiltelefon.

Kaum hatte sie es erblickt, begann es zu läuten, und das Display leuchtete auf.

Sie hob ab.

»Hallo Carlotta«, sagte jemand am anderen Ende, dumpf, rau, verlangsamt, offenbar durch eine Stimmenverzerrer-App entstellt.

Sie presste eine Hand an ihr anderes Ohr, um den Lärm um sie herum auszublenden und besser verstehen zu können. »Wer sind Sie?«

»Ich habe dich beobachtet. Den ganzen Abend schon. Wie schön, dass du hier bist.«

Sie ließ den Blick durch den Club schweifen. Wo war er?

»Zeigen Sie sich.«

»Es tut so gut, in deiner Nähe zu sein. Lass mich dein Schatten sein, Carlotta.« Plötzlich drang ein Kichern und Giggeln durch den Hörer, das gleich darauf eher nach einem Heulen und Weinen klang.

Carlotta scannte die Umgebung. »Was wollen Sie von mir?«

»Dir zu deiner Aufmachung gratulieren. Das Kleid steht dir sehr gut. Und die Halskette. Mit dem hübschen Anhänger. Auch deine Frisur ist wundervoll. Und diese Larve. Du siehst aus, als seist du einem Gemälde entstiegen.«

Er ist es, durchfuhr es sie. Sie hatte den Killer am Telefon. Wo war er bloß? Ihre Augen irrten umher.

»Ist das nicht großartig, Carlotta? Du kommst direkt aus dem Bild heraus. Fehlt nur noch die Eule auf deiner ausgestreckten Hand.«

Zeit gewinnen, dachte sie. Auf keinen Fall durfte die Verbindung unterbrochen werden.

»Woher kennen Sie meinen Namen?«

»Ist ein Leichtes, ihn herauszufinden.«

»Noch einmal: Wo sind Sie?«

Erneut dieses eigenartige Giggeln. Eine Mischung aus unterdrücktem Lachen und verhaltenem Weinen.

Sie entschied sich, in der Loge zu bleiben, von hier aus hatte sie den besten Überblick. Sie lehnte sich weit über die Brüstung und schaute sich suchend um.

»Bist du traurig, Carlotta?«

»Wieso sollte ich traurig sein?«

»Ich sah dich unten auf der Tanzfläche. So schüchtern und verstört. Du wirkst wie ein Fremdkörper zwischen all diesen Menschen. Du arme, einsame Seele. Wen hast du denn schon? Niemanden. Außer mich.«

Sie schluckte. Und wenn er gar nicht mehr hier war? Den Club längst verlassen hatte?

Da sagte die verzerrte Stimme wie zur Antwort: »Hier bin ich. Hier.«

»Wo?«

»Denk nach, Carlotta. In welche Richtung hast du noch nicht geschaut?«

Auf einmal hob sie den Blick. Scheinwerfer an der Decke. Ein Laufsteg darunter, vermutlich für Wartungsarbeiten. Darauf stand die Gestalt mit der Larve, die weiße Kapuze tief in der Stirn, die Hände in hellen Schutzhandschuhen, ein Mobiltelefon in der einen, die andere zu ihr ausgestreckt.

Wieder diese lockende Geste. *Komm. Komm zu mir.*

Dann wurde die Verbindung unterbrochen.

Carlotta sah, wie sich die Gestalt über den Laufsteg entfernte, hin zu einer Tür am anderen Ende.

Sie stürmte aus der Loge. Verzweifelt zwängte sie sich an den Feiernden vorbei. Endlich hatte sie die gegenüberliegende

Seite des oberen Rangs erreicht. Dort befand sich ein Ausgang. Dahinter musste es, wenn sie sich richtig orientierte, wohl einen Zugang zur Beleuchtungsgalerie geben.

Ein Schild an der Tür: *Kein Zutritt.*

In Sekundenschnelle registrierte sie, dass jemand das Schloss geknackt hatte. So also war der Mörder hinauf zu den Scheinwerfern gelangt. Aber auf welchem Weg hatte er die Flucht ergriffen? Zurück durch den Club? Aber dann wäre er ihr direkt entgegengelaufen.

Es schien noch eine andere Möglichkeit zu geben. Übers Dach, durchfuhr es sie. Rasch drückte sie die Klinke und trat ein.

Dahinter befand sich ein Schacht, der gerade genug Platz ließ für eine Wendeltreppe, die weiter nach oben führte. Sie rannte hinauf. An der Tür zur Galerie, die einen Spalt offen stand, hielt sie kurz inne. Sie erblickte den Beleuchtungssteg, hörte die stampfenden Beats, die von der Tanzfläche heraufschallten. Der Killer war längst fort.

Sie hetzte weiter. Ihr Atem jagte. Die Treppe endete vor einer Dachluke. Carlotta stemmte sie auf und kletterte hinaus.

Kälte schlug ihr entgegen. Atemlos schaute sie sich um. Hier war niemand.

Sie betrachtete kurz die Dächer der Nachbarhäuser. In der Ferne blinkte rot ein Reklameschild. Nur die Anfangsbuchstaben waren zu erkennen: CIN.

Das Telefon, das sie in der Loge gefunden hatte, hielt sie noch immer in der Hand. Sie suchte im Verzeichnis. Bloß eine einzige Nummer war darin vermerkt. Das musste die sein, von der sie angerufen worden war.

Sie wählte die Nummer.

Entfernt hörte sie es klingeln.

Der Mörder ist hier, durchfuhr es sie. Und sie hatte ihre Dienstwaffe nicht dabei.

Vorsicht, dachte sie. Er könnte sie in eine Falle locken. Sie suchte Schutz hinter einem Schornstein.

Langsam reckte Carlotta den Kopf in die Richtung, aus der sie das Klingeln vernahm.

Plötzlich verstummte es.

Er ist auf dem Gebäude nebenan, dachte sie.

Sie wagte sich aus ihrer Deckung und rannte auf das Dach des Nebenhauses zu. Es war ein Stück höher, sie kletterte hinauf, blieb mit dem Kleid an einem Mauervorsprung hängen. Eine Naht riss auf.

Kaum war sie oben, sah sie eine weitere Tür. Sie rannte darauf zu und zog sie auf.

Ein Treppenhaus dahinter. Hallende Schritte aus der Tiefe.

»Stehen bleiben! Polizei!«, schrie sie.

Carlotta eilte, barfuß wie sie war, Stufe um Stufe hinunter.

»Bleiben Sie stehen!«, rief sie erneut

Der Killer hatte einen Vorsprung von mehreren Metern. Dennoch gab sie die Hoffnung nicht auf. Sie beschleunigte. Die Schritte von unten wurden leiser.

Sie hörte, wie in der Tiefe eine Tür geöffnet wurde und wieder ins Schloss fiel.

Schließlich hatte auch sie den Ausgang erreicht. Sie stürmte ins Freie hinaus, blickte erst in die eine Richtung, dann in die andere. Die nächtliche Straße war menschenleer.

Aber irgendwo musste er doch sein. Um besser sehen zu können, zerrte sie sich die Larve vom Gesicht.

Carlotta entschied sich, weiter nach links zu laufen, denn dort war die nächste Straßenecke, hinter der er verschwunden sein könnte.

Kaum hatte sie sie erreicht, schaute sie sich erneut um.

Doch er war nirgends.

Sie rang nach Luft.

Vielleicht war er mit einem Wagen weggefahren. Oder er versteckte sich irgendwo.

Er will mit mir spielen, dachte sie. Fühlt sich überlegen. Unbesiegbar. Fordert mich heraus.

Vorsichtshalber wählte sie noch einmal die Nummer auf dem Telefon, auch wenn sie es mittlerweile für zwecklos hielt. Wahrscheinlich war er längst fort.

Umso erstaunter war sie, als sie kurz darauf ein Läuten vernahm.

Diesmal erklang es sehr nah.

Carlotta zuckte zusammen. Wo war er bloß?

Doch auf einmal begriff sie.

Das Klingeln kam aus dem Rinnstein.

Sie trat näher.

Ihr Atem stockte.

Da lag das Handy, mit dem der Mörder sie angerufen hatte. Wie zum Hohn hatte er es für sie am Straßenrand deponiert.

Und noch etwas befand sich dort. Gleich neben dem Telefon. Es war in eine Folie eingeschweißt, offenbar luftdicht verpackt. Ungefähr zwanzig Zentimeter groß.

Für einen Moment war Carlotta wie gelähmt.

Sie versuchte, tiefer zu atmen.

Schließlich zog sie ihr eigenes Handy aus der Jackentasche und rief Trojan an.

Er meldete sich ungefähr nach dem zehnten Rufton, klang verschlafen. »Carlotta? Was gibt es?«

»Du musst sofort kommen.«

»Was ist los?«

»Ich brauche Verstärkung«, brachte sie hervor. »Das gesamte Team muss her.«

»Wo bist du?«

Sie nannte ihm die Adresse.

»Gib mir ein paar Einzelheiten.«

Sie schluckte.

»Carlotta?«

Sie antwortete nicht.

»Was ist passiert?«

In der Folie war ein Lebkuchenmann. Grinsend sein zuckriger Mund. Ein Auge aus Zuckerguss.

Das andere aber sah anders aus.

Nach einer Weile hatte sie ihre Stimme wieder. »Der Täter hat eine Botschaft für mich hinterlassen.«

»Was für eine Botschaft?«, fragte Trojan.

Fassungslos starrte sie in den Rinnstein.

Was sie durch die Folie hindurch anblickte, eingebettet in das Gesicht des Lebkuchenmanns, war ein menschliches Auge.

DRITTER TEIL

Mutter war nervös. Sie hatte sich in ihrem Zimmer eingeschlossen, und ich durfte sie nicht stören.

»Alles hängt von morgen früh ab«, hatte sie zu mir gesagt. »Ich muss perfekt sein.«

»Hat es mit deinem neuen Beruf zu tun?«, fragte ich.

Sie nickte. »Die Frau, bei der ich Unterricht nehme, hat mir einen wichtigen Termin verschafft. Es ist die größte Chance in meinem Leben.«

»Was ist das für ein Termin?«

Darauf gab sie mir keine Antwort. Stattdessen sagte sie: »Es ist absolut notwendig, dass ich mich gut konzentrieren kann. Deshalb brauche ich deine volle Unterstützung.«

»In Ordnung.«

»Du musst leise sein. Kein Mucks von dir. Hast du mich verstanden?«

»Ja.«

»Ich darf es nicht vermasseln. Wenn ich mich vor diesen Leuten morgen blamiere, wird es sich herumsprechen, und alles ist vorbei.«

»Ich bin auf deiner Seite.«

»Das solltest du auch.«

Mit diesen Worten schloss sie hinter sich die Tür und verriegelte sie.

Atemlos drückte ich das Ohr dagegen. Wieder einmal

ging sie im Zimmer auf und ab und murmelte Sätze in verschiedenen Tonlagen vor sich hin. Was war das nur für ein rätselhafter Text, den sie auswendig zu lernen schien?

Ich hatte Angst. Von diesem beruflichen Termin hing wohl ihre Zukunft ab. Und damit auch meine. Würden ihre Träume erneut scheitern? Drohte der nächste Absturz?

Alles oder nichts. Das war das Motto, nach dem Mutter lebte. Entweder tanzte sie ausgelassen durch die Wohnung, oder sie war am Boden zerstört.

Ich kauerte mich vor ihrer Tür zusammen und legte meine Decke um mich, die gab mir Schutz. Es war eine karierte Baumwolldecke, die ich schon seit frühester Kindheit besaß. Immer wenn wir umziehen und wieder unsere Sachen einpacken mussten, achtete ich darauf, dass sich meine Decke ganz oben im Koffer befand. So hatte ich sie stets griffbereit.

Ich kuschelte mich in sie ein und drückte Mutter die Daumen. Mir war nicht ganz klar, was sie morgen vorhatte, doch auf jeden Fall musste sie es schaffen.

Lange Zeit saß ich da und lauschte, doch auf einmal war es so still in ihrem Zimmer, dass ich erschrak. Warum übte sie nicht weiter? War sie schon fertig? Hatte sie sich schlafen gelegt? Es war doch gerade mal halb sechs am Abend.

»Mutter?«, flüsterte ich.

Keine Antwort.

Ich durfte sie nicht stören.

Schließlich stand ich auf und schlich, in meine Decke gehüllt, durch die Wohnung. Ich wurde immer unruhiger.

Trank sie sich heimlich Mut an? Hatte sie etwa irgendwo eine Flasche versteckt? Sie musste doch nüchtern bleiben. Selbst wenn sie sich morgen früh zusammenriss, nur eine Spur von Alkohol in ihrem Atem, und sie würde alles verderben.

Verzweifelt ging ich in mein Zimmer, holte die Kiste unter der Matratze hervor und öffnete sie.

Ginger lächelte mich an. Sein Zuckermund bewegte sich. »Alles wird gut«, sagte er.

»Woher kannst du das wissen?«

»Nichts ist so schlimm, wie du glaubst.«

»Manchmal hasse ich sie.«

»Aber sie ist deine Mutter.«

Ich nahm den Lebkuchenmann in die Hand. Er war doch nur ein Gebäckstück. War es nicht völlig verrückt, dass ich mich mit ihm unterhielt?

Ich führte ihn an meinen Mund und wollte ihm den Kopf abbeißen.

»Tu es nicht«, sagte er. »Wir sind doch Freunde.«

Ich ließ ihn sinken. »Du hast ja recht.«

»Wovor hast du am meisten Angst?«

»Dass sie sich wieder betrinkt und sich dann irgendeinem Kerl an den Hals hängt.«

»Einem wie deinem Vater?«

»Zum Beispiel.«

»Erinnerst du dich überhaupt noch an ihn?«

»Ja. Damals war ich zwar noch sehr klein, aber ich sehe deutlich sein verzerrtes Gesicht vor mir, wenn er wütend war. Ich erinnere mich, wie er den Unterkiefer vorschob und sich mit der Zunge über die Lippen leckte. Das verhieß nichts Gutes. Das tat er immer, kurz bevor er ausrastete.«

Ginger nickte mir verständnisvoll zu. Dann sagte er: »Sieh mich an.«

»Ja und?«

»Achte auf mein Gesicht.«

»Was soll damit sein?«

»Merkst du denn nicht? Ich lächle immer. Egal, was passiert.«

»Du bist eben doch nur ein hübsches Ding vom Kuchenblech. Zuckrig verziert für die Vorweihnachtszeit.«

»Ich bin mehr als das, und das weißt du genau. Also mach es wie ich. Sei wie ein Lebkuchenmann.«

»Das kann ich nicht.«

»Versuch es wenigstens mal. Mundwinkel nach oben. Und lächeln.«

Ich schnitt eine Grimasse.

Plötzlich hörte ich Schritte. Rasch versteckte ich Ginger in der Kiste und ließ ihn unter der Matratze verschwinden.

Mutter war in der Küche.

Ich ging zu ihr. »Bist du fertig?«

»Ja.«

»Hast du ein gutes Gefühl?«

»Nein.«

»Aber du schaffst es, ich bin mir sicher.«

Sie setzte sich an den Tisch und ließ die Schultern hängen. »Wenn nicht, müssen wir wieder umziehen.«

»Wirklich?«

»Halte dich lieber von den Nachbarn fern.«

»Warum?«

»Eigentlich dürften wir nicht mehr hier sein.«

»Aber deine Bekannte hat doch gesagt …«

»Es war nur vorübergehend. Bis wir was anderes gefunden haben.«

»Sie weiß nicht, dass wir noch in ihrer Wohnung sind?«

»Ganz genau.«

»Das ist ja furchtbar.«

Ich verzog das Gesicht. Mir war zum Heulen zumute.

Sie aber sah mich überrascht an. Und plötzlich brach sie in schallendes Gelächter aus.

»Was ist?«, fragte ich.

»Du siehst komisch aus. Mach das noch mal.«

»Was denn?«

Sie wies mit dem Finger auf mich und schüttelte sich vor Lachen.

Und schließlich verstand ich. Sie meinte mein trauriges Gesicht, das seltsam verzogen war. Die Mundwinkel weit nach unten. Die Schultern hoch. Dazu eine Geste des Bedauerns.

»Du bist ein Komiker«, sagte Mutter. »Du hast Talent.«

An diesem Abend probierte ich weitere Grimassen vorm Spiegel aus. Dazu studierte ich verschiedene Körperhaltungen ein.

Mal grinste ich wie Ginger, mal sah ich aus, als würde ich gleich in Tränen ausbrechen.

Und wenn mir nach Heulen war, versuchte ich das Gegenteil. Ich begann zu kichern.

Auf einmal hatte ich einen Plan. Wenn es mir gelang, Mutter öfter zum Lachen zu bringen, könnte ich sie vielleicht vom Trinken abhalten.

DREISSIG

Dienstag, 28. November, drei Uhr morgens

Völlig erschöpft saß Carlotta auf der Rückbank ihres Bullis, eine Tasse Kaffee vor sich auf dem Tisch. Der VW-Bus stand noch immer in der Parklücke in der Nähe des Maison Bleue. Die Umgebung rund um das Etablissement war abgeriegelt und durchsucht worden. Keine Spur von dem Täter.

Der Club war mittlerweile geschlossen worden. Sie hatten die Angestellten befragt und sich die Überwachungsvideos geben lassen. Eine hell geschminkte, weiß gekleidete Person mit Kapuze war niemandem aufgefallen. Erstaunlicherweise war sie auch auf keinem der Videos zu sehen.

Carlotta hatte auf einem Blatt Papier einen ungefähren Lageplan des Clubs angefertigt. Darauf zeichnete sie die Positionen ein, an denen Kameras installiert waren. Schließlich skizzierte sie den Weg, den sie selbst durch das Lokal und den Tanzbereich im Nebengebäude genommen hatte.

Offenbar war der Täter ganz in ihrer Nähe gewesen. Jedoch schien er gewusst zu haben, wo mit Videoüberwachung zu rechnen war. Wahrscheinlich hatte er sich so bewegt und hinter anderen Gästen versteckt, dass er nie ins Bild geraten war.

Sie überprüfte auf ihrem Laptop ein weiteres Mal die kopierten Kamerabilder. Auf einigen von ihnen war sie selbst zu sehen, in dem dunkelgrünen Kleid und der Lederjacke. Gelegentlich stoppte sie den Film und zoomte heran.

Vergeblich. Nirgends war die maskierte weiße Gestalt zu erkennen.

Mit einem Schaudern dachte sie an die verzerrte Stimme am Telefon: *Lass mich dein Schatten sein, Carlotta.*

Plötzlich verschwammen die Aufnahmen vor ihrem Gesicht. Sie war so müde, dass ihr für einen Moment das Kinn auf die Brust sank.

Da klopfte jemand an die Fensterscheibe. Sie blickte auf. Es war Trojan.

Sie zog die Seitentür auf und ließ ihn herein.

»Möchtest du einen Kaffee?«, fragte sie.

Er setzte sich. »Nichts lieber als das.«

Sie erhob sich, schenkte ihm aus der Kanne ein und nahm neben ihm Platz.

Eine Weile saßen sie schweigend da.

Carlotta hatte Nils gleich nach seiner Ankunft im Maison Bleue berichtet, was sich in der Nacht zugetragen hatte. Ihr Entschluss, sich so zu kleiden wie die Frau auf dem rätselhaften Gemälde, ihr Aufenthalt im Atelier, wie sie die Skizzen und den Streichholzbrief auf dem Dachboden gefunden hatte und schließlich ihre Begegnung mit dem mutmaßlichen Täter in dem Club.

Mittlerweile hatten sie auch die Bestätigung, dass es sich bei beiden Mobiltelefonen, das aus der Loge und jenes im Rinnstein, um Prepaidhandys mit fehlerhaften Nutzerdaten handelte. Und obwohl die Analyse aus dem Labor noch nicht vorlag, waren sie sich sicher, dass das Auge, welches in dem grausigen Lebkuchenmann gesteckt hatte, ein Leichenteil von Robert Lumen war.

Carlotta schauderte, wenn sie nur daran dachte.

»Noch einmal«, sagte Nils schließlich. »Kannst du den Täter ungefähr beschreiben?«

Carlotta seufzte. »Es ist nahezu unmöglich wegen der weißen Schminke und der Larve.«

»Und seine Haarfarbe?«

»Die Haare waren unter der Kapuze des Hoodies versteckt.«

»Eine merkwürdige Aufmachung, nicht wahr, Sakko und Hoodie?«

»Ja.«

»Ist dir sonst irgendetwas aufgefallen?«

»Er trug Schutzhandschuhe.«

»Das erklärt, warum wir keine Spuren an dem Handy finden konnten, das er am Straßenrand deponiert hat.«

»Richtig. Er ist schätzungsweise ein Meter siebzig bis ein Meter fünfundsiebzig groß.«

»Hmm.« Trojan nahm einen Schluck von seinem Kaffee. »Was ist mit seiner Stimme?«

»Auch sie kann ich dir wegen der Verzerrung nicht genau beschreiben.«

»Das ist alles sehr dürftig.«

»Wir müssen uns mehr auf einen anderen Aspekt konzentrieren.«

»Das Gemälde?«

»Ja. Als er mit mir telefonierte, gratulierte er mir zu meiner Kleidung und der Frisur. Er sagte, es sei, als sei ich direkt dem Gemälde entstiegen. Und wörtlich fügte er hinzu: ›Fehlt nur noch die Eule auf deiner ausgestreckten Hand.‹«

»Gehen wir einen kleinen Schritt zurück«, sagte Trojan. »Du warst also in Lumens Atelier? Wann war das?«

»Ungefähr zwischen dreiundzwanzig Uhr und halb eins.«

»Der Täter scheint dich schon dort beobachtet zu haben.«

»Ja. Vermutlich hielt er sich draußen im Garten auf.«

»Ist dir ein Wagen vor dem Atelier aufgefallen?«

»Leider nicht.«

»Danach bist du hierhergefahren?«

Sie nickte.

Trojan schaute sie nachdenklich an. »Du hast jetzt tatsächlich eine verblüffende Ähnlichkeit mit der Frau auf dem Bildnis. Es ist eine beachtliche Verwandlung. Warum machst du so etwas?«

»Um mich in die Unbekannte hineinzufinden.«

»Das ist dir wohl gelungen. Zumindest hast du auf diese Weise den Mörder auf dich aufmerksam gemacht.«

»Das Bild scheint von großer Bedeutung für ihn zu sein.«

»Nicht nur das Bild.«

»Die Frau darauf.«

»Sehe ich auch so.«

Sie schwieg einige Zeit, trank zuweilen von ihrem Kaffee.

»Worüber denkst du nach?«, fragte Trojan.

»Vielleicht täusche ich mich ja, aber …« Sie brach ab.

»Sprich es aus.«

»Möglicherweise wurde Robert Lumen ermordet, gerade weil er dieses Gemälde übermalt hat.«

»Geht es dem Täter also eventuell um Lumens Beziehung zu der abgebildeten Frau?«

»Das wäre durchaus denkbar.«

»Wer ist diese Frau bloß?«

»Wenn wir das herausgefunden haben, sind wir der Lösung des Falls ein großes Stück nähergekommen.«

»Das Maison Bleue ist ein Swingerclub. Wir können annehmen, dass Lumen dort der Unbekannten begegnet ist.«

»Da das Gemälde aber schon seit zehn Jahren auf dem Dachboden steht, wie wir wegen der Umbaumaßnahmen wissen, muss diese Begegnung schon sehr lange zurückliegen.« Carlotta wiegte den Kopf. »Und da ist noch etwas, was mir nicht ganz einleuchten will.« Sie blickte Trojan an. »War Robert Lumen wirklich der Typ, der mal eben ein erotisches Abenteuer in einem Etablissement wie diesem suchte?«

»Du meinst, er passte eigentlich nicht ins Maison Bleue?«

»Genau. So wie ihn seine Frau charakterisiert hat, war er doch eher ein scheuer Mensch.«

Trojan nickte. »Auch die Art seiner Gemälde deutet eher auf jemanden hin, der in sich gekehrt und grüblerisch war.«

»Ja. Seine beinahe zwanghafte Beschäftigung mit dem Tod spricht eine ganz andere Sprache. Ganz ehrlich, ich sehe ihn nicht in so einem Lokal.«

»Ist anderseits nicht folgendes Szenario denkbar: Er verbringt einen einsamen Abend in seinem Atelier. Mit seiner Arbeit geht es aus irgendwelchen Gründen nicht voran. Er steigt in sein Auto, fährt ziellos in der Gegend herum. Zufällig kommt er hier vorbei. Vor dem Club fallen ihm maskierte Menschen auf. Er beschließt spontan, hineinzugehen. Er ist der stille Beobachter am Tresen. Besonders der Aspekt der Verhüllung zieht ihn an. Schließlich kommt er mit einer Frau ins Gespräch. Und die Dinge nehmen ihren Lauf. Er lädt sie in sein Atelier ein und malt sie.«

Carlotta sah ihn an. »Und das Ganze ist zehn Jahre her?«

»Wahrscheinlich.«

»So klingt es schon eher plausibel. Wir sollten noch einmal mit Karla Lumen darüber reden. Ich habe ohnehin das Gefühl, dass sie uns etwas verschweigt.«

»Sie ist durch ihre Krankheit beeinträchtigt und das schon recht lange. Sie war über alles in ihren Mann verliebt. Wir müssen das Thema Maison Bleue mit äußerster Behutsamkeit ansprechen.«

»Du meinst, weil sie das ungemein verletzen könnte?«

»Ja. Versetz dich in ihre Lage. Sie erfährt, dass ihr Mann sie unter Umständen betrogen hat. Und nicht nur das. Er wich von seinem künstlerischen Konzept ab. Malte diese aufregende, geheimnisvolle Frau. Karla Lumen müsste doch rasen vor Eifersucht.«

Carlotta nickte. »Wäre da nicht ihr körperliches Handicap, könnten wir sie im Fall ihres Mannes sogar als Täterin in Betracht ziehen.«

»Darüber habe ich auch schon nachgedacht. War die weiß geschminkte Person auf der Beleuchtungsgalerie etwa eine Frau? Könnte es Karla Lumen gewesen sein? Sie ist schätzungsweise ein Meter siebzig groß.«

Carlotta senkte die Stimme. »Ich weiß nicht. Das würde doch bedeuten, dass sie ihre MS nur vortäuscht.«

»Es scheint ein milder Krankheitsverlauf zu sein. Sie bewegt sich zum Teil recht sicher.«

»Das ist mir ebenfalls aufgefallen.«

»Aber sie müsste sich auf dem Dachboden ihres Hauses selbst gefesselt haben.«

»Dazu kommt ein schmales Zeitfenster, um zuvor das Selbstbildnis ihres Mannes mit der abgeschnittenen Zunge zu verunstalten.«

»Ein Akt der Rache.«

»Und eine geschickte Inszenierung, die den Verdacht von ihr ablenken soll.«

»Ist das wirklich vorstellbar?«

»Ich habe zumindest meine Zweifel«, sagte Carlotta. »Wozu wäre dann die Aktion im Maison Bleue nötig gewesen? Warum die Interaktion mit mir? Das passt irgendwie nicht ins Bild.«

»Lass uns dennoch diesen Aspekt nicht ganz außer Acht lassen.«

»Okay.«

Trojan trank einen Schluck und setzte seine Tasse ab. »Ich habe übrigens gestern die Röntgenaufnahme von dem Ölgemälde sowohl Eva Meinhardt als auch Manfred Fries und seiner Tochter Katrina gezeigt.«

»Und?«

»Alle drei konnten nichts damit anfangen.«

»Die darauf abgebildete Frau bleibt rätselhaft.«

»Ja.«

Nach einer Weile räusperte sich Nils. »Nun zu dem Lebkuchenmann, der offenbar für dich im Rinnstein platziert wurde.«

Carlotta lief ein Schauer über den Rücken. »Diese Tatsache beunruhigt mich sehr. Bisher waren es immer Angehörige des nächsten Mordopfers, die so einen Lebkuchenmann fanden. Mal abgesehen von dem Haarbüschel im ersten Fall, erschreckenderweise in Kombination mit einem Leichenteil.«

»Du meinst, das nächste Opfer könnte aus deiner Familie stammen?«

»Wir sollten es zumindest in Betracht ziehen.« Sie schluckte. »Meine Schwester ist im Gefängnis. Bleiben eigentlich nur noch mein Vater und meine Nichte.«

»Sollen wir Polizeischutz für die beiden anfordern?«

»Das wäre wohl das Beste.«

»Ich kümmere mich darum.«

»Danke, Nils.«

Er legte die Stirn in Falten. »Es kann allerdings auch sein, dass der Täter dich den Lebkuchenmann finden ließ, weil du dich gekleidet und frisiert hast wie die Frau auf dem Gemälde. Auf diese Weise bist du ihm nähergekommen. Deine Aufmachung hat ihn beeindruckt.«

Wieder erinnerte sie sich an die unheimliche Stimme. *Lass mich dein Schatten sein.*

»Ja, ich habe ihn wohl damit herausgefordert. Daher rührt auch mein Instinkt, dass es sich eher um einen männlichen Täter handelt.«

»Was Karla Lumen wiederum ausschließen würde.«

»Genau.«

»Er lockt dich mit dem Finger, so wie du es beschrieben

hast. Er legt das Mobiltelefon auf die Brüstung. Will mit dir sprechen.«

Pause. »Du spielst ein gefährliches Spiel«, sagte Nils daraufhin leise.

»Wie meinst du das?«

»Ich weiß, es sind deine ganz speziellen Methoden, aber … du überschreitest manchmal die Grenzen. Diese schmale, aber sehr wichtige Trennlinie zwischen dem Kosmos des Täters, in dem der Wahnsinn herrscht, und unserer Welt, die von Vernunft gesteuert sein sollte.«

Abermals entstand eine Pause.

Dann sagte er: »Bitte, pass auf dich auf, Carlotta.«

Sie suchte seinen Blick. Musste sich eingestehen, dass es ihr gefiel, wie er sich um sie sorgte.

»In Ordnung«, murmelte sie.

Trojan holte Luft. »Ich kenne dich mittlerweile ganz gut. Darum sehe ich dir an, dass dich noch etwas beschäftigt.«

»Du hast recht. Ich hatte schon neulich auf dem Hahneberg einen entsprechenden Verdacht. Nun bekomme ich mehr und mehr Gewissheit. Ich frage mich nämlich, was der Täter eigentlich mit dem jeweils zweiten Leichenteil vorhat. Mal abgesehen von der Zunge nimmt er seine Trophäen immer paarweise. Zwei Hände. Danach zwei Augen. Eine Hand wird gefunden, die Hälfte einer Zunge, nun auch ein Auge. Was macht er mit den anderen Teilen?«

Trojan rieb sich über das Kinn. »Du meinst, er baut sich einen grotesken Lebkuchenmann zusammen?«

Sie nickte. »Ähnlich wie der, der im Rinnstein lag. Nur noch weiter ausstaffiert.«

»Dazu darf es nicht kommen. Wir müssen ihn endlich stoppen.«

EINUNDDREISSIG

Dienstag, 28. November, abends

Corinne war siebzehn. Sie mochte ihr Alter nicht. War weder Kind noch erwachsen. Auch ihren Namen konnte sie nicht leiden. Eigentlich wurde er französisch ausgesprochen, ohne das »e« am Ende, nur so klang er halbwegs passabel. Früher hatten sie viele in der Schule gehänselt und »Corinne-Regenrinne« genannt. Das ärgerte sie noch heute. Kein Mensch sollte heißen wie ein Abflussrohr.

Und noch etwas konnte Corinne absolut nicht ausstehen. Den Moment am Abend, wenn es im Schlafzimmer ihrer Eltern laut wurde.

Sie lag in ihrem hellblau gestreiften Pyjama im Bett, hatte das Licht längst ausgeschaltet und war kurz davor einzuschlafen, als ihr Vater nebenan zu wüten begann. Er beschimpfte Corinnes Mutter, und diese fing an zu weinen. Erst war es ein Heulen, schließlich ein gedämpftes Wimmern. Doch ihr Vater hörte nicht auf. Er schrie immer lauter.

Corinne zog sich die Bettdecke über den Kopf. Nun bin ich in meiner Stoffhöhle, dachte sie, hier drin bin ich sicher. Sie stellte sich vor, sie sei ein Tier, ein kleines, pelziges Wesen, das tief unter der Erde wohnte, sich weitverzweigte Gänge grub, Essensvorräte für den Winter anlegte und erst ans Tageslicht zurückkehrte, wenn das Schlimmste vorüber war. Schon als kleines Kind war es ihre Lieblingsfantasie gewesen, sich in ihrem Bett einen Schutzraum zu bauen, einen gesicherten Unterschlupf.

Das Problem war nur, dass irgendwann die Luft knapp wurde. Sie hob die Decke ein wenig an, um durchzuatmen. Schon hörte sie erneut das Jammern ihrer Mutter. Und Vaters dumpfe, drohende Stimme.

Also tauchte sie wieder ab.

Sie verharrte in der warmen Dunkelheit, dem kuschligen Bau unter ihrer Daunendecke, eingehüllt in ihren eigenen Duft.

Da vernahm sie ein heftiges Poltern.

Corinne schob den Kopf hervor und lauschte. Die Tür nebenan wurde zugeschlagen. Vaters Schritte. Sein kräftiger Gang, wenn er zornig war.

Er donnerte die Treppe hinunter. Unten klappte die Haustür.

Sie kannte diese Abläufe nur zu gut. Jetzt musste er sich frische Luft verschaffen. Manchmal lief er im Garten umher. Wenn es noch schlimmer war, fuhr er mit dem Wagen weg.

Sie vernahm von draußen Motorengeräusche. Also ergriff er für länger die Flucht.

Mutter aber weinte noch immer.

Erst allmählich wurde es ruhiger.

Schließlich war es so still, dass es Corinne bedrückte.

Sie erhob sich und verließ ihr Zimmer.

Vor der Schlafzimmertür ihrer Eltern stand sie eine Weile unschlüssig da, dann drückte sie die Klinke und trat ein.

»Mama?«, fragte sie leise.

Statt einer Antwort ein kaum wahrnehmbares Schluchzen.

»Alles in Ordnung bei dir?«

Ihre Augen gewöhnten sich an die Dunkelheit. Vage machte sie die Umrisse ihrer Mutter aus, gekrümmt auf dem Bett, zerzaust ihr Haar.

Ein Seufzen. »Alles gut. Geh wieder schlafen, Süße.«

»Du hast geweint.«

Die Mutter knautschte ihr Kissen zurecht. »Nicht der Rede wert.«

»Papa ist weg?«

»Er kommt wieder.«

Natürlich kam er wieder. Das war ja das Problem.

Corinne rührte sich nicht.

Die Mutter hob den Kopf. »Mach dir keine Sorgen, Süße. Schlaf jetzt.«

»Gute Nacht.«

»Gute Nacht.«

Corinne schloss hinter sich die Tür.

Zurück in ihrem Zimmer holte sie tief Luft. Was sollte sie jetzt tun? Warten, bis Vater zurück war? Ausharren in der Stoffhöhle? An Schlaf war ohnehin nicht mehr zu denken.

Da fasste sie einen Entschluss. Sie zog sich leise an und verließ ebenfalls das Haus.

Tim wohnte nicht weit entfernt. Zu Fuß waren es bloß zwanzig Minuten. Sie hoffte nur, dass er noch wach war. Auf den letzten Metern fröstelte sie, mummelte sich tiefer in ihre Winterjacke.

Ratlos stand sie schließlich vor dem Mietshaus mit der abgeblätterten Fassade.

Sollte sie wirklich bei ihm klingeln? Sie kannte ihn doch noch nicht lange.

Sie zitterte vor Kälte. Schließlich drückte sie auf den Klingelknopf.

»Wer ist da?«, drang kurz darauf seine Stimme durch die Sprechanlage.

Für einen Moment verließ sie der Mut.

»Hallo?«

Dann sagte sie leise: »Ich bin es.«

Der Türöffner schnarrte, sie trat ein und stieg die Treppen hinauf.

Tim erwartete sie am Eingang zu seiner Wohnung. Er war älter als sie, dreiundzwanzig. Hatte sie im Café gegenüber der Schule angesprochen, wo sie öfter saß, wenn sie nicht nach Hause wollte.

Manchmal fühlte es sich mit ihm wie ein Versprechen an, als würde sich bald eine andere Welt für sie auftun.

»Corinne«, sagte er erfreut. Er sprach ihren Namen französisch aus. Sie mochte die Art, wie er sie anlächelte.

»Störe ich?«, fragte sie.

»Überhaupt nicht.«

Er ließ sie herein. Sie zog sich die Jacke aus, streifte die Schuhe ab.

Eine Verlegenheitspause.

»Na komm.«

Er ging mit ihr ins Wohnzimmer. Sie war erst viermal bei ihm gewesen, doch noch nie so spät. Vor seiner Couch blieb sie stehen.

Wiederum sank ihr Mut.

Sie brachte es nicht fertig, sich zu setzen. War es ein Fehler? Hätte sie nicht herkommen sollen?

Er blickte sie fragend an. »Was ist denn los?«

Corinne antwortete nicht. Plötzlich aber hörte sie sich sagen: »Kannst du mich halten? Nur kurz?«

Er schien von ihrer Bedürftigkeit überrascht zu sein. Sie kam sich vor wie das scheue Erdwesen, das gerade erst aus seinem Bau gekrochen war.

Schließlich aber nahm er sie in den Arm, und sie drückte sich an ihn.

»Was ist passiert?«, fragte er, als er sich von ihr löste.

Corinne setzte sich nun doch in die eine Ecke des Sofas, und er nahm in der anderen Platz.

»Mein Vater«, murmelte sie, »er hatte einen seiner Wutausbrüche. Mama hat deswegen geweint. Und ich konnte nicht schlafen.«

»Das tut mir leid.«

»Wenn er Stress bei der Arbeit hat, verhält er sich merkwürdig.«

»Wie denn?«

»Er schreit herum. Er tobt. Er ist nicht mehr er selbst.«

Schweigen. Die Stille wurde Corinne unangenehm. Hatte sie ihren Freund überrumpelt? War er überhaupt ihr Freund? Worauf lief das mit ihm hinaus?

Sollte sie endlich mit ihm schlafen? War sie schon bereit dafür? Was erwartete er von ihr?

Ich bin eine Idiotin, dachte sie, kreuze einfach bei ihm auf. »Corinne-Regenrinne«, hänselten schrille Kinderstimmen in ihrem Kopf.

Plötzlich fragte er: »Möchtest du über Nacht bleiben? Hier bei mir?«

Ihre Antwort kam schnell, beinahe überstürzt. »Mama würde verrückt werden vor Sorge.«

»Vielleicht sollte ich deine Eltern mal kennenlernen.«

Sie sah ihn an, als würde er scherzen. »Ist es dir denn so ernst mit mir?«

»Ja.«

Er lächelte sie an. Ein aufrichtiges Lächeln. Hübsch sah er aus, die blitzenden Augen, sein dunkles Haar.

Es machte sie froh, verunsicherte sie aber auch. Konnte sie ihm trauen?

Sie schlug die Augen nieder.

»Kann ich irgendetwas für dich tun?«, fragte er sanft.

»Könntest du mich noch einmal halten? Nur halten?«

Er rückte näher, legte die Arme um sie.

Leise, an seine Schulter gelehnt, sprach sie aus, was sie seit dem Streit ihrer Eltern bedrückte: »Ich habe Angst.«

Er ließ von ihr ab. »Wovor?«

»Dass etwas Schreckliches geschieht.«

»Was sollte denn passieren?«

Ein Unglück, dachte sie, etwas Grausames. Es hatte mit Vater und Mutter zu tun.

Doch Corinne schwieg.

Nach einer Weile stand sie auf. »Ich muss jetzt los. Ich muss für sie da sein.«

Auch Tim erhob sich. »Für wen?«

»Für meine Mutter. Immer muss ich auf sie aufpassen. Sie ist wie eine Fessel für mich.«

»Dann bleib hier.«

Corinne schüttelte den Kopf.

Schon war sie im Flur, zog sich ihre Jacke und die Schuhe an.

Er war ihr gefolgt. Stirnrunzelnd betrachtete er sie.

Plötzlich sagte sie zu ihm: »Danke, Tim.«

»Wofür?«

»Dass du … dass ich …«, sie merkte, wie atemlos sie war, »… einfach vorbeikommen durfte.«

Auf einmal war er ihr so nah, dass ihr leicht schwindlig wurde. Er küsste sie. Sie spürte seine warmen Lippen.

Corinne schob ihn weg.

Sie murmelte einen Abschiedsgruß und eilte zur Tür hinaus.

ZWEIUNDDREISSIG

Carlotta fuhr am Abend zu dem Heim in Kladow, in dem ihre Nichte Marissa untergebracht war. Sie wollte sich davon überzeugen, ob der Polizeischutz bereits eingerichtet war. Doch von der Heimleiterin erfuhr sie, dass sich noch kein Beamter in der Einrichtung gemeldet hatte. Carlotta rief daraufhin Trojan an und erklärte ihm die Situation.

»Ich habe mich längst darum gekümmert«, sagte er, »aber es gibt personelle Engpässe. Darum kann die Aktion erst morgen früh starten.«

»Ich mache mir aber Sorgen um Marissa.«

»Das verstehe ich gut.«

»Na schön, ich lasse mir was anderes einfallen.«

»Es ist nur für eine Nacht.«

Sie überlegte. »Es ist wohl das Beste, wenn sie heute bei mir übernachtet.«

»Würde dich das beruhigen?«

»Ja.«

»Hast du deine Dienstwaffe dabei?«

»Hab ich.« Nach einer Pause sagte sie: »Ich denke, ich sollte mehr Verantwortung für meine Nichte zeigen.«

»Okay. Gib mir Bescheid, wenn du Hilfe brauchst.«

»Danke, Nils.«

Sie legten auf.

Die Heimleiterin gab ihr Einverständnis. »Aber nur, wenn es Marissa recht ist«, fügte sie hinzu.

Daraufhin suchte Carlotta ihre Nichte in deren Zimmer auf und erzählte ihr von ihrem Vorhaben.

Eine halbe Stunde später fuhr sie mit der Siebzehnjährigen in ihrem Bulli nach Hause. Marissa, blass, blondes verstrubbeltes Haar, Stupsnase, zierliche Figur, vom Aussehen her eher vierzehn, saß völlig in sich gekehrt auf dem Beifahrersitz.

Permanent zu schweigen, war ihre Schutzstrategie. Mutismus war der psychologische Fachbegriff dafür. Im Zusammenhang mit den schrecklichen Ereignissen, die ihr und ihrer Mutter widerfahren waren, hatte sie sich der Sprache beinahe komplett verweigert. Jedoch wusste Carlotta von der Heimleiterin, dass es mittlerweile leichte Anzeichen der Besserung gab. Inzwischen brachte sie einzelne Worte hervor. Manchmal sogar einen kurzen Satz.

Ein Gespräch mit ihr zu führen, war dennoch nicht einfach.

»Ich wollte schon längst mal bei dir vorbeischauen«, murmelte Carlotta.

Marissa warf ihr lediglich einen Seitenblick zu.

»Es ist nur so, dass ich in meinem Job ziemlich eingebunden bin, weißt du?«

Keine Reaktion.

Carlotta hatte bereits den Großen Stern erreicht und bog in die Hofjägerallee ein. Über die Tiergartenstraße erreichte sie den Potsdamer Platz und die Leipziger Straße.

Sie hatte sich darauf eingestellt, die Fahrt mehr oder weniger schweigend zu verbringen.

Umso mehr erschrak sie, als Marissa plötzlich mit belegter Stimme sagte: »Du hast meine Mutter in den Knast gebracht.«

Carlotta musste tief Luft holen. »Ja, das ist richtig.«

Sie spürte Marissas vorwurfsvollen Blick auf sich.

»Ich weiß, dir wäre es lieber, wenn deine Mutter bei dir sein könnte.«

Erneut hüllte sich die Jugendliche in Schweigen.

Carlotta war um eine Erklärung bemüht. Noch nie bei ihren seltenen Besuchen im Heim war das Thema zur Sprache gekommen. Es war schwierig, mit jemandem zu kommunizieren, der dem Reden misstraute. War dies vielleicht ein Anfang?

»Deine Mutter hätte nicht aufgehört zu töten, wenn mein Kollege und ich sie nicht verhaftet hätten. Sie war wie im Rausch. Menschen umzubringen, war das Einzige, was sie noch antrieb.«

Marissa rührte sich nicht.

»Hass ist keine Antwort. Ich musste sie stoppen, verstehst du?«

Ihre Nichte schaute angestrengt aus dem Fenster. Der abendliche Verkehr zog an ihnen vorbei. Über den Alexanderplatz und die Otto-Braun-Straße erreichten sie den Prenzlauer Berg.

»Ich wünschte, es wäre anders für dich gelaufen.« Sie hielt an einer Ampel und blickte ihre Nichte an. »Dieses Schicksal hast du nicht verdient. Ich kann nur ahnen, wie schwer das für dich ist.«

Die Ampel sprang auf Grün, und sie fuhr weiter.

»Ich hoffe, du kannst irgendwann einmal akzeptieren, was mit deiner Mutter passiert ist. Aber ich kann auch nachvollziehen, dass dir das im Moment vielleicht noch unmöglich erscheint. Was meinst du?«

Keine Antwort, nicht mal ein Achselzucken.

Worte, dachte Carlotta, nichts als Worte. Was konnten diese schon ausrichten? Letztlich war es verständlich, dass ihre Nichte eines Tages beschlossen hatte, kaum noch zu sprechen.

Sie musste Geduld mit ihr haben. Zum Glück gab es andere Wege der Kommunikation.

»Zeichnest du noch?«, fragte sie.

Marissa nickte kaum merklich.

»Hast du deinen Block und die Stifte dabei?«

Wie zur Antwort zog sie den Reißverschluss ihres Rucksacks, den sie fest umklammert im Schoß hielt, einmal auf und wieder zu.

»Das ist gut. Du bist eine begnadete Zeichnerin.«

Es versetzte ihr einen Stich, als sich Carlotta an die Details der vergangenen Ermittlungen erinnerte, die schließlich zur Verhaftung von Inga Weiss geführt hatten.

»Hab den Mut, zu deiner Begabung zu stehen. Du kannst zeichnend den Schmerz verarbeiten, wenn Worte nicht weiterhelfen.«

Marissa musterte sie.

Carlotta dachte an das Gemälde von Robert Lumen. Sie hatte das Kleid weggelegt, trug nun wieder Jeans und Pulli.

Sie bog in die Bötzowstraße ein und fand nach einigem Suchen einen Parkplatz.

Gemeinsam stiegen sie aus.

Carlotta holte frische Bettwäsche aus dem Schrank und bezog für Marissa das Sofa im Wohnzimmer.

Als sie damit fertig war, fragte sie: »Was möchtest du zu Abend essen?«

Keine Antwort.

»Hast du keinen Hunger mehr?«

Ein leichtes Schulterzucken.

»Komm mit.« Carlotta ging mit ihr in die Küche und öffnete den Kühlschrank. Es war nicht gerade viel da, denn sie war nicht zum Einkaufen gekommen. »Ich könnte uns ein Omelett machen. Was hältst du davon?«

Marissa verzog das Gesicht.

»Also schön. Was ist deine Lieblingsspeise?«

Ihre Nichte nahm zwei Frühstücksschalen vom Regal und stellte sie auf den Küchentisch.

Carlotta lächelte: »Frühstück zum Abendessen? Ist es das, was du dir wünscht?«

Marissa nickte.

»Ich hab zufällig Schokopops da. Halte ich eigentlich für ungesund. Zu viel Zucker. Aber in einer schwachen Minute hab ich sie neulich gekauft.«

Da schenkte ihr die Siebzehnjährige, die auch von ihrem Verhalten her um einiges jünger wirkte, den Anflug eines Lächelns.

Carlotta war erleichtert. Nur Geduld, dachte sie, das wird schon. Bis vor Kurzem hatte sie noch nicht einmal gewusst, dass sie eine Nichte hatte.

Sie nahm die Packung mit den Schokopops aus dem Küchenschrank.

»Leider habe ich keine Milch da. Nur Sojadrink.«

Marissa zog einen Flunsch.

»Soll ich beim Nachbarn klingeln und fragen, ob er welche hat? Allerdings ist es schon ziemlich spät.«

Schweigend nahm Marissa die Getränkepackung aus dem Kühlschrank.

Schließlich löffelten sie beide ihre Schokopops mit Sojamilch am Küchentisch.

Daraufhin räumte Marissa das Geschirr ab und übernahm den Abwasch.

Carlotta wollte ihr dabei helfen, doch ihre Nichte wiegelte ab.

»Danke, dass ist nett von dir.«

Sorgfältig trocknete Marissa die Schalen ab und stellte sie zurück ins Regal.

Schließlich verschwand sie wortlos im Bad.

Carlotta wartete in der Küche, bis sie fertig war. Dann stand sie auf und begegnete ihr im Flur.

»Kann ich noch irgendetwas für dich tun?«

Marissa rührte sich nicht, sah sie bloß an. Sie trug ein langes Schlaf-T-Shirt, dunkelblau mit einer verwaschenen Aufschrift.

»Hast du ein Einschlafritual?«, fragte Carlotta.

Statt einer Antwort ging ihre Nichte ins Wohnzimmer und zog ein Buch aus ihrem Rucksack.

Carlotta blieb an der Tür stehen.

Schweigend hielt Marissa das Buch in der Hand.

»Soll ich dir vielleicht vorlesen?«

Kopfschütteln.

Natürlich, dachte sie, für eine Siebzehnjährige ist das nichts mehr.

Dennoch schien ihr Marissa etwas mitteilen zu wollen.

Offenbar strengte es sie an. Sie holte Luft. Setzte zu sprechen an. Brach ab. Dann versuchte sie es noch einmal: »Kannst du einen Moment bei mir bleiben?«

»Na klar.«

Marissa schlüpfte unter die Bettdecke auf der bezogenen Couch, und Carlotta setzte sich zu ihr.

Sie nahm das Buch und betrachtete den Umschlag. Es war *Der Goldene Kompass*, ein Werk der Fantasyliteratur, das sie gut kannte.

»Hab es schon ausgelesen«, murmelte Marissa.

»Hat es dir gefallen?«

Kopfnicken.

»Mir auch. Meine Mutter, deine Großmutter Luisa, die leider nicht mehr lebt, hat mir oft daraus vorgelesen. Gut, wenn man einen Kompass hat, um sich in mystischen Welten zurechtzufinden, nicht wahr?«

»Ja.«

»Auch für unsere Welt hätte ich gern so einen Kompass. Der würde mir verraten, wo ich mich hinwenden kann. Nicht immer leicht, das herauszufinden, oder? Das Leben ist kompliziert.«

Marissa schaute sie bloß an.

Nach einer Weile drehte sie sich wortlos auf die Seite und schloss die Augen.

Carlotta legte das Buch weg und strich ihr einmal sehr behutsam über den Kopf, denn sie wusste, dass ihre Nichte zuweilen auf Berührungen aggressiv reagierte. Doch diesmal ließ sie es geschehen.

Danach knipste Carlotta das Licht aus und ging aus dem Zimmer.

Trotz ihrer Erschöpfung kam sie nicht zur Ruhe. Sie wälzte sich in ihrem Bett hin und her. Es war Vollmond. Das kalte Licht drang durch eine Ritze im Vorhang.

Kaum war sie am Einschlafen, wurde sie von einem leisen Geräusch aufgeweckt.

Sie spürte, dass sich etwas im Zimmer bewegte.

Erschrocken setzte sie sich auf und holte tief Luft. Instinktiv wollte sie nach ihrer Dienstwaffe greifen, als sie sah, dass jemand in der Tür stand.

Dann atmete sie durch.

Es war Marissa.

»Was ist los?«

Keine Antwort.

»Kannst du nicht schlafen?«

Ihre Nichte rührte sich nicht. Sie hielt ein Papier in der Hand.

Auf einmal trat sie näher und legte ihr das Blatt wortlos aufs Bett.

Abrupt drehte sie sich um und verließ das Zimmer.

Carlotta schaltete die Nachttischlampe an und nahm das Papier auf. Es war eine Bleistiftzeichnung. Fein skizziert und überaus gelungen, war sie selbst darauf abgebildet.

Ihre Nichte hatte ein Porträt von ihr angefertigt.

Sie stand auf und ging zu ihr hinüber. Marissa lag bereits wieder unter ihrer Bettdecke.

Das Zimmer war mondhell. Der Block und ihre Stifte befanden sich auf dem Couchtisch.

»Das Bild ist wunderschön. Darf ich es behalten?«

»Ja.«

»Danke. Zeichnest du immer, wenn du nicht schlafen kannst?«

»Hmm.«

»Versuch dennoch, ein bisschen zur Ruhe kommen.«

Kopfnicken.

»Gute Nacht«, flüsterte Carlotta.

»Gute Nacht.«

DREIUNDDREISSIG

MITTWOCH, 29. NOVEMBER, KURZ NACH MITTERNACHT

Corinne schlich sich zurück ins Haus. Leise stieg sie die Treppe hinauf und ging in ihr Zimmer. Sie zog sich aus und schlüpfte in ihren Pyjama.

Ob es ihrer Mutter wohl gut ging? Es half nichts, sie musste noch einmal nachsehen.

Lautlos öffnete sie die Tür zum Schlafzimmer ihrer Eltern und spähte hinein.

Mutter rührte sich nicht, schien zu schlafen. Wahrscheinlich hatte sie eine Tablette genommen, um besser zur Ruhe zu kommen.

Vater aber war noch immer nicht heimgekehrt.

Eine Weile lauschte Corinne auf den gleichmäßigen Atem ihrer Mutter.

Schließlich trat sie näher und setzte sich zu ihr ans Bett.

»Warum trennst du dich nicht endlich von ihm?«, fragte sie verhalten ins Halbdunkel hinein.

Keine Regung. Hatte sie ein Medikament genommen, weckte sie so schnell nichts auf.

Corinne aber flüsterte einfach weiter. »Über all die Jahre demütigt er dich nun schon. Und wenn ich dir helfen will, ist er …«, sie holte Luft, »… wie ein Ungeheuer.«

Zögernd streckte sie die Hand nach ihrer Mutter aus. Die Decke war von ihrer Schulter gerutscht. Sie zog sie höher, damit sie nicht fror.

»Du bist auch schuld daran, weißt du?«

Keine Reaktion.

»Du bist viel zu passiv. Und du achtest nicht auf mich. Manchmal hasse ich dich dafür.«

Corinne horchte. Stellte sie sich vielleicht nur schlafend?

»Hörst du mich?«

Stille. Nur die Geräusche ihres Atems.

»Das muss aufhören, Mama. So kann es nicht weitergehen.«

Ein Seufzer im Schlaf.

Corinne blieb noch eine Weile bei ihr sitzen. Sie malte sich aus, wie es wäre, eine andere Mutter zu haben. Eine, mit der sie ein richtiges Gespräch führen konnte.

Schließlich stand sie auf und ging hinüber in ihr Zimmer. Sie warf sich aufs Bett und verkroch sich unter ihrer Decke.

Bevor sie einschlief, dachte sie an Tim und seinen Kuss.

Es verwirrte sie, dass sie nun einen Freund hatte, der offenbar mehr von ihr wollte. Es war beängstigend und beglückend zugleich.

Sie wünschte, er wäre bei ihr und könnte sie beschützen.

Ein Klicken irritierte sie.

Sie wälzte sich herum.

Es klickte erneut, diesmal lauter.

Corinne hob den Kopf. Nun vernahm sie ein Prasseln. Es hörte sich an, als würde jemand Kieselsteine an ihre Fensterscheibe werfen.

Sie stand auf und zog den Vorhang zur Seite.

Da erschrak sie.

Draußen im Mondlicht stand eine seltsame Gestalt. Weiß geschminkt. Der Mund grellrot. Eine feuerrote Perücke auf dem Kopf.

Die Gestalt schaute direkt zu ihr herauf und grinste sie an.

Dick bemalte Lippen. Ein Mund, so breit, dass er beinahe bis zu den Ohren reichte.

Auch die Nase war rot.

Eine helle Jacke, bunte Bommeln daran. Lange, spitze Schuhe.

Es war ein Clown.

Er winkte ihr zu, die Hände in weißen Stoffhandschuhen.

Vor ihren erstaunten Augen führte er eine Pantomime auf. Er verzog das Gesicht, als würde er weinen. Dann deutete er zu ihr herauf und schnitt eine Grimasse, als würde er fragen: *Bist du traurig?*

Corinne stockte der Atem.

Der Clown änderte seine Gestik, seine flache Hand verbarg sein Gesicht, wischte mit einer eleganten Bewegung darüber hinweg. Und plötzlich kam dahinter ein strahlendes Lächeln zum Vorschein. Seine Zähne wirkten seltsam gelb zwischen all der grellen Schminke.

Er deutete eine leichte Verbeugung an, dann breitete er die Arme aus, den Mund weit geöffnet. Wieder gestikulierte er zu ihr hin, und Corinne verstand: *Lach doch mal.*

Der Clown änderte abermals seinen Gesichtsausdruck und machte eine nach Aufmerksamkeit heischende Geste: *Ich hab etwas für dich.*

Kurz darauf sprach er pantomimisch zu ihr: *Pass auf.*

Er verschloss die Hand.

Daraufhin öffnete er sie, und plötzlich hielt er einen roten Luftballon an einer Schnur.

Ein breites, stummes Lachen. Der Clown verbeugte sich erneut und drehte sich einmal im Kreis herum. Der Luftballon schwang hin und her.

Wieder winkte der Clown grinsend zu ihr herauf. Sein greller Mund war Corinne unheimlich, hellrote Farbe auf den

Lippen, Spuren davon reichten breitflächig bis über beide Wangen.

Plötzlich hatte der Clown eine Nadel in der Hand.

Eine Mimik der Überraschung, dann stach er auf den Luftballon ein. Dieser zerplatzte mit einem lauten Knall.

Corinne schreckte hoch.

Ihr Pyjama war durchgeschwitzt, ihr Herz raste. In ihren Ohren dröhnte noch immer der Knall.

Rasch knipste sie die Nachttischlampe an. Ganz ruhig, dachte sie. Nur ein Albtraum.

Das Mondlicht kroch durch einen Spalt im Vorhang herein, gespenstisch und kalt. Sie atmete durch. Und wenn es nun gar kein Traum gewesen war?

Sie erhob sich, trat ängstlich ans Fenster und spähte hinaus. Unterm Vollmond war der Garten in ein fahles Licht getaucht.

Kein Clown weit und breit.

Um sicher zu sein, öffnete sie das Fenster und lehnte sich weit hinaus. Nein, da war niemand.

Sie schloss das Fenster wieder.

Doch ihr Herz schlug noch immer hoch und schnell.

Eine Weile lief sie im Zimmer auf und ab, um sich zu beruhigen. Sie fragte sich, warum sie der Traum überhaupt so aufgeregt hatte. Clowns waren doch bloß Spaßmacher, völlig harmlos. Manche von ihnen traten bei Kindergeburtstagen auf, andere in Zirkusmanegen. Kein Grund, in Panik zu verfallen.

Doch ihre Unruhe wollte nicht weichen. Dieser breite Mund. Das fiese Grinsen, als er plötzlich auf den Luftballon eingestochen hatte.

Ein Schauer lief über ihren Rücken.

Sie ging in den Flur hinaus. Ob Vater schon zurückgekommen war? Abermals öffnete sie vorsichtig die Schlafzimmertür und lauschte.

Leises Atmen.

Ihre Mutter bewegte sich nicht. Die andere Bettseite war leer.

Wo war Vater? Wo blieb er nur so lange?

Corinne schloss die Tür und ging zum Fenster am Ende des Flurs. Von dort konnte sie auf die nächtliche Straße hinausschauen.

Sie lag verlassen da. Kein Mensch war um diese Zeit noch draußen unterwegs.

Sie wollte sich bereits abwenden, als ihr Blick auf den Carport unten an der Hausseite fiel. Die Überdachung bestand aus einzelnen Holzbalken mit Zwischenräumen, die von Efeu überrankt waren.

Im Mondlicht schimmerte etwas darunter hervor. Silbrig glänzend.

Sein Auto, dachte sie. Vorhin, als sie von ihrem Besuch bei Tim heimgekehrt war, hatte es dort noch nicht gestanden.

Sie wartete verwundert ab.

Nichts geschah.

Warum kam er denn nicht herauf? Schlief er etwa heute Nacht im Wagen?

Irgendetwas stimmt nicht, dachte sie. Sie war hin- und hergerissen. Warum sollte sie sich überhaupt darum kümmern? Schnell wieder ins Bett. Alles, was vorgefallen war, vergessen. Die Decke über den Kopf ziehen. Zurück in die Stoffhöhle.

Dann aber gab sie sich einen Ruck.

Corinne stieg die Treppe ins Erdgeschoss hinunter. Sie zog sich Jacke und Schuhe an, um draußen nachzusehen.

Fröstelnd durchschritt sie den Vorgarten und bog um die Hausecke.

Zögernd betrat sie den Carport.

Sie näherte sich dem silberfarbenen BMW ihres Vaters.

Plötzlich blieb sie stehen. Er war tatsächlich noch im Auto.

»Papa?«, fragte sie tonlos.

Keine Reaktion.

Sie setzte einen Schritt vor.

Er saß am Steuer. Die Haltung seines Kopfs war eigenartig.

Schlief er?

Noch ein Schritt. Ihr Puls beschleunigte sich.

War er etwa völlig betrunken?

Sie umrundete das Fahrzeug.

»Papa!«, rief sie.

Dann aber erkannte sie die Blutspritzer an der Windschutzscheibe.

Erschrocken trat sie näher heran.

Überall war Blut. An der Seitenscheibe, auf dem Sitz, an den Armaturen, auch im Fußraum schimmerte eine Blutlache.

Ihr Herz hämmerte.

Corinne riss die Fahrertür auf, und ihr Vater kippte ihr entgegen.

VIERUNDDREISSIG

MITTWOCH, 29. NOVEMBER, FRÜHER MORGEN

Hinterm Messedamm erreichte Carlotta die Avus und beschleunigte. Der Motor ihres Bullis röhrte. Nur wenig später läutete ihr Handy. Es war Landsberg, nun schon zum dritten Mal. Sein erster Anruf hatte sie aus dem Bett geklingelt, der zweite war vor etwa einer halben Stunde erfolgt.

Carlotta hob ab.

»Hallo?«

»Wo steckst du?«, fragte der Chef erzürnt.

»Ich bin noch auf der Stadtautobahn.«

»Warum dauert das so lange?«

»Ich musste meine Nichte zurück ins Heim bringen.«

»Wie bitte?«

»Sie hatte heute Nacht keinen Polizeischutz. Darum war sie zur Sicherheit bei mir.«

»Polizeischutz?«

»Trojan hat das auf meine Bitte hin angeordnet.«

»Wieso?«

»Weil ich …« Carlotta brach ab, konzentrierte sich auf den Verkehr. In einem waghalsigen Manöver scherte sie auf die Überholspur aus, um an einem Lkw vorbeizuziehen. Ihr altersschwacher VW-Bus begann im Fahrtwind zu schlingern.

»Bist du noch dran?«

»Ja. Du weißt doch, der Lebkuchenmann im Rinnstein mit dem Auge des ermordeten Malers … Da ich ihn gefunden habe, steht zu befürchten, dass meine Familie nun im Visier des Täters steht.«

»Eine Theorie, mit der du offenbar falschliegst.«

»Warum?«

»Inzwischen traf es jemand anderen.«

»Mag ja sein, aber …«

Er fiel ihr ins Wort. »Wärst du hier, wüsstest du längst Bescheid. Also, wenn du die Aufgaben einer ersten Ermittlerin erfüllen willst, musst du auch als Erste am Tatort sein.«

Das ist ungerecht, durchfuhr es sie. Wenn sich Trojan verspätete, was oft der Fall war, beklagte sich niemand darüber.

»Es ist eine Ausnahme. Meine Nichte ist noch immer wegen der Ereignisse im vergangenen Spätsommer schwer traumatisiert. Ich hoffe, du erinnerst dich an die fürchterliche Mordserie von damals.«

»Natürlich erinnere ich mich, aber …«

Nun war sie diejenige, die ihn unterbrach. »Marissas Heim befindet sich in Kladow. Das ist leider sehr weit entfernt. Aber keine Sorge, ich bin bereits auf dem Rückweg.«

»Hör mal, Carlotta«, sagte Landsberg scharf, »dein Privatleben interessiert mich nicht. Wenn du den Herausforderungen nicht gewachsen bist, bestätigt das nur meine Vorbehalte.«

»Vorbehalte? *Du* warst doch derjenige, der mir das Angebot unterbreitet hat, ins Team deiner Mordkommission zu kommen.«

»Lediglich auf Trojans Empfehlung hin. Vielleicht hat er sich ja in dir getäuscht.«

Carlotta spürte, wie ihr die Zornesröte ins Gesicht stieg. »In zwanzig Minuten bin ich da.«

Gerade als Landsberg noch etwas sagen wollte, unterbrach sie die Verbindung.

Angestrengt umklammerte sie das Lenkrad. Hinter ihr raste

ein SUV heran. Der Fahrer betätigte die Lichthupe. Endlich hatte sie den Lkw überholt und bog auf die rechte Spur ein.

Verdammt, dachte sie. Sie hatte Landsbergs Machtgehabe allmählich satt. Wahrscheinlich kam er mit Frauen in höheren Positionen überhaupt nicht zurecht. Und das musste er ausgerechnet bei ihr ausagieren, wo sie ohnehin nicht gerade vor Selbstbewusstsein strotzte.

Was für ein hektischer Morgen. Erst gegen drei Uhr früh der Anruf vom Chef, sie solle schleunigst zu einem Tatort in Lichterfelde kommen, dann Marissas vorwurfsvoller Blick, nachdem sie sie geweckt und zur Eile angerieben hatte. Danach die Fahrt nach Kladow. Eisiges Schweigen und ein wortloser Abschied. Ihre Nichte war in ihr gewohntes Abwehrschema verfallen. Dabei hatte Carlotta noch am Abend zuvor das Gefühl gehabt, sie könnte endlich Vertrauen zu ihr aufbauen.

Wenigstens war seit sechs Uhr früh ein bewaffneter Polizeibeamter vor dem Heim stationiert, der Marissa auch zur Schule begleiten sollte. Das hatte ihr die Heimleiterin vor ein paar Minuten am Telefon bestätigt.

Nach einer Weile nahm Carlotta die Ausfahrt Hüttenweg. Über Zehlendorf erreichte sie den Bezirk Lichterfelde. Schließlich hielt sie vor dem Einfamilienhaus in der Berner Straße und stieg aus.

Absperrbänder flatterten im Wind. Überall Blaulicht. Die Straße war mit Einsatzfahrzeugen zugestellt.

Carlotta ging auf das Haus zu.

Trojan trat ihr entgegen. »Da bist du ja.«

»Tut mir leid, dass es so lange gedauert hat.«

»Für mich ist das kein Problem. Aber der Chef ist stinksauer.«

»Ich weiß. Hat er mir am Telefon überaus deutlich gemacht.«

»Du hast Glück, er ist nicht mehr hier. Ist gerade zurück ins Kommissariat gefahren.« Trojan berührte sie am Arm. »Komm mit.«

Er führte sie zu einem Carport neben dem Haus. Ein silberfarbener BMW war dort geparkt, erhellt von den Scheinwerfern der Kriminaltechnik. Forensiker in weißen Overalls waren mit der Spurensicherung beschäftigt.

Carlotta begrüßte Stefanie Dachs, Ronnie Gerber und Albert Krach mit einem Kopfnicken. Max Kolpert und Olaf Maas waren in ein Gespräch mit zwei Kriminaltechnikern vertieft und wandten ihr den Rücken zu.

Trojan kam gleich zur Sache. »Der Name des Toten ist Henning Meiler, dreiundfünfzig Jahre alt. Er ist leitender Angestellter in einer Firma für Internettechnologie. Seine Tochter Corinne, siebzehn Jahre alt, fand ihn gegen zwei Uhr nachts in seinem Auto.«

Carlotta runzelte die Stirn. »Weswegen war die Jugendliche mitten in der Nacht draußen?«

»Ich habe sie noch nicht ausführlich dazu befragen können. Sie steht unter Schock. Ein paar Informationen gab sie mir allerdings schon. Offenbar ist sie rausgegangen, als sie den BMW ihrer Eltern im Carport sah.«

»War er denn vorher nicht dort?«

»Anscheinend nicht. Sie sagte, ihr Vater sei am späten Abend noch einmal weggefahren. Allerdings weiß sie nicht, wohin. Sie hat sich gewundert, wo er blieb, trat nachts ans Fenster und erkannte den Wagen. Daraufhin ging sie nachschauen.«

»Was ist mit der Mutter?«

»Ihr Name ist Mechthild Meiler, achtundvierzig Jahre alt. Auch mit ihr habe ich bereits kurz gesprochen. Angeblich hat sie in der Nacht tief und fest geschlafen.«

»Todeszeitpunkt?«

»Dr. Semmler will sich erst nach der Obduktion eindeutig festlegen. Aber er schätzt gegen zwei Uhr früh.«

»Also kurz bevor die Tochter den Toten entdeckt hat.«

»Richtig.«

»Und die Mordwaffe?«

Trojan holte Luft. »Offenbar wieder eine akkubetriebene Säge. Nach unserem bisherigen Erkenntnisstand hat es sich folgendermaßen zugetragen: Meiler kehrt nachts zurück, fährt den BMW in den Carport. Danach muss es sehr schnell gegangen sein. Der Täter steigt auf der Beifahrerseite ein und dann …« Er brach ab.

Carlotta bemerkte, wie blass Nils aussah. Unter seinen Augen hatten sich dunkle Ringe gebildet.

Der Mörder lässt uns kaum Zeit, zu Atem zu kommen, dachte sie.

»Schau es dir selbst an«, murmelte Trojan. »Wir haben den Toten wieder zurück auf den Fahrersitz geschoben. Als die Tochter die Autotür öffnete, ist er ihr entgegengerutscht.«

»Das heißt, der Sicherheitsgurt war gelöst.«

»Genau. Alles deutet darauf hin, dass Henning Meiler gerade aussteigen wollte, als er auf seinen Mörder traf.«

»Oder der Täter saß bereits bei ihm im Auto.«

»Möglich, aber unwahrscheinlich. Warum sollte Meiler mit ihm durch die Gegend gefahren sein?«

»Weil er ihn gekannt hat?«

Trojan wiegte den Kopf. »Das können wir wohl eher ausschließen.«

»Du hast recht.«

»Vermutlich hat der Täter in der Nähe des Carports auf ihn gelauert.«

»Das passt eher ins Muster. Er spioniert seine Opfer genau aus.«

»So ist es. Die Befragungen in der näheren Nachbarschaft ergaben bisher übrigens, dass niemandem etwas Verdächtiges aufgefallen ist.« Nils blickte sie ernst an. »Bis du bereit?«

Sie nickte.

»Mach dich bitte auf einiges gefasst.«

»Okay.« Zögernd trat sie näher an den Wagen heran.

Die Fahrertür war geöffnet.

Auf dem Sitz befand sich der Leichnam.

Ihr Blick wanderte über das Gesicht des Toten hinunter zum Hals. Eine klaffende Wunde, der Kehlkopf war durchtrennt.

Getrocknetes Blut auf dem Oberkörper.

Sie kämpfte gegen eine Welle der Übelkeit an.

Vorsichtig ging sie in die Hocke.

Die Hände des Toten lagen in seinem Schoß.

Sie sah an seinen Beinen herab.

Bemerkte das geronnene Blut überall.

Ihr Blick glitt über die Schienbeine und weiter abwärts.

Sie atmete gepresst, schloss kurz die Augen.

Schließlich sah sie genauer hin.

Als sie sich wieder aufrichtete, war ihr für einen Moment schwindlig.

Trojan sagte leise: »Wir dürfen keinesfalls zulassen, dass er noch einmal zuschlägt.«

Carlotta war um Fassung bemüht. »Er sammelt weiterhin seine Trophäen.«

»Und ich fürchte, du hast recht mit deiner Annahme. Er sucht sich Körperteile für einen grotesken Lebkuchenmann zusammen.«

Abermals blickte Carlotta auf die blutigen Stümpfe des Leichnams.

Henning Meiler waren beide Füße entfernt worden.

FÜNFUNDDREISSIG

Auf dem Weg zum Haus bemerkte Trojan, dass Carlotta auf einmal leicht zittrig wurde.

»Alles in Ordnung bei dir?«, fragte er.

»Geht schon wieder.« Es klang nicht sehr überzeugend.

»Brauchst du eine Pause?«

»Ich bin doch gerade erst angekommen.«

Er blieb mit ihr vor der Haustür stehen. »Ich kann die Vernehmung der Angehörigen auch alleine durchziehen.«

Sie schüttelte den Kopf. »Nicht nötig.«

»Ich weiß, der Anblick der Leiche ist furchtbar. Mich nimmt das mindestens genauso mit. Egal, wie viele Dienstjahre ich schon hinter mir habe. Es ist jedes Mal schwer.«

»Eigentlich ist es noch etwas anderes«, murmelte sie.

»Was denn?«

»Ach, nicht so wichtig.«

Er nahm sie zur Seite und senkte die Stimme. »Ist es wegen deiner Nichte?«

»Ja. Der Morgen mit ihr war entsetzlich. Sie hat mich angesehen, als würde ich sie für immer aufgeben.«

»Aber das ist nicht wahr. Sie wird das eines Tages verstehen.«

»Vielleicht.«

»Du kannst nun mal während der Ermittlungen kaum für sie da sein. Das ist zeitlich beinahe unmöglich. Als meine Tochter Emily noch jünger war, hatte ich das gleiche Problem mit ihr. Noch heute mache ich mir Vorwürfe, dass ich zu selten für sie da war.«

Es entstand eine Pause. Mit einem Seitenblick registrierte Trojan, dass Stefanie näher gekommen war und sie argwöhnisch beobachtete. Offenbar missbilligte sie, dass er mit Carlotta ein privates Gespräch führte, anstatt sich auf die Ermittlungen zu konzentrieren.

Sie hatte ja recht. Die Zeit drängte. Aber letztlich waren sie alle nur Menschen und keine Maschinen, die auf Knopfdruck funktionierten.

Außerdem störte es ihn, dass Steffie und er nicht mehr unbefangen miteinander umgehen konnten, seitdem ihre Beziehung in die Brüche gegangen war. Wahrscheinlich war sie eifersüchtig auf seine Zusammenarbeit mit Carlotta.

Die Stimmung im Team ist belastet, dachte er. Und das lag nicht zuletzt an Landsbergs merkwürdigem Benehmen.

Er trat mit Carlotta noch ein Stück weiter abseits.

»Fühlst du dich verpflichtet, dich um deine Nichte zu kümmern?«, fragte er. »Ist es das, was dich bedrückt?«

Sie nickte. »Ich weiß jedenfalls nicht, wie ich es schaffen soll. Ich habe ohnehin Schwierigkeiten, zu Marissa Kontakt aufzubauen.«

»Sie ist traumatisiert. Baut einen Schutzwall um sich herum auf.«

»Ja. Aber ich bin Psychologin. Ich müsste doch zu ihr durchdringen können.«

»Du bist befangen. Persönlich verwickelt. Bis vor Kurzem wusstest du noch nicht einmal, dass du eine Nichte hast.«

»Aus diesem Grund habe ich ja ein Treffen mit ihr so lange aufgeschoben.«

»Es ist schwierig mit ihr. Ich habe sie doch bei unseren letzten Ermittlungen selbst kennengelernt.«

»Aber gestern Abend lief es erstaunlich gut. Sie hat sich mir ein wenig geöffnet. Hat mir sogar eine Zeichnung geschenkt. Heute früh aber … nach Landsbergs Anruf … ging alles schief.«

Er drückte ihre Hand. »Ich verstehe dich gut. Diese Mordserie bringt uns alle an die Grenzen unserer Belastbarkeit. Wenn dann auch noch private Schwierigkeiten auftauchen, wird es einfach zu viel.«

Sie schien sich innerlich einen Ruck zu geben. »Ich sollte mich nicht beklagen. Es gibt weitaus Wichtigeres zu tun. Wir müssen endlich diesen Mörder finden.«

»Es ist nicht gerade hilfreich, dass dich Landsberg dermaßen unter Druck setzt.«

»Er will uns gegeneinander ausspielen.«

»Den Eindruck habe ich auch. Aber sein Machtgehabe ist mir ziemlich egal. Lassen wir uns davon nicht unterkriegen.« Er lächelte sie an. »Wir schaffen das, Carlotta.«

»Danke, dass du an mich glaubst.«

»Natürlich.« Er blinzelte ihr zu. »Irgendeine Taktik für die kommende Vernehmung?«

»Du führst das Gespräch, ich beobachte.«

»Gut. Also los.«

Mechthild Meiler saß zusammengesunken in einem Sessel im Wohnzimmer. Sie starrte auf einen Punkt auf dem Teppich.

Trojan räusperte sich. »Frau Meiler?«

Sie blickte auf. Ihre Augen wirkten wie erloschen. Sie trug einen rosafarbenen Morgenmantel. Ihr dunkles Haar war ungekämmt. Ihre Füße steckten in Pantoffeln.

Für einen Moment musste Trojan an die abgetrennten Gliedmaßen des Mordopfers denken.

»Wir haben noch ein paar Fragen an Sie. Das ist übrigens

meine Kollegin Carlotta Weiss. Sie ist Hauptkommissarin und Kriminalpsychologin in einer Person.«

Mechthild Meiler rührte sich nicht.

»Dürfen wir uns setzen?«

Eine schwache Bewegung mit dem Kopf, was er als Ja deutete.

Er nahm mit Carlotta auf dem Sofa Platz.

»Bitte schildern Sie uns noch einmal den gestrigen Abend.«

»Das habe ich doch bereits.«

»Wir brauchen mehr Informationen. Wirkte Ihr Mann gestern irgendwie verändert?«

»Nein.«

»Sie sagten mir vorhin, er sei am späten Abend noch einmal weggefahren.«

»Das ist richtig.«

»Um wie viel Uhr war das?«

»Gegen elf.«

»Und wo waren Sie zu dieser Zeit?«

»Im Schlafzimmer.«

»Sie wollten bereits zu Bett gehen?«

»Ja.«

»Wo war Ihr Mann, bevor er das Haus verließ?«

»Auch im Schlafzimmer.«

»Was genau ist passiert?«

»Nichts.«

»Wie habe ich mir das vorzustellen? Sie lagen bereits im Bett, ja?«

»Richtig.«

»Und Henning Meiler? War er noch angekleidet?«

»Ja.«

»Was hat er getan?«

»Er ist im Zimmer auf und ab gegangen.«

»Warum?«

»Wir haben geredet.«

»Worüber?«

»Nichts Besonderes.«

»Und er hat Ihnen nicht gesagt, wohin er wollte?«

»Nein.«

Trojan schaute kurz zu Carlotta. Sie wirkte ebenso irritiert wie er.

»Ich finde das recht ungewöhnlich«, sagte er.

Die Ehefrau des Ermordeten hob die Schultern.

»Hatten Sie einen Streit?«

Die Antwort kam prompt. »Nein. Es war ein völlig harmloses Gespräch.«

»Was sagte er zum Abschied?«

»Nichts.«

»Er ging einfach raus?«

»Ja. Ich glaube, er brauchte noch ein bisschen frische Luft.«

Trojan atmete tief durch. »Bitte, Frau Meiler, erzählen Sie mir die Wahrheit. Nur so können wir den Mörder Ihres Mannes schnappen.«

Sie fuhr sich mit der Hand über den Mund. »Ich denke, Henning ist in der Gegend herumgefahren.«

»Einfach so?«

»Das tut er …«, sie verbesserte sich, »… das tat er manchmal, wenn er unruhig war.«

»Eben noch behaupteten sie, es sei ein völlig harmloses Gespräch gewesen. Und nun erwähnen Sie, dass er unruhig war. Weshalb denn?«

Wieder diese Geste mit der Hand, als wollte sie sich etwas von den Lippen wischen.

»Es gab Ärger im Büro. Henning war manchmal … er fühlte sich überfordert, wenn es darum ging, neue Geschäftsabschlüsse für die Firma in die Wege zu leiten. Er beschwerte sich über die Profitgier seines Chefs.«

»Hmm. Es ist also gegen dreiundzwanzig Uhr. Er verlässt das Schlafzimmer und fährt weg. Was haben Sie daraufhin gemacht?«

»Ich habe das Licht ausgeschaltet.«

»Und dann?«

»Ich bin eingeschlafen.«

»Haben Sie Ihren Mann nicht vermisst?«

»Nein. Ich war mir ja sicher, dass er wiederkommt.«

»Führten Sie eine glückliche Ehe?«

Sie schlug die Augen nieder. »Henning war ein guter Mensch.«

»Haben Sie in der Nacht etwas Verdächtiges gehört oder gesehen?«

»Ich habe nichts mitbekommen. Ich nahm zuvor eine Schlaftablette.«

»Tun Sie das öfter?«

Achselzucken.

»Erzählen Sie weiter. Wie haben Sie von dem Mord an Ihrem Mann erfahren?«

»Von meiner Tochter. Corinne. Das arme Mädchen. Sie kam gegen zwei Uhr morgens zu mir. Hat mich wachgerüttelt. War völlig aufgelöst. Sie sagte mir, dass Henning draußen im Wagen sitze. Alles sei voller Blut. Sie hat geweint. ›Er ist tot, Mama‹, sagte sie. Anfangs hielt ich es für einen schlimmen Albtraum. Ich war von der Tablette noch ganz benommen. Aber dann bin ich mit ihr rausgegangen und … da sah ich ihn.«

In diesem Moment schaltete sich Carlotta in das Gespräch ein. »Und Sie haben vorher nicht gehört, wie der Wagen Ihres Mannes in den Carport gefahren wurde?«

»Nein.«

»Keine verdächtigen Geräusche, die sie aufgeweckt haben? Der Mord geschah immerhin direkt vor Ihrem Haus.«

»Wenn ich eine Tablette nehme, schlafe ich sehr tief.«

»Haben Sie sich denn nicht gewundert, dass Ihr Mann so lange fortblieb?«

Ein drittes Mal fuhr sie sich mit der Hand über den Mund. »Nein.«

Es entstand eine lange Pause.

»Hat er Alkohol getrunken?«, fragte Trojan.

Ein beinahe erschrockener Blick. »Wie kommen Sie darauf?«

»Antworten Sie nur auf meine Frage. War Ihr Mann betrunken?«

»Nein.«

»Viele Männer suchen nachts Kneipen auf, wenn sie mit ihren Problemen nicht klarkommen. Hat er vielleicht vorher schon getrunken?«

»Ich weiß nicht.«

»Wir finden es ohnehin heraus.«

»Ach ja?«

»Bei der Obduktion wird der Alkoholgehalt im Blut getestet.«

Abermals schlug sie die Augen nieder.

Trojan sah sie schweigend an.

Schließlich stand er auf. »Wir müssen noch einmal mit Ihrer Tochter sprechen. Wo ist sie?«

»Oben in ihrem Zimmer.«

Auch Carlotta erhob sich.

»Vielen Dank zunächst«, sagte sie.

Trojan ging mit ihr die Treppe ins Obergeschoss hinauf.

»Hast du ihre Mikromimik beobachtet?«, fragte er kaum hörbar.

»Ja.«

»Als ich sie fragte, ob sie sich mit ihrem Mann gestritten hat, und sie verneinte. Das war gelogen, hab ich recht?«

»Es hat zumindest den Anschein. Ich konnte einen minimalen Ausdruck von Furcht erkennen.«

»Und als das Thema Alkohol zur Sprache kam?«

»Ebenso.«

»Dachte ich mir.«

SECHSUNDDREISSIG

Die Zimmertür stand offen. Sie traten ein.

Corinne saß auf ihrem Bett. Sie trug ein verwaschenes Sweatshirt und Cargo Pants. Als Trojan sie gleich nach seinem Erscheinen am Tatort befragt hatte, war sie noch im Pyjama gewesen und hatte sich wie ihre Mutter einen Morgenmantel übergestreift.

Ihr Haar war zerzaust, die Augen waren gerötet.

Trojan wandte sich ihr zu. »Meine Kollegin Carlotta Weiss und ich würden gern ausführlicher mit dir sprechen. Ist das in Ordnung für dich?«

Keine Regung.

»Bist du halbwegs okay?«, fragte er.

Sie antwortete nicht.

»Hat sich ein Arzt um dich gekümmert?«

Ein kaum merkliches Kopfnicken.

Corinne war dunkelhaarig wie ihre Mutter. Tiefbraune Augen, lange Wimpern, ein an sich hübsches Gesicht, durch die schrecklichen Vorkommnisse jedoch bleich und wie ausgezehrt. Sie hielt die Hände im Schoß verschränkt. Wieder musste Trojan an die grausam zugerichtete Leiche denken. Was für ein Schock für eine Siebzehnjährige, ihren Vater so zu finden.

Er setzte sich zu ihr aufs Bett. Carlotta zog sich einen Stuhl heran und nahm ebenfalls Platz.

Stille.

Schließlich sagte er: »Corinne. Ich weiß, du hast Entsetzliches durchgemacht. Ich kann nur ahnen, wie du dich jetzt fühlst. Bist du in der Lage, uns noch einmal alles zu erzählen, was gestern Abend und in der Nacht passiert ist?«

Nach einer langen Pause sagte sie leise: »Ich bin früh zu Bett gegangen. Konnte aber nicht einschlafen.«

»Ist vorher etwas Besonderes vorgefallen?«

»Eigentlich nicht.«

»Gab es Probleme mit deinen Eltern?«

Sie schüttelte den Kopf.

Trojan ließ nicht locker. »Wie war die Stimmung deines Vaters?«

Corinne wich seinem Blick aus. »Er war wie immer.«

»Was für ein Verhältnis hattest du denn zu ihm?«

Sie zuckte mit den Schultern. »Ein ganz normales.«

Sie lügt, dachte Trojan. Auch wenn er nicht wie Carlotta über die Begabung verfügte, Mikroexpressionen wahrzunehmen, ahnte er es sofort.

Er holte tief Luft. »Haben sich deine Eltern gestern Abend gestritten?«

»Weiß nicht.«

»Ganz sicher?«

Achselzucken.

»Bitte sprich mit mir darüber.«

Sie sah ihn an. »Wozu denn? Papa ist tot. Nichts kann ihn wieder lebendig machen.«

»Wir müssen herausfinden, wer ihn umgebracht hat. Also, gab es einen Streit zwischen deinen Eltern?«

»Kann sein.«

»Worum ging es?«

»Ich hab es nicht genau mitbekommen.«

Er wartete ab.

Die Jugendliche nagte an ihrer Unterlippe. »Es ging um Kleinigkeiten, denke ich. Dies und das. Ich hörte jedenfalls Papas Stimme aus dem Nebenzimmer. Er war laut. Er klang wütend.«

»War er das öfter in letzter Zeit?«

Sie nickte schwach.

»Und deine Mutter? Wie hat sie sich verhalten?«

Erneutes Achselzucken.

»Du gehst also zu Bett, kannst aber nicht einschlafen. Du hörst die laute Stimme deines Vaters aus dem Zimmer nebenan. Was hast du gemacht?«

»Ich hab mir die Bettdecke über den Kopf gezogen.«

»Und dann?«

»Irgendwann hörte ich, dass Papa ging. Kurz darauf fuhr sein Wagen weg.«

»Hast du eine Ahnung, wohin er wollte?«

»Nein.«

»Erzähl bitte weiter.«

»Ich konnte nun erst recht nicht schlafen. Hab nach Mama gesehen. Und sie gefragt, ob alles in Ordnung ist.«

»Was hat sie geantwortet?«

»Sie sagte, ich solle schlafen gehen.«

»Und hast du es getan?«

Die Antwort kam rasch. »Ja.«

Abermals hatte Trojan den Eindruck, dass sie log.

»Du scheinst ja in großer Sorge um deine Mutter gewesen zu sein.«

»Schon möglich.«

»Warum?«

Keine Antwort.

Er senkte die Stimme. »Corinne, was hat dein Vater gestern Abend gemacht, dass du dich dermaßen um deine Mutter sorgen musstest?«

Sie wirkte beinahe erschrocken. »Nichts.«

Trojan registrierte, dass auch Carlottas Aufmerksamkeit geschärft war.

Erneut wartete er ab. Diesmal länger. Die Stille schien der Jugendlichen unangenehm zu werden.

Plötzlich platzte es aus ihr heraus. »Ich war danach auch noch mal draußen.«

»Spätabends?«

»Ja.«

»Nachdem du nach deiner Mutter geschaut hast?«

Sie nickte.

»Wieso?«

»Ich kam einfach nicht zur Ruhe.«

»Um wie viel Uhr warst du draußen?«

»Weiß ich nicht.«

»Corinne«, ermahnte er sie.

»Ich habe keine Ahnung«, entgegnete sie trotzig.

»Wo bist du hingegangen?«

Schweigen.

Nach einer Weile sagte sie leise: »Ich hatte Angst.«

»Wovor?«

»Kann ich nicht genau erklären.«

»Versuch es dennoch.«

»Ich hatte das Gefühl, dass etwas Schlimmes passieren würde.«

»Mit deinem Vater?«

Sie neigte den Kopf.

»Oder hattest du Angst um deine Mutter?«

Keine Antwort.

»Corinne, sag mir die Wahrheit. Wo warst du?«

»Ich bin nur ziellos herumgelaufen.«

»Ist das wahr?«

»Ja.«

Er sah Carlotta an. Sie schien das Gleiche zu denken wie er: Es war wiederum eine Lüge.

»Wann bist du zurückgekehrt?«

»Nach ungefähr einer Stunde.«

»Das muss also um Mitternacht gewesen sein. Deine Mutter sagte uns, dein Vater sei gegen elf weggefahren.«

»Mitternacht könnte stimmen.«

»Stand der Wagen zu der Zeit im Carport?«

»Nein.«

»Wirklich nicht?«

»Ganz sicher. Ich bin jedenfalls wieder ins Bett gegangen. Irgendwann bin ich eingeschlafen. Und dann hatte ich diesen komischen Traum.«

»Was für einen Traum?«

»Ich denke, das spielt keine Rolle.«

»Es könnte aber von Bedeutung sein.«

Corinne druckste herum.

Trojan und Carlotta tauschten Blicke.

Schließlich übernahm die Kriminalpsychologin das Gespräch. »War es ein Albtraum?«, fragte sie.

Die Jugendliche nickte.

»Vielleicht hilft es dir ja, wenn du darüber sprichst.«

Corinne machte eine wegwerfende Geste mit der Hand. »Ist nicht weiter wichtig.«

Carlotta lehnte sich vor. »Erzähl mir trotzdem davon. Ich kann mir vorstellen, dass es dich erleichtert.«

Corinne schniefte. »Ich hab von einem Clown geträumt. Er stand im Garten. Führte eine Pantomime auf.«

»Eine Pantomime?«

»Ja. Er machte komische Bewegungen.«

»Kannst du sie nachahmen?«

Die Siebzehnjährige schaute Carlotta verblüfft an. »Ich weiß nicht.«

»Versuch es einfach. Wie hat sich der Clown bewegt?«

»Irgendwie so.« Sie streckte den Arm aus und malte mit der flachen Hand einen Kreis in die Luft.

»Gut. Was geschah weiter?«

»Er wollte mir, glaube ich, zu verstehen geben, ich solle nicht traurig sein.«

»Warst du denn traurig in deinem Traum?«

»Ja.«

»Weißt du noch, warum?«

»Nein.«

»Wie hat sich der Clown ansonsten verhalten?«

»Er zauberte auf einmal einen roten Luftballon hervor. Wollte ihn mir wohl schenken.«

»Hast du dich darüber gefreut?«

»Eigentlich nicht.«

»Warst du überrascht?«

»Ja. Doch dann hat er ihn mit einer Nadel zerplatzen lassen. Es gab einen lauten Knall. Davon bin ich wach geworden. Ich bin sogar ans Fenster gegangen, um nachzusehen, ob dort tatsächlich jemand war.«

»Und?«

»Da war niemand. Daraufhin bin ich noch einmal ins Schlafzimmer meiner Eltern gegangen. Aber Papa war noch immer nicht zurück.«

»Befand sich deine Mutter im Zimmer?«

»Ja. Sie hat fest geschlafen. Schließlich schaute ich draußen im Flur durchs Fenster. Und da sah ich, dass Papas Wagen im Carport stand. Und dann …« Sie schlug die Hände vors Gesicht. »Ich bin raus, um …« Ihre Stimme brach.

»Schon gut.«

»Ich wünschte, ich hätte ihn nicht gesehen. All das Blut. Es war furchtbar.«

Carlotta ließ einige Zeit verstreichen. Dann fragte sie: »Kannst du den Clown etwas genauer beschreiben?«

»Es war doch nur ein Traum.«

»Unser Gehirn verarbeitet im Schlaf manchmal Dinge, die uns zuvor tatsächlich passiert sind. Mehr oder weniger verschlüsselt, in einer eigenartigen Bildsprache. Es ist also durchaus möglich, dass dein Traum einen realen Hintergrund hat.«

»Ich bin aber in letzter Zeit keinem Clown begegnet.«

»Verrätst du mir trotzdem, wie er aussah?«

Corinne strich sich das Haar aus der Stirn. »Er war weiß geschminkt. Hatte einen breiten roten Mund.«

Auf einmal verzog sie das Gesicht und presste beide Hände auf ihren Bauch.

»Was hast du?«

»Nichts.«

»Tut dir etwas weh?«

Corinne schüttelte heftig den Kopf. »Ist nur meine Narbe. Sie zwickt manchmal.«

»Du hast eine Narbe?«

»Ich hatte vor Kurzem einen Blinddarmdurchbruch.«

»War das sehr schlimm?«

»Nichts von Bedeutung.«

Nach einer längeren Pause stand Carlotta auf. »Danke, Corinne. Wir lassen dich jetzt in Ruhe.«

SIEBENUNDDREISSIG

Sie zogen sich in Carlottas Bulli zurück. Trojan mochte inzwischen diesen schrulligen, leicht angerosteten Camper mit dem altmodischen Aufstelldach, dem Flokati auf den Armaturen und der kleine Discokugel an der Decke. Er verstand Carlottas Eigenarten nun immer besser. Es leuchtete ihm ein, warum sie es vorzog, in einem mobilen Büro zu arbeiten, in dem es sogar eine Art Küche und eine Schlafmöglichkeit gab. Er fand es selbst recht angenehm, während der Ermittlungen einen geschützten Ort zu haben, in dem man ungestört nachdenken konnte.

Und er war froh, dass sie diesen Ort offenbar gern mit ihm teilte, obwohl er sie doch bei ihrem ersten gemeinsamen Fall eher als Einzelgängerin erlebt hatte.

Sie wirkte wie geistesabwesend, als sie neben ihm auf der Rückbank Platz nahm. Ihm war dieser spezielle Gesichtsausdruck mittlerweile recht vertraut. Sie war in sich gekehrt, hatte die Augen halb geschlossen. Schien den Ablauf des vergangenen Gesprächs in Gedanken noch einmal abzuspulen.

Er ahnte, dass sie im Moment dieselbe Eingebung hatte wie er. Bei ihm kündigte es sich als ein Kribbeln in den Fingern an. Sie hingegen verfiel wohl in diesen Zustand einer inneren Versenkung.

Anscheinend spürten sie beide gleichzeitig, dass sie der Lösung des Falls endlich ein Stück nähergekommen waren.

Sie schwiegen. Denn noch war es nicht ganz in Worte zu fassen.

Doch dann brach es aus ihnen zugleich heraus.

»Sie ist in der Nacht nicht ...«, setzte er an.

»Es war kein nächtlicher...«, sagte sie und brach ab.

Er lächelte sie an. »Du zuerst.«

»Es war kein nächtlicher Spaziergang.«

»Das denke ich auch.«

»Vermutlich hat Corinne jemanden besucht.«

»Fragt sich nur, wen.«

»Sie hält es vor ihrer Mutter geheim.«

»Und vor uns.«

»Warum?«

»Weil sie Angst hat?«

»Womöglich.«

»Das andere Erstaunliche bei der Befragung war dieser ...«

»... Traum, den sie erwähnte.«

»Wir sollten ihn nicht überbewerten.«

»Allerdings liegt die Vermutung nahe, dass Corinnes Unterbewusstsein in diesem Traum etwas Entscheidendes verarbeitet hat.«

Sie schauten sich an.

»Was meinst du«, fragte er, »ist Corinne dem Mörder eventuell schon einmal begegnet?«

»Ich halte es für denkbar. Und was mich am meisten beschäftigt, ist die Pantomime, von der sie sprach.«

»Wieso?«

Carlotta schloss unvermittelt die Augen. Sie rührte sich nicht. Auf einmal streckte sie in einer besonderen Bewegung, langsam, beinahe stilisiert den Arm aus und beschrieb mit der Hand einen Halbkreis.

»Diese Geste«, murmelte sie.

»Löst sie etwas in dir aus?«

»Ja.«

Sie veränderte die Bewegung nur minimal, und plötzlich war es ein Winken mit der Hand, sehr stilisiert, auf verblüffende Weise pantomimisch.

»Im Maison Bleue«, murmelte sie. »Als mich der Täter in die Loge gelockt hat, wo das Prepaidhandy lag …«

»Winkte er dich so heran?«

»Ja.«

»Er machte dieselbe Geste wie in Corinnes Traum?«

»So ist es.«

»Das ist gespenstisch.«

»Finde ich auch. Die Jugendliche träumt davon, und ich sehe es in diesem Club direkt vor mir.«

Carlotta ließ den Arm sinken.

Trojan lief ein Schauer über den Rücken.

Doch dann gab er sich einen Ruck. »Mal ganz langsam. Das ist noch längst kein verlässlicher Hinweis.«

»Ist mir durchaus bewusst.«

»Du erinnerst dich an den Täter, die Jugendliche beschreibt einen Traum.«

»Ich verstehe, worauf du hinauswillst.«

»Vielleicht fügst du zwei Ereignisse in deinem Kopf zusammen, die eigentlich nichts miteinander zu tun haben.«

»Aber was ist mit unseren Instinkten, Nils? Wenn wir beide nahezu zeitgleich das Gefühl haben, der Lösung des Falls einen großen Schritt nähergekommen zu sein?«

»Du kannst also meine Gedanken lesen?«

Sie lächelte ihn an. »Manchmal schon.«

Ihr Blick war sehr intensiv. Er verlor sich für eine Weile in der Tiefe ihrer schillernd grünblauen Augen.

»Zurück zu den Fakten«, murmelte er. »Corinne verheimlicht uns etwas. Das betrifft ihren nächtlichen Spaziergang ebenso wie das Verhalten ihres Vaters.«

»Auch Mechthild Meiler sagt nicht die Wahrheit.«

»Es klang merkwürdig, als sie über ihren Mann sagte: ›Henning war ein guter Mensch.‹«

»Hörte sich eher so an, als würde sie das Gegenteil meinen.«

»Ja. Wir sollten sie erneut vernehmen.«

»Finde ich auch.«

»Was ist nun aber mit diesem Traum?«, fragte Nils.

Sie dachten nach. Ein paar Sekunden verstrichen.

Auf einmal begannen sie wieder gleichzeitig zu sprechen.

»Hat nicht vor Kurzem…?«, sagte er.

»Neulich hat doch …«, sagte sie.

Abermals lächelte er sie an und überließ ihr das Wort.

»Ziemlich am Anfang der Ermittlungen hat jemand etwas erwähnt …«, sagte sie.

Er schnipste mit den Fingern und vervollständigte ihren Satz. »… das, auch wenn es wiederum nur ein Traum war, durchaus ins Bild passen könnte.«

Sie blickte ihn verblüfft an. »Du weißt, wen ich meine?«

»Natürlich.«

Sie schaute zur Uhr. »Dem müssen wir sofort nachgehen. Und wir sollten keine Zeit verlieren. Wie wär's, wollen wir uns aufteilen? Ich fahre sofort zu der fraglichen Person und du …«

»… ich rede noch einmal mit Mechthild Meiler. Und danach mit Corinne.«

Sie berührte ihn an der Schulter und strahlte ihn an. »Großartig, Nils. Ich arbeite sehr gern mit dir zusammen.«

»Geht mir umgekehrt genauso.«

Sie nickten sich zu. Daraufhin verließ Trojan den Bulli durch die Seitentür, während sie sich ans Steuer setzte und den Motor startete.

ACHTUNDDREISSIG

Mittwoch, 29. November, acht Uhr morgens

Das Appartement von Manfred Fries befand sich in der Großen Hamburger Straße in Mitte. Carlotta klingelte an der Eingangstür des modernen Gebäudes. Kurz darauf schnarrte die Sprechanlage.

»Wer ist da bitte?«

»Carlotta Weiss, Kriminalpolizei.«

Der Summer ertönte. Sie ging ins Treppenhaus und stieg die Stufen hinauf.

Fries erwartete sie an der Wohnungstür. »Es ist gerade sehr ungünstig. Ich habe viel zu tun.«

»Ich möchte nicht zu Ihnen, sondern zu Ihrer Tochter.«

»Worum geht es?«

Carlotta ignorierte seine Frage. »Ist sie hier?«

Er nickte.

»Muss sie denn nicht in die Schule?«

»Sie ist noch immer vom Unterricht befreit.«

»Lassen Sie mich bitte zu ihr.«

»Ich möchte Katrina unnötige Aufregung ersparen. Sie hat sich gerade ein bisschen beruhigt.«

»Es ist aber sehr dringend.«

Nach einer Pause ließ er sie widerstrebend herein.

Es war ein minimalistisch eingerichtetes Appartement. Ein großer Wohnraum, bodentiefe Fenster, offene Küche. Katrina saß an der Kücheninsel und löffelte Cornflakes aus einer Frühstücksschale.

»Mein Schatz«, sagte Fries, »hier ist jemand für dich.«

Katrina blickte auf.

»Hallo«, sagte Carlotta.

»Hallo«, erwiderte die Zwölfjährige scheu.

Carlotta setzte sich neben sie. »Ich weiß, es ist etwas überstürzt, aber ich hätte noch ein paar Fragen. Wäre das okay für dich?«

Katrina schaute verunsichert zu ihrem Vater.

Carlotta wandte sich zu ihm. »Könnten Sie uns für einen Moment allein lassen?«

Er verschränkte die Arme vor der Brust. »Bitte brechen Sie keine alten Wunden auf. Katrina braucht Abstand von den Ereignissen der Vergangenheit.«

»Ich halte mich kurz.«

Fries seufzte. »Ich gebe Ihnen fünf Minuten.«

Er zog sich in einen Nebenraum zurück, schloss aber nicht die Tür. Sie hatte das ungute Gefühl, dass er sie belauschen wollte.

Sie lächelte die Zwölfjährige aufmunternd an. »Wie geht es dir heute Morgen, Katrina?«

»Nicht so gut.«

»Wäre es nicht besser, wenn du wieder zur Schule gehst? Das könnte dich ablenken.«

»Papa sagt, ich bin noch nicht so weit.«

»Und wie denkst du darüber?«

»Keine Ahnung.«

»Normalität herzustellen, ist sehr wichtig nach einem so traumatischen Erlebnis, wie du es hattest.«

Katrina hob die Schultern.

»Keine Sorge, ich will dich nicht länger von deinem Frühstück abhalten.«

Das Mädchen ließ den Löffel sinken und schob die Schale weg. »Ich habe ohnehin keinen Hunger mehr.«

Carlotta atmete durch. »Ich muss dich etwas zu deiner Mutter fragen. Bist du dafür bereit?«

Katrina neigte den Kopf. »Okay.«

»Du hast bei unserem letzten Gespräch erwähnt, dass du manchmal Streit mit ihr hattest. Zu meinem Kollegen sagtest du, es ging um das Baumhaus. Deine Mutter mochte es nicht, weil es dein Vater gebaut hat. Ist das richtig?«

»Ja.«

»Daraufhin hab ich dich gefragt, ob es öfter zwischen euch Streit gab. Erinnerst du dich?«

»Hmm.«

»Du sagtest mir, deine Mutter sei wegen deines Schlafwandelns genervt gewesen.«

»Stimmt. Sie ist öfter davon wach geworden.«

»Schlafwandelst du eigentlich immer noch?«

»Ich glaube nicht. Sonst hätte es mir Papa gesagt.«

»Du erzähltest auch etwas von einem Traum. Weißt du das noch?«

Keine Antwort.

»Du erwähntest einen großen roten Mund, von dem du geträumt hast.«

Carlotta bemerkte an Katrina eine winzige Reaktion. Ein Zucken um die Augenwinkel.

»Erinnerst du dich an den Traum?«

»Hmm.«

»Was sagte der rote Mund zu dir?«

Katrina rührte sich nicht.

»Hat er überhaupt gesprochen?«

»Weiß nicht.«

»Bist du im Haus herumgelaufen nach diesem Traum? Ist deine Mutter davon wach geworden? Und du danach auch?«

»Ja. Ich stand manchmal mitten in der Nacht in Mamas Zimmer. Sie schimpfte dann mit mir, und ich wurde wach und war erschrocken. Ich wusste nicht, wie ich dort hingekommen war.«

»Es ist sehr unvorsichtig, jemanden, der schlafwandelt, abrupt zu wecken. Ich verstehe gut, dass dich das verstört hat.«

Pause.

Carlotta fragte vorsichtig nach. »Und dieser Traum, hing der mit deinem Schlafwandeln zusammen?«

»Kann sein.«

»Möglicherweise hat er dich aufgewühlt. Darum hast du wohl das Bett verlassen und bist herumgelaufen, ohne es mitzubekommen.«

»Hmm. In einigen Nächten war ich sogar draußen im Garten. Und all das passierte im Schlaf. Das war sehr unheimlich.«

»Warst du nachts auch am Baumhaus? Schlafwandelnd?«

»Ja. Dort hat mich Mama gefunden.«

Das Baumhaus scheint von großer Bedeutung für das Kind zu sein, dachte Carlotta. Warum nur? Lag es lediglich daran, dass es besonders schön war? Liebevoll vom Vater errichtet? Oder steckte noch mehr dahinter? Die Affäre des Vaters. Sein Verhältnis mit der Nachbarin, der Choreografin Elsa Herzmann. Der Zorn der Mutter. Ihr tragisches Ende. Ihr Leichnam unter Katrinas Kuscheldecke.

»Der große rote Mund aus deinem Traum«, sagte Carlotta leise. »Kannst du mir mehr über ihn erzählen?«

Die Zwölfjährige wirkte eingeschüchtert. Im Nebenzimmer knackten Dielen. Manfred Fries war nicht weit von ihnen entfernt.

Carlotta rückte näher an Katrina heran und senkte die Stimme zu einem Flüstern: »Könnte der auffallend rote Mund eventuell zu einem Clown gehören?«

Das Mädchen hob entsetzt die Augenbrauen. »Einem Clown?«

»Ja.«

Keine Antwort.

»Weißt du, es ist nämlich merkwürdig. Die Tochter eines anderen Mordopfers hat von einem Clown geträumt. Der hatte auch so einen dick bemalten roten Mund.«

»Es gibt noch ein anderes Mordopfer?«

»Leider nicht nur eins. Wir haben es mit einer Serie zu tun. Hör zu, es ist überaus wichtig, dass du dich erinnerst.«

Es kam keine Reaktion.

Sie berührte den Arm der Zwölfjährigen. »Katrina, denk nach. Hast du vielleicht von einem Clown geträumt? Oder bist du sogar einem begegnet?«

Ein paar Sekunden lang wirkte Katrina wie erstarrt.

»Ich weiß nicht, was Sie von mir wollen«, sagte sie plötzlich mit veränderter Stimme.

In diesem Moment kam Manfred Fries zu ihnen. »Schluss jetzt. Lassen Sie meine Tochter in Ruhe. Sie hat genug durchgemacht.«

Carlotta ließ die Zwölfjährige nicht aus dem Blick. »Katrina, sieh mich an. War es so?«

Für den Bruchteil einer Sekunde, kaum wahrnehmbar, erkannte sie im Gesicht der Zwölfjährigen eine Mikroreaktion. Zusammenziehen der Brauen, Anspannen der Augenlider und Lippen, Senken des Kiefers.

Der Ausdruck der Angst.

»Gehen Sie«, sagte der Vater des Kindes. »Ihre Zeit ist um.«

NEUNUNDDREISSIG

Mittwoch, 29. November, abends

Corinne stand am Fenster und sah den Polizeifahrzeugen nach, wie eins nach dem anderen in der Dunkelheit verschwand. Kein zuckendes Blaulicht mehr. Die Straße wirkte auf einmal erschreckend unbelebt.

Es war totenstill im Haus.

Ihr war, als habe sich ihr Herz in einen Eisklumpen verwandelt. Alles, was um sie herum geschah, nahm sie nur wie durch einen dichten Schleier hindurch wahr. Sie fühlte sich wie abgetrennt von der Welt. Ausgehöhlt und leer.

War das die Trauer? Der Schock? Oder das Ergebnis ihrer bösen Gedanken, für die sie sich schämte?

Denn fortwährend vernahm sie eine höhnende Stimme, die ihr einflüsterte: *Vater hat die Strafe verdient.*

Ihre Mutter saß noch immer reglos auf dem Sofa und trug den Morgenmantel, den sie sich übergestreift hatte, als sie von Corinne in der vergangenen Nacht geweckt worden war.

Der BMW ihres Vaters war abtransportiert worden.

»Der Wagen muss kriminaltechnisch untersucht werden«, erklärte ihr der freundliche Hauptkommissar namens Trojan zum Abschied.

»Und wo ist Papas Leichnam jetzt?«, fragte sie.

»Im rechtsmedizinischen Institut. Dort wird er obduziert.«

Den ganzen Tag über hatte der Kommissar mehrmals mit

ihr gesprochen. Auch ihre Mutter musste sich weitere Fragen von ihm anhören. Nun war er gegangen.

Corinne blickte auf die Karte mit seiner Mobilnummer, die er ihr dagelassen hatte. Falls ihr noch irgendetwas einfiel, konnte sie ihn anrufen, jederzeit.

Zum einen war sie froh, dass er endlich weg war. Andererseits ängstigte es sie.

Denn nun war sie mit ihrer Mutter allein.

Corinne brachte ihr ein Glas Wasser. »Wenn du schon nichts isst, musst du wenigstens etwas trinken.«

Doch ihre Mutter rührte sich nicht.

Corinne stellte das Glas auf den Couchtisch und setzte sich zu ihr. »Mama?«

Keine Regung.

»Brauchst du Hilfe? Sollen wir jemanden anrufen? Einen Arzt vielleicht?«

Nichts.

»Sprich doch wenigstens mit mir.«

Statt einer Antwort rieb sie sich mit der Hand über die Lippen. Das tat sie nun schon seit Stunden. Würde das auf ewig so bleiben? Waren es Auswirkungen des Schocks? Oder hatte sie den Verstand verloren?

Schließlich hielt es Corinne nicht mehr aus. »Ich mache einen Spaziergang.«

Sie nahm ihre Jacke und ging.

Bald darauf stand sie vor Tims Wohnungstür.

»Was ist passiert?«, fragte er. »Du bist ja ganz bleich.«

Sie schwieg.

Er ließ sie herein.

Sie setzte sich auf sein Sofa, und auf einmal begann sie zu zittern.

»Ist dir kalt?«

Sie konnte nicht antworten.

Er holte eine Decke und legte sie um ihre Schultern.

Dann nahm er ihre Hand. »Was ist los, Corinne? Rede mit mir.«

Nach einer Weile hörte sie sich leise sagen: »Mein Vater ist tot.«

Tim atmete tief durch. »Das ist ja furchtbar.«

Sie hätte gern geweint. Doch es gelang ihr nicht.

In knappen Sätzen erzählte sie ihm von dem Drama der vergangenen Nacht.

»Ermordet?«, fragte er erschrocken.

Statt einer Antwort legte sie sich hin und zog die Decke über ihren Kopf. Nun war es, als wäre sie daheim in ihrem Bett, in ihrer Stoffhöhle verborgen, sicher und geschützt.

»Corinne«, sagte er nach einiger Zeit, »so bekommst du doch keine Luft.«

»Komm zu mir«, murmelte sie.

Und Tim schlüpfte zu ihr unter die Decke. Sie sorgte dafür, dass auch sein Kopf darunter verschwand. Jetzt lagen sie beide im Dunkeln, eng beieinander.

»Ich hasse meine Mutter«, flüsterte sie.

»Warum?«

»Weil sie schwach ist. Weil sie nie etwas dagegen unternommen hat.«

»Wogegen?«

»Ich kann darüber nicht sprechen.«

»Versuch es wenigstens.«

»Es geht nicht.«

»Hat es mit deinem Vater zu tun?«

Sie hörte sein Herz schlagen. Es war gut, mit ihm hier zu sein. Fernab von der Welt, doch wenigstens nicht allein.

Allmählich fiel ihr das Atmen schwer, aber zumindest war ihr nicht mehr ganz so kalt.

Sie tastete nach seiner Hand. »Kannst du mich festhalten?«

»Na klar.« Unter der Decke, weiterhin im Finstern, legte er den Arm um sie.

»Hast du manchmal böse Gedanken?«, fragte sie nach einer Pause.

»Wie meinst du das?«

»Grauenvolle Gedanken? Vor denen du selbst erschrickst?«

»Hör mal, Corinne. Du bist geschockt. In Trauer. Mach dich deswegen nicht verrückt.«

»Aber was ist, wenn Gedanken Wirklichkeit werden?«

Auf einmal wollte er die Decke wegziehen.

»Nicht«, stieß sie hervor, hielt einen Zipfel fest umklammert.

Er verharrte. Sie lauschte auf seinen Atem. Er schien angestrengt über etwas nachzudenken.

Schließlich fragte er: »Hast du vielleicht etwas mit dem Mord an deinem Vater zu tun?«

Corinne schluckte. Sie gab keine Antwort.

Sie spürte, wie er sie anstarrte.

Nach einigem Zögern flüsterte sie: »Selbst wenn es so wäre, würdest du dann noch mit mir zusammen sein wollen?«

»Aber Corinne, du hast mir gerade noch erzählt, dass … dass er entsetzlich verstümmelt wurde.«

»Ja, es war grausam.«

»Und du…?«

»Ich kann denjenigen verstehen, der es getan hat.«

»Ist das dein Ernst?«

Und nun sprach sie laut aus, was ihr die ganze Zeit durch den Kopf ging. »Mein Vater hat die Strafe verdient.«

»Wieso denn?«

»Es fällt mir schwer, darüber zu sprechen.«

»Was hat er gemacht?«

Sie schwieg.

»Sag schon.«

»Ich kann nicht.«

»Du musst reden. Das wird dir helfen.«

»Mir ist nicht mehr zu helfen.«

»Corinne. Du bist ja völlig durcheinander.«

Sie wandte sich zu ihm um, versuchte sein Gesicht in der Dunkelheit zu erkennen. »Willst du mich küssen?«

In einer heftigen Bewegung rückte Tim von ihr weg, und die Decke glitt von ihr herab.

Sie rang nach Luft. Die Lampe neben der Couch blendete sie.

Hastig stand er auf und verließ das Zimmer.

Selbst schuld, dachte sie, jetzt hab ich ihn vertrieben. Dabei war sie zu allem bereit gewesen. Sie hätte mit ihm geschlafen, sich ihm ganz hingegeben, selbst in dieser Nacht. Nur wenige Stunden nach Vaters grausamem Tod.

Ihr Herz klopfte wild und schnell. Sie setzte sich auf. Ihr war übel. Sie umklammerte die Decke.

Irgendetwas musste geschehen. Wenn ihr Freund sie wenigstens festhalten würde. Aber war er denn noch ihr Freund? Oder sollte nun alles vorbei sein?

»Tim?«, rief sie. Ihre Stimme war nur ein Krächzen.

Wurde sie verrückt? Drehte sie langsam durch?

Plötzlich kam er zurück. Er hielt einen Stift und einen Notizblock in der Hand.

»Hier«, sagte er. »Wenn du nicht darüber sprechen kannst, schreib es auf. Schreib auf, was dein Vater getan hat.«

»Und dann?«

»Niemand außer mir wird es erfahren.«

»Wirst du mich nicht hassen?«

»Warum sollte ich dich hassen, Corinne?«

Er setzte sich zu ihr. Seine Hand berührte ihre Wange. »Süße Corinne. Ich muss wissen, was dich bedrückt.«

Lange Zeit sah sie ihn an. Dann traf sie eine Entscheidung.

Ihre Hand zitterte nicht, als sie ihm Stift und Notizblock abnahm. Sie war völlig ruhig, als sie ein paar Sätze aufs Papier warf.

Sie riss den Zettel ab und reichte ihn ihm.

Tim las. Er verzog keine Miene dabei.

Dann zerknüllte er den Zettel zu einem kleinen Klumpen, steckte ihn sich in den Mund und begann zu kauen.

Schließlich verschluckte er ihn.

»Ich kann schweigen wie ein Grab«, sagte er.

VIERZIG

Donnerstag, 30. November, weit nach Mitternacht

Trojan stand in seinem Büro im Kommissariat vor dem Whiteboard. Sein Blick wanderte über die Fotos des ermordeten Henning Meiler. Er hatte sie neben den Aufnahmen der anderen Toten befestigt. Marianne Fries, Tanja Grater, Robert Lumen.

Zwei Frauen und zwei Männer. Nichts deutete darauf hin, dass sie in irgendeiner Weise miteinander in Beziehung standen.

Er schaute auf die Röntgenaufnahme des übermalten Gemäldes, das er in die Mitte gepinnt hatte. War die maskierte Frau mit der Eule vielleicht das Bindeglied unter den Mordopfern? Doch niemand in deren Umfeld konnte die rätselhafte Person wiedererkennen, geschweige denn mit dem Bildnis etwas anfangen. Selbst die Witwe des Malers nicht.

Zumindest behauptete sie das. Trojan war am späten Abend noch einmal bei ihr gewesen und hatte sie dazu befragt. Sie blieb bei ihrer ursprünglichen Aussage.

Er nahm einen Stift und schrieb aufs Bord:

Weiß geschminkt. Großer roter Mund. Pantomime.

War das die Verbindung?

Corinne hatte von einem Clown geträumt. Die zwölfjährige Katrina vielleicht auch.

Und Carlotta war ihm höchstwahrscheinlich begegnet.

Er wartete noch immer auf die Rückmeldung der Kriminalpsychologin. Schließlich hatte sie doch vorgehabt, mit Katrina zu sprechen. Warum rief sie ihn nicht an? Seit dem Vormittag hatte er ihr zig Nachrichten auf der Mailbox hinterlassen. Vergeblich.

Am Morgen hatte er noch das Gefühl gehabt, sie würde allmählich teamfähiger werden, zumindest was die Zusammenarbeit mit ihm betraf. Nun schien sie erneut in ihr altes Muster zu verfallen. Sie zog sich zurück, kapselte sich von den anderen ab und handelte eigenwillig.

Dennoch lag sie mit ihren Eingebungen zumeist richtig.

Wie sie sich in die Frau auf dem Gemälde verwandelt hatte, war beeindruckend gewesen. Und es hatte sich als kluger Schachzug erwiesen. Immerhin hatte sie den Täter damit herausgefordert und ihn kurzzeitig aus seiner Deckung gelockt.

Die weiß geschminkte Gestalt und das geheimnisvolle Modell des Malers, dachte er. Offenkundig waren es zwei Schlüsselfiguren in dieser Mordserie. Doch was hatten sie miteinander zu tun? Warum war das Gemälde für den Täter von so großer Bedeutung, dass er es auf dem Dachboden mit seinem Zeichen markiert hatte? Wann war der Mörder dem Künstler Robert Lumen begegnet? Vor zehn Jahren, als das Atelier umgebaut wurde und die Leinwand auf dem Dachboden in Vergessenheit geriet? Oder lag der Zeitpunkt noch weiter zurück?

Verdammt, dachte Nils. Es gab zu viele offene Fragen. Heute Morgen noch schienen Carlotta und er der Lösung des Falls näher gekommen zu sein. Und jetzt? Sollte sich wieder alles in Luft auflösen?

Ihm schwirrte der Kopf.

Er ging zum Schreibtisch, setzte sich und durchforstete seine Unterlagen auf dem Computerbildschirm. Ronnie Gerber und Olaf Maas hatten ihm die Protokolle der Vernehmungen aus dem IT-Unternehmen zugeschickt, in dem Meiler beschäftigt gewesen war. Dieser wurde von seinen Kollegen beinahe unisono als überaus ehrgeizig, aber ansonsten höflich und unauffällig bezeichnet.

Allerdings hatte die Obduktion ergeben, dass Meiler tatsächlich eine große Menge Alkohol im Blut hatte.

Dass er ein Trinker gewesen war, wollte hingegen niemand bestätigen.

Nils lehnte sich zurück und massierte seinen verspannten Nacken. Er war hundemüde.

Schließlich griff er zu seinem Handy und scrollte sich durch die Nachrichten. Vor ein paar Stunden hatte seine Tochter Emily endlich geantwortet, allerdings nur äußerst kurz.

Es geht mir so weit ganz gut. Bitte mach dir keine Sorgen.

Normalerweise schrieb sie ausführlicher oder rief ihn gleich an. Er überlegte gerade, wie spät es in diesem Moment auf Vancouver Island war, als es klingelte.

Carlottas Name erschien auf dem Display.

Er hob sofort ab. »Wo steckst du?«

»Ich bin in meinem Bulli.«

»Wo genau?«

Schweigen.

»Können wir uns treffen?«

»Ist gerade nicht so günstig, Nils.«

»Wieso nicht?«

»Ich muss in Ruhe nachdenken. Sitze vor meinem Laptop und gehe noch einmal alles durch.«

»Mache ich auch gerade. Wie wäre es, wenn wir das gemeinsam durchziehen?«

Abermals gab sie keine Antwort.
»Bist du noch dran?«
»Ja.«
»Schön, du möchtest also allein sein.«
»Ist, glaube ich, besser.«
»Hat das irgendeinen Grund? Wo warst du eigentlich den ganzen Tag?«
»Ich habe nach meinem Gespräch mit Katrina umfangreiche Nachforschungen im Umfeld von Eva Meinhardt angestellt. Ich hatte den Eindruck, dass wir dem zweiten Mordfall bisher zu wenig Beachtung geschenkt haben.«
»Und? Bist du zu einem Ergebnis gekommen?«
»Leider nicht.«
»Wie ist die Befragung von Katrina gelaufen?«
»Sie behauptet, nichts von einem Clown zu wissen. Aber sie hat große Angst. Das verriet mir ihre Mikromimik.«
»Hast du nachgehakt?«
»Konnte ich nicht. Ihr Vater kontrolliert sie, lässt sie kaum aus den Augen.«
»Mist.«
»Ich habe das Gefühl, wir bewegen uns im Kreis.«
»Meinst du, unsere Clown-Theorie ist nicht richtig?«
»Ich weiß es nicht.«
»Heute Morgen erschien uns alles noch so klar.«
»Hmm. Jetzt zerfasert es wieder.«
»Wir dürfen uns davon nicht entmutigen lassen.«
»Du hast recht. Hast du noch einmal mit Mechthild und Corinne Meiler gesprochen?«, fragte sie.
»Ja.«
»Was kam dabei heraus?«
»Nicht viel. Corinne behauptet weiterhin, es sei nur ein Traum gewesen und sie sei nie einem Clown begegnet.«

»Und ihre Mutter?«

»Sie will davon auch nichts wissen.«

»Und was sagt sie über ihren Mann?«

»Sie beteuert, er sei kein Alkoholiker gewesen.«

»Glaubst du, sie lügt?«

»Auf jeden Fall verschweigt sie uns etwas. Genau wie ihre Tochter.«

»Beide mauern, nicht wahr?«

»So ist es. Ich war übrigens auch noch mal bei Karla Lumen, um mit ihr erneut über das Bildnis zu sprechen. Außerdem habe ich sie zum Maison Bleue befragt.«

»Und?«

»Sie behauptet, den Club nicht zu kennen. Bezweifelt, dass ihr Mann jemals dort war.«

»Ist das glaubhaft?«

Er atmete durch. »Wie auch immer. An dieser Stelle kommen wir nicht weiter.«

Auf einmal klang Carlottas Stimme rau und brüchig, als sei sie tief erschöpft. »Lass uns morgen mit neuer Kraft rangehen.«

»Das heißt …?«

»… ich würde gern für heute Schluss machen.«

Trojan zögerte. »Bist du dir sicher?«

»Ja. Ich kann einfach nicht mehr.«

Es überraschte ihn. Normalerweise war Carlotta ziemlich belastbar. »Ist es noch immer wegen deiner Nichte?«, fragte er vorsichtig nach.

»Hmm.«

»Mach dir bitte deswegen keine Vorwürfe.«

»Ich versuch's.«

»In Ordnung, ruh dich einfach aus.«

»Danke, Nils.«

Kaum hatten sie aufgelegt, überkam ihn eine ungute Vorahnung.

Der Täter treibt uns vor sich her, durchfuhr es ihn. Er genießt es, uns zu zermürben. Vermutlich plant er unsere Erschöpfung mit ein und will uns zu Fehlern zwingen.

Er stand auf, trat vor das Whiteboard, nahm den Stift und zeichnete einen Lebkuchenmann darauf.

Ein Mörder, dachte er, harmlos lächelnd wie der Zuckermund auf einem Weihnachtsgebäck, schleicht herum mit einer Säge, stiehlt Hände, Zunge, Augen und Füße.

Trojan malte einen Kreis um das grinsende Gesicht.

»Wer bist du?«, fragte er laut.

EINUNDVIERZIG

Im Schlafzimmer war es dunkel. Corinne lag dicht neben Tim unter seiner Bettdecke und lauschte auf seine gleichmäßigen Atemzüge.

Er schlief. Sie hingegen fand keine Ruhe. Allenfalls für ein paar Minuten war sie wohl eingenickt.

Sie trug nur noch T-Shirt und Slip. Sie schämte sich. Vater ist gerade mal einige Stunden tot, dachte sie, und ich liege halb nackt bei meinem Freund.

Sie sah ihn von der Seite an. Er war überaus sanft zu ihr gewesen. Hatte sie einfach nur in den Armen gehalten. Immerzu hatte sie gedacht, dass er sicherlich mehr von ihr wollte. Doch schließlich hatte er das Licht ausgeknipst und sich auf die Seite gedreht.

Ein Satz von ihm wollte ihr nicht mehr aus dem Kopf.

Ich kann schweigen wie ein Grab.

Fortwährend spulte sie ihn in ihren Gedanken ab. Dazu die Geste, mit der Tim den Zettel genommen, zerknüllt und schließlich verschluckt hatte. Seine grazilen Bewegungen dabei. Ihr war, als habe sie das schon mal irgendwo gesehen.

Diese Worte kamen ihr plötzlich auf gespenstische Art vertraut vor.

Ich kann schweigen wie ein Grab.

Dass er überhaupt ein Grab erwähnt hatte. Und das ausgerechnet in der Nacht, nachdem ihr Vater ermordet worden war.

Eigentlich durfte sie nicht hier sein. Sie musste nach ihrer

Mutter schauen. Sich um sie kümmern. Auf sie aufpassen. Es war wie eine Pflicht, eher ein Zwang.

Corinne stand leise auf und verließ das Zimmer. Ihr Handy lag auf dem Couchtisch. Sie hatte es auf lautlos gestellt.

Sieben Nachrichten in Abwesenheit. Allesamt von ihrer Mutter.

Corinne rief sie zurück.

Gleich nach dem ersten Freizeichen vernahm sie ihre besorgte Stimme. »Kind, wo bist du nur?«

Sie entschied sich für eine Ausrede. »Bei einer Freundin.«

»Um diese Zeit noch?«

»Ich werde bei ihr übernachten.«

»Komm sofort nach Hause.«

»Nein.«

»Dein Vater ist tot, und du willst mich allein lassen?«

»Du hast doch ohnehin nur apathisch auf dem Sofa gesessen. Ich hab ein paarmal versucht, mit dir zu reden. Aber du bist ja selber wie tot.«

»Corinne, was erlaubst du dir eigentlich?«

»Ich bleibe hier.«

»Das hast du nicht zu bestimmen. Schließlich bist du noch minderjährig.«

»Ich werde in drei Monaten achtzehn.«

Pause.

Corinne vernahm ein verhaltenes Schluchzen am anderen Ende. »Du lässt deine Mutter einfach im Stich?«

»Ich war immer für dich da. Eigentlich hätte es umgekehrt sein müssen.«

»Das ist ungerecht.«

»Es tut mir wirklich leid, Mama. Aber so kann es nicht weitergehen.«

»Sag mir wenigstens den Namen deiner Freundin.«

»Nein.«

Rasch unterbrach sie die Verbindung und schaltete das Handy aus.

Sofort plagte sie das schlechte Gewissen. Sie hatte ihre Mutter angelogen und ihr nichts von ihrem Freund erzählt.

Aber musste sie denn immerzu für sie verantwortlich sein?

Sie ging zurück ins Schlafzimmer und legte sich neben Tim.

In diesem Moment musste sie an ihren Traum von letzter Nacht denken. Der zerplatzte Luftballon. Der heftige Knall. Und wie sie hochgeschreckt war.

Wie oft sie der Kommissar namens Trojan danach gefragt hatte. Und auch seine Kollegin hatte am Morgen nicht lockergelassen.

Warum denn nur? Sie kannte keinen Clown. Es war tatsächlich nur ein Traum gewesen.

Oder sollte sie sich täuschen?

Vor ihrem inneren Auge zuckten die Bilder ihres ermordeten Vaters auf.

Ich kann schweigen wie ein Grab.

Auf einmal drehte sich Tim zu ihr um und blickte sie an.

»Corinne?«, fragte er leise.

»Hmm.«

»Kannst du nicht schlafen?«

»Nein.«

Er streckte den Arm nach ihr aus. »Komm her.«

Sie schmiegte sich an ihn.

»Ich werde auf dich aufpassen«, murmelte er. »Bei mir bist du in Sicherheit.«

Wieder dachte sie an den Clown. Deutlich sah sie sein Grinsen vor sich. Er zückte die Nadel und stach auf den roten Ballon ein.

Es knallte. Und ihr Herz schlug schnell.

ZWEIUNDVIERZIG

Donnerstag, 30. November, nachmittags

Kaum hatte Alexa das Schulgebäude verlassen, atmete sie auf. Ein halbes Jahr vor den Abiturprüfungen machten die Lehrer gehörig Druck. In ihrem Leistungskurs Deutsch hatte sie ein Referat halten müssen und dafür nicht die volle Punktzahl erhalten. Dabei erwartete man stets Bestnoten von ihr.

Manchmal ertappte sie sich bei dem Gedanken, alles hinzuschmeißen. Immerhin war sie seit Kurzem volljährig. Jetzt konnte sie doch tun, was sie wollte. Wie es wohl wäre, auszubrechen und nicht den Weg einzuschlagen, den sich ihre Eltern von ihr erhofften?

Mit einem grimmigen Lächeln stellte sich Alexa ihre Gesichter vor, wenn sie ihnen eröffnen würde, nach dem Abi auf Studium und Karriere zu verzichten. Sie könnte ja einfach um die Welt reisen und sich mit Gelegenheitsjobs begnügen. Besonders für ihre Mutter wäre das eine mittelschwere Katastrophe.

Allerdings ahnte sie, dass sie ohnehin nicht den Mut dafür aufbringen würde.

Und nun stand auch noch Weihnachten vor der Tür. Sie musste rechtzeitig Geschenke für ihre Eltern aussuchen. Etwas Besonderes sollte es sein, sonst wären sie beide enttäuscht.

Alexa bog eilig vom Hermann-Ehlers-Platz in die Schloßstraße ein. Bis zu ihrer Chorprobe am Spätnachmittag blieb ihr nicht viel Zeit. Bis dahin wollte sie sich in den Geschäften einen ersten Überblick verschaffen. Vielleicht hatte sie ja Glück und fand auf Anhieb das Passende, obwohl sie das bezweifelte.

Ein eisiger Wind fegte durch die Einkaufsmeile, die bereits festlich geschmückt war. Alexa neigte den Kopf, klemmte die Daumen unter die Riemen ihres Schulrucksacks und ging schneller.

Wenn sie es doch bloß schon hinter sich hätte. Sie hasste Weihnachten und das ganze Drumherum. Ihre Mutter spielte um diese Jahreszeit regelmäßig verrückt, dekorierte schon Mitte November den Garten mit leuchtenden Rentieren, blinkenden Weihnachtsmännern und überzog jeden Strauch und jeden Baum mit bunten Lichterketten.

Vor dem Kaufhaus, in dem sie es zuerst versuchen wollte, herrschte dichtes Gedränge. Alexa zögerte. Menschenmengen verursachten bei ihr leichte Beklemmungen. Sollte sie ihre Freistunde nicht lieber woanders verbringen als in diesem Trubel?

Aus dem Innern erklangen schmalzige Weihnachtslieder.

In diesem Moment fragte sie sich, ob sie am Morgen überhaupt die Noten für die Chorprobe eingesteckt hatte. Diese brauchte sie doch nachher. Noch ein Thema, bei dem sie sich unter Druck gesetzt fühlte. Sie studierten in der Schule eine Weihnachtskantate ein, Alexa sollte ein Solo singen, und ihre Mutter kriegte sich vor Begeisterung nicht mehr ein.

»Du hast eine so schöne Stimme, mein Kind. Ich freue mich auf deine Aufführung. Bitte gib dein Bestes.«

Alexa nahm ihren Rucksack ab, öffnete den Reißverschluss und durchsuchte den Inhalt. Da war die Mappe mit den Noten. Ja, Mutter, dachte sie verbittert, ich werde dich nicht enttäuschen.

Und wo sie schon einmal hier war, konnte sie sich nun auch den Einkäufen widmen. Sie schulterte ihre Tasche und ging hinein.

Alexa suchte nach einem hübschen Schal für ihre Mutter und einer Seidenkrawatte für ihren Vater. Doch gleich darauf kamen ihr Zweifel. Hatte sie ihnen das nicht bereits letztes Jahr geschenkt?

Missmutig wandelte sie von einer Abteilung zur nächsten. Das Warenhaus war überheizt, sie begann zu schwitzen und wurde durstig. Nach einer Weile fuhr sie mit der Rolltreppe in die Lebensmittelabteilung, um sich einen Smoothie zu kaufen.

An der Kasse stellte sie fest, dass ihr Portemonnaie nicht im Rucksack war. Sollte sie es heute Morgen vergessen haben, oder war sie bestohlen worden? Sie war sich nicht sicher.

Die Kassiererin wurde ungeduldig, die Kunden in der Schlange hinter ihr auch.

»Tut mir leid, ich hab kein Geld dabei«, murmelte Alexa verzweifelt.

Sie ließ die Flasche mit dem Smoothie auf dem Förderband liegen und eilte zurück zur Rolltreppe.

Fluchtartig verließ sie das Kaufhaus. Zurück auf der Straße durchwühlte sie erneut ihren Rucksack. Nichts.

Ihre Eltern würden schimpfen, wenn sie es verloren hatte. Was sollte sie jetzt tun?

Sie blickte auf und war irritiert.

Neben dem Kaufhauseingang stand ein Clown. Er trug Schuhe mit langen Spitzen. An seiner hellen Jacke waren bunte Bommeln befestigt. Er hatte feuerrotes Haar, wohl eine Perücke. Sein Gesicht war weiß geschminkt. Der Mund aber leuchtete grellrot. Breite rote Farbschichten rund um seine Lippen, Streifen davon führten über beide Wangen.

Er grinste sie an.

Alexa setzte ihren Rucksack auf und wandte sich zum Gehen. Der Clown war ihr unheimlich.

Doch er folgte ihr. Sie spürte ihn in ihrem Rücken. Mit einem flüchtigen Blick über die Schulter erkannte sie, dass er ihren Gang und ihre Haltung nachahmte. Auch ihren Gesichtsausdruck imitierte er.

»Lassen Sie das«, rief sie aus und eilte weiter.

Noch immer war er hinter ihr. Beschleunigte sie, tat er es auch. Er schlackerte übertrieben mit den Armen, stakste mit den Beinen, und seine riesigen Schuhe schlappten über den Asphalt. So karikierte er ihre gehetzten Schritte. Einige Passanten schienen das komisch zu finden und lachten darüber.

Alexa aber wurde immer unruhiger.

Schließlich machte sie Halt und drehte sich zu ihm um.

»Aufhören«, fuhr sie ihn an.

Der Clown zog eine übertrieben traurige Grimasse. Er sah aus, als würde er gleich in Tränen ausbrechen.

Alexa eilte weiter und bog in eine Seitenstraße ab. Vielleicht konnte sie ihm so entkommen.

Jedoch war er noch immer hinter ihr.

Wieder blieb sie stehen und schaute ihn an.

»Was soll das?«

Der Clown setzte eine entschuldigende Miene auf und machte eine Verbeugung. *Sei nicht traurig*, bedeutete er ihr.

Er gestikulierte mit beiden Händen, die in weißen Stoffhandschuhen steckten. Griff sich ans Revers seiner Jacke, zog etwas hervor, hielt es sich an die Lippen, und mit einem Mal hing ein großer roter Luftballon mit einem Bindfaden an einem seiner Finger.

Er hielt ihn ihr hin. Seine Mimik sagte: *Hier hast du ein Geschenk.*

Alexa war für einen kurzen Moment verblüfft. Dann aber schüttelte sie energisch den Kopf.

»Okay, was muss ich tun, damit Sie damit aufhören?«

Er lächelte sie an, präsentierte ihr pantomimisch den roten Ballon: *Nimm ihn doch.*

»Nein.«

Ein Gesichtsausdruck des Bedauerns. *Wie schade.*

Plötzlich ließ er den Ballon los, und dieser stieg in die Luft. Alexa sah ihm nach. Höher und höher trieb er und wurde vom Wind davongetragen.

Der Clown strahlte sie freudig an.

»Jetzt reicht es aber, ja?«

Er breitete beide Arme aus und grimassierte, die Schultern hochgezogen: *Hast du wirklich schon genug?*

»Ich schreie um Hilfe, wenn Sie mich weiter verfolgen.«

Nun machte er eine Mimik der Kränkung. Deutete mit den Fingern auf sich. *Ich bin nur ein armer Clown.*

»Wollen Sie Geld haben? Waren Sie deshalb vor dem Kaufhaus? Um zu betteln?«

Er hielt die Hand auf und neigte den Kopf. *Gerne nehme ich etwas Kleingeld.*

»Ich hab mein Portemonnaie nicht dabei«, sagte Alexa.

Und dann geschah etwas völlig Überraschendes. Der Clown griff erneut an sein Revers, zog die Hand hervor, und diesmal präsentierte er ihre Geldbörse.

Kein Zweifel, es war ihre, sie erkannte sie an der zerkratzten Oberfläche.

»Haben Sie mich etwa bestohlen?«

Sie riss ihm das Portemonnaie weg und überprüfte rasch den Inhalt.

Er aber führte eine Pantomime auf, mit der er ihr erklärte, dass ihr die Geldbörse aus dem Rucksack gefallen war, als sie ihn vor dem Kaufhaus geöffnet hatte.

Alexa war verwirrt. War der Clown nun ein Dieb oder wirklich bloß ein armseliger Spaßmacher?

»Ich hasse Clowns«, brachte sie hervor.

Wieder diese Mimik, als würde er gleich in Tränen ausbrechen.

Alexa wollte gerade weitergehen, als er auf einmal zu sprechen begann.

»Warte! Lauf nicht weg!«

Ihr lief ein Schauer über den Rücken. Seine Stimme war noch unheimlicher als seine Aufmachung. Sie klang kindlich und hoch, fistelnd und verhaucht.

»Warum magst du denn keine Clowns?«

Alexa war bemüht, sich nicht aus der Fassung bringen zu lassen. Sie nahm all ihren Mut zusammen und herrschte ihn an: »Diese alberne Schminke. Das ganze Getue. Was soll das überhaupt?«

»Ich wollte dich nur ein wenig aufmuntern. Du sahst so traurig aus, Alexa.«

Misstrauisch kniff sie die Augenbrauen zusammen. »Woher wissen Sie meinen Namen?«

»Dein Ausweis steckt im Portemonnaie. Ich habe kurz reingeschaut.« Eine Mimik des Bedauerns. »Bitte entschuldige.«

Sie wusste nichts zu erwidern.

»Warum bist du traurig, Alexa?«

»Bin ich doch gar nicht.«

»Aber natürlich. Ich merke es dir an. Ist es wegen Weihnachten? Magst du das Fest nicht?«

Sie starrte ihn nur an.

»Geht mir genauso«, sagte er mit heller Stimme. »Es ist ein trauriges Fest. Die Menschen strengen sich an, fröhlich zu sein. Dabei sind sie es nicht. Es ist bloß Maskerade. Wie bei einem Clown.«

»Hauen Sie endlich ab. Oder ich schreie um Hilfe.«

»Ja. Alexa. Es ist traurig, ein Clown zu sein. Aber es ist

immer noch besser zu lachen, als zu weinen. Das verstehst du doch, oder nicht?«

Und nun begann er zu kichern. Es klang merkwürdig, eher wie ein unterdrücktes Weinen.

Ki-hi-hi, chi-hi-hi. Ki-hi-hi, chi-hi-hi. Ki-hi-hi, chi-hi-hi.

Ihr stockte der Atem.

Da öffnete er erneut die Hand, und diesmal lag eine kleine Schatulle darin. Er klappte sie auf und sagte: »Überraschung. Das ist für dich. Ich will es dir schenken.«

Sie blickte hinein.

Etwas Silbriges funkelte sie an. Kurzzeitig konnte sie nicht die Augen davonlassen.

Schließlich aber sagte sie: »Ich nehme nichts von Fremden an.«

Alexa drehte sich um und rannte davon, so schnell sie konnte.

Erst hinter der nächsten Straßenecke wagte sie, sich umzuschauen.

Sie atmete durch.

Der Clown war weg.

DREIUNDVIERZIG

Donnerstag, 30. November, früher Abend

Die Lehrerin hob den Taktstock, und das Schulorchester begann zu spielen. Der Chor stimmte mit ein. Feierlich erklang »Vom Himmel hoch«, die Weihnachtskantate von Felix Mendelssohn Bartholdy. Alexa lächelte. Auch wenn sie mit dem Fest ihre Schwierigkeiten hatte, diesen Choral liebte sie sehr.

Noch kurz vor der Probe war sie furchtbar nervös gewesen. Doch kaum erscholl die Musik, löste sich etwas in ihr.

Nach einer Weile setzte der Bariton ein, daraufhin übernahm der Chor: »Er bringt euch alle Seligkeit.« Alexa schloss für einen Moment die Augen. Vielleicht wurde Weihnachten ja doch noch schön.

Sie schaute zu ihrer Musiklehrerin, und diese gab ihr den Einsatz. Nun war ihre Arie dran. Und sie sang: »Sei willkommen, du edler Gast.«

Ihr Atem schien sie zu tragen, jeder Ton sich von selbst zu bilden. Ihre Sopranstimme war rein und klar.

Die Chorleiterin lächelte ihr begeistert zu.

Erneut übernahm der Bariton, und dann gelangten sie gemeinsam zur letzten Choralstrophe: »Lob, Ehr sei Gott im höchsten Thron.«

Alexa ging das Herz auf.

Sie war nicht besonders religiös, doch diese Musik brachte sie dazu, an etwas zu glauben, das höher, erhabener und machtvoller war als das irdische Leben.

Ihre Mutter wartete vor der Schule im Auto auf sie. Sie hatte es sich zur Gewohnheit gemacht, sie in der dunklen Jahreszeit öfter heimzufahren, damit sie nicht die öffentlichen Verkehrsmittel benutzen musste.

Alexa war das eigentlich nicht recht, aber ihre Mutter bestand darauf. Es war nicht einfach mit ihr. Mal war sie übertrieben fürsorglich, dann wieder extrem streng.

Alexa setzte sich auf den Beifahrersitz, schnallte sich an, und sie fuhren los.

»Wie war es, mein Kind?«

»Schön.«

»Und dein Solo?«

»Hat geklappt.«

»Du warst sicher hervorragend.«

»Es war in Ordnung.«

»Ich bin schon äußerst gespannt auf die Aufführung. Was spielt ihr eigentlich außer Mendelssohn Bartholdy?«

Alexa nannte ihr das vollständige Programm.

»Ist das alles? Hast du etwa kein weiteres Solo?«

»Eines reicht doch.«

»Bloß im Chor kommst du nicht richtig zur Geltung.«

»Mama, hör bitte auf, mich zu nerven.«

Ihre Mutter presste die Lippen aufeinander. Nun war sie wohl beleidigt.

Das einsetzende Schweigen bedrückte Alexa. Ob sie es die gesamte Fahrt über ertragen würde? Immerhin wohnten sie draußen in Wannsee, bis dahin waren es noch ein paar Kilometer.

Schließlich versuchte sie behutsam, das Gespräch wieder in Gang zu bringen.

»Was hast du heute gemacht?«, fragte sie.

»Weihnachtseinkäufe. Ich habe ein paar schöne Überraschungen für dich ausgesucht.«

Sie lächelte schwach. »Ich war heute wegen der Feiertage auch im Kaufhaus.«

Ihre Mutter warf ihr einen Seitenblick zu. »Während der Schulzeit?«

»Ich hatte eine Freistunde.«

»Ist etwa schon wieder Unterricht ausgefallen?«

»Nein, Mama, donnerstags habe ich immer vor der Chorprobe eine Stunde frei.«

Doch es war zwecklos. Ihre Mutter war bei einem ihrer Lieblingsthemen angelangt.

»Dein Vater und ich haben dich bei einem Elitegymnasium angemeldet, damit du es weit bringst. Nur ein Spitzenabitur ermöglicht dir ein Studium an einer hervorragenden Universität. In letzter Zeit war der Krankenstand deiner Lehrer sehr hoch. Und ich muss bemängeln, dass der ausgefallene Unterricht nicht ausreichend nachgeholt wurde.«

»Aber dafür kann ich doch nichts.«

»Du musst Eigeninitiative ergreifen. Deine Mitschüler und du solltet euch in Freistunden zu Lerngemeinschaften zusammensetzen, anstatt im Pausenraum herumzulungern oder, schlimmer noch, das Schulgelände zu verlassen.«

»Ja, Mama.«

Alexa hatte es aufgegeben zu widersprechen. Sollte ihre Mutter doch reden. Für einen Moment dachte sie wieder daran, sich allen Karriereplänen ihrer Eltern zu widersetzen.

Endlich erreichten sie über die Potsdamer Chaussee die Wannseebrücke, fuhren auf der Königstraße weiter und bogen schließlich in die Friedenstraße ein.

Zu beiden Seiten erstreckte sich der Düppeler Forst. Eine schmale Straße. Stockdunkel. Keine Menschenseele weit und breit. Bis zu den Einfamilienhäusern weiter südlich war es noch ein Stück.

Schon als junges Mädchen war ihr die Strecke unheimlich vorgekommen. Zu düster und einsam. Gespenstisch glitten die Scheinwerferkegel über die Baumstämme des Mischwalds.

Da erkannte Alexa einen dunklen Schemen auf dem Asphalt.

»Pass auf«, schrie sie.

Ihre Mutter bremste scharf ab.

Doch zu spät.

Die Räder des Volvo SUV überfuhren etwas, das aussah wie eine menschliche Gestalt, lang ausgestreckt auf dem Boden.

Mit einem Ruck kam der Wagen zum Stehen.

Stille. Nur das leise Motorengeräusch war zu vernehmen.

»Was war das?«, fragte Alexa schrill.

Ihre Mutter atmete schwer.

»Mama, hast du eben einen Menschen überfahren?«

»Ich weiß nicht.«

Beide drehten sich um und spähten ängstlich durch die Heckscheibe.

Nichts rührte sich.

Alexas Mutter löste ihren Gurt. »Ich gehe nachsehen.«

Sie stieg aus. Alexa folgte ihr.

Langsam näherten sie sich dem Heck des Wagens.

Auf der Straße lag eine zusammengebauschte Wolldecke.

Alexa rang nach Luft.

»Ich habe Angst, Mama.«

»Ganz ruhig. Es ist bloß eine Decke.«

»Aber es hat sich komisch angehört, als der Wagen rüberfuhr.«

»Das kann täuschen.«

Doch ihre Mutter klang nicht überzeugt.

Nach einigem Zögern bückte sie sich und hob einen Zipfel an.

»Da ist nichts«, murmelte sie.

Dann aber schlug sie die Wolldecke ganz zurück.

Alexa entkam ein erstickter Aufschrei.

Ihre Mutter keuchte.

Wortlos starrten sie auf den Boden.

Alexa traute ihren Augen nicht.

Auf der Decke lag ein zerdrückter Lebkuchenmann, zerbröselt, etwa zwanzig Zentimeter groß. Sein Gesicht aus Zuckerguss war noch beinahe heil.

Der zuckrige Mund lächelte sie an.

Doch daneben befand sich noch etwas.

Es war so unheimlich und grotesk, dass ihr das Atmen schwerfiel.

Träumte sie etwa? Nein, es war Wirklichkeit.

Vor ihr lag der abgetrennte Fuß eines Menschen, gräulich, nach Verwesung stinkend. Von dem Auto halb zerquetscht.

Lange Zeit rührte sie sich nicht.

Erst ein entferntes Rascheln ließ sie zusammenfahren.

Alexa hob den Blick. Eine Gestalt näherte sich aus dem Dickicht am Straßenrand. Sie hielt eine Holzlatte in der Hand.

Schon stürzte sie auf sie zu.

»Mama«, rief Alexa.

Doch ihre Mutter konnte nicht mehr ausweichen. Die Gestalt holte zu einem Hieb aus und traf sie am Hinterkopf.

Sie brach zusammen.

Alexa schrie auf.

Entsetzt blickte sie in die grinsende Fratze der Gestalt.

Es war der Clown mit dem knallroten Mund.

»Hallo Alexa«, sagte er mit fisteliger Stimme.

Sie schrie noch einmal.

Der Clown ließ die Holzlatte fallen, zog ein weißes Taschentuch aus seiner Jacke hervor und presste es ihr auf Nase und Mund.

Alexa roch Chloroform. Jäh war ihr schummrig, ihre Beine wurden schwer.

»Komm mit.« Der Clown zerrte sie zum Wagen und schob sie auf den Beifahrersitz. Sie wollte sich wehren, aber es gelang ihr nicht.

Schon saß er am Steuer und fuhr mit ihr los.

Wieder wollte Alexa schreien, doch dann schwanden ihr die Sinne.

VIERTER TEIL

Sie war wie im Rausch, aber es lag nicht am Alkohol. Wenn sie spätabends nach Hause kam, war sie in Hochstimmung und lief aufgeregt in der Wohnung hin und her.

Sie hatte den Job bekommen. Und nicht nur das. Für ihre neue Tätigkeit wurde sie geliebt und von vielen Menschen gefeiert. Noch nie in ihrem Leben hatte Mutter so viel Aufmerksamkeit bekommen. Und ich wusste, sie hatte große Angst davor, das einmal Erreichte eines Tages wieder zu verlieren.

Bis dahin wollte sie es voll auskosten. Und sie dürstete nach mehr. Ich ahnte, dass sie ihre Trunksucht durch eine andere Sucht ersetzt hatte.

Es war die verzweifelte Gier nach Anerkennung.

Manchmal kam sie nachts zu mir herein und setzte sich an mein Bett.

»Schläfst du?«

Ich tat nur so. Immer war ich wachsam. Nacht für Nacht hatte ich das Gefühl, ich müsste auf sie aufpassen. Dabei hätte es umgekehrt sein müssen. Schließlich war ich damals noch ein Kind.

Ich drehte mich zu ihr um. Über mein Bettzeug hatte ich meine karierte Decke gelegt. So fühlte ich mich besser geschützt vor dem drohenden Unheil, dem nächsten Absturz. Dem Moment, da unser fragliches Glück zerbrechen würde.

Meine Kuscheldecke war wie eine zweite Haut für mich.

»Wie war es?«, fragte ich sie müde.

Sie strahlte mich an und schilderte mir den Abend in allen Einzelheiten. Mutter war nun nicht mehr die Frau mit den Blutergüssen im Gesicht, für die man sich schämen musste. Sie war eine Diva. Die Welt schien ihr zu Füßen zu liegen.

Mittlerweile lebten wir ganz offiziell in der Wohnung zur Untermiete. Mutter zahlte ihrer Bekannten Geld dafür, während diese noch immer im Ausland war. Am Klingelschild hatte sie sogar ihren Namen angebracht.

Und doch machte Mutter um unsere neue Adresse ein Geheimnis. Sie hatte Angst, schien ihre armselige Herkunft zu leugnen. Ihr Leben als Kellnerin in zweifelhaften Bars, als Vagabundin, die mit ihrem Kind von einem Ort zum anderen gezogen war, versuchte sie aus ihrem Gedächtnis zu streichen. Kaum jemand wusste, wo wir nun wohnten. Und irgendwann gestand mir Mutter, dass sie in ihrem Beruf sogar unter einem anderen Namen arbeitete.

»Warum?«, fragte ich sie.

»Es soll ein Neubeginn sein. Nichts soll mich mehr an meine Vergangenheit erinnern. Schon gar nicht an die Zeit, als ich mit deinem gewalttätigen Vater zusammen war.«

Und eines Tages fand ich etwas Erschreckendes heraus. Mutter verheimlichte meine Existenz.

Es begann damit, dass sie immer später heimkam. Manchmal erst im Morgengrauen. Einmal wartete ich bis mittags auf sie. Vor lauter Angst um sie war ich nicht in die Schule gegangen. Ihr Handy war ausgeschaltet. Schließlich sagte sie mir, sie habe in einem Hotel übernachtet. Von da an ahnte ich, dass sie sich mit jemandem traf.

Etwa zwei Wochen später sagte sie mir: »Wenn ich heute Abend von der Arbeit komme, verlässt du nicht das Zimmer. Du verhältst dich absolut still, als wärst du nicht da. Auch morgens darfst du erst herauskommen, wenn ich dich rufe.«

»Aber warum denn?«

»Ich habe jemanden kennengelernt. Er bleibt über Nacht. Ich möchte ihm meine Wohnung zeigen.«

»Wie heißt er?«

»Das geht dich nichts an. Nur so viel: Er ist eine wichtige Persönlichkeit.« Und mit einigem Stolz fügte sie hinzu: »Er ist sogar öfter im Fernsehen zu sehen.«

»Weiß er denn nichts von mir?«

»Nein.«

»Warum hast du ihm nicht von mir erzählt?«

»Um uns beide zu schützen.«

»Wovor?«

»Ich weiß doch noch gar nicht, wie lange es mit ihm hält.«

Plötzlich hatte ich einen Verdacht. »Ist er verheiratet?«

Mutter hatte sich schon öfter mit gebundenen Männern eingelassen, was stets in einem Desaster geendet war.

Sie verstrubbelte mein Haar, nicht besonders zärtlich, eher grob. »Mach dir darum keine Sorgen. Tu, was ich dir sage, und alles wird gut.«

An dem betreffenden Abend verkroch ich mich unter meiner Decke. Ich wollte nichts von dem hören, was sich in ihrem Schlafzimmer abspielte. Und doch drangen ihre Lustgeräusche zu mir.

Wer war dieser Mann, der öfter im Fernsehen zu sehen war? Ich stellte ihn mir groß und mächtig vor.

Er blieb nicht zum Frühstück. Mutter aber schlief bis mittags.

Ich musste in einen Blumentopf pinkeln, weil ich mich nicht aus meinem Zimmer traute. Sie hatte ja gesagt, ich dürfe erst raus, wenn sie mich rief.

Ich nahm die Kiste unter der Matratze hervor und öffnete sie.

Ginger lächelte mich an, zuckersüß wie immer.

»Ich hasse sie«, sagte ich leise zu ihm.

Und der Lebkuchenmann nickte mir zu.

VIERUNDVIERZIG

Donnerstag, 30. November, abends

Peer Linde stand am Fenster seiner Villa und schaute in den hell erleuchten Garten hinaus. Seine Frau hatte auf ihre unverbesserliche Art für einen Lichterglanz gesorgt, der in seinen Augen nichts mehr mit Weihnachten zu tun hatte. Es war purer Kitsch.

Jahr für Jahr schaffte Susanne neue Dekoartikel an – und das schon Ende November. Besonders geschmacklos fand er den großen blinkenden Weihnachtsmann auf einem mit Girlanden umwickelten Schlitten. Davor eingespannt ein Rentier aus Plastik, das von innen beleuchtet war.

Wenn er Susanne ermahnte, doch mal an die hohen Energiepreise zu denken, erwiderte sie lediglich, sie könnten sich das allemal leisten.

Damit hatte sie zwar recht, aber es war nicht unbedingt nachhaltig gedacht und entsprach nicht seinen Vorstellungen von Klimaschutz. Außerdem störte ihn das permanente Glitzern draußen. Es beeinträchtigte sogar seinen Nachtschlaf. Das Licht von Santa Claus zuckte so grell, dass es auch durch die Vorhänge im Schlafzimmer drang.

»Lass es uns wenigstens nachts abstellen«, hatte er erst neulich zu ihr gesagt.

»Mein Vater hat uns dieses Haus mit seinem Geld ermöglicht, schon vergessen?«, war ihre schnippische Antwort. »Und die Weihnachtsbeleuchtung ist nun mal Familientradition.«

Natürlich, dachte er verbittert, letztlich lief alles auf das

Vermögen ihres Vaters hinaus. Der Alte hatte dafür gesorgt, dass aus ihm, Peer Linde, ein anerkannter Bezirksbürgermeister geworden war und das nun schon seit vielen Jahren. Doch ohne die Unterstützung von Susannes Familie hätte er es nicht so weit gebracht.

Peer stammte aus einfachen Verhältnissen. Wo er herkam, wurde weder Abitur gemacht noch studiert. Der Wortschatz seiner Eltern war dürftig. Sie hatten beide gerade mal den Hauptschulabschluss geschafft. Zuweilen schämte er sich seiner bäuerlichen Herkunft. Dass aus ihm mal ein begnadeter Redner werden würde, hätte damals niemand geglaubt.

Und wenn sich Susanne an der Universität nicht in ihn verliebt und alles dafür getan hätte, ihren Vater, der Senator war und aus einer einflussreichen Unternehmerfamilie stammte, von Peers Potenzial zu überzeugen, hätte er das Studium wahrscheinlich abgebrochen und wäre niemals in der Politik gelandet.

Er wandte sich ab und ging zu dem besonderen Schränkchen im Wohnzimmer. Er verharrte davor. Schaute zur Uhr. Es war noch nicht acht. Vor zwanzig Uhr keinen Alkohol zu trinken, war ihm zur eisernen Regel geworden.

Jedoch verspürte er dieses innere Ziehen, eine leise, aber beharrliche Kontraktion der Muskulatur. Nur ein klitzekleiner Whisky zur Entspannung. Ein Viertel seiner üblichen Ration. Er öffnete den Schrank und betrachtete die Flasche mit der bernsteinfarbenen Flüssigkeit. Ein edler Glenfiddich. Eine Wohltat für gestresste Nerven. Bloß einen Fingerhut voll?

»Lass es«, murmelte er und verschloss die Hausbar mit einem energischen Ruck.

Abermals schaute er zur Uhr. Wo blieben nur seine Frau und seine Tochter? Wenn er richtig informiert war, hatte Alexa heute ihre Chorprobe, und Susanne wollte sie abholen.

Linde spürte, dass er dringend Ablenkung brauchte.

Er setzte sich in den Sessel und schaltete den Fernseher ein. Auf einem Regionalsender wurde seine Rede im Rathaus übertragen. Als Bezirksbürgermeister von Tempelhof-Schöneberg machte er eine gute Figur, wie er fand. Er stellte den Ton aus, um lediglich auf seine Mimik und Gestik zu achten.

Er hatte die Darbietung vorm Spiegel geübt. Denn Politik hatte sehr viel mit Schauspielerei zu tun.

Peer Linde liebte das Theater. Als Jugendlicher war es sein Traum gewesen, Schauspieler zu werden. Noch heute saß er gerne im Parkett und gab sich dem Zauber gelungener Inszenierungen hin, am liebsten allein, ohne Susanne.

Linde beobachtete sich selbst weiter auf dem Fernsehbildschirm. Nun kam der Höhepunkt seiner Rede. Er zählte die wichtigsten Eckdaten seines politischen Programms auf. Zuallererst die Familie und ihre Werte, dann die Schaffung neuer Arbeitsplätze. Nicht zu vergessen die Integration von Ausländern. Und schließlich die größte Herausforderung: eine klimaneutrale Stadt.

Ja, dachte er, seine Rede war gelungen. Und die Darstellung auch. Lange hatte er dafür geprobt. Immerhin stand bald der Wahlkampf an, und er machte sich Hoffnungen für einen höheren Posten. Vielleicht könnte er eines Tages in die Bundespolitik wechseln, das wäre ein Karrieresprung. Danach wäre es sogar möglich, in Berlin Regierender Bürgermeister zu werden, das Oberhaupt der Stadt.

Hör auf damit, meldete sich eine innere Stimme in seinem Ohr, das schaffst du nie. Sei froh, dass du in der Lokalpolitik gelandet bist und das auch nur mithilfe von Susannes Familie. Mehr ist für dich nicht drin.

Linde schaltete den Fernseher aus. Wieder blickte er zur Uhr. Noch zwanzig Minuten bis zum ersten Drink des Tages.

Er erhob sich und nahm das Foto vom Kaminsims. Eine Aufnahme von Susanne und Alexa. Seine wunderschöne Frau und seine hübsche Tochter.

Selbst Susanne, die ihn immer unterstützt hatte, war skeptisch, ob er es jemals über die Bezirkspolitik hinausschaffen würde.

Und das Schlimmste war: Er kam sich manchmal wie ein Hochstapler vor. War und blieb er nicht auf ewig der Bauernsohn? Getarnt mit teuren Anzügen? Ausgestattet mit dem Geld seiner Frau? Und waren es nicht nur immergleiche Phrasen, die er in seinen Reden wiederholte? Hatte ihn die Wählerschaft nicht längst durchschaut?

Immerzu die Angst vor dem nächstmöglichen Machtwechsel, dem Moment, da man ihn als Lügner entlarven könnte.

»Schluss jetzt«, murmelte er leise, »zieh dich nicht selbst runter. Du musst stets an dich glauben.«

Er kannte diese schwachen Momente des Selbstzweifels. Ein Whisky würde helfen, am besten ein doppelter.

Erneut schaute er zur Uhr. Noch achtzehn Minuten.

Er stellte das Foto weg und trat vor den großen Spiegel im Eingangsbereich der Villa. Er straffte die Schultern und setzte eine staatsmännische Miene auf.

»Du bist Peer Linde«, sprach er laut zu seinem Spiegelbild. »Du lebst in einer Villa in Wannsee. Bekleidest ein wichtiges Amt. Deine Frau liebt dich. Und du hast eine Tochter, auf die du stolz sein kannst. Du nimmst neue Herausforderungen an und vergisst alte Wunden.«

Es war sein Credo. Er sagte es sich öfter auf. Immer wenn ihn die Vergangenheit einholte. Immer wenn er sich klein und unbedeutend vorkam.

Peer Linde ballte vorm Spiegel die Hand zur Faust und nickte sich aufmunternd zu.

Vierzehn Minuten lang wanderte er im Wohnzimmer auf und ab.

Dann war es endlich so weit.

Er ging zur Hausbar und schenkte sich einen großen Glenfiddich ein.

Kaum hatte er ihn heruntergestürzt, klingelte sein Handy.

Er hob ab.

Es war Susanne.

Ihre Stimme war schrill. »Peer?«

»Was ist denn, Liebling?«

»Ich wurde überfallen.«

»Wie bitte?«

Sie weinte.

»Bist du verletzt?«

Sie brachte etwas Unverständliches hervor.

»Langsam, eins nach dem anderen.«

»Hier ist … hier liegt …«, sie stammelte, »… ein abgetrennter Fuß auf der Straße.«

Sein Puls beschleunigte sich. »Ein Fuß? Bist du dir sicher?«

Sie antwortete nicht. Er vernahm lediglich ihr Schluchzen durchs Telefon.

»Wo bist du?«

»Nicht weit vom Haus entfernt. Friedenstraße.«

»Hast du die Polizei informiert?«

»Ja. Aber das Schlimmste kommt noch.«

»Was?«

»Alexa …«

»Was ist mit ihr?«

»Sie ist verschwunden.«

Sein Herz begann zu rasen. Kurzzeitig brachte er kein Wort hervor.

»Das Auto ist weg. Ich glaube, sie wurde entführt.«

Seine Hand zitterte. »Entführt? Unsere Tochter?«

»Peer, du musst kommen.«

»Bleib ganz ruhig.«

»Hilf mir.«

War das ein Fall für den Staatsschutz? Wollte man seine Karriere ruinieren?

»Ich bin sofort bei dir«, sagte er.

FÜNFUNDVIERZIG

Donnerstag, 30. November, später Abend

Trojan war bereits seit über einer Stunde am Tatort in der Friedenstraße. Doch noch immer gelang es ihm nicht, ruhiger zu atmen. Sein Körper schien wegen der Dauerbelastung zu rebellieren. Er kannte die Symptome nur allzu gut. Kalter Schweiß stand auf seiner Stirn. Sein Brustkorb verkrampfte sich. Und sein Herzschlag stolperte.

Fassungslos starrte er auf den Leichenteil neben dem zerdrückten Lebkuchenmann. Auch wenn das Ergebnis des DNA-Tests noch nicht vorlag, bestand kein Zweifel daran, dass es sich bei dem abgetrennten Fuß um den des gerade erst ermordeten Henning Meiler handelte.

Er befand sich bereits im Prozess der Verwesung und stank fürchterlich.

Trojan knirschte mit den Zähnen. Es war makaber. Bestialisch. Er musste dieses Monster endlich schnappen. Dabei war es wie verhext. Stets schien ihm der Mörder mindestens einen Schritt voraus zu sein.

Das grausliche Fundstück lag auf einer Decke, die Ähnlichkeit mit der aufwies, in die der Leichnam von Katrinas Mutter eingehüllt worden war. Und auch mit jener, unter der sie die Leiche von Robert Lumen gefunden hatten.

Außer dem speziellen Weihnachtsgebäck schienen Stoffdecken für den Täter eine besondere Bewandtnis zu haben. Katrina hatte in diesem Zusammenhang sogar von ihrer Kuscheldecke gesprochen.

Also ging es wohl um Wärme und Schutz, dachte Trojan. Sehnte sich der Mörder vielleicht insgeheim danach? Es war doch ein ziemlich grober Kontrast. Zerstückelte Leichen und abgetrennte Gliedmaßen einerseits. Süßer Lebkuchen und wohlige Umhüllungen andererseits.

Trojan schaute auf. Die Straße war abgesperrt. Eine Horde von Journalisten stand hinter den Flatterbändern. Fernsehkameras waren aufgebaut. Über irgendeine undichte Stelle hatten die Medien viel zu früh davon erfahren, dass die grausame Mordserie eine neue Brisanz bekommen hatte. Trojan sah die Überschriften in den Boulevardblättern bereits vor sich: SERIENKILLER KIDNAPPT TOCHTER DES BÜRGERMEISTERS.

Kollegen vom Staatsschutz waren am Tatort eingetroffen. Trojan hatte versucht, ihnen klarzumachen, dass ein politischer Hintergrund mit höchster Wahrscheinlichkeit auszuschließen sei. Immerhin hatten sie es mit dem so von der Boulevardpresse genannten LEBKUCHENKILLER zu tun. Und dessen frühere Taten waren offenkundig allesamt nicht politisch motiviert.

Er giert nach Aufmerksamkeit, dachte Nils. Die Tochter eines Bezirksbürgermeisters zu verschleppen, versprach ihm noch mehr Schlagzeilen.

Und was Trojan ebenfalls beunruhigte, war die Tatsache, dass der Mörder in immer kürzeren Abständen zuschlug.

Er wird übermütig, dachte er. Außerdem ist er mit dem Kidnapping von seinem Muster abgewichen. Das machte ihn letztlich noch gefährlicher.

Landsberg trat auf ihn zu und riss ihn aus seinen Gedanken. »Nils, wir brauchen endlich Ergebnisse. Die Presse macht mir das Leben zur Hölle.«

»Das ist im Moment mein geringstes Problem«, erwiderte er knapp.

»Auf deine Empfehlung hin habe ich Carlotta Weiss ins Team geholt. Ich dachte, sie sei eine Verstärkung für uns. Offenbar habe ich mich getäuscht.«

Trojan sah den Chef kopfschüttelnd an. »Jetzt reicht's aber«, entfuhr es ihm. »Es wäre gut, wenn du endlich wieder etwas mehr Vertrauen in deine Mitarbeiter setzen könntest. Was ist nur los mit dir, Hilmar? Fühlst du dich von Carlottas Kompetenz etwa bedroht? Meinst du, mir ist nicht entgangen, dass du ihr Aufgaben überträgst, die eigentlich meine sind? Nur um einen Keil zwischen uns zu treiben? Niemand hat dich gezwungen, sie einzustellen. Aber nun, da du es getan hast, solltest du zu deiner Entscheidung stehen, anstatt uns beiden in den Rücken zu fallen. Und jetzt lass mich meine Arbeit machen. Für Schuldzuweisungen ist nämlich keine Zeit. Wir ziehen alle am selben Strang. Wir müssen diese Bestie endlich fangen.«

Wutentbrannt wandte er sich von ihm ab.

Landsberg rief ihm noch etwas hinterher, doch er achtete nicht darauf.

Sein Herz hämmerte. Doch zumindest hatte ihm der Zorn neue Energie gebracht.

Er ging zu der Frau des Bürgermeisters, die im Innern eines Rettungswagens notdürftig verarztet worden war. Sie hatte eine Platzwunde am Hinterkopf. Trojan sprach ein zweites Mal an diesem Abend mit ihr.

»Geht es Ihnen mittlerweile etwas besser?«, fragte er.

»Nein.« Susanne Linde, blond, hochgewachsen, sehr attraktiv, schien noch immer unter den Auswirkungen des Schocks zu leiden. Sie war bleich und kurzatmig. »Ich mache mir Vorwürfe, hätte meine Tochter besser schützen sollen. Gibt es denn irgendwelche Neuigkeiten?«

»Bisher noch nicht. Wir fahnden nach Ihrem Wagen. Und

Ihr Mann hat uns bereits ein Foto von Alexa zukommen lassen. Es ging an alle Polizeistationen raus. Überall in der Stadt wurden Straßensperren eingerichtet. Fahrzeuge werden kontrolliert. Passanten befragt. Wir tun alles in unserer Macht Stehende, um Ihre Tochter aus der Gewalt des Täters zu befreien.« Er holte tief Luft. »Können Sie ihn wirklich nicht genauer beschreiben?«

»Es ging alles so schnell. Ich erkannte nur einen Schemen. Alexa schrie auf, ich verspürte einen heftigen Schmerz, und dann wurde ich ohnmächtig.«

»War es ein heller Schemen?«

»Wie meinen Sie das?«

»Könnte derjenige, der sie überfallen hat, weiß geschminkt gewesen sein?«

Sie zuckte mit den Schultern.

»Sah er vielleicht aus wie ein Clown?«

Sie hob die Augenbrauen. »Ein Clown?«

Trojan nickte. »Weißes Gesicht? Greller roter Mund?«

»Ich weiß nicht … ich …«

»Denken Sie genau nach.«

»Wir schauten auf diesen … diesen Fuß. Und dann begann Alexa zu schreien. Ich merkte, dass jemand hinter mir war. Er kam wohl aus …« Sie brach ab.

Trojan wies in die ungefähre Richtung. »Aus dem Düppeler Forst, nicht wahr?«

»Ja.«

»Er hat die Decke auf der Straße zusammengebauscht, um Ihnen und Alexa eine Falle zu stellen. So viel ist klar.«

»Aber warum entführt er meine Tochter? Hat es mit dem Amt meines Mannes zu tun?«

»Wir schließen einen politischen Hintergrund aus. Das sagte ich auch bereits Ihrem Ehemann.«

Ihre Stimme war brüchig. »Finden Sie Alexa, bitte.«

Trojan atmete durch. »Wirkte Ihre Tochter heute irgendwie verändert? War sie bedrückt?«

»Nein. Wir kamen von der Chorprobe. Sprachen im Auto darüber. Sie war eigentlich wie immer.«

»Hat sie etwas von einem Clown erzählt?«

»Ich verstehe nicht, was ...«

»Bitte, Frau Linde, das ist sehr wichtig. Erwähnte sie einen Clown?«

»Nein.«

»Auch nicht in vergangener Zeit?«

»Ganz sicher nicht.«

Trojan seufzte. »Na gut. Ich denke, es ist das Beste für Sie, wenn Sie sich nun vorsorglich in einer Klinik untersuchen lassen. Wir kümmern uns um alles Weitere.«

Er stieg aus dem Rettungswagen und näherte sich dem Bürgermeister, der sich am Straßenrand aufhielt. Fortwährend wurde er von Medienleuten bedrängt, welche von uniformierten Beamten hinter die Absperrbänder verwiesen wurden.

»Herr Linde?«, sagte Trojan zu ihm.

Der Bürgermeister wandte sich ihm zu. Helles, kurz geschnittenes Haar. Wässrig-blaue Augen. Ausgeprägte Tränensäcke. Schlank und drahtig. Auf Nils machte er einen angestrengt beherrschten Eindruck. Ein Mann, der in Drucksituationen die Kontrolle bewahren wollte.

»Sind Sie mittlerweile vorangekommen?«, fragte Peer Linde kühl.

Trojan ging nicht weiter darauf ein. Stattdessen öffnete er eine Datei auf seinem Mobiltelefon. Es war die Röntgenaufnahme des Gemäldes. Er hielt sie ihm hin. »Kennen Sie eigentlich diese Frau? Ich weiß, es ist nur ein Gemälde. Aber schauen Sie es sich mal genau an.«

Linde warf einen kurzen Blick darauf. »Was soll das? Sie sollen meine Tochter finden und mir nicht irgendwelche Malereien zeigen.«

»Antworten Sie bitte nur auf meine Frage.«

Wieder besah er sich das Bild, jedoch nur flüchtig. »Diese Person ist maskiert. Ich kann sie kaum erkennen.«

»Sind Sie ihr vielleicht schon mal begegnet?«

»Nein.«

»Waren Sie gelegentlich im Maison Bleue?«

»Ich habe keine Ahnung, wovon Sie sprechen.«

»Das ist ein recht spezieller Club in Mitte. Kennen Sie ihn?«

»Nein.«

»Wirklich nicht?«

»Nie davon gehört.«

Trojan musterte ihn eine Weile wortlos. Schließlich steckte er das Telefon ein. »Ich werde übrigens die zwischenzeitlich alarmierten Kollegen vom Staatsschutz wieder wegschicken.«

»Wieso das denn?«

»Die Ermittlungen bleiben bei uns. Meine Kommission ermittelt hier in einer Mordserie. Es gibt höchstwahrscheinlich keinen politischen Hintergrund.«

Lindes Augen verengten sich zu Schlitzen. »Ich hoffe, Sie machen damit keinen Fehler. Und eines kann ich Ihnen versichern. Wenn irgendjemand meiner Tochter auch nur ein Haar krümmt, dann werde ich Sie persönlich zur Verantwortung ziehen. Haben Sie mich verstanden?«

Trojan straffte die Schultern. »Bei allem Respekt, Herr Bürgermeister, in dieser Angelegenheit kommt Ihnen keine Sonderstellung zu. Meine Leute und ich werden Sie behandeln wie jeden anderen Zeugen auch. Also halten Sie sich bitte zu weiteren Befragungen bereit.«

Linde schob verärgert das Kinn vor.

Trojan reichte ihm seine Karte. »Rufen Sie mich an, falls Ihnen noch etwas einfällt. Jeder Hinweis könnte wichtig sein. Immerhin geht es dabei um das Leben Ihrer Tochter.«

Der Bürgermeister steckte die Karte schweigend ein.

Trojan verabschiedete sich von ihm und ging zu Carlotta, die sich ein wenig abseits vom Tatort bei den Kriminaltechnikern aufhielt. Diese durchsuchten das Dickicht am Waldrand, durch das der Mörder gekommen war.

Die Kriminalpsychologin schien tief in Gedanken versunken zu sein.

Plötzlich hob sie den Blick. »Ich habe mir das Foto der vermissten Alexa angeschaut«, sagte sie.

»Und?«

»Sie ist blond wie ihre Mutter.«

Es brauchte nicht lange, bis er verstand, worauf sie anspielte. Es durchzuckte ihn förmlich. »Das blonde Haarbüschel. Auf dem Baumhaus.«

Carlotta nickte. »Es steckte in dem ersten Lebkuchenmann, den Katrina gefunden hat.«

»Und wir haben uns immer gefragt, zu wem es gehört.«

»So ist es.«

»Und jetzt überlegst du …?«

»… ob es nicht eventuell zu Alexa gehört.«

»Hat uns der Täter damit am Anfang etwa einen versteckten Hinweis gegeben?«

»Es wäre möglich.«

»Damit verrät er, dass er mit Alexa etwas Besonderes vorhat.«

»Mit ihr weicht er von seinem Muster ab.«

»Er demonstriert seine Überlegenheit.«

»Zum ersten Mal verschleppt er jemanden. Möglicherweise

stellt das Kidnapping der Bürgermeistertochter einen Höhepunkt seiner Taten dar.«

»Wir brauchen eine DNA-Probe von Alexa. Zum Beispiel ein paar Haare aus ihrem Kamm, um sie mit den anderen abgleichen zu können.«

»Ich bin mir beinahe sicher, dass wir damit einen Treffer landen«, sagte Carlotta.

»Alexa Linde«, murmelte er, »achtzehn Jahre alt. Wenn wir mit unserer Vermutung richtigliegen, stand sie von Anfang an im Visier des Täters.«

»Und das wahrscheinlich schon länger als seine anderen Opfer.«

»Er muss sie genau beobachtet haben.«

»Und er scheint ihr bereits zu einem früheren Zeitpunkt sehr nahegekommen zu sein.«

»Wenn die Haare von ihr sind, wie hat er sie sich beschafft?«, fragte Nils.

»Dazu brauchte er vermutlich nur ihren Kamm. Und den könnte er ihr gestohlen haben.«

Trojan schnalzte mit der Zunge. »Du hast recht, Carlotta. Wir beschaffen uns sofort eine Probe von ihr und lassen sie ins Labor bringen.«

SECHSUNDVIERZIG

Freitag, 1. Dezember, zwei Uhr nachts

Von Alexa fehlte weiterhin jede Spur. Sie gingen davon aus, dass der Täter das Fahrzeug gewechselt hatte. Doch auch der Volvo SUV, den sie zur Fahndung ausgeschrieben hatten, war bisher von keiner Polizeistreife gesichtet worden.

Die ersten vierundzwanzig Stunden waren entscheidend, das wussten Carlotta und Trojan aus Erfahrung. Sollten sie es bis dahin nicht schaffen, die Achtzehnjährige aus der Gewalt des Killers zu befreien, sank die Wahrscheinlichkeit, sie jemals lebend wiederzufinden.

Doch wo sollten sie bei ihrer Suche ansetzen?

Immerhin erhielten sie relativ schnell die Nachricht aus dem Labor: Die Haare aus dem Lebkuchenmann, den Katrina entdeckt hatte, stammten tatsächlich von der Tochter des Bürgermeisters.

Kurzerhand entschloss sich Carlotta, das Baumhaus, in dem die Zwölfjährige das Gebäckstück gefunden hatte, ein weiteres Mal zu durchsuchen. An den Anfang der Ermittlungen zurückzukehren, war für sie stets eine hilfreiche Strategie, wenn sie nicht weiterkam.

Sie unterrichtete Trojan von ihrem Vorhaben und vereinbarte mit ihm, dass er unterdessen die Suche nach Alexa vom Kommissariat aus leiten sollte.

Daraufhin fuhr sie von Wannsee nach Steglitz und parkte ihren Bulli in der Lepsiusstraße. Der Tatort war noch immer nicht freigegeben. Sie löste das Polizeisiegel an der Haustür, schloss auf und trat ein. Nachdem sie sich eine Weile in Katrinas Zimmer umgesehen hatte, ging sie hinaus in den nächtlichen Garten.

Während sie die Strickleiter zum Baumhaus hinaufstieg, erinnerte sie sich an Katrinas verräterische Mikromimik, als sie sie nach dem Clown gefragt hatte.

Was verschwieg ihr die Zwölfjährige?

Carlotta erklomm die erste Holzplattform und richtete sich auf. Im Dunkeln tastete sie nach dem Schalter für die Lichterkette. Sie betätigte ihn, und die kleinen Glühbirnen flammten auf.

Eine Weile betrachtete sie nachdenklich die Stelle, an der die ermordete Marianne Fries unter der Decke ihrer Tochter gefunden worden war.

Danach setzte sie sich in die Ecke neben dem kleinen Tisch.

Sie versuchte, sich in Katrina hineinzuversetzen. Wie hatte sich das Mädchen verhalten? Was war kurz vor dem Mord passiert?

Es ist frühmorgens, dachte sie. Noch vor der Schule trinkt die Zwölfjährige hier oben ihren Kakao.

Carlotta formte ihre Hände so, als hielte sie eine Tasse in der Hand.

Ich bin allein, dachte sie, das Baumhaus ist mein Rückzugsort. Mein Vater hat es für mich errichtet. Es hat zwei Etagen. Ich bin dem Himmel so nah, in meiner Fantasie fast in den Wolken. Hier bin ich frei. Fern von meiner Mutter, mit der es oft Streit gibt.

Sie stellte die imaginäre Tasse auf dem Tisch ab.

Ich finde einen Lebkuchenmann, dachte sie. Jemand hat ihn für mich bereitgelegt.

Sie nahm das Gebäckstück in ihrer Vorstellung auf und führte es an ihren Mund.

Ich beiße hinein. Es schmeckt herb und süßlich zugleich. Plötzlich spüre ich etwas Ekliges zwischen den Zähnen. Ich ziehe es heraus. Es sind Haare. Blonde Haare.

Angewidert spucke ich sie aus.

Meine Mutter ruft mich.

Ich möchte nicht zu ihr. Viel lieber würde ich bei meinem Vater sein. Er hat diesen herrlichen Ort für mich geschaffen.

Noch einmal ruft sie mich. Sie ist zornig. Nur weg von ihr. Höher. Dem Himmel noch näher.

Carlotta erhob sich und hangelte sich an der nächsten Strickleiter in die obere Etage hinauf.

Oben angelangt, wunderte sie sich wie schon beim letzten Mal, dass die Öffnung im Holzboden nicht durch ein weiteres Geländer gesichert war. Nur rings um die Plattform war eines angebracht.

Nachdenklich schaute sie in das untere Geschoss hinab.

Schließlich wanderte ihr Blick hinüber auf das Nachbargrundstück.

Papa hat eine Affäre mit der Choreografin von nebenan. Mama ist deshalb wütend. Es kommt zur Scheidung. Mama hasst das Baumhaus. Denn von hier oben hat mein Vater die Nachbarin beobachtet, wie sie am Fenster für ihn tanzte.

Ein Versteck, dachte sie. Ein Platz nur für mich.

Carlotta kauerte sich auf dem Holzboden zusammen.

Bei jedem Wetter bin ich draußen, und ist es noch so kalt. Wenn ich friere, lege ich mir meine Decke um die Schultern. Sie spendet mir Wärme und Schutz.

Sie schlang die Arme um ihre Knie. Die Lichter in der Linde schaukelten im Wind.

Ich bin zwölf Jahre alt. Ich verstecke mich vor meiner Mutter. Ich denke an die schöne Zeit mit Papa zurück. Er ist Architekt, ein Meister der Baukunst.

Sie fröstelte, schlang die Arme noch fester um sich herum. An das Außengeländer gelehnt, wiegte sie sich leicht hin und her.

Gedankenverloren blickte sie in den Wipfel des Baumes hinauf.

Plötzlich wurde sie stutzig.

Im Widerschein der Lichterkette wirkte das Holz an einer Astgabel heller als der übrige Stamm.

War das eine Täuschung?

Sie stand auf und knipste ihre Maglite an.

Lag da oben etwas?

Schließlich stieg sie auf das Geländer hinauf, hielt sich am Baumstamm fest und betrachtete die Astgabel genauer. Sie befand sich ungefähr einen halben Meter über ihr. Nur wenn sie den Arm ausstreckte, kam sie mit den Fingerspitzen heran.

Sie richtete den Strahl ihrer Taschenlampe darauf.

Und da sah sie es.

Jemand hatte ein kleines Holzbrett in die schmale Gabelung geschoben.

Carlotta versuchte, das Brett herauszuziehen. Es klemmte fest. Doch nach einigem Rütteln konnte sie es entfernen.

Sie stellte sich auf Zehenspitzen und betastete die Stelle, welche das Brett verdeckt hatte. Hier war der Ast leicht ausgehöhlt.

Carlotta griff in die Vertiefung hinein und erfasste einen Gegenstand.

Sie nahm ihn heraus.

Im Schein ihrer Stableuchte blitzte etwas Helles auf.

SIEBENUNDVIERZIG

Manfred Fries öffnete ihr im Morgenmantel die Tür. »Es ist drei Uhr morgens«, sagte er erzürnt.

»Ich muss dringend mit Ihrer Tochter sprechen«, erwiderte Carlotta.

»Sie schläft.«

»Dann wecken Sie sie.«

»Was fällt Ihnen eigentlich ein?«

»Wollen wir die Angelegenheit auf dem Revier klären? Möchten Sie es Katrina zumuten, mitten in der Nacht ins Kommissariat gebracht zu werden?«

»Das kann doch auch bis morgen warten.«

»Nein.« Sie schob sich an ihm vorbei in die Wohnung.

»Erlauben Sie mal«, protestierte er.

Carlotta holte tief Luft. »Haben Sie überhaupt ein Interesse daran, dass der Mord an Ihrer Exfrau aufgeklärt wird?«

»Das schon, aber …«

Sie fiel ihm ins Wort. »Gehen Sie Katrina endlich holen. Ein weiteres Menschenleben ist in Gefahr, also beeilen Sie sich gefälligst.«

Nach einigem Zögern wandte sich Fries von ihr ab und verschwand.

Carlotta wartete in dem großen Wohnzimmer.

Kurze Zeit später kam er mit seiner Tochter zurück. Sie trug einen grün-weiß karierten Pyjama. Ihre Wangen waren vom Schlaf gerötet, ihre Augen verquollen.

»Hallo Katrina«, sagte Carlotta. »Bitte entschuldige, dass ich hier einfach nachts hereinplatze, aber es ist sehr wichtig.«

»Was ist denn passiert?«

»Gehen wir in dein Zimmer? Allein?«

Der Architekt hob die Stimme. »Es ist absolut notwendig, dass ich dabei bin.«

Die Zwölfjährige schaute ihn beinahe flehentlich an. »Ist schon okay, Papa.«

»Bist du dir sicher?«, fragte er.

»Ja.«

Carlotta war um einen versöhnlichen Tonfall bemüht, als sie zu Fries sagte: »Bitte haben Sie mehr Vertrauen zu Ihrer Tochter. Übertreiben Sie es nicht mit Ihrer Fürsorglichkeit.«

Danach folgte sie Katrina in ihr Zimmer und schloss hinter sich die Tür.

Die Zwölfjährige setzte sich auf ihr Bett. Carlotta zog sich einen Stuhl heran und nahm ebenfalls Platz.

Nach einer Pause zog sie den Gegenstand hervor, den sie in der Astgabel über dem Baumhaus gefunden hatte.

Sie hielt ihn Katrina hin.

Die Augen des Mädchens weiteten sich. Wortlos starrte sie auf die Schmuckkette in ihrer Hand.

Ein kleiner Anhänger war daran befestigt.

Es war eine silberne Eule.

Ähnlich wie die, welche die Frau auf dem rätselhaften Gemälde um den Hals trug.

»Wo hast du das her?«, fragte Carlotta nach einer längeren Pause.

Es kam keine Antwort.

»Sag es mir.«

Carlotta, die von ihrem Fund noch immer völlig überrascht war, wartete gespannt ab.

Schweigen.

Schließlich murmelte Katrina: »Die Kette ist nicht von mir.«

»Bitte, lüg mich nicht an. Du hast sie ganz oben in deinem Baumhaus versteckt.«

Das Mädchen verzog keine Miene.

»Du hast sie dort in einem kleinen Astloch verschwinden lassen und es mit einem Holzbrett verdeckt.«

Katrina senkte das Kinn.

»Ich nehme an, das Brett war dazu da, damit dir Elstern oder auch Krähen das schöne Schmuckstück nicht stehlen. Manche Vögel werden ja von glitzernden Gegenständen angelockt.«

Stille.

»Jedenfalls scheint dir die Kette mit dem Anhänger sehr wichtig zu sein. Ansonsten hättest du dir nicht ein so gutes Versteck dafür ausgedacht. Ich muss zugeben, ich hätte es beinahe übersehen.«

Das Mädchen schluckte.

»Magst du Eulen?«

Erneut kam keine Antwort.

»Ich finde sie sehr interessant. Nachtaktiv und äußerst mysteriös. Ihre Augen schauen dich frontal an. Das unterscheidet sie von anderen Vögeln. Sie haben ein beinahe menschliches Gesicht.«

Katrina warf ihr einen scheuen Blick zu.

»Noch einmal, woher hast du die silberne Eule?«

Sie zuckte mit den Schultern. »Ist das denn so wichtig?«

»Selbstverständlich. Ich sagte dir ja schon bei unserem letzten Gespräch, dass noch andere Menschen ermordet wurden, auf ähnliche Art wie deine Mutter. Und bei unseren Ermittlungen haben wir bereits einen wichtigen Hinweis auf genauso einen Anhänger in Form einer Eule.« Sie lehnte sich vor. »Und jetzt hör mir gut zu. Wenn du mir sagst, von wem du den Schmuck hast, bringt uns das bei der Aufklärung der Mordserie einen großen Schritt weiter.«

Katrina verzog das Gesicht. »Ich darf nicht verraten, von wem ich die Kette habe.«

»Wieso nicht?«

»Es ist ein Geheimnis.«

»Du kannst es gern mit mir teilen.«

Kopfschütteln.

»Warum hast du sie versteckt?«

Katrina nagte an ihrer Unterlippe.

»Rede mit mir, es wird dich erleichtern.«

»Ich soll doch nichts von Fremden annehmen. Mama hätte mit mir geschimpft. Aber ich fand den Anhänger so schön. Ich wollte ihn unbedingt behalten.«

»Wer hat ihn dir gegeben?«

»Es war ein Geschenk. Es sollte mich trösten. Weil ich so traurig war.«

»Weshalb warst du denn traurig?«

Sie schniefte. »Ich lag vor Kurzem im Krankenhaus. Hatte mir zwei Rippen gebrochen.«

»Wie ist das passiert?«

»Ich bin gestürzt. Mama hat gesagt, ich soll erzählen, ich sei vom Fahrrad gefallen.«

»Aber das entsprach nicht der Wahrheit?«

Erneutes Kopfschütteln. »Es war kein Fahrradunfall.«

»Was war es dann?«

Katrina kamen die Tränen. »Sie hat es nicht so gemeint. Sie hat sich hinterher entschuldigt.«

»Wer? Deine Mutter?«

Katrina nickte.

»Ihr hattet also Streit?«

Abermals nickte sie. »Es war an einem Abend vor vier Wochen. Mama hatte für uns beide gekocht, aber ich wollte nicht mit ihr essen. Den ganzen Tag über hatten wir uns schon gestritten.«

»Worum ging es dabei?«

»Ich wollte lieber bei Papa sein. Ich hab ihn vermisst.«

»Und das hast du deiner Mutter gesagt?«

»Ja. Sie war deswegen wütend auf mich. Sie hatte an diesem Abend bereits den Tisch für uns beide gedeckt. Aber ich bin raus in den Garten und aufs Baumhaus geklettert. Ganz nach oben. Weit weg von ihr. Doch sie kam hinterher und schimpfte mit mir. Sie sagte, sie würde das Baumhaus abreißen lassen. Weil Papa es gebaut hat und es sie immerzu an ihn erinnert. Denn er hat sie betrogen. Und ihre Ehe ist deshalb in die Brüche gegangen. Sie war so unglaublich wütend.«

»Was geschah weiter?«

»Ich sagte zu ihr, ich bleibe solange im Baumhaus, bis sie mich öfter bei Papa übernachten lässt.«

»Und dann?«

»Sie schrie. War völlig außer sich. Ich kauerte mich in einer Ecke zusammen. Sie zerrte mich hoch. Ich rief: ›Lass mich los.‹ Und dann gab sie mir einen Schubs, und ich verlor den Halt.«

Carlotta atmete tief durch. »Bist du etwa vom Baumhaus gestürzt?«

»Hmm. Zum Glück nur von der oberen in die untere Etage.«

Die ungesicherte Öffnung in der Holzplattform, durchfuhr es sie. Dort, wo die Strickleiter befestigt war.

Katrina weinte. »Wäre ich tiefer gefallen, hätte ich das wohl nicht überlebt.«

Carlotta griff nach ihrer Hand und drückte sie für einen Moment. »Das tut mir sehr leid.«

»Ich hatte entsetzliche Schmerzen und bekam kaum noch Luft. Mama kletterte zu mir runter. Sie war sehr erschrocken, entschuldigte sich bei mir. Und dann fuhr sie mit mir ins Krankenhaus. Unterwegs bat sie mich, ich solle den Ärzten sagen, ich sei vom Fahrrad gestürzt.«

Carlotta senkte die Stimme. »Hat sie dir eigentlich öfter wehgetan?«

»Na ja. Sie gab mir ab und zu eine Ohrfeige. Aber das geschah nur, wenn sie äußerst gestresst war.«

»Wem hast du davon erzählt?«

Schweigen.

»Katrina. Bitte sag mir, wem du verraten hast, dass dich deine Mutter vom Baumhaus gestoßen hat.«

Sie schluchzte.

Schließlich flüsterte sie: »Dem Clown. Ihm habe ich es verraten.«

Carlotta holte Luft. »Der große rote Mund, von dem du geträumt hast, gehörte also tatsächlich zu einem Clown?«

»Ja.«

»Und den gibt es in Wirklichkeit?«

»So ist es.«

»Wo bist du ihm begegnet?«

»In der Klinik, in der ich behandelt wurde. Ich musste insgesamt eine Woche zur Beobachtung dortbleiben. Eines Nachmittags kam er in mein Krankenzimmer und fing an, seine Späße zu machen.«

»Hat er denn dort gearbeitet?«

»Ich denke schon. Ich sah ihn schon einmal zuvor auf der Station. Ich glaube, er war für die Kinder da. Jedenfalls kam er zu mir herein, um mich aufzuheitern. Aber ich war so niedergeschlagen, dass ich …« Sie brach ab.

»Erzähl weiter.«

»Ich konnte einfach nicht über ihn lachen. Und dann setzte er sich an mein Bett. Am Anfang sprach er kein Wort, dafür machte er … komische Bewegungen.«

»War es vielleicht eine Pantomime?«

»Ich denke, ja. Er erklärte mir mit seinen Gesten, ich solle ihm verraten, warum ich traurig sei. Da fing ich an zu weinen. Und daraufhin sprach er doch zu mir. Er hatte eine merkwürdige Stimme.«

»Kannst du sie mir beschreiben?«

»Sie klang irgendwie sehr hoch, wie von einem kleinen Kind.«

»Was hat er gesagt?«

»Er flüsterte mir zu, es bleibt unser Geheimnis. Er könne schweigen wie ein Grab. Und dann schlug er mir vor, ich solle auf einen Zettel schreiben, was passiert sei. Niemand außer ihm würde ihn lesen.«

»Und das hast du gemacht?«

»Ja. Ich schrieb auf, was Mama getan hatte. Er las den Zettel, zerknüllte ihn und schob ihn sich in den Mund. Er kaute darauf herum. Und dann verschluckte er ihn. Anschließend schenkte er mir die Kette mit dem Anhänger. Zum Trost, sagte er, wegen meiner Schmerzen.«

»Warum hast du mir das nicht früher erzählt?«

»Ich habe mich schrecklich geschämt. Mama war doch kein böser Mensch. Ich habe zwar sehr unter ihr gelitten. Aber sie war kein Ungeheuer. Und nun ist sie tot.«

Katrina weinte.

Carlotta setzte sich neben sie und nahm sie in den Arm.

»Dich trifft keine Schuld«, sagte sie leise. »Wirklich nicht. Das musst du mir glauben. Ich wäre gern länger bei dir, um dir bei deiner Trauer zu helfen. Aber ich muss jetzt dringend los.«

Schließlich erhob sie sich und fragte nach dem Namen der Klinik.

ACHTUNDVIERZIG

Freitag, 1. Dezember, drei Uhr morgens

Alexa vernahm ein entferntes Geräusch. Es war merkwürdig verzerrt. Unter größter Anstrengung versuchte sie, die Augen zu öffnen.

Es gelang ihr nicht.

Ihr war übel. Ein Brechreiz kroch ihre Kehle hinauf.

Das Geräusch wurde stärker. Es klang wie ein Knirschen und Schmatzen.

Ihre Lider flackerten. Ein heftiges Schwindelgefühl überkam sie.

Sie warf den Kopf herum.

»Alexa?«, meldete sich eine Stimme.

Sie stöhnte.

»Bist du wach?«

Sie riss die Augen auf. Alles war verschwommen. Erneut stöhnte sie.

»Hast du Hunger?«

Die Stimme klang fistelig und hoch.

Wo war sie?

Undeutlich machte sie die Umrisse eines Raums aus. Die kahlen Wände schienen zu schwanken. Gleißendes Licht blendete sie.

Schließlich blickte sie an sich herab.

Sie saß auf einem Stuhl. Ihre Hände waren an die Armlehnen gefesselt. Auch an ihren Füßen befanden sich Kabelbinder.

Alexa erschrak. Sie atmete heftig.

»Ich habe etwas Leckeres für dich«, säuselte die Stimme.

Alexa rang nach Luft.

Ihr gegenüber hockte der Clown, eine Schale mit Gebäck im Schoß.

Es waren Lebkuchenmänner.

Er schob sich einen davon in den Mund und biss hinein. Es krachte, knirschte.

Er schmatzte und grinste sie an.

Sein weißes Gesicht war unheimlich. Dazu dieser riesige Mund. Grellrot. Mit fetten Farbstrichen bis zu den Wangen hinauf verlängert.

Er lehnte sich vor.

»Lass dich von mir verwöhnen.« Er hielt ihr einen der Lebkuchenmänner hin. Der Zuckermund auf dem Gebäckstück lächelte sie an.

Alexa brachte nur ein Keuchen hervor.

Hinter dem Stuhl des Clowns stand eine Lampe. Der Lichtstrahl war direkt auf sie gerichtet.

Sie blinzelte.

»Ich bin verrückt nach dieser Leckerei«, sagte der Clown. »Ich backe mir öfter ein ganzes Blech davon. Nicht nur zur Weihnachtszeit. Ich liebe Figuren aus Lebkuchen. Das gesamte Jahr über erfreue ich mich an ihnen. Sie schmecken so herrlich zimtig. Nach Nelken und Kardamom.«

Er schwenkte einen der Lebkuchenmänner vor ihr herum. »Willst du nicht wenigstens mal kosten, Alexa? Eine Hand vielleicht?«

Er biss die Hand ab und aß sie auf.

»Oder einen Fuß?« Er biss krachend hinein.

Der Clown giggelte.

»Vielleicht lieber den Kopf?« Er verschlang ihn vor ihren Augen.

Sie bäumte sich auf. Die Kabelbinder schnitten sich in ihre Haut. »Lassen Sie mich gehen.«

Sein Gesicht verzog sich zu einer Mimik des Bedauerns.

»Was wollen Sie von mir?«, stieß sie hervor.

Er ließ den angeknabberten Lebkuchenmann in die Schale sinken. Seine Mundwinkel zogen sich nach unten. Er schnitt eine Fratze der Traurigkeit. Seine Augen wirkten seltsam farblos zwischen all der weißen Schminke.

Alexa dachte an ihre Mutter. Was war mit ihr passiert?

»Bitte lassen Sie mich hier raus.«

Er sperrte den Mund weit auf, als würde er vor Kummer laut aufheulen. Pantomimisch bewegte er die Hände vor seinem Gesicht, als müsste er ein Meer aus Tränen auffangen. Sein Körper bebte, die bunten Bommeln an seiner hellen Jacke schaukelten hin und her. Er grimassierte wild und steigerte sich in eine stumme Darbietung grenzenloser Trauer hinein.

Es schauderte sie.

»Hören Sie auf damit«, rief sie aus.

Abrupt hielt der Clown inne. Seine Miene war nun völlig unbeweglich.

Dann sagte er leise: »Deiner Mutter geht es sicherlich schon besser. Es war nur ein kleiner Schlag auf den Kopf. Und du wirst es gut bei mir haben, Alexa.«

Er rückte mit seinem Stuhl näher an sie heran. »Oder hast du etwa Angst vor mir? Fürchtest du dich vor einem armen Clown?«

»Was habe ich Ihnen getan? Warum haben Sie mich entführt?«

»Nicht traurig sein.«

Plötzlich hielt er etwas in der Hand. Es war die Schatulle, die er ihr schon einmal gezeigt hatte, nachdem sie ihm vor dem Kaufhaus begegnet war.

Sein Mund öffnete sich zu einem breiten Grinsen. »Für dich. Mein Geschenk. Nimmst du es jetzt an?«

Alexa schüttelte entgeistert den Kopf.

Er öffnete die Schatulle. Wieder erkannte sie das Funkeln darin.

Der Clown stand auf und nahm feierlich eine Silberkette heraus. Daran befestigt war ein Anhänger in der Form einer kleinen Eule.

»Ist sie nicht hübsch?«, fragte er mit hoher Stimme.

Ihr lief ein Schauer über den Rücken, als er sie mit seinen Stoffhandschuhen berührte. Er strich ihr das Haar aus dem Nacken und legte ihr die Kette um.

Er trat einen Schritt zurück und führte eine Pantomime der Begeisterung und Bewunderung auf.

Da kamen Alexa die Tränen.

Sofort änderte sich seine Mimik zu einem Ausdruck des Erstaunens.

Der Clown zauberte ein weißes Taschentuch aus seiner Jacke hervor.

»Aber nicht doch, Alexa. Es ist besser zu lachen als zu weinen. Ich will dich aufmuntern.«

Abermals stieß er sein unheimliches Kichern aus.

Sie schniefte.

»Nein, nein. Fort mit dem Kummer. Meine Späße sollen dich beglücken.«

»Ich will nach Hause.«

»Zurück zu deinem Vater? Ich habe ihn im Fernsehen gesehen. Er hat sich an die Öffentlichkeit gewandt. Ist in großer Sorge um dich. So ein mächtiger, reicher Mann. Plötzlich ist seine Tochter verschwunden.«

Er vollführte eine Pantomime des Entsetzens, ließ den Kopf hängen und warf die Hände in die Luft.

Schließlich tupfte er ihr mit seinem Tuch die Tränen aus dem Gesicht.

»Hab keine Angst«, raunte er ihr zu. »Bei mir bist du in Sicherheit.«

NEUNUNDVIERZIG

Freitag, 1. Dezember, vier Uhr morgens

Carlotta startete ihren Bulli und fuhr los. Kurz darauf bog sie in die Oranienburger Straße ein. Sie erreichte die Friedrichstraße und beschleunigte.

Sie fingerte nach ihrem Handy und wollte gerade Trojan anrufen, als sie auf einmal innehielt.

Sie dachte an Corinne. Wie die Siebzehnjährige von ihrem Traum in der Mordnacht erzählt hatte. Der Clown, der ihr erschienen war. Danach hatte sie eine Geste gemacht, über die Carlotta stutzig geworden war.

Es war bloß eine kurze Irritation gewesen, die sie in ihrem Unterbewusstsein abgespeichert hatte.

Sie erinnerte sich an ihre Mimik. Die Jugendliche hatte plötzlich ihr Gesicht verzogen. Danach war ihre Hand auf ihren Bauch geglitten.

Ein Wort war gefallen, ein einziger Begriff.

Carlotta ahnte, dass ihr Gehirn aus einem besonderen Grund ausgerechnet jetzt danach suchte. Als habe diese beiläufige Bemerkung etwas mit dem Gespräch zu tun, das sie soeben mit Katrina geführt hatte.

Gab es da vielleicht noch eine Verbindung? Es war nicht nur der Traum von einem Clown und dessen wahrer Hintergrund. Es ging um mehr als das. Zumindest verriet ihr das ihre diffuse Unruhe.

Sie dachte angestrengt nach.

Und plötzlich fiel es ihr wieder ein.

Die eine Hand am Steuer, den Blick halb auf die Straße, halb aufs Display ihres Handys gerichtet, suchte sie nach einer bestimmten Nummer im Verzeichnis. Sie hätte sich längst eine Freisprechanlage in ihrem Camper einrichten lassen sollen.

Endlich hatte sie den Eintrag gefunden und klickte drauf.

Zu ihrem Erstaunen hob Mechthild Meiler trotz der frühen Uhrzeit gleich nach dem dritten Freizeichen ab.

»Hallo?«

»Carlotta Weiss, LKA Berlin. Bitte entschuldigen Sie, falls ich Sie geweckt habe, aber es ist sehr dringend.«

Die Stimme am anderen Ende klang schleppend und apathisch. »Seit dem Tod meines Mannes schlafe ich ohnehin nicht mehr.«

»Es geht um Ihre Tochter. Könnten Sie sie ans Telefon holen?«

»Corinne ist nicht hier.«

»Wo ist sie denn?«

»Angeblich bei einer Freundin.«

»Wie heißt sie?«

»Ich habe keine Ahnung.«

»Corinne ist siebzehn, da sollten Sie doch …«

»Sie hat sie mir nicht vorgestellt. Ich weiß weder ihren Namen noch ihre Adresse.«

»Das ist aber merkwürdig.«

»Corinne ist nun schon die zweite Nacht weg. Sie kam auch zwischenzeitlich nicht nach Hause.«

»Sind Sie deshalb nicht in großer Sorge?«

»Das schon, aber …« Mechthild Meiler brach ab. Nach einer Pause fügte sie hinzu: »Mir geht es nicht besonders gut.«

Carlotta bog am Hauptbahnhof auf die B96 nach Wedding

ein und drückte das Gaspedal durch. Der Motor ihres Bullis ratterte wie eine Nähmaschine. »Hat Corinne ein Handy?«

»Ja. Allerdings meldet sich nur die Mailbox, wenn ich versuche, sie zu erreichen.«

»Schicken Sie mir die Nummer.«

»Das kann ich gerne tun.«

»Am besten gleich.«

»In Ordnung.«

Kurz darauf traf eine SMS mit Corinnes Kontaktdaten ein.

»Gut«, sagte Carlotta, »ich kümmere mich darum. Nun zu meiner Frage, ich kann Sie auch Ihnen stellen: Ihre Tochter erwähnte, sie habe vor Kurzem einen Blinddarmdurchbruch erlitten. Wann war das genau?«

Die Antwort kam mit Verzögerung. »Vor vier Wochen.«

Das passt, dachte Carlotta.

»Und in welchem Krankenhaus lag sie?«

Stille am anderen Ende. Sie wartete gespannt ab.

»Frau Meiler? Sind Sie noch dran?«

»Ja.«

»Wo wurde sie eingeliefert?«

»Ich habe sie selbst ins Virchow-Klinikum gefahren, weil sie entsetzliche Schmerzen hatte.«

»War sie dort vielleicht in der Klinik für Kinder- und Jugendmedizin?«

»Ja.«

Volltreffer. Genau dorthin war Carlotta unterwegs. Es war dasselbe Krankenhaus, in dem auch Katrina vor vier Wochen behandelt worden war.

Und dort war sie einem Clown begegnet.

»Frau Meiler, das ist jetzt überaus wichtig: Wie kam es zu diesem Blinddarmdurchbruch?«

Schweigen.

»Hallo?«

Es klickte.

Die Verbindung war unterbrochen.

Carlotta rief noch einmal an. Jedoch wurde sie sofort auf die Mailbox umgeleitet.

Sonderbar, dachte sie.

Sie versuchte es unter Corinnes Nummer, aber auch diese war nicht zu erreichen.

Kurz darauf fuhr sie über die Fennbrücke, bog links ab und fuhr am Nordufer weiter.

Schließlich kontaktierte sie Trojan am Telefon.

Er hob umgehend ab.

»Ja?«

»Nils«, sagte sie ohne Umschweife. »Ich habe etwas sehr Wichtiges herausgefunden.«

Sie berichtete ihm von ihrem Gespräch mit Katrina. Wie diese ihr endlich die Wahrheit erzählt hatte. In knappen Sätzen fasste sie den handgreiflichen Streit mit der Mutter zusammen, den gefährlichen Sturz aus der oberen Etage des Baumhauses, die Rippenbrüche.

»Wann war das?«, fragte Trojan.

»Vor vier Wochen. Und nun pass auf. Sowohl Katrina Fries als auch Corinne Meiler wurden zu diesem Zeitpunkt in demselben Krankenhaus behandelt. Katrina wegen der gebrochenen Rippen und Corinne wegen eines Blinddarmdurchbruchs.«

Sie hörte, wie Nils am anderen Ende den Atem ausstieß. »Großartige Arbeit, Carlotta. Das ist eine äußerst wichtige Verbindung.«

»Ja. Aber es kommt noch besser. Katrina hat mir heute Nacht außerdem gestanden, dass der rote Mund, von dem sie geträumt hat, wirklich zu einem Clown gehört. Und sie ist ihm tatsächlich begegnet.«

»Wo?«

»In dem Krankenhaus, in dem sie vor vier Wochen gelegen hat. Und zwar im Virchow-Klinikum in Wedding.«

»Wo auch Corinne zu dieser Zeit war?«

»Ja. Das sagte mir jedenfalls deren Mutter. Nur kann ich Corinne selbst gerade nicht erreichen.«

»Was hatte der Clown dort zu suchen?«

»Er scheint sich auf der Station um kranke Kinder gekümmert zu haben. Und stell dir vor: Er hat Katrina etwas geschenkt. Du wirst nicht glauben, was es ist.«

»Spann mich nicht auf die Folter.«

»Eine Kette mit einer kleinen Silbereule.«

Nun klang Trojan vollends verblüfft. »Wie auf dem Gemälde?«

»So ist es.«

»Wo bist du gerade?«

»Auf dem Weg in die Klinik.«

»Wir treffen uns dort.«

FÜNFZIG

Nach einigem Hin und Her wurden sie in den Gebäudeteilen für Kinder- und Jugendmedizin im Virchow-Klinikum an einen Internisten verwiesen, der sich im Nachtdienst befand und sie in seinem Büro empfing.

Er stellte sich ihnen als Dr. Geller vor, ein Mann in den Fünfzigern, Halbglatze, Designerbrille.

Nachdem Carlotta und Trojan ihm ihre Dienstausweise gezeigt und ihr Anliegen erklärt hatten, suchte er für sie nach den beiden ehemaligen Patientinnen in seinem Computer.

Schließlich hob er den Blick. »Ende Oktober waren tatsächlich eine Katrina Fries, zwölf Jahre alt, und eine Corinne Meiler, siebzehn Jahre alt, bei uns in der Pädiatrie.«

»Können Sie uns mehr über ihre Krankengeschichten erzählen?«, fragte Trojan.

»Das ist aus verschiedenen Gründen leider nicht möglich.« Dr. Geller setzte zu einem längeren Vortrag über Datenschutz an.

Carlotta unterbrach ihn unwirsch: »Wir ermitteln in einer äußerst grausamen Mordserie. Zudem wurde gestern Abend ein achtzehnjähriges Mädchen verschleppt. Wir können auf Vorschriften keine Rücksicht nehmen.«

Geller hatte weitere Einwände, doch Trojan fuhr dazwischen. »Hören Sie nicht, was meine Kollegin gesagt hat? Das Leben einer Jugendlichen ist in Gefahr. Und höchstwahrscheinlich hielt sich der Kidnapper in dieser Klinik auf.«

Der Arzt schaute wieder auf seinen Computerbildschirm. »Welche Informationen brauchen Sie denn?«

»Wir wissen mittlerweile, dass Katrina Fries wegen Rippenbrüchen behandelt wurde«, sagte Carlotta. »Außerdem haben wir in Erfahrung gebracht, dass dabei Fremdeinwirkung vorlag.«

»Davon ist mir nichts bekannt.«

»Tatsächlich nicht?«

»Nein.«

»Okay, dann befassen wir uns eben mehr mit Corinne Meiler und ihrem Blinddarmdurchbruch. Bestand der Verdacht, dass dieser durch Gewaltanwendung ausgelöst wurde?«

»Nun, wenn dem so wäre, hätten meine Kollegen und ich dies natürlich polizeilich gemeldet.«

Trojan räusperte sich. »Gab es vielleicht trotz alledem irgendwelche Auffälligkeiten bei der Patientin?«

Geller zuckte mit den Schultern.

Nils setzte nach. »Anders gefragt, selbst wenn Sie und Ihre Kollegen sich nicht ganz sicher waren und deshalb keine Anzeige erstatteten, wie würden Sie das heute einschätzen?«

Der Internist scrollte sich durch die Einträge. »Ich hatte an dem Tag, als Corinne Meiler eingeliefert wurde und sofort operiert werden musste, keinen Dienst, also kann ich Ihnen auch nicht viel dazu sagen.«

Carlotta atmete durch. »Ist es nicht so, dass ein Blinddarmdurchbruch auch durch Schläge und Tritte verursacht werden kann?«

»Das ist durchaus möglich.«

»Hatte Corinne denn irgendwelche äußerlich erkennbaren Verletzungen?«

»Das müssten Sie die Kollegen fragen.«

»Ist es nicht in der Akte vermerkt?«

»Wie gesagt, ich darf Ihnen darüber eigentlich keine Auskunft geben. Es sei denn, Sie haben einen richterlichen Beschluss, der mich von meiner Schweigepflicht entbindet.«

Carlotta war um einen ruhigen Tonfall bemüht. »Es handelt sich um Gefahr in Verzug.«

»Es tut mir sehr leid, aber …«

»Machen wir es doch so. Sie haben die Akte vor sich, wissen, was drinsteht. Ich nenne Ihnen ein paar Verletzungen, und Sie schauen mich einfach nur an.«

»Wenn Ihnen das weiterhilft.«

»Hatte Corinne Prellungen, als sie eingeliefert wurde?«

Schweigen. Ein kaum merkliches Zucken um die Mundwinkel.

»Blutergüsse?«

Eine Mikroreaktion rund um seine Augenwinkel.

Carlotta verschränkte die Arme vor der Brust. »Ich deute das mal als ein zweifaches Ja.«

Geller, der sich offenbar durchschaut fühlte, wiegte den Kopf. »Die Jugendliche gab an, sie sei unglücklich gestürzt.«

»Erinnern Sie sich denn an das Mädchen? Sie war doch wohl länger auf der Station. Bei irgendeiner Visite müssten Sie ihr doch mal begegnet sein.«

»Wissen Sie, wir haben so viele Patienten hier, ich kann mich wirklich nicht an jeden einzelnen erinnern.«

Trojan ergriff das Wort. »Es gab also Ungereimtheiten, nehme ich mal an.«

»Wie kommen Sie darauf?«

»Sonst würden Sie sich uns gegenüber nicht so widerspenstig verhalten. Sie haben doch nur Angst, dass wir Sie nachträglich zur Verantwortung ziehen.«

»Meinen Kollegen sind wohl tatsächlich ein paar Unstimmigkeiten aufgefallen. Zumindest steht das in der Akte.«

»Geht es auch etwas konkreter?«

Geller überflog die Einträge. »Eines ist tatsächlich merkwürdig.«

»Was?«

»Auch das dürfte ich Ihnen aus datenschutzrechtlichen Gründen eigentlich nicht verraten.«

Trojan stieß empört die Luft aus.

Carlotta schaltete sich wieder in das Gespräch ein. »Das ist jetzt nur eine Mutmaßung. Aber war es eventuell so, dass Corinne öfter auf der Station behandelt werden musste?«

Abermals gab es eine entlarvende Mikroexpression in seinem Gesicht.

»Und wurde auch Corinnes Mutter wegen einiger Verletzungen in diesem Krankenhaus medizinisch versorgt? Natürlich nicht auf der Kinderstation, sondern woanders?«

Diesmal brauchte sie nicht einmal auf seine Mikromimik zu achten, denn Geller nickte andeutungsweise mit dem Kopf.

»Geschah dies mehrfach?«

Der Arzt druckste herum.

»Das Klinikpersonal hat sich bereits gewundert?«

»Möglicherweise bestand ein Anfangsverdacht, offenbar ist aber niemand …«

»Lassen Sie mich raten«, sagte Trojan, »auch Mechthild Meiler gab an, sie sei unglücklich gestürzt oder habe sich bei Verrichtungen im Haushalt verletzt. Ist das richtig?«

Geller holte tief Luft. »Ich kann Ihnen versichern, dass wir ein Fremdeinwirken sofort melden würden. Allerdings sind wir oftmals überlastet und können nicht …«

»Schon gut,« unterbrach ihn Trojan schroff. »Nun zu unserer wichtigsten Frage: Wurde vor Kurzem ein Clown auf dieser Station beschäftigt?«

Der Internist hob die Augenbrauen. »Ein Clown?«

»Ein Spaßmacher. Alleinunterhalter. Jemand, der die Kinder und Jugendlichen aufheitern soll.«

Geller rieb sich das Kinn. »So etwas wird meines Wissens nur in der Onkologie gemacht.«

»Sie meinen für krebskranke Kinder?«

»Ja.«

»Ist es denkbar, dass sich so ein Entertainer auch Zutritt zu anderen Stationen verschafft hat?«

»Das kann ich zumindest nicht ausschließen.«

»Wen müssen wir fragen, um herauszufinden, ob hier kürzlich ein Clown engagiert wurde?«

»Sie sollten sich an die Krankenhausleitung wenden.«

Trojan schien allmählich der Kragen zu platzen. »Dr. Geller, bei diesem Clown könnte es sich um einen Serienmörder handeln. Würden Sie sich darum bitte schön endlich als kooperativ erweisen?«

Geller klapperte auf der Tastatur. »Ich habe hier eine Mobilnummer von der Leiterin der Klinik. Sie ist allerdings nur für Notfälle gedacht.«

Trojan sprang auf. »Geben Sie uns die Nummer – und zwar schnell.«

EINUNDFÜNFZIG

Freitag, 1. Dezember, fünf Uhr morgens

Nils drückte das Gaspedal seines Dienstwagens durch. Carlotta saß neben ihm auf dem Beifahrersitz. Ihren Bulli hatten sie vor dem Krankenhaus stehen gelassen, weil er schlichtweg zu langsam fuhr.

Über die Seestraße erreichte er die Amrumer Straße und beschleunigte. Mit quietschenden Reifen bog er in die Luxemburger Straße ein. Auf der Müllerstraße erhöhte er das Tempo erneut.

Er hatte das Blaulicht aufs Wagendach gestellt. Die Sirene heulte.

In seinem Kopf überschlugen sich die Gedanken. Waren sie kurz davor, den Fall aufzuklären? Konnte Alexa vor dem Killer noch gerettet werden?

Gerade eben hatten sie die Leiterin der Klinik aus dem Schlaf gerissen. Diese konnte sich von zu Hause aus in ihren Dienstcomputer einloggen und ihnen am Telefon den Namen eines Alleinunterhalters nennen, den sie vor einem Monat für die Kinderonkologie engagiert hatte. Nach wenigen Tagen jedoch war das Projekt wiedereingestellt worden, weil nicht alle Patienten darauf positiv reagiert hatten.

»Wieso nicht?«, hatte Trojan gefragt.

»Die Späße dieses Entertainers kamen nicht immer gut an.«

»Wie sind Sie auf ihn gestoßen?«

»Über eine Eventagentur.«

Nach einem Datenabgleich mit dem Melderegister hatten sie ein Foto und eine Adresse. Fritz Klamm, einundvierzig Jahre alt, der auf vielen Veranstaltungen als Clown unterwegs war, wohnte in Friedrichshain.

War das der Mann, den die Boulevardpresse reißerisch den LEBKUCHENKILLER nannte?

Trojan war angespannt. Sein Nacken schmerzte. Sein Herz hämmerte in der Brust.

»Fassen wir es einmal zusammen«, sagte er zu Carlotta. »Beide Mädchen, sowohl Katrina als auch Corinne, wurden in demselben Zeitraum in der Klinik behandelt.«

Carlotta nickte. »Katrina bekam in ihrem Krankenzimmer Besuch von einem Clown, der sie aufheitern wollte. Sie hat ihm daraufhin gestanden, dass sie von ihrer Mutter vom Baumhaus gestoßen wurde.«

»Was einer schweren Misshandlung gleichkommt.«

»Ja. Sie wurde von ihr auch öfter geohrfeigt, wie sie mir gestanden hat.«

»Wir können annehmen, dass auch Corinne Kontakt zu diesem Clown hatte.«

»Richtig. Nach ihrer Operation wegen des Blinddarmdurchbruchs war sie vielleicht noch von den Nachwirkungen eines Narkosemittels beeinträchtigt, als er zu ihr kam.«

»Das würde erklären, warum sie sich nicht richtig an ihn erinnern kann«, sagte Trojan.

»Genau. Doch in ihrem Unterbewusstsein wurde die Begegnung abgespeichert. Das könnte der Grund sein, warum sie in der Mordnacht ausgerechnet von diesem Clown geträumt hat. Solche seelischen Reaktionen sind bei sensiblen Menschen keine Seltenheit.«

»Sie hatte also eine Vorahnung.«

»Richtig.«

»Daraus können wir schlussfolgern, dass auch sie dem Clown ein dunkles Geheimnis anvertraut hat.«

Abermals nickte Carlotta. »Manche Menschen sprechen unter der Wirkung von Betäubungsmitteln Wahrheiten aus, die sie unter normalen Umständen ganz sicher verschweigen würden.«

»Wir gehen demnach davon aus, dass Corinne ebenfalls misshandelt wurde.«

»Vermutlich von ihrem Vater.«

»Höchstwahrscheinlich hatte Mechthild Meiler genauso unter den Gewaltausbrüchen ihres Mannes zu leiden.«

»Deshalb wurde sie selbst öfter im Virchow-Klinikum behandelt. Sie verhält sich merkwürdig, antwortet nicht auf Fragen. Als ich vorhin mit ihr telefoniert habe und mit ihr über die wahren Hintergründe des Blinddarmdurchbruchs ihrer Tochter reden wollte, hat sie einfach aufgelegt.« Carlotta sah ihn an. »Im Übrigen ist Corinne seit zwei Nächten nicht mehr zu Hause aufgetaucht.«

»Und wo ist sie?«

»Angeblich bei einer Freundin, aber ihre Mutter kennt weder deren Namen noch die Adresse.«

Trojan umklammerte mit beiden Händen das Lenkrad. »Das ist merkwürdig. Hoffen wir, dass nicht noch eine weitere Jugendliche verschwunden ist.«

»Wir sollten uns später darum kümmern.«

»In Ordnung.«

Er hatte die Torstraße erreicht, raste bei Rot über eine Kreuzung. Noch war der Verkehr überschaubar. »Was meinst du, warum schweigen sich Mutter und Tochter aus?«

»Die Dunkelziffer bei häuslicher Gewalt ist sehr hoch. Das hat viel mit Scham zu tun. Außerdem fühlen sich die Betroffenen machtlos. Möglicherweise hatte Henning Meiler Frau und Kind so sehr unter Kontrolle, dass sie nicht den Mut aufbrachten, sich an jemanden von außen zu wenden.«

»Meiler wurde von seinen Kollegen als unauffällig und höflich bezeichnet.«

»Aber auch als sehr ehrgeizig. Wahrscheinlich stand er unter enormem beruflichem Druck. Und den könnte er durchaus zu Hause an seiner Familie ausgelassen haben.«

»Mechthild und Corinne Meiler ist von außen nichts anzusehen.«

»Wenn wir mit unserer Vermutung richtigliegen und Henning Meiler zu Gewaltausbrüchen neigte, hat er wohl sehr darauf geachtet, Frau und Kind nicht im Gesicht zu verletzen, damit es nicht auffällig wird.«

»Es ist erschütternd, dass sich auch Katrina bisher niemandem offenbart hat«, sagte Trojan. »Wärst du nicht so beharrlich gewesen, wäre die Wahrheit nicht ans Licht gekommen. Nicht einmal ihr Vater schien etwas von dem Sturz vom Baumhaus gewusst zu haben.«

»Allerdings verrät es die Zwölfjährige zuvor einem Clown. Und der scheint sehr suggestiv vorzugehen. Anders hätte er ihr das Geheimnis nicht entlocken können.«

»Warum schleicht er sich auf einer Kinderstation herum?«

»Er sucht nach den Opfern häuslicher Übergriffe, nehme ich an«, sagte Carlotta.

»Gewalt gegen Kinder und Jugendliche. Möglicherweise auch gegen Frauen. Damit hätten wir ein Motiv.«

»Das scheint ein Trigger für den Mörder zu sein. Vermutlich hat er selbst Gewalterfahrungen durchgemacht.«

Trojan raste mit seinem BMW die Mollstraße entlang, welche schließlich in die Landsberger Allee mündete. »Nach diesen Erkenntnissen sollten wir das Verhältnis von Peer Linde zu seiner Tochter und seiner Frau gründlich unter die Lupe nehmen.«

»Unbedingt. Auch wenn ihm das als Bezirksbürgermeister und Person des öffentlichen Lebens nicht recht sein wird. Wir müssen mit seinem Widerstand rechnen, wenn wir anfangen, sein Privatleben zu durchforsten.«

»Wie passen Tanja Grater und Robert Lumen ins Bild? Und welche Rolle spielt die unbekannte Frau auf dem Gemälde?«

»Das ist allerdings noch sehr schleierhaft. Die Kette mit der Silbereule, die die Frau auf dem Bild trägt, scheint für den Mörder jedenfalls von großer Bedeutung zu sein.«

»Er schenkt Katrina ein Schmuckstück, das dem auf dem Gemälde verblüffend ähnelt.« Carlotta hatte ihm das Beweisstück gezeigt. Trojan war beeindruckt, was sie in dieser Nacht alles herausgefunden hatte.

»Katrina sagte mir, der Clown habe ihr die Kette zum Trost für ihre Verletzungen gegeben.«

»Was ist das nur für ein Wahnsinniger?«, murmelte Trojan. »Dieses Bild, die Eule, die Frau mit der Larve. Was hat das alles für eine Bewandtnis?«

»Noch ist einiges im Unklaren. Aber wir haben zumindest den Hinweis auf den Clown.«

Fritz Klamm, dachte er und fuhr noch schneller.

Schließlich bog er scharf ab und erreichte die Danziger Straße.

Nur wenig später hielten sie vor einem unscheinbaren Haus in der Kochhannstraße.

ZWEIUNDFÜNFZIG

Sie positionierten sich vor der Wohnungstür. Beide hatten ihre Dienstwaffen gezückt.

Trojans Nerven waren aufs Äußerste gespannt. Es handelte sich um Gefahr in Verzug. Jetzt auf den Klingelknopf zu drücken, wäre fatal.

Carlotta nickte ihm zu, und er zielte auf das Türschloss, zählte innerlich von zehn rückwärts.

Ihm war, als könnte er das Adrenalin in seinen Adern spüren, wie es ihn heiß durchzuckte.

Schon war er bei drei angelangt.

Zwei.

Eins.

Null.

Er drückte ab. Feuerte ein zweites Mal. Die Querschläger jaulten. Schließlich war das Schloss aufgesprengt. Ein Fußtritt, und die Tür sprang auf.

Sie stürmten hinein, die Waffen im Anschlag. Trojan voran, Carlotta gab ihm Deckung.

Die Wohnung war dunkel und ungelüftet. Ein muffiger Geruch schlug ihnen entgegen. Sie schalteten ihre Maglites ein. Die Lichtkegel wanderten.

Die erste Tür war nur einen Spaltbreit angelehnt. Trojan stieß sie mit dem Fuß auf und wirbelte hinein.

Es war die Küche. Er sicherte nach vorn, links, rechts.

Stapel von schmutzigem Geschirr in der Spüle. Ein Gestank

nach geronnener Milch. Er hörte Carlottas Atemgeräusche in seinem Rücken.

»Hier ist niemand«, murmelte er.

Die nächste Tür hing schief in den Angeln. Trojan riss sie auf. Das Licht seiner Stableuchte irrte umher.

Das Badezimmer, von der Größe her mehr eine Kammer. Der Wasserhahn tropfte, der Spiegel hatte einen Sprung. Der Duschvorhang war an den Rändern angeschimmelt.

Nils trat einen Schritt näher, ließ den Atem ausströmen und zog ihn zur Seite.

Nichts.

In diesem Moment überkam ihn eine ungute Vorahnung. Irgendetwas stimmte nicht.

Er ging zurück in den Flur. Carlotta hatte sich bereits vor der nächsten Tür aufgebaut. Es war die letzte, viel größer war die Wohnung nicht.

Sie gab ihm ein Zeichen, und er verstand. Er sollte ihr Deckung geben.

Sie stand breitbeinig da, die Waffe in der Rechten, die Maglite in der Linken, den rechten Unterarm auf dem linken abgestützt.

Trojan nahm Stellung an der Wand. Langsam schob er die Hand vor.

Carlotta nickte ihm kaum merklich zu. Er drückte die Klinke und öffnete.

Sie stürmte hinein. Er ihr nach.

Ein zerschlissener Sessel, ein Couchtisch, verschiedene Anziehsachen, die verstreut auf dem Boden lagen.

Carlottas Lichtstrahl aber hatte längst das Bett erfasst.

Trojans Herzschlag stolperte. Der Schweiß auf seiner Stirn fühlte sich kalt an.

Die Bettdecke, durchfuhr es ihn. Sie war auf eine Art zusammengebauscht, die ihn Schlimmstes befürchten ließ.

Ungefähr drei Sekunden lang rührten sie sich nicht.

Doch dann zog Carlotta die Decke weg.

Trojan erkannte zwei Augen und einen Mund. Sie waren aus Zuckerguss.

»Verdammt«, zischte er.

Auf dem schmutzigen Laken befand sich ein Lebkuchenmann.

Aber da lag noch etwas.

Es war leuchtend rot.

Er trat näher.

Carlotta atmete durch. Sie blickte ihn an. »Was hat das zu bedeuten?«

»Keine Ahnung.«

Er streifte sich Latexhandschuhe über und fasste den Gegenstand an. Ein Zugband war daran befestigt.

Es war eine rote Plastiknase, wie Clowns sie benutzten.

»Wir kommen zu spät«, sagte er.

Plötzlich fuhr er herum. Geräusche im Treppenhaus.

»Hallo?«, rief eine verschreckte Stimme.

Trojan eilte in den Flur.

Eine Frau in den Vierzigern, weißes Nachthemd, strähniges Haar, stand in der Wohnungstür. »Wer zum Teufel sind Sie?«, stieß sie hervor.

»Trojan, Kriminalpolizei, treten Sie zurück, das ist ein Tatort.«

Erschrocken machte sie ein paar Schritte rückwärts.

Er schob seine Waffe ins Holster, steckte die Maglite ein und ging zu ihr ins Treppenhaus. »Wie ist Ihr Name?«

»Helga Poltranski. Ich wohne auf derselben Etage.« Sie wies auf die Wohnungstür gleich gegenüber.

»Wir suchen nach Fritz Klamm.«

»Ich habe ihn hier schon seit einiger Zeit nicht mehr gesehen.«

»Wie lange genau?«

»Das letzte Mal habe ich vor ungefähr vier Wochen mit ihm gesprochen.«

Carlotta trat zu ihnen. »Was glauben Sie, wo er sich aufhalten könnte?«, fragte sie die Nachbarin.

»Ich weiß es nicht. Hab mir schon Sorgen gemacht. Fritz hat einige Probleme. Es läuft in seinem Job nicht besonders gut. Weshalb suchen Sie denn nach ihm?«

»Wir ermitteln in einer Mordserie«, sagte Trojan.

Helga Poltranski zuckte leicht zusammen. »Mord? Aber Fritz ist doch nur ein harmloser Alleinunterhalter.«

»Standen Sie sich näher?«

»Wir waren … na ja, wir hatten … so etwas wie eine Beziehung.«

»Und jetzt nicht mehr?«

»Es ging mal gut, mal weniger. Oft haben wir uns getrennt, und gelegentlich kamen wir wieder zusammen.«

Trojan runzelte die Stirn. »Er ist seit etwa vier Wochen nicht mehr hier aufgetaucht, aber Sie sind nicht auf die Idee gekommen, die Polizei einzuschalten?«

»Fritz war schon öfter für längere Zeit weg.«

»Weswegen?«

»Sauftouren, fürchte ich. Er verliert dann völlig den Halt. Ich hab übrigens einen Schlüssel zu seiner Wohnung.«

»Waren Sie vor Kurzem drin?«

»Ja. Ich wollte nach ihm schauen, aber vergeblich. Wie gesagt, es ist nicht ungewöhnlich, dass er mal abhaut. Er hat …«, sie druckste herum, »na ja, ein gewisses Alkoholproblem. Hauptberufliche Clowns sind nicht mehr besonders gefragt. Fritz ist überhaupt der Letzte seiner Art, der noch Aufträge bekommt. Seinen Kummer hat er meistens im Schnaps ertränkt.«

»Ist Ihnen das Gebäckstück in seinem Bett aufgefallen, als sie in seiner Wohnung waren?«, fragte Carlotta.

»Was für ein Gebäck?«

»Ein Lebkuchenmann.«

Helga Poltranski hob die Augenbrauen. »Soll das ein Scherz sein?«

»Durchaus nicht. Haben Sie jemanden beobachtet, der hier eingedrungen ist?«

Sie schüttelte den Kopf.

Trojan dachte nach. Entweder war Fritz Klamm tatsächlich der Täter und seit einiger Zeit untergetaucht, oder aber sie wurden reingelegt.

»Erzählen Sie uns mehr über Ihren Freund und Nachbarn«, sagte er zu der Frau im weißen Nachthemd.

»Fritz hat große Geldprobleme. Er hat seine Honorare in Kneipen verjubelt. Außerdem kann er einfach nicht mit Geld umgehen. Es gab auch schon einigen Ärger hier im Haus, weil er im Keller Strom angezapft hat.«

Trojan wurde hellhörig. »Im Keller? Wieso das denn?«

»Ach, wissen Sie, Fritz hat seine Marotten. Er ernährt sich überwiegend von Tiefkühlgerichten und kauft bei Sonderangeboten große Vorräte ein. Da seine Küche recht klein ist und er Stromkosten sparen wollte, beschloss er eines Tages, eine Kühltruhe unten im Keller anzuschließen.«

Carlotta holte tief Luft. »Haben Sie einen Kellerschlüssel?«

»Nicht für den Raum von Fritz, aber für den Eingang.«

»Geben Sie ihn uns, schnell«, murmelte Trojan.

Er tauschte mit Carlotta besorgte Blicke, während die Nachbarin in ihrer Wohnung verschwand.

Schließlich kam sie mit dem Schlüssel zurück. »Sie müssen über den Hof und dann links die Treppe hinunter. Der Kellerverschlag von Fritz befindet sich am Ende des Gangs. Aber was wollen Sie dort eigentlich?«

Wortlos riss ihr Trojan den Schlüssel aus der Hand und eilte mit Carlotta die Treppe hinunter.

Sie stürmten durch die Hintertür hinaus auf den Hof.

»Da entlang«, rief Carlotta.

Eine weitere Treppe neben dem Zugang zum Seitenflügel. Sie rannten die Stufen hinab.

Hastig schloss Trojan auf.

Er knipste das Licht an.

Sie eilten den Gang entlang.

Mehrere Bretterverschläge. Vor dem letzten hielten sie inne. Trojan berührte das Vorhängeschloss. Der Bügel war nur eingeschoben, jedoch nicht verriegelt.

Er öffnete.

Der Verschlag war mit Kram zugestellt. Doch ein Gewirr aus Elektrokabeln verriet, dass sich die Tiefkühltruhe womöglich weiter hinten befand.

Trojan räumte den Weg frei, dann stand er direkt davor.

Carlotta kam zu ihm.

Schweigend sahen sie sich an.

Die Truhe war sehr groß, ungefähr anderthalb Meter breit.

Trojans Brustkorb verkrampfte sich. Er atmete schwer.

»Vielleicht irren wir uns ja«, murmelte sie.

»Mein Gefühl sagt mir etwas anderes.«

»Meins eigentlich auch.«

»Bereit?«, fragte er.

Sie nickte.

Gemeinsam wuchteten sie den Deckel der Truhe auf. Nebel waberte empor.

Es brauchte einen Moment, bis Trojan etwas erkannte.

Dann hörte er, wie Carlotta entsetzt den Atem ausstieß.

Er kniff kurzzeitig die Augen zusammen.

Sie kamen nicht nur zu spät. Es war weitaus schlimmer. Der Killer trieb sein Spiel auf die Spitze.

In der Truhe lag eine gekrümmte menschliche Gestalt.

Gefroren. Zu Eis erstarrt.

Trojan besah sich das Gesicht des Mannes genauer. Er kannte das Foto von Fritz Klamm aus dem Melderegister.

Kein Zweifel, er war es.

Ihm fehlte die Kopfhaut.

Der Mörder hatte ihn skalpiert.

DREIUNDFÜNFZIG

Freitag, 1. Dezember, sechs Uhr morgens

Das Team war eingetroffen. Der Tatort wurde abgesucht. Es wimmelte plötzlich von Kriminalbeamten und Forensikern in der Wohnung sowie im Keller. Dr. Semmler inspizierte den Leichnam. Landsberg war hochrot im Gesicht und trieb seine Mitarbeiter zur Eile an.

Carlotta aber entfernte sich von dem Trubel und klingelte bei Helga Poltranski an der Tür.

Diese öffnete ihr in einem lachsfarbenen Morgenmantel. Sie war kreidebleich. Nur kurz zuvor hatte man ihr die Nachricht von der Ermordung ihres Nachbarn und Freundes überbracht.

»Ich glaube, ich habe mich noch gar nicht vorgestellt, als wir vorhin miteinander gesprochen haben. Ich bin Carlotta Weiss, Kriminalpsychologin. Darf ich vielleicht einen Moment reinkommen?«

Helga Poltranski nickte und führte sie in die Küche.

Sie nahmen am Tisch Platz, auf dem eine Tasse mit dampfendem Tee stand. Daneben lag ein zerknülltes Papiertaschentuch.

Helga Poltranski nahm es an sich und zerpflückte es in ihren Händen. »Ich kann es noch immer nicht fassen, dass er tot ist.«

»Mein aufrichtiges Beileid. Ich glaube, Sie haben ihn sehr gemocht.«

»Er war verschroben und leicht verletzbar. Trank zu viel.

War ein lausiger Liebhaber. Aber als Komiker konnte er mich zum Lachen bringen.«

Sie schniefte.

Es entstand eine Pause.

»Unfassbar, dass er die ganze Zeit dort unten lag. Er liebte Tiefkühllasagne. Und zwischen all seinen Lieblingsgerichten haben Sie ihn gefunden. Er hätte darüber einen Gag geschrieben, für einen seiner Auftritte, und das Publikum hätte darüber gelacht. Was für ein absurder Tod.« Sie rieb sich mit dem Taschentuch über die Augen.

Carlotta wartete ab.

Dann sagte sie: »Sie haben ihn also vor vier Wochen das letzte Mal gesehen, ja?«

»Hmm.«

»Wissen Sie noch, in welchem Zusammenhang?«

»Wir saßen hier am Tisch. An einem Abend Ende Oktober. Wir haben zusammen Bier getrunken.«

»Wie war er zu der Zeit? Machte er irgendwie einen veränderten Eindruck?«

»Na ja, er war recht niedergeschlagen.«

»Wieso?«

»Zu wenige Auftritte. Zu viele unbezahlte Rechnungen. Immerhin hatte er einen neuen Job, allerdings mies bezahlt. Die Agentur hatte ihn deswegen gerade angerufen. In einem Krankenhaus suchten sie einen Spaßmacher.«

»Hat er den Job angetreten?«

Sie nickte. »Er war bereits einen Tag lang als Clown auf einer Station für kranke Kinder unterwegs gewesen, als er sich mit mir unterhielt.«

»War er dafür im Virchow-Klinikum beschäftigt?«

»Ich glaube, ja.«

»Was erzählte er darüber?«

»Die Arbeit hat ihn deprimiert. Außerdem hat er sich geschämt.«

»Warum?«

»Er sagte mir, diese Kinder seien furchtbar krank, und er reiße schlechte Witze vor ihnen. Das sei nicht angemessen. Sie hätten Besseres verdient.«

»Frau Poltranski, mein Kollege Nils Trojan und ich gehen von der Vermutung aus, dass irgendjemand die Rolle von Fritz Klamm übernommen hat.«

»Wie meinen Sie das?«

»Aus ermittlungstechnischen Gründen darf ich Ihnen nicht allzu viel verraten. Aber es ist so: Die Angehörigen einer Zwölfjährigen und einer Siebzehnjährigen wurden ermordet, nachdem sie einem Clown, der im Virchow-Klinikum gearbeitet hat, Familiengeheimnisse anvertraut haben.«

Carlotta öffnete auf ihrem Smartphone die Website von Fritz Klamm. Eines der Fotos zeigte ihn weiß geschminkt mit grellrotem Mund. Sie zeigte der Zeugin die Aufnahme.

»Der fragliche Clown wurde von einem der Mädchen so beschrieben wie auf diesem Bild.«

»Das ist Fritz.«

»Ich weiß. Aber er kann es nicht gewesen sein. Zum Zeitpunkt der Morde war er bereits tot. Wir nehmen an, dass er vor vier Wochen, kurz nach Ihrem letzten Gespräch, umgebracht wurde.«

»So wie auf dem Foto sehen viele Clowns aus. Das ist eine klassische Aufmachung.«

»Richtig. Deshalb gehen wir davon aus, dass jemand den Besucherausweis, mit dem Ihr Freund Zugang zum Krankenhaus hatte, gestohlen und den Job unter seiner Identität weiterhin ausgeführt hat. Und das muss gleich nach seiner Ermordung geschehen sein, nämlich Ende Oktober.«

Helga Poltranski zerriss das Taschentuch in kleine Fetzen und stopfte sie sich gedankenverloren in die Tasche ihres Morgenmantels. »Das ist entsetzlich.«

»Es ist sehr wichtig, dass Sie sich genau erinnern, was Klamm zu Ihnen gesagt hat. Gibt es vielleicht eine Person, die von seinem Job in der Klinik gewusst haben könnte?«

Sie legte die Stirn in Falten. »Ich habe keine Ahnung.«

»Mit wem außer Ihnen hat er sich denn überhaupt über seine Arbeit unterhalten?«

»Er war nicht sonderlich gesprächig. Eher ein Kauz. In sich gekehrt und schwermütig. Nur vor Publikum, wenn er sich in einen Clown verwandelt durfte, kam er aus sich heraus.«

Erneut entstand eine Pause.

Plötzlich veränderte sich ihr Gesichtsausdruck. »Fritz hat mal von einer seltsamen Begegnung erzählt. Und die liegt noch nicht allzu weit zurück.«

»Das könnte von Bedeutung sein.«

»Er erwähnte einen merkwürdigen Besucher. Jemand, der ihn über seine Website kontaktiert hatte.«

Carlotta war gespannt. »Wer war das?«

»Ein junger Mann, der Clown werden wollte. Er klingelte eines Tages bei Fritz an der Tür. Das Unheimliche war, dass er Fritz in voller Clownsmontur besuchte. Helle Kleidung, bunte Bommeln an der Jacke. Eine feuerrote Perücke. Weiß geschminkt, grellroter Mund.«

Carlotta war wie elektrisiert. »Erzählen Sie weiter.«

»Er gab sich als großer Bewunderer von Fritz aus. Fragte ihn, ob er sich ein paar seiner Showeinlagen ansehen und ihn vielleicht an seine Agentur weiterempfehlen könnte.«

»Hat ihn Fritz Klamm in seine Wohnung gelassen?«

»Ja. Er hat ihm wohl tatsächlich ein privates Vorsprechen gewährt. Ich denke, er fühlte sich geschmeichelt. So komisch das auch klingt, aber Fritz war gewissermaßen der letzte Clown in Berlin. Kaum ein anderer wurde noch für Veranstaltungen gebucht. Das machte ihn zu einer wichtigen, allerdings auch sehr traurigen Figur. Er schwärmte oft von den alten Zeiten, als es Clowns weitaus besser erging.«

»Was hat er Ihnen noch über diese sonderbare Begegnung erzählt?«

»Er hat sich über den Typen lustig gemacht. Meinte, er sei furchtbar untalentiert gewesen. Es sei kein Wunder, dass er keine Auftritte bekomme, zumal sie ja ohnehin rar gesät sind.«

»Wissen Sie noch den Namen dieser Person?«

»Auch das fand Fritz ziemlich merkwürdig. Der Clown nannte sich Ginger.«

Carlotta traute für einen Moment ihren Ohren nicht.

Dann sprang sie auf. »Gingerbread Man.«

»Wie bitte?«

»Der Lebkuchenmann.«

VIERUNDFÜNFZIG

Freitag, 1. Dezember, sechs Uhr morgens

Die weiße Fratze war ihr sehr nah. Der grellrote Mund öffnete sich weit.

»Ich kann schweigen wie ein Grab«, raunte eine Stimme.

Corinne schreckte hoch. Ihr Herz raste.

Für einen Moment wusste sie nicht, wo sie war. Das machte ihr Angst.

Sie wandte den Kopf. Tim lag neben ihr im Bett. Er schlief.

Corinne wartete ab, bis sich ihr Atem halbwegs beruhigt hatte. Danach stand sie auf und ging ins Bad. Sie drehte den Hahn auf und trank kaltes Wasser, benetzte sich damit die Stirn.

Schließlich setzte sie sich auf den Badewannenrand. Noch immer war sie von ihrem Albtraum verstört. Dieser Clown, dachte sie. Warum träumte sie in letzter Zeit so oft von ihm?

Da erinnerte sie sich an die Worte der Kriminalpsychologin: *»Unser Gehirn verarbeitet im Schlaf manchmal Dinge, die uns zuvor tatsächlich passiert sind. Mehr oder weniger verschlüsselt, in einer eigenartigen Bildsprache. Es ist also durchaus möglich, dass dein Traum einen realen Hintergrund hat.«*

Gab es den Clown wirklich?

Aber warum erinnerte sie sich denn nicht an ihn?

Hinter ihren Schläfen pochte es. Ein heftiger Kopfschmerz. Sie öffnete ein paar Schubladen in Tims Badezimmerschrank. Vielleicht hatte er irgendwo ein Aspirin.

Auf einmal hielt sie inne.

Neben seinem Fön und einer Packung mit Rasierklingen lag eine durchsichtige Dose aus Plastik. Darin befand sich weiße Schminke.

Sie stieß die Luft aus.

Wozu brauchte Tim so etwas?

Unvermittelt begann sie zu zittern. Was wusste sie eigentlich über ihren Freund? Außer dass er sie in einem Café angesprochen hatte, sehr nett zu ihr war und an der Technischen Universität Maschinenbau studierte?

Plötzlich hatte sie das dringende Bedürfnis, mit ihrer Mutter zu sprechen. War sie seit Vaters grausamem Tod vielleicht zu abweisend zu ihr gewesen?

Ihr Handy lag im Wohnzimmer auf dem Couchtisch. Sie schaltete es ein.

Etliche Nachrichten und verpasste Anrufe wurden ihr auf dem Display angezeigt.

Corinne wählte die Nummer.

Ihre Mutter hob sofort ab. »Wo steckst du, mein Kind?«

»Ich bin noch immer bei ihm.«

»Bei wem? Sagtest du nicht, du seist bei einer Freundin?«

»Es ist ein Freund.«

»Wie heißt er?«

»Tim Matzen«, antwortete sie nach einigem Zögern.

»Wo wohnt er?«

»Nicht allzu weit von uns entfernt.«

»Sag mir die Adresse.«

Sie schwieg.

»Woher kennst du ihn?«

Sie gab keine Antwort.

»Komm bitte nach Hause. Ich mache mir große Sorgen um dich.«

Da brach es aus ihr heraus. »Warum hast du mich nicht

vor Vater geschützt? Und warum hast du es selbst so lange ertragen?«

Corinnes Mutter atmete am anderen Ende tief durch. »Er hat es nicht so gemeint.«

»Wenn er gestresst von der Arbeit war und betrunken heimkam, hat er dich regelmäßig verprügelt. Und wenn ich dir helfen wollte, teilte er auch gegen mich aus.«

»Ich gebe zu, es war nicht ganz einfach mit ihm.«

»Du hättest dich längst von ihm trennen müssen.«

»Er hat sich doch hinterher immer bei uns entschuldigt. Henning war ein guter Mensch. Und er hat uns beide sehr geliebt.«

»Das nennst du Liebe?«

»Bitte mach mir keine Vorwürfe.«

»Manchmal kam er nach seinen Zornesausbrüchen in mein Zimmer und legte sich zu mir aufs Bett. Er raunte mir ins Ohr, es würde ihm leidtun. Und dann hat er sich so komisch an mich gedrückt. Das war widerlich, Mama.«

»Du darfst ihn nicht verurteilen. Er hat es als Kind sehr schwer gehabt. Musste sich alles erkämpfen. Immerhin hat er uns dieses schöne Haus ermöglicht. Alles in allem hatten wir ein gutes Leben.«

»Du belügst dich selbst.«

»Corinne …«

»Er hat seinen Tod verdient.«

»Sprich nicht so über ihn.«

»Wer immer es ihm angetan hat. Er hat es verdient.«

»Du bist ungehörig.«

»Und du bist ein schwacher Mensch. Du hättest uns beide vor ihm beschützen müssen.«

Auf einmal sah sie es wieder deutlich vor sich. Vier Wochen war es nun her. Der schlimmste Ausbruch ihres Vaters.

Corinne war in ihrem Zimmer. Er und ihre Mutter nebenan. Seine Wutschreie. Mutters Wimmern. Corinne zog sich die Bettdecke über den Kopf.

Irgendwann hielt sie es nicht mehr aus. Er wird sie zu Tode prügeln, dachte sie, ich muss ihr helfen. Sie stand auf, eilte in den Flur, riss die Schlafzimmertür auf.

»Aufhören«, schrie sie.

Doch Vater machte immer weiter. Er schlug Mutter mit der Faust.

Corinne packte ihn an den Schultern. »Hör auf.«

Er wirbelte herum.

Und dann geschah es. Er hatte noch immer seine Stiefel an.

Ein Tritt in ihren Bauch.

Sie krümmte sich am Boden, war halb ohnmächtig vor Schmerz.

Es gab einen Sprung in ihrer Erinnerung. Plötzlich war sie mit ihrer Mutter in der Notaufnahme. Jemand sagte: »Ihre Tochter muss sofort operiert werden.«

Corinne presste das Telefon an ihr Ohr. »Mama?«

»Ja, mein Kind?«

»Warum hast du den Ärzten nie etwas erzählt?«

Keine Antwort.

»Die haben sich doch bestimmt gewundert. Überall Blutergüsse. Nur nicht im Gesicht. Darauf hat er geachtet.«

»Du machst ein Drama daraus.«

»Es *war* ein Drama. Eine furchtbare Tragödie. Immer und immer wieder hat er es getan. Und du hast geschwiegen.«

»Es wäre alles nur noch schlimmer gekommen, wenn ich es jemandem gesagt hätte.«

»Das ist nicht wahr. Es hätte uns erlöst.«

»Nein.«

»Du hättest ihn anzeigen können.«

»Ich habe ihn geliebt. Trotz allem habe ich ihn geliebt.«

»Nun ist es zu spät. Jemand hat ihn bestraft.«

»Man muss Geduld haben im Leben. Es wird einem nicht immer alles geschenkt. Und außerdem hatten wir auch schöne Momente.«

»Hatten wir nicht.«

»Corinne.«

»Jemand muss es gewusst haben. Irgendjemand ist gekommen, um ihn ...«

Sie brach ab.

Plötzlich erinnerte sie sich.

Es war, als hätte jemand einen schwarzen Vorhang zur Seite gerissen.

Und nun sah sie es wieder vor sich.

Der Clown. Er hatte an ihrem Bett gesessen. Es war kurz nach der OP gewesen. Die Ärzte hatten ihr Schmerzmittel gegeben. Sie war benommen. Auf einmal war er bei ihr.

Die weiße Fratze. Der rote Mund.

Er hatte sie gefragt, warum sie so traurig sei.

»Erzähl es mir. Ich sehe dir den Schmerz an. Kinder, die Schreckliches durchleiden müssen, haben einen besonderen Augenaufschlag. Den hast auch du, Corinne. Du heißt doch Corinne, oder nicht? So steht es zumindest auf deinem Krankenblatt. Ich bin auf deiner Seite, Liebes. Vertrau mir. Flüstere mir ins Ohr, was passiert ist. Ich kann schweigen wie ein Grab.«

Schweigen wie ein Grab, dachte sie.

Das hatte auch Tim zu ihr gesagt.

War das nun ein Zufall?

Die weiße Schminke in seinem Badezimmer. Was hatte das alles zu bedeuten?

Auf einmal stand Tim in der Tür.

»Mama«, rief sie ins Handy.

»Was ist denn, mein Kind?«

»Ich habe Angst.«

Tim entriss ihr das Telefon und schaltete es aus.

»Was soll das?«, stieß er hervor.

Sie starrte ihn an.

»Du hast mich geweckt. Ich brauche meinen Schlaf.«

Sie wich vor ihm zurück. »Es tut mir leid.«

»Hast du mit deiner Mutter gesprochen?«

»Ja.«

»Worüber?«

»Nichts Besonderes.«

»Ihr habt über mich geredet.«

»Nein.«

»Was hast du ihr gesagt?«

Sie schwieg.

»Du hast Angst vor mir? Warum?«

»Reg dich bitte nicht auf.«

»Wie stehe ich denn jetzt vor deiner Mutter da? Wie ein Unhold? Ein Monster?«

Corinne atmete schwer. Tim sah verändert aus. Eine tiefe Furche auf seiner Stirn. Die Augen zu Schlitzen verengt. So hatte sie ihn noch nie erlebt.

Sie trat einen weiteren Schritt zurück. »Gib mir mein Telefon.«

»Nein.«

»Tim, bitte.«

Er schüttelte den Kopf.

Sie holte Luft. Nahm all ihren Mut zusammen. »Warum hast du weiße Schminke in deinem Bad?«

»Was?«

»Du hast ein Döschen mit weißer Schminke in deiner Badezimmerschublade.«

Tim trat näher an sie heran. Er senkte die Stimme. »Meine Nichte war neulich hier. Sie ist elf Jahre alt. Sie wollte Verkleiden spielen. Und sich schminken. Das Döschen ist von ihr. Sie hat es bei mir liegen gelassen.«

»Du hast mir nie von deiner Nichte erzählt.«

»Du kennst mich auch noch nicht lange.«

»Wie heißt deine Nichte?«

»Spielt das denn eine Rolle?«

»Gib mir sofort mein Handy zurück.«

»Du hast schlecht über mich geredet. Hinter meinem Rücken. So etwas macht mich wütend.«

»Tim.«

»Ich habe schlechte Erfahrungen gemacht, weißt du? Frauen sehen in mir immer nur den guten Freund. Ich bin für sie da, wenn sie traurig sind. Damals in diesem Café, als wir uns das erste Mal unterhalten haben, warst auch du traurig. Du brauchtest jemanden, der sich um dich kümmert. Das habe ich gespürt. Und ich war für dich da.«

Er machte einen weiteren Schritt auf sie zu. Corinne stieß mit dem Rücken gegen die Wand.

»Hast du es mir gedankt?«, fragte er drohend.

»Gedankt?«

»Ich war stets gut zu dir. Und du? Was hast du getan?«

Sie schluckte.

»Ich brauche genauso etwas Zuwendung, glaubst du nicht?«

»Wie meinst du das?«

»Du hast noch immer nicht mit mir geschlafen, Corinne. Die ganze Zeit habe ich auf ein Signal von dir gewartet. Und weißt du was? Ich hasse mich selbst dafür. Andere Männer nehmen sich einfach, was sie wollen. Nur ich bin so zurückhaltend.«

»Du machst mir wirklich Angst.«

»Auch ich möchte auf meine Kosten kommen. Ja, ich darf dich nachts im Arm halten, dich trösten. Doch mehr ist nicht drin?«

»Ich bin gerade mal siebzehn. Ich weiß doch nicht ... Ich war noch nicht so weit, Tim. Warum musst du jetzt alles zerstören?«

»Ich dachte, du wärst anders. Aber du bist wie all die anderen. Wenn ich sage, was ich will, bin ich dir nicht mehr gut genug.«

Er baute sich dicht vor ihr auf. Sie spürte seinen Atem im Gesicht.

Corinne überlegte, wie sie es zur Tür schaffen könnte. Wenn sie blitzschnell war, hatte sie vielleicht eine Chance.

Er streckte die Hand nach ihr aus.

In diesem Moment machte sie einen Satz nach vorn.

Tim aber packte sie.

Sie riss sich von ihm los.

Corinne verlor das Gleichgewicht.

Etwas krachte gegen ihren Hinterkopf, und ihr wurde schwarz vor Augen.

FÜNFUNDFÜNFZIG

Freitag, 1. Dezember, sieben Uhr morgens

Carlotta berichtete Trojan von ihrem Gespräch mit Helga Poltranski.

»Der Clown nannte sich tatsächlich Ginger?«, fragte er überrascht nach.

»Ja.«

»Das ist unser Mann.«

»Er hat sich unter der Identität von Fritz Klamm Zutritt zu der Krankenstation verschafft. Klamm scheint ihm von seiner Arbeit erzählt zu haben.«

»Und die hat ihn interessiert.«

»Weil er sich auf diese Art an Jugendliche heranmachen konnte, die Gewalterfahrungen durchgemacht haben.«

»So erhielt er Kontakt zu Katrina Fries und Corinne Meiler.«

»Richtig.«

»Nun müssen wir noch …«

In diesem Augenblick läutete ihr Handy. »Einen Moment, da muss ich rangehen.«

Sie hob ab.

Es war Mechthild Meiler. Sie klang aufgeregt. »Ich habe einen seltsamen Anruf von meiner Tochter erhalten. Sie hat zugegeben, dass sie bei einem Freund ist, von dem ich nichts weiß.«

»Nicht bei einer Freundin, wie sie noch beim letzten Mal behauptete?«

»Nein. Und sie scheint in großer Angst zu sein. Es hörte sich an wie ein Hilfeschrei.«

»Was genau ist passiert?«

»Plötzlich wurde die Verbindung unterbrochen. Und wenn ich zurückrufe, ist der Anschluss tot.«

»Wie lange haben Sie mit ihr gesprochen?«

»Ein paar Minuten vielleicht. Anfangs klang sie noch halbwegs ruhig. Doch auf einmal wurde sie panisch.«

»Konnte Ihnen Corinne mehr über diesen Freund verraten?«

»Immerhin nannte sie mir seinen Namen.«

»Wie heißt er?«

»Tim Matzen. Leider weiß ich nicht die Adresse.«

»Gab sie eventuell irgendeinen Hinweis auf seinen Wohnort?«

»Ich bin mir nicht sicher.«

»Denken Sie bitte nach.«

»Ich glaube, sie sagte, er wohne nicht weit weg von uns.«

»Könnte es also in Lichterfelde sein?«

»Schon möglich.«

»Wir kümmern uns sofort darum.«

Kurz darauf saß Carlotta mit Trojan im Dienstwagen. Sie hatten die Spree überquert und rasten den Mühlendamm entlang. Er bog links in die Axel-Springer-Straße ein, nahm die Lindenstraße und war einige Zeit später am Halleschen Ufer.

Der morgendliche Verkehr war dicht. Er musste oft ausscheren und waghalsig überholen. Blaulicht und Sirene waren eingeschaltet.

Über die Yorckstraße und die Katzbachstraße gelangten sie nach Tempelhof. Laut Melderegister gab es einen Tim Matzen in Lichterfelde. Und dort wollten sie hin.

Sie hatten beide die Einträge im System studiert. Der dreiundzwanzigjährige Matzen war bereits polizeilich gemeldet worden. Ihm wurde vorgeworfen, eine Schülerin, die er in einem Café gegenüber einem Gymnasium angesprochen hatte, sexuell belästigt zu haben.

»Meinst du, wir haben einen Volltreffer gelandet?«, fragte Trojan.

»Wir werden es herausfinden.«

»Wenn er unser Täter ist, hätte er Corinne dann seinen richtigen Namen verraten?«

Carlotta zuckte mit den Schultern. »Vielleicht wird er übermütig. Er hat sich in einen regelrechten Mordrausch hineingesteigert.«

»Und jetzt erlaubt er sich einen Fehler?«

»Möglicherweise.«

»Passt denn sexuelle Belästigung in sein Profil?«

»Es ist zumindest denkbar. Wenn er obsessiv Kinder und Jugendliche beobachtet, um herauszufinden, wer von ihnen Opfer häuslicher Gewalt wurde, könnte das auch seine sexuelle Präferenz beeinflussen.«

Sie erreichten den Sachsendamm und bogen auf die A100 ein.

Trojan fluchte über den Verkehr und fädelte sich hektisch auf der Überholspur ein. »Sollten wir bei Tim Matzen richtigliegen, müsste auch Alexa in seiner Gewalt sein.«

»Er könnte sie allerdings irgendwo anders versteckt haben.«

»Falls sie überhaupt noch am Leben ist.«

»Bisher hat der Täter keine Jugendliche getötet. Er scheint sich eher als eine Art Beschützer für Minderjährige zu sehen.«

»Vielleicht ist das unsere Chance.«

Schließlich verließen sie die Stadtautobahn und rasten den

Wolfensteindamm entlang. Über den Hindenburgdamm erreichten sie Lichterfelde.

Sie hielten vor einem tristen Gebäudekomplex mit grauer Fassade, der in der eher vornehmen Gegend wie ein Fremdkörper wirkte.

Als jemand den Hauseingang verließ, eilten sie ins Treppenhaus. Vor der Wohnungstür in der vierten Etage entschieden sie sich, zunächst zurückhaltend zu agieren.

Carlotta drückte den Klingelknopf.

Nichts geschah.

Als auch nach dem dritten Läuten niemand öffnete, hämmerte Trojan gegen das Türblatt.

»Aufmachen. Kriminalpolizei.«

Wieder nichts.

Es war eine Kassettentür, sie wirkte nicht sonderlich stabil. Er nahm Anlauf und trat zu. Nach einigen Tritten splitterte das Holz. Er brach eine der Kassetten heraus, griff hindurch, fingerte nach der Klinke auf der Innenseite und öffnete.

Carlotta und er zückten ihre Waffen.

Schon waren sie drin.

»Tim Matzen?«, rief er.

Stille.

Sie gingen durch den Flur. Plötzlich war ein leises Wimmern zu vernehmen.

Trojan nickte in die Richtung.

Eine angelehnte Tür. Carlotta schob sie mit der Fußspitze auf, die SIG Sauer im Anschlag.

Da war Corinne. Verängstigt und bleich. Sie blutete am Kopf. Ein junger Mann stand dicht hinter ihr. Vom Foto aus dem Melderegister konnte ihn Carlotta als Tim Matzen identifizieren.

Er hielt Corinne ein Küchenmesser an den Hals.

Carlotta hörte, wie Trojan neben ihr den Atem ausströmen ließ.

Ruhe ausstrahlen, dachte sie, jetzt nur keinen Fehler machen.

»Lassen Sie die Waffe fallen«, sagte sie zu Matzen.

Schweiß glänzte auf seiner Stirn. In seinen Augen flackerten Angst und Hass, eine fatale Mischung.

»Ich habe ihr nicht wehgetan«, stieß er hervor. »Wir hatten nur einen kleinen Streit.«

»Waffe fallen lassen«, wiederholte sie.

»Sie ist gestolpert und mit dem Kopf gegen den Couchtisch geprallt.«

»Runter mit dem Messer.«

»Bitte, Sie müssen mir glauben. Ich habe ihr nichts getan. Hab sie nicht mal angerührt.«

»Wir wissen, dass Sie schon einmal wegen sexueller Belästigung angezeigt wurden.«

Matzen packte das Messer fester. »Das hat nichts mit dem zu tun, was hier vorgefallen ist.«

»Kein Grund, überzureagieren«, sagte Carlotta ruhig. »Lassen Sie das Messer fallen und verschränken Sie die Hände hinter dem Kopf.«

Trojan warf ihr einen Seitenblick zu. Sie verstand, was er vorhatte. Während sie weiter beruhigend auf Matzen einredete, schob er sich langsam vor. Kaum merklich. Zentimeter um Zentimeter.

Corinnes Augen schienen vor Panik überzuquellen.

Carlotta holte Luft. »Ich verstehe, was gerade in Ihnen vorgeht, Herr Matzen.«

»Ach ja?«

»Bisher gingen Sie davon aus, dass Corinne Ihre Freundin ist. Aber plötzlich bekam sie Angst vor Ihnen. Und das macht

Sie nervös. Sie möchten nicht falsch eingeschätzt werden, habe ich recht?«

»Es macht mich eher nervös, dass Sie meine Tür eingetreten haben.«

»Deshalb müssen Sie nicht gleich zu einem Messer greifen.«

»Ich habe nichts verbrochen.«

»Wir wollten uns eigentlich nur in Ruhe mit Ihnen unterhalten. Warum haben Sie nicht geöffnet?«

»Ich musste mich um Corinne kümmern.«

»Mit dem Messer?«

»Nein, verdammt. Sie war einen Moment ohnmächtig.«

»Dann sollten wir lieber einen Arzt holen.«

»Ich falle auf Ihre Tricks nicht rein.«

»Lassen Sie uns einfach nur reden. Und zwar unbewaffnet.«

»Und was ist mit Ihrer Knarre?«

Carlotta ließ die SIG Sauer sinken. »Ist es so besser?«

»Sagen Sie das auch Ihrem Kollegen?«

Trojan schob die Waffe ins Holster.

»Jetzt sind Sie dran«, murmelte Carlotta.

Da war eine Reaktion in seinem Gesicht. Sein Widerstand schien zu brechen. Offenbar war er kurz davor aufzugeben.

Doch in diesem Moment rührte sich Corinne. »Bitte, Tim, mach, was sie sagt. Auch wenn du dich vielleicht weiß geschminkt hast wie ein Clown.«

»Halt den Mund«, zischte er.

Das Messer drückte sich in ihre Haut. Blut sickerte hervor.

Danach ging alles sehr schnell.

Trojan machte einen Satz nach vorn. Matzen schaute in seine Richtung.

Carlotta sprang vor, verpasste ihm einen Hieb mit dem Waffenkolben, setzte einen Hebelgriff an, und Matzen entglitt das Messer. Kurz darauf war er in Handschellen.

SECHSUNDFÜNFZIG

Freitag, 1. Dezember, dreiundzwanzig Uhr

Trojan betrat den Vernehmungsraum und nahm gegenüber dem Verdächtigen Platz.

Carlotta und er hatten Matzen bereits seit mehreren Stunden vernommen und sich dabei abgewechselt. Doch sie kamen einfach nicht weiter.

Egal, wer gerade hinter dem Einwegspiegel stand, um den Dreiundzwanzigjährigen unbemerkt zu beobachten, oder wer das Gespräch mit ihm leitete – sie gelangten jeweils beide unabhängig voneinander zu dem Schluss, dass Matzen etwas vor ihnen zu verheimlichen versuchte.

Für die Tatzeiten hatte er kein Alibi. Bei der Ermordung von Henning Meiler gab es zwar ein extrem schmales Zeitfenster, da ihn Corinne in der Mordnacht besucht hatte, dennoch war es im Bereich des Möglichen, dass er auch ihren Vater ermordet hatte.

Trojans Augen brannten vor Müdigkeit. Er hatte keine Ahnung, wann er das letzte Mal zum Schlafen gekommen war.

Er fokussierte sich auf Matzen. Dieser wich permanent seinem Blick aus.

»Hat Ihnen die Pause gutgetan?«

Keine Antwort.

»Wollen wir die ganze Sache nicht abkürzen?«

Schweigen.

»Reden Sie. Das wird Ihnen helfen.«

Matzen verschränkte die Arme vor der Brust.

»Meine Kollegin Carlotta Weiss und ich kennen die Version der Geschichte, die uns Corinne Meiler erzählt hat. Sie haben ihr gegenüber heute Morgen erwähnt, dass Sie eine Nichte haben. Aber diese Verwandte existiert überhaupt nicht.«

Stille.

»Wieso erfinden Sie eine Nichte, wenn Sie weder einen Bruder noch eine Schwester haben?«

Keine Reaktion.

»Sie lügen. Warum?«

Matzen schlug die Augen nieder.

»Wir haben Ihre Wohnung mittlerweile gründlich durchsucht. Und ja, es befindet sich eine kleine Dose mit weißer Schminke in Ihrem Badezimmerschrank. Fragt sich nur, wozu? Lieben Sie Maskeraden? Verwandeln Sie sich gelegentlich? Sind Sie zu bestimmten Anlässen ein Clown, Herr Matzen?«

»Nein.«

»Warum dann die Schminke? Diese Dose in Ihrer Schublade?«

»Es ist doch nicht verboten, so etwas zu besitzen.«

»Durchaus nicht. Nur ist das der Grund, warum Corinne mit einem Mal große Angst vor Ihnen bekam.«

»Das ist ihr Problem, nicht meins.«

»Kurz nachdem Corinne die Schminke entdeckt hatte, erinnerte sie sich an eine folgenschwere Begegnung mit einem Clown in einem Krankenhaus.«

»Ich weiß weder etwas von diesem Clown, noch war ich in der Klinik, von der Sie andauernd sprechen. Corinne hat mir lediglich anvertraut, dass ihr Vater gewalttätig gegen sie und ihre Mutter war. Aber ich kenne ihre Familie überhaupt nicht. Jedenfalls nicht persönlich.«

»Bleiben wir doch bei den Fakten. Sie haben Corinne wegen der Schminke angelogen. Warum?«

Erneutes Schweigen.

Trojan lehnte sich vor. »Hören Sie. Das Leben einer Achtzehnjährigen steht auf dem Spiel. Sie wurde vor mehr als vierundzwanzig Stunden entführt. Ihre Eltern sind außer sich vor Sorge. Wenn Sie jetzt auspacken, werde ich beim Richter ein gutes Wort für Sie einlegen. Wenn Sie mir verraten, wo Sie Alexa Linde versteckt halten, werde ich mich für Sie verbürgen. Sie können sich auf mich verlassen, Herr Matzen. Das sind keine leeren Versprechungen.«

Abermals schlug der Verdächtige die Augen nieder.

»Ich sehe Ihnen doch an, dass Sie etwas bedrückt. Und ich denke, Sie wollen die Last endlich loswerden.«

Pause.

Trojan musterte ihn. Ihn jetzt nur nicht bedrängen, dachte er, behutsam vorgehen.

»Corinne wurde Gewalt angetan. Katrina auch. Das ist ein Trigger für Sie, nicht wahr?«

Keine Antwort.

»Sie kennen doch Katrina?«

»Nein.«

»Warum leugnen Sie das?«

»Weil mir wirklich kein Mädchen mit diesem Namen bekannt ist.«

»Was ist mit Fritz Klamm?«

»Wer sollte das sein?«

»Haben Sie ihn vor vier Wochen in seiner Wohnung aufgesucht?«

Er krümmte den Rücken. »Mir reicht's. Ich möchte mit einem Anwalt telefonieren.«

»Das können Sie gerne tun.« Trojan senkte die Stimme. »Geben Sie mir noch fünf Minuten?«

Matzen sah ihn erstaunt an. »Wofür?«

»Ich habe einige Erfahrungen mit dieser Art von Vernehmungen. Seit Stunden sitzen wir hier und kommen nicht weiter. Wir sind beide müde und erschöpft. Darum schlage ich Ihnen einen Deal vor.«

»Und der wäre?«

»Ich möchte unbedingt das Leben von Alexa Linde retten. Die Zeit rennt mir davon. Die Eltern der Achtzehnjährigen sitzen mir im Nacken. Hinzu kommt, dass der Vater von Alexa im Licht der Öffentlichkeit steht. Ein gefundenes Fressen für die Boulevardpresse. Die Journalisten machen mir und meinen Kollegen das Leben zur Hölle.«

Trojan ließ eine Pause verstreichen.

»Aber auch Sie haben Druck. Sie halten nämlich etwas zurück. Verwahren es fest verschlossen vor Ihrer Umgebung. Und das tun Sie nun schon seit vielen Jahren. Es ist wie ein Geschwür, das in Ihnen wuchert. Es quält Sie, das merke ich Ihnen an. Es ist morgens das Erste, woran Sie denken. Und es stört nachts Ihren Schlaf.«

»Und was ist nun der Deal?«

»Sie reden, und ich lasse Sie gehen.«

»Im Ernst?«

»Kein Bluff.«

»Aber ich habe niemanden umgebracht.«

Trojan lehnte sich auf seinem Stuhl zurück. »Gut, ich will Ihnen glauben.«

Matzen war perplex. »Dann war's das also? Ich darf nach Hause?«

»Unter einer Bedingung.«

»Und die wäre?«

»Sie verraten mir, für wen Sie die weiße Schminke besorgt haben.«

Der Verdächtige schluckte.

»Es ist zwar nur eine kleine Dose, aber sie hat für Sie eine tiefere Bewandtnis. Sie ist der Grund für Ihre Unruhe. Sie schämen sich. Und deshalb haben Sie beschlossen, zu schweigen. Doch das hat fatale Folgen. Fünf Menschen wurden mittlerweile grausam ermordet. Wollen Sie schuld daran sein, dass ein achtzehnjähriges Mädchen das nächste Mordopfer ist? Nur weil Sie nicht den Mut aufbringen, mir die Wahrheit zu sagen?«

Erneute Stille.

»Vergeuden Sie nicht meine Zeit und reden Sie endlich.«

Auf einmal kamen Tim Matzen die Tränen. Er weinte lautlos.

Trojan setzte vorsichtig nach. »Noch etwas lehrt mich meine langjährige Erfahrung. Die meisten Lügen beinhalten einen Funken Wahrheit. Sie sagten zu Corinne, die Dose gehöre Ihrer Nichte. Diese würde sich gerne verkleiden und schminken. Nun haben Sie aber keine Nichte. Doch etwas daran ist wahr. Die Schminke war Teil eines Spiels, oder? Wer ist das Mädchen, mit dem Sie gespielt haben?«

Es entstand eine längere Pause.

Trojan wartete ab.

Plötzlich brach es aus Matzen heraus. »Sie heißt Fenja. Wohnt bei mir im Haus. Sie ist die Tochter einer Nachbarin. Sie war am Montagabend vergangener Woche bei mir. Und auch am Mittwochabend.«

»Wie alt ist dieses Mädchen?«

»Elf.«

Trojan stieß empört die Luft aus.

»Ihre alleinerziehende Mutter ist abends öfter weg. Sie besucht Lehrgänge wegen einer Fortbildung. Einmal hatte sich Fenja versehentlich ausgesperrt, und ich ließ sie solange in meiner Wohnung bleiben, bis ihre Mutter heimkam. So habe ich das Mädchen kennengelernt.«

»Sie ist minderjährig. Noch ein Kind.«

»Ich weiß. Ich fand sie auch nur nett.«

»Machen Sie mir nichts vor. Es steckt mehr dahinter.«

»Na ja, sie ist … irgendwie auch süß.«

»Süß? Eine Elfjährige?«

»Ich habe ihr nichts getan. Wirklich, das müssen Sie mir glauben.«

Trojan starrte ihn an. »Das Mädchen war also in Ihrer Wohnung?«

»Ja.«

»Letzte Woche?«

Er nickte.

»Montag und Mittwoch in den Abendstunden?«

»So ist es.«

»Wie lange?«

»Bis halb elf ungefähr. Und ich schwöre Ihnen, es war absolut freiwillig.«

»*Was* war freiwillig?«

»Dass sie bei mir war.«

»Mehr ist nicht passiert?«

»Nein.«

»Sie haben also Verkleiden mit ihr gespielt, während ihre Mutter fort war?«

Matzen neigte den Kopf.

»Ja«, flüsterte er. »Und sie hat sich das Gesicht weiß geschminkt. Sie wollte aussehen wie eine Geisha.«

Trojan blickte ihn entsetzt an.

Kein Wunder, dass er sich dafür schämt, dachte er. Doch sollte es sich bestätigen, hätte der Verdächtige ein Alibi für zwei Morde.

Er stand auf. »Geben Sie mir den Nachnamen dieses Mädchens. Wir werden es überprüfen.«

SIEBENUNDFÜNFZIG

Samstag, 2. Dezember, nach Mitternacht

Carlotta betrat das Atelier des Malers. Sie war wieder gekleidet wie die Frau auf dem rätselhaften Gemälde. Sie trug das grüne Kleid und die Kette mit dem Anhänger. Ihr Haar war auf besondere Art frisiert. Nur die Larve hatte sie diesmal weggelassen.

Sie stieg die Treppe hinauf und schaltete das Licht ein. Da waren die Werke von Robert Lumen, die von ihm porträtierten Menschen mit den entrückten Gesichtern, halb im Diesseits, halb im Jenseits.

Sie setzte sich auf den Boden, lehnte sich gegen die Wand und betrachtete gedankenverloren seine Bildnisse. Die letzten Arbeiten kurz vor seinem Tod.

Ihre Erschöpfung war so groß, dass sie meinte, jeden Augenblick einschlafen zu müssen.

Mit einem Ruck straffte sie die Schultern. Nein, sie durfte jetzt nicht aufgeben.

Gerade erst hatten Trojan und sie die Bestätigung der Alibis von Tim Matzen bekommen. Das Kind der Nachbarin hatte zugegeben, an den fraglichen Abenden bei ihm gewesen zu sein.

Damit standen sie wieder am Anfang.

Carlotta schlang die Arme um ihre Knie. Die Zeit drängte. Verzweifelt suchte sie nach einem neuen Anhaltspunkt.

Deshalb war sie in der speziellen Aufmachung hierhergekommen. Allein. Um in Ruhe nachzudenken.

Es war nur eine Ahnung, ein Instinkt, möglicherweise auch bloß eine verzweifelte Hoffnung: Wenn sie sich erneut in die Frau auf dem sonderbaren Gemälde verwandelte, kam sie der Lösung des Falls vielleicht endlich näher.

Was sollte sie nur tun, um Alexa aus den Händen des Mörders zu befreien? Sie wusste ja nicht einmal, was der Täter mit der Entführung bezweckte. Wollte er die Achtzehnjährige töten? Das passte eigentlich überhaupt nicht in sein Profil. Setzte er sie als Druckmittel ein? Aber warum meldete er sich dann nicht bei den Ermittlern oder zumindest den Eltern des Kindes, um seine Forderungen zu stellen? Mit ihr selbst hatte er doch schon einmal Kontakt aufgenommen.

Mit einem Schaudern erinnerte sie sich an die verzerrte Stimme aus dem Prepaidhandy in der Loge des Maison Bleue.

In jener Nacht hatte er sie sehr nahe an sich herangelassen. Und jetzt? Wo sollte sie nach ihm suchen?

Am früheren Abend hatte Carlotta mit Peer Linde gesprochen und ihm die Röntgenaufnahmen des Gemäldes gezeigt. Auf die Frage, ob ihm die Frau mit der Larve bekannt vorkomme, hatte er äußerst unwirsch reagiert.

»Sie sollen meine Tochter finden und mich nicht zu ominösen Kunstwerken befragen. Das habe ich auch bereits Ihrem Kollegen gesagt.«

»Schauen Sie sich das Gemälde wenigstens einmal genau an.«

»Die Frau ist maskiert. Wie soll ich sie so identifizieren?«

»Kennen Sie den Club Maison Bleue?«

»Auch diese Frage habe ich bereits früher beantwortet.«

»Denken Sie wenigstens noch einmal darüber nach.«

»Was für ein Etablissement sollte das sein?«

»Ein Swingerclub.«

Dem Bezirksbürgermeister stieg die Zornesröte ins Gesicht. »Ich werde mich bei Ihrem Vorgesetzten über Sie beschweren.«

»Sie behindern die Ermittlungen, wenn Sie mir nicht wahrheitsgemäß antworten.«

Daraufhin hatte er das Gespräch für beendet erklärt und den Raum verlassen.

Die Vernehmung mit seiner Ehefrau war nicht besser verlaufen. Als Carlotta das Thema häusliche Gewalt ansprach und vorsichtig herausfinden wollte, ob es zu Übergriffen vonseiten ihres Mannes gekommen war, hatte Susanne Linde nur empört den Kopf geschüttelt.

»Peer und ich führen eine glückliche Ehe. Und er ist ein überaus sanftmütiger und feinfühliger Mensch.«

»Hat sich Alexa mal über ihn beklagt? Erwähnte sie, und sei es noch so beiläufig, dass er sich ihr gegenüber nicht angemessen verhielt?«

Susanne Linde erhob sich und betrachtete abschätzig Carlottas winziges Büro. »Wer sind Sie eigentlich in dieser Mordkommission? Eine Aushilfskraft?«

Der Hieb hatte gesessen.

Die Frau des Bürgermeisters riss die Tür auf, trat auf den Gang hinaus und schlug sie hinter sich zu.

Nach dieser Beleidigung war Carlotta ganz zittrig. Sie brauchte ein paar Minuten, um sich wieder halbwegs im Griff zu haben.

Schließlich hatte sie sich umgezogen und war mit ihrem Bulli zum Atelier des Malers gefahren.

Nun trug sie also wieder das grüne Kleid und die Kette mit der Silbereule.

Welche Rolle Robert Lumen in diesem vertrackten Fall spielte, lag für sie noch immer im Unklaren. Warum hatte er diese Frau gemalt? Und wer war die rätselhafte Person auf dem Gemälde, das völlig von seinem gewohnten künstlerischen Konzept abwich?

Vielleicht war es richtig, gerade an diesem Punkt anzusetzen.

Ich muss mich in die Unbekannte hineinspüren, dachte sie. Mit der Figur dieser seltsamen Frau verschmelzen.

Der Eulenfrau.

Sie streckte sich auf dem Boden aus und schloss nach einer Weile die Augen.

Ich bin hier, Robert Lumen. Für eine Nacht bin ich deine Geliebte. Du hast mich gemalt. Nun will ich ganz dir gehören.

Kurz darauf glitt sie in einen verstörenden Halbschlaf. Undeutliche Traumbilder zogen vor ihr auf. Wabernde Gestalten, geisterhaft, wispernd, sie schlichen vor ihr auf und ab. Sie erkannte Gesichter aus den Gemälden wieder. Die Toten waren erwacht, wandelten aus dem Jenseits zu ihr herüber, drehten sich im Kreis, sangen klagend windheulende Lieder der Nacht.

Der Saum eines Kleids streifte sie. Die maskierte Frau tänzelte vor ihr. Barfuß. Carlotta vernahm flatternde Flügelschläge. Die Eule hockte auf der Hand der Frau, dann flog sie auf und kreiste durch das Atelier.

Carlotta wurde unruhig, warf sich halb schlafend, halb wachend hin und her.

Eulenfrau, wer bist du? Eulenfrau, sag mir deinen Namen. Bist etwa *du* die Mörderin? Verwandelst *du* dich in einen Clown? Ziehst umher mit einer Säge? Sammelst Leichenteile von deinen Opfern?

Auf einmal schreckte sie hoch. Die Eule verschwand. Die Gestalten huschten weg. Eine jede Figur nahm ihren Platz auf den Gemälden ein.

Nur die Frau mit der Larve und dem grünen Kleid trat

schemenhaft durch die Wand neben ihr und war plötzlich dahinter verschwunden.

Oder bildete sie sich das nur ein?

Sie schüttelte sich.

Bloß ein Traum. Die Erschöpfung. Gedankenfetzen in ihrem Kopf.

Carlotta erhob sich und betastete die Wand, von der sie geträumt hatte. Sie klopfte dagegen.

Es klang hohl.

Sie klopfte weiter.

Was war das nur?

Die baulichen Veränderungen, durchfuhr es sie. Der Zugang zum Dachboden wurde versperrt. Aber was war mit dieser Wand?

Abermals schlug sie mit den Fingerknöcheln dagegen.

Schließlich griff sie zu ihrem Handy und rief Trojan an.

Seine Stimme klang rau und übernächtigt. »Ja?«

»Nils. Kannst du kommen?«

»Wo bist du?«

»Im Atelier des Malers.«

»Warum?«

»Eine plötzliche Eingebung.«

»Hast du etwas herausgefunden?«

»Bloß ein vager Verdacht.«

»Okay, ich mache mich sofort auf den Weg.«

»Moment. Du musst etwas mitbringen.«

»Was denn?«

»Einen Vorschlaghammer.«

»Wozu um alles in der Welt …?«

»Tu es einfach, ja?«

»Wo soll ich den so schnell herkriegen? Mitten in der Nacht?«

»Frag bei den Kriminaltechnikern nach. Und bitte beeil dich.«

Eine Dreiviertelstunde später war er bei ihr. Er hatte tatsächlich das Werkzeug dabei.

Nach einem verwunderten Blick auf ihr Kleid fragte er, was geschehen sei.

Sie erzählte ihm von ihrem Traum.

Er schaute sie stirnrunzelnd an. »Und deshalb hast du mich hergerufen?«

»Klopf mal die Wand ab.«

Er tat es.

»Klingt hohl, nicht wahr?«

»Ja und?«

Sie deutete wortlos auf den Vorschlaghammer.

»Ich soll …?«

Sie nickte. »Vielleicht befindet sich ja wirklich etwas dahinter.«

»Carlotta, ich …« Er brach ab.

»Was mir im Traum erschienen ist, glich eher einer Vision. Die Frau verschwand wie von Zauberhand hinter dieser Wand.«

»Aber ist das nicht ziemlich verrückt?«

»Für hochsensible Menschen wie mich nicht. Ich spüre manchmal Dinge, die für andere nicht fassbar sind.«

»Du meinst also, dahinter ist etwas versteckt?«

»Ja.«

»Und die Frau aus deinem Traum wies dich darauf hin?«

»Gewissermaßen.«

Wieder klopfte er gegen das Mauerwerk. »Na gut. Rein faktisch hört es sich nach einem Hohlraum an.«

»Worauf warten wir dann noch?«

Er atmete durch. »Also schön. Deine Eingebungen führen ja meistens zum Ziel.«

Trojan begann, mit dem Hammer auf die Wand einzuschlagen. Es war ein ohrenbetäubender Krach.

Nach einer Weile zog er sich die Jacke aus. Hieb um Hieb entfernte er Teile von der Wand. Es staubte entsetzlich.

Carlotta beobachtete das Muskelspiel unter seinem eng anliegenden T-Shirt.

»Du siehst gut aus«, sagte sie mit einem Grinsen.

Er hielt für einen Moment inne. »Hast du mich allein deswegen herbestellt?«, fragte er scherzend.

Sie lächelte. »Wer weiß? Und wenn es obendrein der Lösung des Falls dient, umso besser.«

Er schlug heftiger zu.

Es krachte.

»Die Wand ist tatsächlich erst nachträglich eingezogen worden«, murmelte er.

Schließlich hatte er ein breites Loch herausgeschlagen.

Er setzte den Hammer ab und wischte sich den Schweiß von der Stirn.

Sie leuchteten mit ihren Maglites in den Hohlraum dahinter.

»Ich glaube, da ist tatsächlich etwas«, sagte er leise.

Trojan griff in die Öffnung hinein.

Plötzlich hielt er etwas in der Hand und zog es heraus.

ACHTUNDFÜNFZIG

Es war ein Ölgemälde, nicht besonders groß, etwa achtzig mal hundert Zentimeter.

Gemeinsam betrachteten sie es, von seiner Schönheit, dem Sog, der Magie auf Anhieb ergriffen.

Es zeigte die Frau in dem grünen Kleid. Sie war von halb hinten zu sehen, ihr Gesicht dem Betrachter zugewandt. Fließende Farben, zum Teil verwischt, die Frau war in Bewegung, schien auf den Hintergrund zuzueilen.

Dabei warf sie den Kopf herum. Ihr Haar offen, durch die energische Körperhaltung, in der sie der Maler abgebildet hatte, verwirbelt, hochgepeitscht, eine wilde Mähne, ein rotbraunes Farbgemenge. Das Gesicht ohne Maske, doch von ein paar Haarsträhnen halb verdeckt.

Die Eule saß auf ihrer Schulter, die Flügel weit gespreizt. Es war, als würde der Vogel sie mit seinen Krallen packen und gleich mit ihr davonfliegen wollen, flatternd hinaus zum geöffneten Fenster im Bildhintergrund.

Dieser war leicht schattig, ein Bett war zu erkennen, ein Läufer davor, Parkettboden. Dafür umso heller, gleißend das Licht dahinter. Sonnenlicht an einem frühen Morgen, im schmalen Ausschnitt zwischen den Fensterflügeln eine urbane Szenerie.

Die Dächer der Großstadt, aufglühend in der Dämmerung. Ein Schornstein mit einer daran befestigten Leiter. Ein weiterer Schornstein mit zwei Aufsätzen. Weiter hinten eine abgeknickte altmodische Fernsehantenne. Und die Anfangsbuchstaben einer Leuchtreklame: CIN.

Hinaus ins Licht, interpretierte Carlotta in Gedanken. Das Ende einer tragischen Nacht. Als wollte sich die Frau, aufgescheucht von der tagscheuen Eule, frühmorgens aus dem Fenster stürzen. Sie war schon halb fort, beinahe im Jenseits, doch jemand außerhalb des Bildes – der Betrachter?, der Maler selbst? – schien ihr etwas zuzurufen, was sie in der Bewegung innehalten und sich ihm zuwenden ließ.

Ihr Gesicht, endlich zeigte es sich, rätselhaft, verführerisch schimmerte es unter den Haarsträhnen hervor. Grünblaue Augen, ein schier erschrockener Blick, eine Spur von Wehmut darin. Als müsste sie sich mit dem nahenden Tod befassen.

Auch die Eule starrte den Betrachter an, gelborange die Augen, funkelnd, ein Todesbote.

Es war eine Malerei, die Carlotta packte, sie beinahe physisch anging.

Ich möchte hinein, dachte sie, in die Farbflächen eintauchen, in der Szenerie verschwinden. Mit der Unbekannten verschmelzen.

»Was ist das für ein Zimmer, in dem die Frau sich befindet?«, fragte Trojan atemlos.

»Offenbar nicht das Atelier des Malers.«

»Was für ein grandioses Bild.«

»Es ist fantastisch.«

»Warum hat Lumen es versteckt? Eingemauert sogar?«

»Das ist merkwürdig.«

»Überaus mysteriös.«

»Es ist unglaublich kraftvoll.«

»Sein größtes Werk.«

»Das dachten wir schon von dem anderen auf dem Dachboden.«

»Dieses ist noch besser.«

»Ja. Es zieht einen förmlich hinein.«

»Ich habe einen Verdacht«, sagte Trojan.

»Und?«

»Lumen bekam Angst vor diesem Bild, das er selbst erschaffen hatte.«

»Weil es diese unfassbare Magie hat?«

»Ja. Er musste es verschwinden lassen. Andernfalls wäre er wohl wahnsinnig geworden.«

»Und doch hat er es nicht zerstört.«

»Nein. Es war immer in seiner Nähe.«

»Hinter der Wand.«

»Fort und anwesend zugleich.«

»Im Diesseits und im Jenseits.«

»So ist es.«

»Er scheint die Unbekannte auf dem Gemälde sehr geliebt zu haben.«

»Das denke ich auch.«

»Er war verrückt nach ihr«, sagte Carlotta. »Und dennoch blieb er bei seiner Ehefrau. Das Gemälde erzählt von seiner inneren Zerrissenheit. Und gleichzeitig deutet es eine …«, sie schluckte, »eine Art Todessehnsucht an.«

Trojan nickte. »Gut, dass wir es gefunden haben. Allen Respekt, Carlotta. Du lagst mal wieder richtig mit deiner Eingebung.« Er reichte ihr das Bildnis. »Halt mal bitte.«

Er fotografierte es mit seinem Smartphone ab.

»Wir müssen es Karla Lumen zeigen«, sagte er. »Und auch Peer Linde. Ebenso sollten wir Eva Meinhardt dazu befragen. Vielleicht ist ja Tanja Grater einmal dieser Frau begegnet. Endlich haben wir ein Bild, auf dem die Unbekannte besser zu erkennen ist.«

Carlotta schwieg einige Zeit.

»Hörst du mir überhaupt zu?«

Der Hintergrund, dachte sie. Die Dächer. Die spezielle Anordnung der Schornsteine. Eine Leiter. Und eine abgeknickte Antenne.

»Carlotta?«

Sie blickte ihn zerstreut an. »Ja?«

»Was geht in dir vor?«

»Nichts, ich …«

»Sag schon.«

»Nur eine Ahnung. Ich kann es noch nicht recht in Worte fassen.«

Schließlich gab sie sich einen Ruck. »Kümmere du dich um die Befragungen, ich muss in das Gemälde hinein.«

»Hinein? Was meinst du damit?«

»Keine Ahnung, ich muss … mich intensiver damit beschäftigen.«

Auch sie zückte ihr Handy und machte ein paar Aufnahmen.

Trojan räusperte sich. »Würdest du mir verraten, was …?«

Sie unterbrach ihn. »Bitte entschuldige mich.«

Rasch drückte sie ihm die Leinwand in die Hand und eilte die Treppen hinunter.

Kurz darauf saß sie in ihrem Bulli, startete den Motor und fuhr los.

Sie hielt vor dem Maison Bleue. Warum es sie ausgerechnet hierhergezogen hatte, konnte sie sich selbst noch nicht recht erklären.

Es war zwei Uhr morgens. Der Club war noch immer geöffnet. Sie beobachtete, wie eine Gruppe von maskierten Leuten vom Türsteher eingelassen wurde.

In ihrem Kopf tobten die Gedanken. Sie musste sich sammeln. Auf das Wesentliche fokussieren.

Sie nahm ihr Handy hervor und besah sich das Bildnis auf dem Display.

Dann zoomte sie auf das Gesicht der unbekannten Frau und studierte es. Kurz darauf betrachtete sie sich im Rückspiegel. Sie sah der Frau auf dem Bild verblüffend ähnlich. Die Haarfarbe. Die Augen. Sogar dieser Blick kam ihr vertraut vor.

Als sei sie es selbst.

Oder war das bloß eine Projektion?

Sie musste vorsichtig sein, durfte sich nicht zu tief in die Rolle der Unbekannten hineinbegeben. Bei den Ermittlungen agierte sie manchmal wie eine Schauspielerin, die sich eine Figur aneignete. Mal war sie das Opfer, mal der Täter, um mehr über die jeweiligen Charaktereigenschaften herauszufinden und ein Profil zu erstellen.

Doch das barg eine gewisse Gefahr. Das wusste sie. Auch Trojan hatte sie gelegentlich davor gewarnt. Sie neigte dazu, sich gänzlich in der Rolle zu verlieren. Und dann fand sie nicht mehr heraus.

Allerdings war es auch verlockend.

Schon einmal hatte sie so den Mörder auf sich aufmerksam gemacht.

Ich bin es, dachte sie. Ich bin die Eulenfrau.

Erneut sah sie zum Eingang des Maison Bleue hin. Hier war sie dem Killer begegnet.

War er auch jetzt in ihrer Nähe?

Ihr Puls beschleunigte sich.

Schließlich schaute sie wieder auf die Aufnahme des Gemäldes und vergrößerte einen anderen Ausschnitt.

Die Schornsteine, dachte sie. Die abgeknickte Fernsehantenne. Dächer der Großstadt. Und diese Leuchtreklame mit den drei Buchstaben: CIN. Eigentlich nichts Ungewöhnliches. Doch genau dieses Arrangement kam ihr irgendwie bekannt vor.

Oder sollte sie sich irren? Drehte sie langsam durch? War das ein Resultat ihres Schlafmangels? Halluzinierte sie vielleicht?

Aber nein, sie kannte diesen Bildausschnitt.

Nicht von einem Ölgemälde, auch nicht von einer Fotografie. Sie hatte selbst einen Blick über diese Szenerie geworfen. Allerdings aus einem anderen Winkel.

Das leuchtende Reklameschild, dachte sie. Drei rote Anfangsbuchstaben, blinkend: CIN. Woher kannte sie das nur?

Plötzlich durchzuckte es sie.

Der Abend im Maison Bleue.

Es war auf dem Dach gewesen, als sie der weiß gekleideten Gestalt nachgejagt war. Sie hatte kurz den Blick über die Häuserdächer von gegenüber schweifen lassen. Und dabei das Schild gesehen.

Deshalb also hatten sie den starken inneren Drang verspürt, noch einmal hierherzukommen.

Carlotta zog sich eine Jacke über ihr Kleid und stieg aus. Vor der Tür des Clubs blieb sie stehen.

Dann trat sie ein paar Schritte zurück. Sie musste sich orientieren. Vielleicht war es ja möglich, exakt den Raum zu finden, der auf dem Gemälde zu erkennen war. Vorausgesetzt, es gab ihn wirklich und war keine Erfindung des Malers.

Die Aussicht aus dem Fenster. Die Leuchtreklame. In welche Richtung musste sie gehen? Denn der Raum konnte nicht im Gebäude des Clubs sein. Der Blickwinkel von dort aus war ein anderer als auf dem Bild. Das fragliche Haus aber musste hier irgendwo in der Nähe sein.

Schließlich entschied sie sich, nach rechts zu gehen.

Carlotta eilte die Straße entlang. Nach ein paar hundert Metern machte sie Halt und schaute nach oben.

Nichts. Die Dächer sahen völlig anders aus. Vielleicht täuschte sie sich ja.

Sie lief weiter.

Plötzlich blieb sie stehen.

Da war es. In der Ferne erkannte sie das Schild auf einem Dach. Die drei Anfangsbuchstaben. Sie leuchteten rot auf. CIN.

Noch einmal orientierte sie sich.

Hoch konzentriert lief sie weiter. Maß in Gedanken die Entfernungen, zückte ihr Smartphone und betrachtete den Bildausschnitt des geöffneten Fensters auf dem Gemälde.

Abermals hielt sie inne.

Hier musste es sein.

Carlotta wandte sich einem Hauseingang zu.

Ihr Herz klopfte.

Wenn ihre Berechnungen stimmten, müsste der Raum, in dem die Eulenfrau auf dem Bild zu sehen war, sich in einer Wohnung im oberen Stockwerk befinden.

Carlotta nahm eine Scheckkarte aus ihrem Portemonnaie und öffnete nach einigen Versuchen das Schloss.

NEUNUNDFÜNFZIG

Sie stieg die Treppen hinauf. Vierte Etage rechts. Eine Tür. Kein Namensschild.

Sie presste das Ohr gegen das Türblatt und lauschte.

Sie vernahm leise Klaviermusik. Eine einfache Melodie.

In diesem Moment läutete ihr Handy. Es war Trojan. Rasch drückte sie den Anruf weg und schaltete das Telefon aus.

Im Innern der Wohnung war es auf einmal still.

Plötzlich vernahm sie sich nähernde Schritte. Die Tür wurde geöffnet.

Ein Mann in den Siebzigern, silbriges halblanges Haar, dunkelblauer Hausmantel, starrte sie an. »Was haben Sie hier zu suchen? Mitten in der Nacht?«

Carlotta holte tief Luft. Sie wollte etwas erwidern.

Auf einmal veränderten sich seine Gesichtszüge. Ein erstaunter Blick. »Marie?«

Carlotta rührte sich nicht.

»Bist du es?«

Pause.

»Marie«, stieß der alte Mann hervor.

Sie schluckte.

»Kein Zweifel. Du bist es tatsächlich. Wie viele Jahre ist das nun her?«

Sie antwortete nicht.

»Erkennst du mich denn nicht? Ich bin es. Ludwig.«

Sie gab sich innerlich einen Ruck. Musste einfach nur ihre Rolle spielen. »Hallo Ludwig«, murmelte sie.

»Komm herein. Na komm schon.«

Zögernd trat sie ein. Er führte sie in ein salonartiges Wohnzimmer. Hohe Decken. Ein Klavier. Vollgestopfte Bücherregale.

Er strahlte sie an. »Ich fasse es nicht. Du bist zurück, Marie. Endlich bist du wieder da.«

Er näherte sich ihr, als wollte er sie umarmen.

Sie wich einen Schritt zurück.

»Hast du Angst vor mir?«

»Nein, alles gut.«

»Es kommt mir vor wie ein Traum. Aber du bist es. Du bist es wirklich. Hast dich kaum verändert.« Abermals trat er dicht auf sie zu. Ihr lief ein Schauer über den Rücken, als er den Anhänger an ihrer Kette berührte. »Du trägst ja die Silbereule. Und unter deiner Jacke hast du dieses schöne Kleid an.«

»Ja.«

»Marie. Ich freue mich, dass du da bist. Es ist eine Ewigkeit her, dass wir uns das letzte Mal gesehen haben. Weißt du noch?«

Sie nickte.

»Und nun tauchst du mitten in der Nacht bei mir auf.«

»So ist es.«

»Du hast dir wenigstens die Adresse gemerkt.«

»Ja.«

»Rein äußerlich hat sich nichts verändert. Aber hier drin«, er schlug sich mit der Faust gegen die Brust, »nichts als Schmerz und Kummer.«

Sie schwieg.

»Wo hast du nur so lange gesteckt?«

Sie versuchte es mit einer Antwort. »Ich war auf Reisen.«

»Wo denn genau?«

»Ach, überall und nirgends. In fernen Ländern.«

»Warum hast du dich nicht gemeldet? Und wieso bist du einfach verschwunden?«

Wieder versuchte sie es aufs Geratewohl. »Ich konnte einfach nicht mehr. Musste neu anfangen.«

Seine Augen bekamen einen merkwürdigen Glanz. »Es hat mir das Herz gebrochen, als du gegangen bist. Nichts ist mehr wie früher. Ich bin … ich war …« Er schien nach Worten zu suchen, wirkte auf einmal verwirrt. »In der Zwischenzeit … war … wir hatten … und dann kam auch noch …«

»Ja?«

Eine Weile stammelte er verzweifelt herum. Dann brach er vollends ab.

Es entstand eine Pause.

»Marie«, murmelte er schließlich.

»Es tut mir sehr leid. Ich wollte dich nicht verletzen.«

»Ihr hat es auch nicht gutgetan.«

»Wem?«

»Nora. Sie konnte ebenso wenig verstehen wie ich, warum es mit einem Mal enden musste.«

»Wovon sprichst du?«

»Wir haben alles verloren. Alles. Auch das Theater haben sie uns genommen.«

»Das Theater?«

»Es existiert nicht mehr.«

Plötzlich nahm er sie an die Hand. »Genug gejammert. Komm.«

Er führte sie ans Klavier und setzte sich auf den Hocker davor. »Lass uns die alten Lieder spielen«, sagte er. »Du hast eine wunderschöne Stimme, Marie. Es war mir immer eine Freude, dich singen zu hören.«

Er legte die Finger auf die Tasten. Doch er rührte sich nicht. Für eine Weile war er wie erstarrt.

Schließlich blickte er irritiert zu ihr auf. »D-Dur, nicht wahr? Der Anfangsakkord?«

»Möglicherweise, ja.«

Endlich begann er zu spielen, jedoch entstanden nur Disharmonien.

Kopfschüttelnd brach er ab.

»Eben wusste ich die Melodie noch. Hilf mir mal, Marie.«

Sie setzte sich zu ihm und improvisierte. Klimperte ein paar Tonleitern, die sie in der Schule gelernt hatte.

»Nein, nein, das ist verkehrt«, murmelte er.

In diesem Moment wurde die Tür zum Nebenzimmer aufgerissen, und eine Frau in den Fünfzigern kam herein. Sie trug einen Morgenmantel, ihr dunkles Haar war zerzaust, die Wangen vom Schlaf gerötet.

»Ludwig? Was tust du da? Und wer ist diese Frau?«

Der alte Mann wiegte den Kopf. »Schau nur, Nora. Marie ist zurückgekehrt. Sie trägt das wunderschöne Kleid, das du für sie entworfen hast.«

Carlotta erhob sich.

Die Frau kam auf sie zu und musterte sie. »Das ist nicht Marie. Sie sieht ihr sehr ähnlich, aber sie ist es nicht.«

Es entstand eine längere Pause.

Schließlich zog Carlotta ihren Dienstausweis hervor. »Bitte entschuldigen Sie. Ich wurde offenbar verwechselt. Carlotta Weiss, Kriminalpolizei.«

Nach einem kurzen Blick auf den Ausweis kniff die Frau namens Nora die Augenbrauen zusammen. »Sie sind von der Kripo?«

»Ja.«

»Was soll dann die Aufmachung? Dieses Kleid und die Kette mit dem Anhänger?«

Carlotta wollte gerade etwas erwidern, als Ludwig erneut zu spielen begann. Weitere Disharmonien. Er schlug wie wild auf die Tasten ein.

Nora nahm Carlotta zur Seite und senkte die Stimme. »Sie dürfen ihn nicht aufregen. Er zeigt erste Anzeichen von Demenz. Wir hatten eine schwierige Zeit.«

»Sind Sie seine Ehefrau?«

»Seine Lebensgefährtin, seit vielen Jahren schon.« Sie ging zu ihm. »Komm mit, Ludwig, leg dich wieder ins Bett.«

Sie half ihm auf und führte ihn aus dem Zimmer.

SECHZIG

Nach einer Weile kam die Frau in dem Morgenmantel zu Carlotta zurück. »Würden Sie mir nun bitte erklären, warum Sie eigentlich hier sind?«

»Ich ermittle in einer Mordserie.«

»Mord?«

»Ja. Ich brauche einige Informationen von Ihnen. Wie ist Ihr vollständiger Name?«

»Nora Weinheim.«

»Und der Ihres Lebensgefährten?«

»Ludwig Arnold.«

Carlotta zeigte ihr die Aufnahme des Gemäldes. »Erkennen Sie diese Frau wieder?«

»Aber ja. Und Sie haben tatsächlich eine gewisse Ähnlichkeit mit ihr. Warum haben Sie sich so gekleidet und frisiert?«

»Das gehört zu meinen Ermittlungsmethoden.«

Nora Weinheim schaute sie stirnrunzelnd an.

Carlotta holte tief Luft. »Die Frau auf dem Gemälde ist also jene Marie, mit der mich Ihr Lebensgefährte verwechselt hat?«

»Ja. Sie müssen entschuldigen. Seine Geisteskraft hat in letzter Zeit nachgelassen.«

»Das tut mir sehr leid.«

»Ich tue alles, um ihm zu helfen, aber es ist nicht immer leicht mit ihm.«

»Bitte erzählen Sie mir mehr über diese Marie.«

»Sie ist Schauspielerin. Wir kennen Sie vom Theater. Ludwig hat ein Stück geschrieben, in dem sie die Hauptrolle gespielt hat.«

Eine Schauspielerin also, dachte Carlotta aufgeregt. »Wie ist ihr Nachname?«

»Sie ist uns nur unter ihrem Künstlernamen bekannt. Marie Wander.«

»Marie Wander?«

Sie nickte. »Kommen Sie mit. Ich muss Ihnen etwas zeigen.«

Nora Weinheim führte sie durch einen verwinkelten Flur und öffnete eine Flügeltür.

Sie gelangten in ein weiteres salonartiges Zimmer, das noch viel größer war als das, in dem sich das Klavier befand.

Für einen Moment war Carlotta sprachlos vor Staunen.

Es war tatsächlich der Raum, der auf dem Gemälde zu sehen war. Durch das Fenster erkannte sie die Dächer auf der gegenüberliegenden Straßenseite, die zwei Schornsteine, die abgeknickte Fernsehantenne und die blinkende Leuchtreklame.

Auch das Bett war vorhanden, selbst der Läufer auf dem Parkettboden war identisch.

»Das war unsere Probebühne für die Theaterinszenierung«, sagte Nora Weinheim. »Wir haben hier in all den Jahren nichts verändert. Und schauen Sie.« Sie ging mit Carlotta in eine Ecke des Raumes und deutete auf ein Bühnenmodell aus Gips. Es war eine Nachbildung des Zimmers in Miniatur. Zwei kleine Puppen befanden sich darin. Sie nahm eine davon in die Hand. Es war eine kleine weibliche Figur in einem grünen Kleid. »Das ist Marie. So hieß sie auch in dem Theaterstück. Sie war die Eulenfrau.«

»Die Eulenfrau?«

»Ja. So lautet auch der Titel des Stücks.«

Carlotta atmete durch. »Und hier ist es aufgeführt worden? In Ihrer Privatwohnung?«

»Nein. Hier fanden nur die Proben statt. Das Theater selbst existiert leider nicht mehr. Es fiel den Investoren zum Opfer. Ludwig hat es damals selbst gegründet. Er schrieb *Die Eulenfrau*, führte Regie und leitete sein eigenes Theater. Es war zwar recht klein, nur neunundneunzig Plätze, aber wir haben es beide sehr geliebt. Für *Die Eulenfrau* habe ich das Bühnenbild und auch die Kostüme entworfen. Ich dachte mir, dieser Raum in unserer Wohnung wäre perfekt für das Stück. Und so habe ich ihn für die Inszenierung nachbauen lassen.«

»Und dieses Fenster mit dem Blick auf die Dächer? Gab es das auch auf der Bühne?«

»Ja. Natürlich nur als Projektion, aber täuschend echt. Der Raum sollte ein Hotelzimmer darstellen, in dem sich zwei einsame Liebende trafen.« Sie seufzte. »Das Stück war ein großer Erfolg, wir hatten hervorragende Kritiken und spielten immer vor ausverkauftem Haus.«

»Wann war das?«

»Vor zehn Jahren.«

»Und Marie Wander …?«

»Sie tauchte einfach zum Vorsprechen auf. Auf Empfehlung einer Schauspiellehrerin. Marie war wie geschaffen für die Rolle. Sie *war* die Eulenfrau, sie lebte diese Figur. Daran gab es keinen Zweifel. Ludwig hat sie sofort engagiert, obwohl sie als Schauspielerin völlig unbekannt war.«

»Worum geht es in dem Stück?«

»Ich werde es Ihnen zum Lesen geben.« Sie nahm ein geheftetes Exemplar von einem Stapel und reichte es ihr.

»Also stimmt es, was Ludwig Arnold vorhin zu mir gesagt hat? Marie ist einfach verschwunden?«

»Ja. Sie kam eines Abends vor zehn Jahren volltrunken zu

einer Vorstellung. Wir hatten zu der Zeit schon sehr viele Aufführungen absolviert. Jedes Mal war Marie grandios. An jenem Abend aber brachte sie kaum noch einen vernünftigen Satz heraus. Sie war nicht mehr in der Lage zu spielen. Die Zweitbesetzung musste übernehmen. Marie war dagegen, aber wir hatten keine andere Wahl. Wir riefen ihr ein Taxi, damit sie nach Hause kam und ihren Rausch ausschlafen konnte, und von da an haben wir nie wieder etwas von ihr gehört.«

»Haben Sie wenigstens irgendeine Adresse von damals?«

»Leider nicht. Sie wohnte irgendwo zur Untermiete. Aber sie wollte niemandem verraten, wo.«

»Fanden Sie das nicht merkwürdig?«

»Ein wenig schon. Ihr Honorar wollte sie immer in bar ausbezahlt bekommen. Wir hatten zwar eine Handynummer, unter der wir sie erreichen konnten, aber nach ihrem Alkoholabsturz war der Anschluss plötzlich tot.«

»Das ist sonderbar.«

»Ja. Niemand wusste, wer Marie wirklich war. Sie tauchte hier zum Vorsprechen auf, wurde vom Fleck weg engagiert, spielte abends die Vorstellungen im Theater, verzauberte das Publikum, und danach verschwand sie spurlos.«

»Sie erwähnten eine Schauspiellehrerin, die Marie Wander empfohlen hatte.«

»Richtig. Das war Rosalind Fein. Sie hatte ihr privat Unterricht gegeben und war von ihrem Talent überaus angetan.«

»Haben Sie vielleicht deren Adresse?«

»Rosalind lebt nicht mehr. Sie war schon damals sehr betagt.«

»Sie haben also nicht die geringste Ahnung, wo sich Marie Wander derzeit aufhalten könnte?«

Nora Weinheim schüttelte den Kopf.

»Sagt Ihnen der Name Robert Lumen etwas?«

»Der Porträtmaler?«

»Ja.«

»Ich kenne ihn nicht persönlich. Aber er ist mir ein Begriff.«

»Er wurde ermordet.«

»Was? Das ist ja furchtbar.«

Carlotta zeigte ihr noch einmal die Aufnahme auf ihrem Smartphone. »Dieses Ölgemälde von Marie Wander ist von ihm. Es zeigt sie wohl in der Kulisse des Theaterstücks. Wie erklären Sie sich das?«

»Nun, ich nehme an, er war in einer der Vorstellungen, hat Skizzen angefertigt und danach dieses Bild gemalt.«

»Könnte er Marie Wander nach einer Aufführung angesprochen haben?«

»Das wäre denkbar. Wissen Sie, viele Männer, die das Stück gesehen haben, waren verrückt nach Marie. Und nicht nur das männliche Publikum war verzaubert. Auch Frauen waren von ihr begeistert. Marie spielte die Rolle so intensiv, ergreifend und authentisch, dass der große Erfolg des Stücks überwiegend ihr zu verdanken war.«

»Kennen Sie eigentlich das Maison Bleue?«

»Natürlich. Es wird in dem Theaterstück auch erwähnt. Es geht um eine Frau und einen Mann, die sich in diesem Etablissement kennengelernt haben. Anonym. Anfangs tragen sie beide Larven, wie das in dem Lokal üblich ist. Sie treffen sich heimlich in einem Hotelzimmer. Beide haben eine Last aus der Vergangenheit zu tragen. Im Laufe der Handlung legen sie ihre Masken ab und kommen sich immer näher. Und schließlich …« Nora Weinheim brach ab. Ihre Augen füllten sich mit Tränen. »Es ist ein Jammer, dass unser Theater nicht mehr existiert. Sie müssen das Stück unbedingt lesen.«

Carlotta blätterte in dem Manuskript. »Es ist also ein Zweipersonenstück?«

»Ja.«

»Wer war der andere Darsteller?«

»Das war Gernot Wagner. Er lebt leider auch nicht mehr. Als das Theater geschlossen wurde, verlor er den Halt. Er ließ sich gehen, konsumierte zu viele Drogen und starb schließlich viel zu jung an einer Überdosis. Wissen Sie, mit Maries plötzlichem Verschwinden war alles vorbei. Der Erfolg war dahin, das Geld ging aus. Die Zweitbesetzung der Marie konnte es einfach nicht mehr herumreißen. Es fehlte der Glanz, die Magie.«

»Welche Schauspielerin hat die Rolle übernommen?«

Nora Weinheim machte eine wegwerfende Geste. »Ich rede nicht gern über diese Person.«

»Wieso nicht?«

»Meines Wissens arbeitet sie überhaupt nicht mehr am Theater. Und das zu Recht.«

»Wer ist sie?«

»Eine entsetzliche Frau. Ich ärgere mich noch heute, dass wir auf sie hereingefallen sind. Sie war selbstverliebt. Egoistisch. Überkandidelt. Ich hatte schon immer den Verdacht, dass sie eifersüchtig auf Maries Erfolg war. An dem Abend, als Marie völlig betrunken zur Vorstellung kam, war ich überrascht, weil sie … Also, auf mich wirkte Marie wie eine trockene Alkoholikerin. Sie hat immer nur Mineralwasser getrunken. Auch wenn wir nach der Vorstellung mal in eine Kneipe gingen. Marie hat alkoholische Getränke strikt gemieden.«

»Sie glauben also …?«

»Ich meine, dass unsere Zweitbesetzung dafür gesorgt hat, dass Marie einen Alkoholrückfall erlitt.«

»Und das nur, um an ihre Rolle zu kommen?«

Nora Weinheim nickte. »So ist es. Ich weiß, das ist eine starke Anschuldigung. Aber ja, ich glaube, sie hat damals an diesem verhängnisvollen Abend Marie zum Trinken verleitet, um danach selbst als Eulenfrau auf der Bühne zu stehen. Und damit hat sie Maries Karriere vernichtet.«

»Wie ist ihr Name?«

»Tanja Grater.«

Carlotta starrte sie verblüfft an. »Wie bitte?«

»Kennen Sie sie etwa?«

»Ja. Sie wurde erst kürzlich ermordet.«

EINUNDSECHZIG

Samstag, 2. Dezember, drei Uhr morgens

Zurück auf der Straße rief sie Trojan an und berichtete ihm, was sie herausgefunden hatte.

»Du musst sofort zu mir kommen«, sagte sie, »ich warte im VW-Bus auf dich.«

»Wo hast du ihn abgestellt?«

»Direkt vor dem Maison Bleue.«

»Ich beeile mich«, sagte er und legte auf.

Im Laufschritt erreichte Carlotta ihren Bulli. Sie stieg ein und schaltete die Innenbeleuchtung an. Kaum hatte sie auf der Rückbank Platz genommen, schlug sie das geheftete Exemplar des Theaterstücks auf und begann zu lesen.

Die Handlung erschütterte sie. Auf Anhieb war sie davon in den Bann gezogen.

Obwohl sie die Seiten nur überflog, hatte sie innerhalb von einer halben Stunde das Wesentliche erfasst.

Als Trojan an die Fensterscheibe klopfte, war sie gerade auf den Schlussseiten.

Sie öffnete ihm, und er setzte sich neben sie.

»Es ist ein großartiges Werk«, murmelte sie.

»Bringt es uns bei den Ermittlungen auch weiter?«

»Ich denke schon.«

»Erzähl, wovon handelt es?«

»Einen Moment noch.«

Fasziniert las sie weiter. Schließlich blätterte sie die letzte Seite um und ließ den Atem ausströmen.

Nach einer längeren Pause sagte sie: »Ich glaube, ich habe das fehlende Puzzleteil gefunden. Nun ahne ich, warum Robert Lumen das eine Gemälde übermalt und das andere eingemauert hat. Es scheint alles mit diesem Theaterstück zusammenzuhängen.«

»Worum geht es?«, fragte Nils gespannt.

Carlotta gab ihm eine kurze Zusammenfassung. »Die Hauptperson ist eine geheimnisvolle schöne Frau. Sie ist Mitte dreißig und heißt Marie. In dem Club namens Maison Bleue, den es auch in Wirklichkeit gibt und vor dem wir uns gerade befinden, lernt sie anonym einen gewissen Boris kennen. Er ist ungefähr vierzig Jahre alt. Sie tragen beide Larven, kommen miteinander ins Gespräch. Recht bald wird klar, dass Boris seit vielen Jahren verheiratet ist. Marie hingegen ist ungebunden, erwähnt aber eine längere toxische Beziehung, aus der sie tiefe seelische Verletzungen davongetragen hat. Nach dem ersten Abend beschließen die beiden, sich wieder zu treffen. Boris mietet dafür ein Hotelzimmer. Zwischen den beiden entwickelt sich eine fatale Liaison, die sich über Wochen hinzieht. Sie kapseln sich immer mehr von der Außenwelt ab. Ihre heimlichen Treffen werden zur Sucht. Das Stück beinhaltet die Dialoge, die Marie und Boris vor und nach ihren Liebesspielen im Hotelzimmer führen. Anfangs tragen sie dabei noch ihre Masken, weil sie die Anonymität schätzen und ihre Rollen und Verstrickungen im herkömmlichen Leben ablegen möchten. Dann aber kommen sie überein, die Larven abzunehmen und sich unverhüllt gegenüberzutreten. Ihre Liebe wird allmählich zur Raserei. Sie können nicht mehr ohneeinander. Marie fragt Boris, ob er sich vorstellen könne, sich von seiner Frau zu trennen. Doch da tritt die Wahrheit ans Licht. Seine Ehefrau leidet an einer unheilbaren Krankheit, die sie an den Rollstuhl fesselt, und er fühlt sich schuldhaft an sie gebunden.«

Trojan war verblüfft. »Das ist letztlich die Geschichte von Robert Lumen.«

»Ja.«

»Er scheint sich in dem Stück wiedererkannt zu haben.«

»Genau.«

»Und wieso heißt es *Die Eulenfrau*?«

»Boris sieht in Marie mehr und mehr eine Unglücksbotin. Warum das so ist, dazu komme ich gleich. In der Inszenierung war übrigens eine echte Eule auf der Bühne zu sehen. Gefangen in einem Käfig. Im Schlussbild wird sie freigelassen und entweicht in die Nacht.«

»Okay, der Reihe nach. Was passiert?«

»Hin- und hergerissen zwischen seiner Liebe zu Marie und dem nahezu zwanghaften Verantwortungsgefühl für seine kranke Frau fordert Boris Marie auf, ihn während des Liebesakts zu erwürgen und sich danach selbst zu töten.«

»Warum?«

»Er sieht keinen anderen Ausweg. Außerdem hofft er vage auf eine Wiederbegegnung im Totenreich.«

»Klingt sehr dramatisch.«

»So kurz zusammengefasst mag es dir vielleicht etwas abgeschmackt vorkommen, aber das Stück ist von einer großen Kraft. Und wie mir Nora Weinheim versicherte, lebte es von der intensiven Darstellung dieser ominösen Marie Wander.«

»Was geschieht am Ende?«

»Marie bringt es nicht fertig, Boris zu erwürgen.«

»Weil sie ihn zu sehr liebt?«

»Richtig. Darum bittet sie ihn, es selbst zu übernehmen. Er soll ihr im Moment der größten Lust und Ekstase die Hände um den Hals legen und zudrücken. Bis sie nicht mehr unter den Lebenden ist.«

»Und danach soll er Selbstmord begehen?«

»Ja.« Carlotta blickte ihn an. »Ahnst du, wie es ausgeht?«

»Vermutlich tragisch.«

Sie nickte. »Boris tötet sie. Marie stirbt unter seinen Händen. Aber er ist zu schwach, sich selbst umzubringen. Schließlich verscharrt er ihren Leichnam und kehrt als gebrochener Mann zu seiner Frau zurück.«

Trojan holte tief Luft. »Eine wahre Tragödie.«

»Wirklich ergreifend.«

Es entstand eine Pause. Trojan schien nachzudenken.

Schließlich sagte er: »Wir können also davon ausgehen, dass Robert Lumen vor zehn Jahren in einer der Vorstellungen saß, Skizzen anfertigte und wenig später dieses Gemälde erschuf.«

»Ja, er muss von dem Stück überaus beeindruckt gewesen sein. Vermutlich hat er sich in Boris wiedererkannt. Sich mit ihm völlig identifiziert.«

»Dabei sind beide Figuren nur eine Erfindung. Es ist nichts weiter als ein Bühnenstück.«

»Das schon, aber manche literarischen Werke haben so eine Strahlkraft, dass sich besonders empfindsame Personen davon gänzlich mitreißen lassen. Hinzu kommt das bravouröse Spiel jener Marie Wander. Nora Weinheim sagte mir, dass viele Männer von ihr verzückt waren.«

»Wahrscheinlich hat Lumen Marie nach einer der Vorstellungen angesprochen. Durchaus möglich, dass sich daraus ein Liebesverhältnis ergab.«

»Ja, er lud sie in sein Atelier ein und bat sie, ihm Modell zu sitzen.«

»So könnte das erste Gemälde entstanden sein, auf dem sie noch maskiert ist.«

»Richtig. Marie Wander fühlt sich geschmeichelt. Nun ist sie nicht nur Hauptdarstellerin in einem gefeierten Stück, sondern wird auch von einem anerkannten Künstler auf einem großartigen Bildnis verewigt. Sie verliebt sich in ihn. Er malt ein weiteres Bild von ihr. Es ist noch grandioser als das erste.«

»Dann aber entscheidet sich Lumen gegen sie. Er will seine Frau nicht verlieren. Fühlt sich verantwortlich für sie. Denn sie ist wie die Ehefrau in dem Theaterstück unheilbar krank. Er beendet die Affäre, übermalt wie im Wahn eines der beiden Bilder.«

»Womöglich ist er erschrocken, nachdem er es auf diese Weise nahezu zerstört hat«, sagte Carlotta.

»Das andere Ölgemälde, in dem kleineren Format, auf dem Marie unmaskiert zu sehen ist, beschädigt er jedoch nicht.«

»Wahrscheinlich bringt er es nicht fertig. Immerhin ist es sein größtes Werk. In seiner gesamten Karriere hat er nie etwas Vergleichbares geschaffen.«

»Also mauert er es ein. Um es vor seiner Frau zu verstecken und dennoch immer in seiner Nähe zu haben.«

»Das muss eine Demütigung für Marie gewesen sein. Höchstwahrscheinlich hat er ihr gegenüber behauptet, die beiden Gemälde vernichtet zu haben.«

»Mehr noch. Er scheint ihr von dem übermalten Exemplar auf dem Dachboden erzählt zu haben.«

»Richtig, denn es wurde ja Jahre später vom Täter markiert.«

»Nur dass Lumen das andere Bild hinter der Wand verschwinden ließ, hat er wohl verschwiegen.«

Es entstand eine Pause.

Trojan rieb sich über das Kinn. »Meinst du, Marie Wander ist unsere Mörderin? Ist sie diejenige, die sich in einen Clown verwandelt, um zu töten?«

»Ich halte es für denkbar.«

»Was ist mit dem Motiv der Gewalterfahrung?«

»Ich nehme an, dass sie so etwas selbst durchgemacht hat.«

»Ja.«

»Und dann wurde sie auch noch von Tanja Grater, ihrer Zweitbesetzung, zu einem Alkoholrückfall verleitet.«

»Es passt alles zusammen.«

»Tiefe Demütigungen als Trigger. Dazu häusliche Gewalt gegen Frauen und Kinder.«

»All das passt ins Profil.«

Carlotta nahm einen USB-Stick hervor. »Dies ist ein Videomitschnitt von einer der Aufführungen. Ich habe Nora Weinheim danach gefragt, und sie gab ihn mir.«

»Sehr gute Arbeit, Carlotta. So haben wir wichtiges Bildmaterial.«

Sie schob den Stick in den entsprechenden Port an ihrem Rechner, öffnete die Datei und spulte bis zum Ende vor.

Gemeinsam schauten sie ein paar Szenen an. Schließlich kam es zum Schlussmonolog der *Eulenfrau*, als diese ihren Geliebten aufforderte, sie zu töten.

Nora Weinheim hatte nicht übertrieben.

Das Spiel der Marie Wander war so ergreifend, dass es Carlotta zeitweilig den Atem verschlug.

Auch Trojan saß wie gebannt da, den Blick fasziniert auf den Monitor gerichtet.

»Sie ist großartig«, murmelte er.

»Eine beeindruckende Darstellerin.«

»Und wie geschaffen für die Rolle.«

»Es ist wirklich ein Jammer, dass dieses Theater geschlossen wurde. Stück und Inszenierung sind hervorragend. Und diese Schauspielerin ist …«

»… eine Offenbarung«, ergänzte Trojan. »Man kann sich kaum vorstellen, dass es ihr Debüt war.«

»Sie ist ein Naturtalent.«

»Wahrscheinlich hat sie sich völlig mit ihrer Rolle identifiziert.«

»Das denke ich auch.«

Sie spulte weiter vor. Bis zu der Stelle, an der Boris seine Schlussworte sprach, nachdem er Marie getötet und ihren Leichnam verscharrt hatte.

Er öffnete auf der Bühne den Käfig, in dem die Eule gefangen war. Mittels einer Filmprojektion war im Theater zu sehen, wie der Nachtvogel die Flügel ausbreitete und in der Dunkelheit verschwand.

Es herrschte Stille im Saal.

Dann brandete der Applaus auf.

Marie Wander und der mittlerweile verstorbene Schauspieler traten vor und verbeugten sich.

Auf einmal hatte es Carlotta sehr eilig. Mit einem speziellen Programm kopierte sie eine Sequenz, in der Marie Wander in Nahaufnahme zu sehen war, aus dem Video heraus und fertigte davon ein Einzelbild an.

»Lass uns dieses Bild als Fahndungsfoto herausgeben«, sagte sie.

»Okay«, erwiderte Nils, »und wir sollten es noch heute Nacht Peer Linde vorlegen.«

»Du meinst …?«

»Ich habe den Verdacht, dass er uns etwas Entscheidendes verheimlicht. Als ich ihm die Aufnahme des Gemäldes zeigte, reagierte er äußerst unwirsch darauf.«

»Stimmt. Das war bei meiner Befragung ähnlich.«

»Es wäre möglich, dass auch er Kontakt zu ihr hatte.«

»Du hast recht«, sagte Carlotta. »Über ihn wissen wir bisher noch am wenigsten.«

»Fahren wir sofort zu ihm.«

An einem Abend erlebte ich Mutter so niedergeschlagen wie lange nicht mehr. Sie saß auf ihrem Bett, die Schultern eingesunken.

»Was ist los?«, fragte ich.

Sie schwieg.

Ich setzte mich zu ihr.

Sie sah mich an. »Findest du mich eigentlich attraktiv?«

»Natürlich. Du bist wunderschön.«

»Was mache ich nur verkehrt? Warum bleiben die Männer nicht lange bei mir?«

»Was ist denn passiert?«

»Er hat mir den Laufpass gegeben.«

»Der Mann, vor dem ich mich verstecken sollte?«

»Ja. Er ist Politiker. Kandidiert erneut für das Bürgermeisteramt. Ich hätte ein schönes Leben mit ihm führen können. Und nun ist er zu seiner Frau und seiner Tochter zurückgekehrt.«

»Warum lässt du dich auch immer mit verheirateten Männern ein?«

Sie seufzte. »Vielleicht sitzt irgendein Dämon in meinem Kopf. Und der behauptet, ich hätte nichts Besseres verdient.«

Ich wollte sie in den Arm nehmen, doch ich rührte mich nicht. Sie war mir fremd geworden, seitdem sie am Theater war. Ich gönnte ihr den Erfolg, aber er hatte sie verändert. Und es kränkte mich, dass niemand von mir wissen sollte. Ich war Mutters Geheimnis.

»Hast du getrunken?«, fragte ich nach einer Weile.

Abermals schwieg sie. Ich versuchte, die Antwort in ihren Augen zu finden. Sie waren trüb.

Schließlich sagte sie: »Ich war kurz davor.«

»Versprichst du mir, dass du trocken bleibst?«

»Ja, mein Kind.«

»Ein Bürgermeister ist nichts für dich.«

»Aber er war begeistert von mir. Er hat mir gesagt, er würde seine Frau für mich verlassen.«

»Hast du ihn im Theater kennengelernt?«

»Ja. Er sprach mich nach einer Vorstellung an. Weißt du, deine Mutter ist jetzt eine bedeutende Schauspielerin. Ich bin nicht mehr die armselige Kellnerin von früher. Die Männerherzen fliegen mir zu.«

»Wann darf ich dich endlich auf der Bühne sehen?«

»Dieses Stück ist nichts für dich. Es ist nicht jugendfrei.«

Ich hatte es heimlich gelesen. Sie hatte das Manuskript in ihrem Nachttisch versteckt. Es hieß *Die Eulenfrau.* Ich malte mir aus, wie sich Mutter durch die Kulissen bewegte, verwandelt in die Hauptfigur. Damals war ich noch ein Kind, und ich verstand nicht alles von der Handlung. Nur so viel war mir klar: Die Eulenfrau war eine Verführerin und eine Unglücksbotin. Am Schluss wollte sie sterben. Sie forderte ihren Verehrer auf, sie zu töten.

Ich hatte Angst um Mutter, als ich es las. Denn ich ahnte, wie tief sie sich in die Figur der Eulenfrau hineinbegeben hatte.

Jahrelang hatte sie ihr schauspielerisches Talent unterdrückt. Nun lebte sie im Theater auf und wurde für ihre Darstellung gefeiert.

Es war die Rolle ihres Lebens. Ihre einzige. Sie stieg wie ein Komet am Bühnenhimmel auf, um bald darauf zu verglühen.

»Ich könnte dir mein Kostüm zeigen«, sagte sie. »Ich hab es hier.«

»Wieso hast du es mitgebracht?«

»Weil ich mich darin mag. Wenn die Aufführung vorbei ist und der Beifall aufbrandet, fühle ich mich wie eine Göttin. Doch irgendwann ist der letzte Zuschauer gegangen, und die Lichter sind erloschen. Dann fühle ich mich einsam und leer. Aber wenigstens mein Bühnenkostüm bleibt mir noch. Ich kann mich kaum davon trennen.« Sie stand auf. »Schließ die Augen.«

Ich tat es. Hörte, wie sie sich umzog. Vernahm das leise Rascheln ihrer Nylons.

»Und jetzt mach sie wieder auf.«

Ich schaute sie an.

»Hilf mir beim Reißverschluss.«

Sie wandte sich um, und ich zog ihn zu. Abermals drehte sie sich, trat ein paar Schritte zurück und wiegte sich in den Hüften.

»Wie gefalle ich dir?«

Sie trug ein grünes Kleid und eine Halskette mit einem Anhänger.

»So trittst du als Eulenfrau auf?«

»Ja.«

»Du bist sehr schön, Mutter.«

»Danke, mein Kind.«

»Bist du noch immer traurig?«

»Ein wenig.«

»Soll ich dich aufheitern?«

Sie nickte.

Ich sammelte mich. Atmete tief durch. Dann führte ich einige Pantomimen auf, die ich lange vorm Spiegel für sie einstudiert hatte.

Damit brachte ich Mutter zum Lachen, und das machte mich glücklich. Für kurze Zeit war das Leben wieder schön.

Sie verliebte sich erneut. Diesmal sprach sie ein Kunstmaler nach einer der Vorstellungen an. Er gestand ihr, dass er sich das Stück bereits siebenmal angeschaut hatte, so sehr war er von ihrer Darstellung verzückt. Außerdem meinte er, sich in der männlichen Hauptfigur wiederzuerkennen.

All das erzählte mir Mutter voller Stolz. »Er ist ein anerkannter Maler. Und stell dir vor, ich soll ihm Modell sitzen. Er will mich als Eulenfrau auf einem Gemälde verewigen. Ist das nicht großartig?«

»Ist er verheiratet?«

»Ja. Aber seine Frau ist sehr krank.«

Wie in dem Theaterstück, dachte ich finster. Sollte die Handlung etwa Wirklichkeit werden?

Mutter erlebte ein schier grenzenloses Hochgefühl. Als das eine Gemälde vollendet war, entstand noch ein weiteres Porträt von ihr.

»Es ist das schönste Bild, das ich jemals gesehen habe«, sagte sie. »Eine wundervolle Liebeserklärung des Malers an mich. Ich kann mein Glück kaum fassen.«

Sie umarmte mich und tanzte mit mir durch die Wohnung.

»Darf ich es sehen?«, fragte ich.

»Es steht noch im Atelier. Und der Künstler weiß nichts von dir.«

»Aber ich möchte es anschauen.«

»Ein andermal vielleicht.«

Der Absturz kam nur ein paar Wochen später.

Wieder fand ich sie im Schlafzimmer vor. Diesmal hatte sie sich unter der Bettdecke verkrochen.

Ich setzte mich zu ihr.

»Er hat mich abserviert«, erzählte sie mit brüchiger Stimme. »Lieber bleibt er bei seiner kranken Ehefrau als bei mir.«

»Das tut mir sehr leid.«

Ich versuchte, sie aufzuheitern. Gab den Clown für sie, schnitt meine Grimassen.

Doch sie lachte nicht.

An diesem Abend wollte sie sich vor der Vorstellung mit einer Kollegin treffen.

»Sie ist die Zweitbesetzung.« Mutter verriet mir ihren Namen. »Wir treffen uns in einer Bar. Sie hat gesagt, ich brauche etwas Ablenkung von meinem Kummer. Und damit hat sie wohl recht.«

Ich sah sie besorgt an. »Ist das nicht gefährlich?«

»Nein, mein Kind. Ganz sicher nicht. Ich trinke bloß Mineralwasser.«

Doch als sie in der Nacht heimkam, war sie sturzbetrunken.

ZWEIUNDSECHZIG

Samstag, 2. Dezember, vier Uhr morgens

Es war Susanne Linde, die ihnen die Eingangstür zu der Villa in Wannsee öffnete. Sie trug einen cremefarbenen Hausanzug. Ihr Gesicht war bleich, als habe sie in dieser Nacht kein Auge zugemacht.

»Wir müssen dringend mit Ihrem Mann sprechen«, sagte Trojan.

»Er ist gerade weggefahren.«

»Wohin?«, fragte Carlotta.

»Ich weiß es nicht.«

Trojan atmete durch. »Er fährt um diese Uhrzeit weg, und Sie haben keine Ahnung, was er vorhat?«

Die Frau des Bürgermeisters nagte an ihrer Unterlippe. »Am besten kommen Sie erst einmal herein.«

Sie führte sie ins Wohnzimmer. Ihre Stimme war belegt. »Wir waren beide oben und versuchten, ein wenig zu schlafen, als plötzlich der Anruf kam.«

»Was für ein Anruf?«

»Auf seinem Handy.«

Trojans Puls beschleunigte sich. »Hat die Täterin oder der Täter etwa mit Ihrem Mann Kontakt aufgenommen?«

»Ich fürchte, so war es.«

»Und Sie haben uns nicht darüber informiert?«

»Peer wollte das nicht. Er sagte, wir dürfen Alexas Leben nicht aufs Spiel setzen. Mir ist aufgefallen, dass er gestern ein paar unserer Konten leer geräumt hat. Danach befand sich eine große Summe Bargeld in unserem Tresor. Doch jetzt nicht mehr.«

»Er ging also auf eine Lösegeldforderung ein?«

»Ich denke, ja. Peer will Alexa freikaufen. Deshalb ist er wohl fort.«

»Also muss er schon gestern mit der fraglichen Person telefonischen Kontakt gehabt haben«, sagte Carlotta.

»Das vermute ich auch.«

»Hat er heute Nacht mit einem Mann oder einer Frau am Telefon gesprochen?«

»Ich habe keine Ahnung.«

Trojan und Carlotta tauschten Blicke.

»Machte Ihr Mann irgendwelche Andeutungen, wo er das Geld überreichen soll?«, fragte Nils.

Susanne Linde schüttelte den Kopf.

Trojan nahm sein Smartphone hervor, auf dem er das Foto von Marie Wander gespeichert hatte, und zeigte es ihr. »Wir haben den Verdacht, dass diese Frau mit den Morden und dem Verschwinden Ihrer Tochter zu tun hat. Es ist dieselbe Frau, die auch auf dem Gemälde zu sehen ist, welches Ihnen meine Kollegin vor Kurzem gezeigt hat. Darum noch einmal unsere dringende Frage: Erkennen Sie diese Person wieder?«

Susanne Linde schaute auf das Display. Ihre Augen füllten sich mit Tränen. »Nein.«

Trojan ließ nicht locker. »Sagen Sie uns endlich die Wahrheit. Es geht um das Leben Ihrer Tochter. Und nun ist auch noch Ihr Mann in Gefahr.«

Schweigen.

Nils nickte Carlotta kaum merklich zu. Und sie schien zu verstehen. Er würde das Gespräch leiten, während sie sich eher zurückhielt. Instinktiv spürte er, dass sie auf diese Weise vielleicht mehr bei der Frau des Bürgermeisters erreichen könnten.

»Wollen wir uns nicht setzen?«, fragte er möglichst sanft.

Susanne Linde nahm kerzengerade in einem Sessel Platz. Trojan und Carlotta ließen sich auf dem Sofa nieder.

Die Zeit drängte, und doch musste Nils äußerst behutsam vorgehen.

Abermals zeigte er ihr die Aufnahme. »Bitte schauen Sie sich das Foto noch einmal in Ruhe an.«

Sie tat es. Ungefähr eine Minute verstrich, ohne dass sie sich rührte.

Schließlich wischte sie sich die Tränen aus dem Gesicht. »Also gut. Vielleicht sollte ich es Ihnen erzählen.«

»Was immer es ist, tun Sie es bitte.«

»Es war vor zehn Jahren. Wir hatten Schwierigkeiten in unserer Ehe. Peer steckte mitten im Wahlkampf. Er war unheimlich gestresst. Zu der Zeit sah ich ihn kaum noch. Er rief öfter spätabends an und sagte mir, er würde im Büro übernachten. Anfangs leuchtete mir das wegen seiner vielen Termine ein, aber dann wurde ich misstrauisch. Ich wartete eines Abends vor seinem Dienstgebäude. Und dann sah ich, wie er wegfuhr. Ich bin ihm in meinem Wagen gefolgt.«

»Wohin?«

»Er hielt vor einer Bar in Mitte und ging hinein. Ich sah ihn dort mit einer Frau. Es war extrem unvorsichtig von ihm. Er setzte seine gesamte politische Karriere aufs Spiel. Wie ich herausfand, traf er sich regelmäßig mit ihr.«

»Was wissen Sie über diese Frau?«

»Nun ja. Ich stellte meinen Mann schließlich zur Rede. Anfangs versuchte er, alles abzuleugnen. Doch dann brach es förmlich aus ihm heraus. Er gestand mir, dass er eine Affäre hätte. Und zwar mit einer Frau, die er in einem Off-Theater kennengelernt hätte.«

Trojan wurde hellhörig. »Einer Schauspielerin?«

»Ja. Peer liebt das Theater. Früher träumte er selbst von einer Bühnenkarriere. Er lässt kaum eine Premiere aus, lässt sich gerne dazu einladen. Und am liebsten besucht er die Aufführungen allein.«

»Und Sie kennen den Namen dieser Frau?«

Sie nickte. »Ich stellte Nachforschungen über sie an. Sie nannte sich Marie Wander.«

Trojan stieß die Luft aus. »Es ist die Frau auf dem Foto?«

»Ja.«

Er steckte sein Mobiltelefon wieder ein. »Warum haben Sie uns das bisher verschwiegen?«

»Die Person auf dem Gemälde war doch maskiert. Zugegeben, ich hatte einen bestimmten Verdacht, aber ... Ich war mir nicht sicher.«

»Erzählen Sie weiter.«

»Peer hat die Affäre nach ein paar Wochen beendet und mich angefleht, ihm zu verzeihen. Doch dann kam alles noch viel schlimmer.«

»Was ist passiert?«

»Soweit ich es mitbekommen habe, war diese Schauspielerin eine sehr unsichere Person. Ihre Vorstellungen waren wohl immer ausverkauft, und sie wurde vom Publikum gefeiert. Doch in ihrem Innenleben sah es anscheinend anders aus. Peer erwähnte, dass sie trockene Alkoholikerin sei. Er sprach auch von einem Rückfall, den sie erlitten habe. Mich interessierte das alles nicht sonderlich. Doch ich spürte, dass er sich etwas von der Seele reden wollte.« Sie verschränkte die Arme vor der Brust. »Wissen Sie, mein Mann hat selbst ein kleines Alkoholproblem. Er kriegt es immer wieder in den Griff. Lebt sehr kontrolliert. Doch die Begegnung mit dieser Frau hätte ihn beinahe komplett aus der Bahn geworfen. Nun, jedenfalls erzählte er mir eines Abends, dass Marie Wander nicht mehr am Theater arbeiten könne. Sie habe ihr Engagement verloren, weil sie wieder zu trinken begonnen habe. Ich fragte ihn: ›Soll ich jetzt auch noch Mitleid mit deiner Geliebten haben?‹ Und da gestand er mir, dass er einen verstörenden Anruf von ihr erhalten habe.«

»Worum ging es dabei?«

»Sie drohte damit, das Verhältnis mit ihm an die Presse zu verraten, wenn er nicht zu ihr zurückkehren würde.«

»Wie hat Ihr Mann darauf reagiert?«

»Er betrank sich fürchterlich. Ich versuchte, ihn davon abzuhalten, doch er machte immer weiter. Schließlich fuhr er noch am selben Abend zu ihr. Als er zurückkam, wirkte er völlig durcheinander. In so einem Zustand hatte ich ihn noch nie erlebt. Ich fragte ihn, was passiert sei. Und er erwiderte wörtlich: ›Ich habe sie zum Schweigen gebracht. Ich habe dafür gesorgt, dass sie uns nie wieder belästigen wird.‹«

Trojan ließ den Atem ausströmen. »Was meinte er damit?«

»Ich habe keine Ahnung. Ich befürchtete das Schlimmste und fragte: ›Hast du ihr etwas angetan?‹«

»Und?«

»Er gab mir keine Antwort.«

»Was geschah dann?«

»Drei Tage später hatte er sich wieder halbwegs gesammelt. Ich brachte das Thema noch einmal zur Sprache. Denn ich hatte Angst. Daraufhin gab er mir eine Zeitungsnotiz und sagte, ich brauche mir keine weiteren Sorgen zu machen. Marie Wander sei tot.«

Carlotta und Trojan schauten sich verblüfft an.

»Wie bitte?«, entfuhr es Nils.

»Er sagte, sie sei bei einem Autounfall ums Leben gekommen.«

»Hatte er etwas damit zu tun?«

»Das befürchtete ich. Er aber beteuerte, es sei nicht seine Schuld gewesen. Und dann sagte er: ›Ich denke, das ist für uns alle das Beste.‹«

»Was stand in der Zeitung?«

»Es war nur eine kurze Nachricht. Darin hieß es, eine Frau sei volltrunken in ihrem Wagen von einer Landstraße nahe Berlin abgekommen. Sie starb noch am Unfallort.«

»Wurde der Name der Frau erwähnt?«

»Ja. Allerdings nur abgekürzt. Es handelte sich offenbar um eine Marie D.«

»Marie D.?«

»Marie Wander war der Künstlername dieser Schauspielerin. Bürgerlich hieß sie wohl Marie Dunkler.«

Trojan war perplex. »Woher wissen Sie das?«

»Ich bin meinem Mann einmal heimlich zu einer Wohnung gefolgt, in der er sich mit ihr getroffen hat. Es war ein Appartement in Schöneberg. Auf dem Klingelschild stand ein Name. Und der lautete Marie Dunkler.«

Trojan und Carlotta sprangen beinahe gleichzeitig auf.

»Erinnern Sie sich noch an die genaue Adresse?«, fragte Carlotta.

Auch Susanne Linde erhob sich. »Ja. Und da ist noch etwas, das Sie wissen sollten.«

»Was?«

»In der Zeitung hieß es, bei dem Unfall sei ein Kind aus dem Wagen gerettet worden. Ein vierzehnjähriger Junge. Ich glaube, Marie Dunkler hinterließ einen Sohn, als sie starb.«

In der Nacht, als Mutter rückfällig geworden war, schickte sie mich auf mein Zimmer und trank immer weiter. Ich lauschte an der Tür. Sie telefonierte mit jemandem. Sie lallte nicht etwa, im Gegenteil, sie sprach überdeutlich, laut und drohend.

Erst später wurde mir klar, was sie eigentlich im Sinn hatte. Sie war verletzt, am Boden, völlig fertig. Und sie wollte sich rächen. Sie rief bei diesem Politiker an, sein Name ist Peer Linde, und drohte damit, ihre Affäre an die Presse zu verraten.

Manchmal frage ich mich, was wohl geschehen wäre, wenn sie einfach ins Bett gegangen und ihren Rausch ausgeschlafen hätte. Wäre es ihr möglich gewesen, ans Theater zurückzukehren? Soweit ich es verstanden hatte, war die Zweitbesetzung schuld daran, dass Mutter ihr Engagement verlor. Aber wenn sie nun am nächsten Abend einfach wieder im Theater aufgetaucht wäre, nüchtern und bereit zu spielen? Hätte man sie nicht wieder auftreten lassen?

Ich denke schon.

In meinen Träumen spielt sie die Rolle der Eulenfrau noch immer. Der letzte Vorhang fällt. Es wird still im Saal. Dann brandet der Applaus auf. Und Mutter tritt ans Licht und verbeugt sich.

Doch es kam anders. Sie rief Linde an. Und plötzlich

war er da. Er hämmerte mit den Fäusten gegen die Wohnungstür.

Was hat Mutter geritten, dass sie ihn hereinließ?

Auf einmal hörte ich ihre Schreie. Sie war im Schlafzimmer. Ich stürzte zu ihr. Linde beugte sich über sie. Er trug einen Anzug, sein Haar war frisch frisiert. Ich dachte immer, Typen wie er würden niemals die Beherrschung verlieren. Doch ich hatte mich getäuscht.

Er schlug auf Mutter ein, so heftig, dass ich um ihr Leben bangte. Eine Zeit lang war ich wie gelähmt, dann aber sprang ich ihm auf den Rücken und versuchte, ihn irgendwie von ihr wegzuzerren.

Er schüttelte mich einfach ab und verprügelte sie weiter.

Ich schrie. Plötzlich sah er mich an. Er hatte diese wutverzerrte Fratze, die ich schon von meinem Vater kannte.

»Wer bist du denn?«, fragte er höhnisch.

»Lassen Sie sie in Ruhe!«

Er stieß mich zu Boden, nahm ein Kissen und drückte es mir ins Gesicht. So lange, bis ich das Bewusstsein verlor.

Als ich wieder zu mir kam, war er weg. Mutter lag auf dem Bett und rührte sich nicht.

Was danach geschah, weiß ich nicht mehr. Irgendwie hatten wir beide die Nacht überlebt.

Ich erinnere mich, dass wir am nächsten Morgen in der Küche saßen. Mutters Gesicht war grün und blau.

»Du musst die Polizei rufen«, sagte ich. »Du musst ihn anzeigen.«

Sie aber schüttelte den Kopf. »Es ist alles meine Schuld. Mit Menschen wie ihm darf man sich niemals anlegen. Sie haben die Macht, weißt du? Wir sind nichts dagegen.«

Abends trank sie weiter.

»Tu das nicht, Mutter.«

»Es ist gegen die Schmerzen.«

Sie begann, von dem Maler zu erzählen. Er hieß Robert Lumen. Sie sprach von den zwei Gemälden. Immer und immer wieder sagte sie, sie seien das Schönste, was sie jemals in ihrem Leben gesehen habe.

Zwei Abende später forderte sie mich auf, meine Sachen zu packen.

»Wir werden woanders neu anfangen«, sagte sie.

Dieser Satz war mir schmerzlich vertraut.

Sie gab den Schlüssel bei der Nachbarin ab, stieg mit mir in den Wagen und fuhr los. Sie hatte getrunken, und ich war in großer Angst.

»Bevor wir die Stadt verlassen, zeige ich dir die Bilder«, sagte sie.

Und so hielten wir vor dem Atelier des Malers. Sie klingelte an der Tür, und Lumen öffnete.

»Das ist mein Sohn«, sagte Mutter und wies auf mich. »Ich möchte mit ihm einen letzten Blick auf die beiden Gemälde werfen. Zeigst du sie uns?«

Lumen war aufgebracht. Es kam zum Streit zwischen ihm und Mutter. Er sagte, er habe das eine Bild übermalt und auf dem Dachboden versteckt, das andere habe er verbrannt.

Mutter konnte es nicht fassen. Sie glaubte ihm erst, als er uns die verschmierte Leinwand unterm Dach zeigte.

»Wieso hast du das getan?«, fragte sie.

»Damit meine Frau nichts von dir erfährt«, erwiderte er. »Und nun verschwinde, ich will dich nie wiedersehen.«

Mutter fuhr mit mir im Auto davon. Sie hatte Tränen im Gesicht. Wir ließen die Stadt hinter uns. Sie fuhr immer schneller. Ich warnte sie, doch sie hörte nicht auf mich.

Schließlich kam der Wagen von der Straße ab.

Was danach geschah, durchlebe ich Nacht für Nacht in meinen Albträumen. Sie war blutüberströmt und rang nach Luft.

Ich wollte ihr helfen. Eingeklemmt zwischen zwei Blechteilen, konnte ich mich kaum bewegen.

Unter Schmerzen streckte ich die Hand nach ihr aus. Sie trug die Kette mit dem Eulenanhänger.

Irgendwann trafen Rettungsleute am Unfallort ein und zogen mich aus dem Wagen.

Ich hielt die Halskette fest umklammert. Sie war alles, was mir von ihr blieb.

Mutter war tot.

Nachdem ich mich von meinen Verletzungen erholt hatte, kam ich erst in ein Heim und dann zu Pflegeeltern.

Wenn mich damals jemand nach meinem Berufswunsch fragte, antwortete ich: »Ich möchte ein Clown werden und andere zum Lachen bringen, auch wenn mir selbst nach Weinen ist.«

Zehn Jahre später sah ich durch Zufall Peer Linde im Fernsehen wieder. Er hielt eine Wahlkampfrede.

Sein dreistes Siegerlächeln versetzte mir einen Stich.

DREIUNDSECHZIG

Samstag, 2. Dezember, fünf Uhr morgens

Nur wenige Minuten nach ihrem Gespräch mit Susanne Linde hatten sie die früheren Meldedaten von Marie Dunkler ermittelt. Sie starb vor zehn Jahren bei einem Autounfall und hinterließ einen Sohn namens Ronnie Dunkler.

Er war mittlerweile vierundzwanzig Jahre alt und in Moabit gemeldet.

Die Fahrt von Wannsee dorthin kam Trojan endlos vor, obwohl er seinen Dienstwagen streckenweise auf mehr als hundertzwanzig Stundenkilometer beschleunigte. Carlotta traf mit ihrem Bulli kurz nach ihm in der Bredowstraße ein.

Das Wohnhaus wirkte heruntergekommen. Abgeblätterte Fassade, schmale Fenster, ein verrostetes Gittertor zum Hinterhof.

Trojan zückte seine Waffe. Auch Carlotta hielt ihre SIG Sauer im Anschlag.

Die Toreinfahrt war unverschlossen.

Überquellende Mülltonnen im Hof. Nirgendwo brannte ein Licht. In der Ferne bellte ein Hund.

Sie näherten sich dem Hinterhaus. Laut ihren Daten war Dunkler in einer Wohnung im Souterrain gemeldet.

Trojan stieß die Tür zum Treppenhaus mit dem Fuß auf und knipste seine Maglite an.

Die Stufen hinunter ins Kellergeschoss waren blank getreten, die Wände feucht. Trojan spürte, wie das Adrenalin durch seine Adern schoss. Erschöpfung und Müdigkeit hatten sich in eine fiebrige Unruhe verwandelt. An seinem Hals pochte eine Ader.

Er umklammerte die Waffe fester. Positionierte sich mit Carlotta neben der Wohnungstür.

Befand sich Dunkler mit Alexa dahinter? Und was war mit Peer Linde?

Sein Herz hämmerte.

Carlotta nickte ihm zu. Dann zielte er auf das Türschloss.

Er drückte ab, der Querschläger jaulte.

Treffer.

Das Schloss war aufgebrochen.

Ein Tritt gegen das Türblatt, schon war er im Innern der Wohnung. Carlotta folgte ihm.

Ihre Waffen waren schussbereit. Die Lichtkegel ihrer Stableuchten wanderten umher.

Eine verschlossene Tür. Noch ein Tritt, und sie flog auf. Eine Kammer mit Klosett und Waschbecken. Kein Vorhang vor der Dusche.

Zurück in den schmalen Flur. Eine weitere Tür.

Sie gingen in Deckung.

Trojan tastete nach der Klinke und riss sie auf.

Ein Zimmer mit offener Küche.

Er sicherte nach vorn, rechts und links.

Hier war niemand.

Trojan atmete durch. Dann knipste er das Deckenlicht an.

Sie schoben ihre Waffen in die Holster und schauten sich um.

Ein Einzelbett, die Bettdecke glatt gestrichen, das Kissen aufgeschüttelt. Am Fußende eine karierte Baumwolldecke, ordentlich zusammengefaltet. Gegenüber ein Schminktisch mit Spiegel. Tiegel mit weißer und roter Schminke. Ein Sammelsurium von roten Plastiknasen. Auf mehreren Holzköpfen feuerrote Perücken. Akkurat aufgereiht an einer Garderobenstange mehrere weiße Kostüme mit bunten Bommeln. Eine Sammlung von Schuhen mit überlangen Spitzen.

Zahlreiche Kostümierungen für einen Clown.

Doch dieser war fort.

Trojan näherte sich dem Küchenbereich.

Auch hier war alles penibel aufgeräumt. Jeder Gegenstand schien abgezählt zu sein. Ein Abtropfregal mit genau einer Müslischale, einer Tasse, einem Glas und einem Teller. Ein Behälter für Besteck, darin nur ein Löffel, eine Gabel und ein Messer. Das blitzblanke Geschirrtuch hing an einem Haken neben der Spüle.

Trojan sah Carlotta an.

Diese blickte schweigend auf eine gerahmte Fotografie über dem Bett. Das Motiv war ein Zirkuszelt.

Er schaute sich weiter um. Das Licht seiner Stableuchte erfasste den Herd.

Für einen Moment setzte seine Atmung aus, denn ihm kam ein furchtbarer Verdacht.

Carlotta wandte sich ihm zu.

»Mach ihn auf«, murmelte sie, als habe sie seine Gedanken erraten.

Er gab sich innerlich einen Ruck und öffnete die Herdklappe.

Trojan zog das Backblech heraus und fuhr zurück.

Der Anblick war so grotesk, dass er erneut zu atmen vergaß.

Auf dem Blech lag ein übergroßer Lebkuchenmann. Eine Hand war aus Teig, die andere aber ein in Klarsichtfolie eingeschweißter Leichenteil. Ein Fuß aus Lebkuchen, der andere von einem Mordopfer.

Trojans Blick wanderte weiter. Hinauf zum grinsenden Gesicht des Lebkuchenmanns. Die Lippen aus Zuckerguss, doch daran befestigt eine weitere Folie. Nils erkannte den Teil einer menschlichen Zunge.

Das rechte Auge zuckrig. Links ein totes Menschenauge. Auf dem Kopf des Lebkuchenmanns lag ein menschlicher Skalp.

Trojan drehte sich der Magen um.

Carlotta schluckte.

Sprachlos vor Entsetzen wandten sie sich ab.

Nils inspizierte den Schminktisch, als er plötzlich irritiert innehielt.

»Schau mal.«

Carlotta trat zu ihm.

Er wies an die Decke. »Wir werden beobachtet.«

Dort oben war eine Kamera befestigt.

In diesem Moment ließ sie beide ein schriller Ton zusammenzucken.

Er kam aus einer der Schubladen des Tisches.

Trojan öffnete sie. Weitere Schminkutensilien. Daneben ein Handy, älteres Modell.

Es läutete durchdringend. Das Display leuchtete auf.

Er streckte die Hand danach aus, doch Carlotta hielt ihn zurück.

»Warte.«

»Was?«

»Lass mich das übernehmen.«

»Warum?«

»Ich ahne, wer es ist. Und ich habe schon einmal mit ihm gesprochen.«

Trojan nickte ihr zu, dann drückte Carlotta die grüne Taste.

»Hallo?«

Sie schaltete den Lautsprecher ein.

»Hallo«, sagte sie noch einmal.

Atemgeräusche.

Schließlich meldete sich eine fistelige Stimme. »Gratuliere. Sie haben mich beinahe gefunden. Sie sind sehr clever, Carlotta. Und wie schön, dass Sie noch immer dieses Kleid tragen. Und sogar die Halskette. Hübscher Eulenanhänger. Wo haben Sie den eigentlich her?«

Carlotta blickte zur Kamera hinauf. »Ich habe lange danach gesucht.«

»Gefällt mir.«

Sie öffnete demonstrativ ihre Jacke, damit das Kleid besser sichtbar wurde. »Erinnere ich Sie in dieser Aufmachung an Ihre Mutter?«

»Zugegeben, ja. Sie sah damals fast genauso aus wie Sie.«

»Bin ich Ihre Eulenfrau?«

»Das sind Sie.«

»Einem Theaterstück entsprungen?«

»Ich durfte mir das Stück nie ansehen.«

»Warum nicht?«

»Mutter hat es mir verboten. Es war nicht jugendfrei.«

»*Mich* dürfen Sie aber ansehen.«

»Danke, Carlotta.«

»Was haben Sie vor, Ronnie?«, fragte sie ruhig.

Ein Kichern, das vage Ähnlichkeit mit einem Wimmern hatte. »Sagen Sie es mir. Sie sind doch so klug.«

Trojan ballte die Hand zur Faust. Es drängte ihn, sich in das Gespräch einzumischen, doch letztlich hielt er sich zurück. Ronnie Dunkler schien auf Carlotta fixiert zu sein. Und es war vielleicht von Vorteil, dass sie noch immer das grüne Kleid und die Kette mit dem Anhänger trug. Unter Umständen könnten sie daraus Kapital schlagen.

Er überlegte, ob sie eine Chance hätten, den Standort des Anrufers zurückzuverfolgen. Aber dafür fehlte ihnen die Ausrüstung. Und wenn er jetzt die Kriminaltechniker anrief, würde Dunkler sofort auflegen.

Carlotta holte tief Luft. »Ich nehme an, Sie wollen Peer Linde töten.«

Wieder dieses unheimliche Giggeln. »Bravo. Aber das herauszufinden, war nicht besonders schwierig.«

»Ist er bei Ihnen?«

»Ja. Er ist mir in die Falle gegangen.«

»Die angebliche Lösegeldübergabe?«

»Mir liegt nichts an seinem Geld. Ich will ihn nur bluten sehen. Er soll sich winden vor Schmerz. Wie damals meine Mutter.«

»Lassen Sie wenigstens Alexa frei. Sie ist unschuldig.«

»Mag sein. Aber mir lag daran, dass sie erfuhr, wer ihr Vater wirklich ist. Ich habe ihr alles über ihn erzählt.«

»Dann können Sie sie jetzt gehen lassen.«

»Nein. Sie soll zusehen, wie ihr Vater stirbt. Sie soll dabei sein, wenn ich ihn bestrafe.«

»Tun Sie ihr das nicht an. Überlegen Sie doch mal. Sie mussten als Kind selbst Schreckliches mitansehen.«

»Ja. Ich habe miterlebt, wie Linde Mutter halb tot geprügelt hat.«

»Und das hat Narben auf Ihrer Seele hinterlassen. Wollen Sie verantworten, dass es bei Alexa genauso ist? Sie kann nichts dafür, wie sich ihr Vater damals verhalten hat. Sie ist eine wehrlose Jugendliche.«

Es entstand eine Pause.

Daraufhin fistelte er weiter: »Peer Linde und Robert Lumen haben Mutter in den Tod getrieben.«

»Das taten sie aber nicht absichtlich.«

»Ich war dabei, als sie starb. Hab sie im Auto verbluten sehen. Und ich war noch ein Kind.«

»Hören Sie …«

»Und wäre Tanja Grater nicht gewesen, hätte Mutter nicht wieder zu trinken angefangen, und es wäre vielleicht alles anders gekommen.«

»Sie müssen den Hass stoppen.«

»Nichts werde ich stoppen.«

»Kommen Sie zur Vernunft.«

Erneute Pause.

Dann drang wieder die kindlich hohe Stimme aus dem Lautsprecher des Handys. »Sie enttäuschen mich, Carlotta.«

»Warum?«

»Ich dachte, Sie hätten mehr Verständnis für mich.«

»Lassen Sie uns auf andere Art miteinander sprechen. Damit ich Sie besser verstehen kann.«

»Wie denn?«

»Von Angesicht zu Angesicht.«

Er kicherte. »Ist das Ihr Ernst?«

»Mein voller Ernst.«

»Gut. Wie wäre es mit einem Spiel?«

»Ich spiele nicht.«

»O doch, das werden Sie. Denn Sie haben keine andere Wahl.«

Trojan nickte Carlotta zu. »Lass dich darauf ein«, bedeutete er ihr wortlos.

»Ich gewähre Ihnen einen kleinen Vorsprung«, kam es aus dem Handy.

»Wo sind Sie?«

»Finden Sie es heraus. Und falls es Ihnen gelingt, kommen Sie allein. Ohne Ihren Kollegen. Und keine Tricks. Keine Polizei. Nur dann hat Alexa noch eine winzige Chance.«

Es klickte. Die Verbindung war unterbrochen.

VIERUNDSECHZIG

Carlotta legte das Mobiltelefon auf den Tisch.

»Das war's«, murmelte sie.

»Was sollen wir jetzt tun?«, fragte Trojan.

»Keine Ahnung.« Angestrengt blickte sie sich in der Wohnung um.

»Wir dürfen keine Zeit verlieren«, sagte er.

»Das sehe ich auch so.«

»Vielleicht gibt es hier irgendetwas, das uns auf seine Spur führt.«

Trojan zog sämtliche Schubladen des Schminktischs auf und durchforstete den Inhalt. Danach durchsuchte er die Küchenschränke. Er ging zum Bett, riss die Decke herunter und hob die Matratze an.

Hektisch inspizierte er die gesamte Wohnung.

Carlotta aber stand einfach nur reglos da.

»Ich werde Landsberg und das Team informieren«, sagte Nils. Er griff zu seinem Telefon und schaute sie an. »Hörst du mir überhaupt zu?«

Sie antwortete nicht.

Auf einmal hatte sie es sehr eilig.

Sie ging zur Tür.

»Wo willst du hin?«

»Ich muss nachdenken.«

»Warte«, rief er ihr nach.

Doch da war sie schon auf der Treppe. Sie verließ das Hinterhaus, durchquerte den Hof, erreichte die Straße und stieg in ihren Bulli.

Sie verriegelte von innen die Türen, streckte sich auf der Rückbank aus und schloss die Augen.

Kurz darauf hörte sie, wie jemand gegen die Fensterscheibe klopfte.

»Carlotta?«

Es war die Stimme von Nils.

Sie reagierte nicht darauf.

Wieder klopfte er, diesmal energischer.

»Was soll das?«, rief er.

Sie rührte sich nicht.

Stille.

Nach einer Weile schien er sich entfernt zu haben.

Sie atmete tief durch. Brauchte dringend Ruhe. Musste sich von der Außenwelt für einige Minuten abkapseln. Nur so hatte sie vielleicht die Möglichkeit, den Fall doch noch zu lösen.

Oder war alles vergeblich? Käme sie wieder zu spät? Würde Ronnie Dunkler Alexas Vater töten? Und was hatte er mit der Achtzehnjährigen vor?

Carlotta ahnte, dass sie tatsächlich noch eine winzige Chance hatte, denn der Täter wollte mit ihr spielen. Sie hatte sich für ihn in die Eulenfrau verwandelt. Und das schien ihm zu gefallen.

Finden Sie es heraus, hatte er gesagt.

Rechnete er damit, dass sie auf einen Hinweis stieß? Jetzt? In den letzten Minuten? Bevor alles zu spät war?

Und falls es Ihnen gelingt, kommen Sie allein.

Trojan durfte keinesfalls dabei sein. So schwer es ihr auch fiel, sie musste sich von ihm fernhalten. Denn sich dem Täter ohne Verstärkung zu nähern, würde er ihr ganz sicher ausreden. Doch nur wenn sie sich auf Dunklers Forderung einließ, könnte sie es eventuell schaffen.

Wo aber sollte sie ansetzen? Wenn sie das kurze Telefongespräch richtig analysierte, lag Ronnie Dunkler tatsächlich etwas daran, ihr direkt gegenüberzutreten. Nur wo?

Finden Sie es heraus.

Sie stellte sich seine Wohnung vor. Bewegte sich in Gedanken noch einmal durch den Flur, begab sich ins Bad, dann in das Zimmer mit der offenen Küche. Vor ihrem geistigen Auge sah sie den Schminktisch vor sich. Danach das Bett.

Sie imaginierte die winzige Bleibe dieser einsamen Gestalt. Nichts schien Ronnie mehr Freude zu machen. Man hatte ihn als Kind aus einem Unfallwagen gezogen, vermutlich schwerverletzt. Er hatte mitansehen müssen, wie seine Mutter verblutete.

Er kleidete sich als Clown. War ein trauriger Spaßmacher. Hatte sich in ein Krankenhaus geschlichen, um Kinder aufzuheitern, die an Körper und Seele verletzt waren.

Er spiegelte sich in ihnen.

Trotz seiner vierundzwanzig Jahre schien er seinem Wesen nach selbst noch ein Kind zu sein.

Ronnie Dunkler. Schwermütiger Clown.

Ihre Atmung beruhigte sich. Sie ließ einfach los. Die Erschöpfung war so stark, dass sie kurzzeitig meinte, wegzudämmern.

Sie erinnerte sich an das Foto über Ronnies Bett. Das Motiv. Ein Zelt. Rot-weiß gestreift.

Ihre Glieder wurden schwerer.

Es ist ein Zirkuszelt, dachte sie.

Plötzlich öffnete sie die Augen. Schlagartig war sie hellwach. Sie richtete sich auf.

Clowns traten in einem Zirkus auf.

Sie stellte sich das Foto genau vor. Bunte Glühbirnen an einem Kabel, gespannt über die beiden Kuppeln. Im Hintergrund war eine Brache zu erkennen gewesen.

Carlotta griff nach ihrem Smartphone, öffnete Google und gab den Suchbegriff »Zirkus in Berlin« ein.

Sie stieß auf etliche Einträge, scrollte sie durch.

Es ist zwecklos, dachte sie. Als würde sie nach einer Nadel im Heuhaufen suchen.

Sie überflog die Zeilen eines Artikels, in dem es um einen kleinen Wanderzirkus ging. Es handelte sich um ein alteingesessenes Berliner Familienunternehmen, das im Laufe der Coronapandemie wegen der zahlreichen Lockdowns bankrott gegangen war.

Es hatte damals sein letztes Winterquartier in Marzahn aufgeschlagen. Zelt und Zirkuswagen standen dort zum Verkauf, waren aber bereits verrottet, da sich keine Abnehmer fanden.

Verschiedene Aufnahmen rahmten den Artikel ein.

Sie scrollte weiter.

Der letzte Absatz des Eintrags. Danach folgten weitere Bilder.

Plötzlich hielt sie inne.

Carlotta vergrößerte eines davon. Es hatte frappierende Ähnlichkeit mit dem Foto über dem Bett.

Sollte sich Ronnie Dunkler etwa öfter in diesem Zirkus aufgehalten haben? War er vielleicht als Kind dort gewesen? Hatte er seine Vorliebe für Clowns bei den Vorstellungen entwickelt? Nachmittags, bei ermäßigtem Eintritt? Hatte er sich öfter auf dem Gelände herumgetrieben, wenn er von der Schule heimkam? Sich die Späße der Clowns abgeguckt?

War das der Sehnsuchtsort eines einsamen Jugendlichen gewesen? Sollte er vielleicht als Erwachsener dorthin zurückgekehrt sein?

Sie war sich nicht ganz sicher. Aber auf einen Versuch kam es an.

Carlotta sprang auf, setzte sich ans Steuer und fuhr los.

Kurz darauf hatte sie Alt-Moabit erreicht, danach raste sie die Invalidenstraße entlang. Sie kam nach Mitte, passierte die Charité. Auf der Torstraße beschleunigte sie. Über die Landsberger Allee gelangte sie in den Bezirk Lichtenberg.

Es war mittlerweile kurz vor sechs. Der Verkehr wurde dichter. Sie überholte hektisch, holte alles aus ihrem wackligen Camper heraus. Der altersschwache Motor röhrte.

Sie bog in die Georg-Knorr-Straße ein. Bald darauf hatte sie die Bitterfelder Straße in Marzahn erreicht.

Ein tristes Gewerbegebiet. Sie fuhr langsamer. Schließlich entdeckte sie die Industriebrache, auf der sich das alte Zirkuszelt befand.

Sie hielt an, stieg aus und tastete nach der Waffe im Holster unter ihrer Jacke.

Es war noch immer stockdunkel draußen.

Sie fröstelte.

Langsam näherte sie sich dem Gelände, das mit einem Bauzaun abgesperrt war. An einer Stelle war die Umzäunung eingetreten worden.

Sie kletterte durch die Öffnung hindurch.

FÜNFUNDSECHZIG

Samstag, 2. Dezember, sechs Uhr morgens

Bretterhaufen, verstreut herumliegende Räder und Deichseln, die Trümmer einiger Zirkuswagen. Ein einziger von ihnen war noch halbwegs unversehrt. Die Fenster mit Holzlatten vernagelt.

Carlotta drückte die Klinke der Eingangstür.

Verschlossen.

Sie wandte sich dem Zelt zu.

Es machte einen maroden Eindruck, die losen Planen bewegten sich im Wind.

Sie stieg durch einen großen Riss hindurch. Im Innern stank es nach verwestem Tierkadaver und Urin.

Sie schaltete ihre Maglite an. Leuchtete das Rund der ehemaligen Manege ab.

War hier jemand?

Ihr Lichtkegel wanderte umher.

Plötzlich machte sie eine Bewegung aus.

Sie zuckte zurück. Dann atmete sie auf.

Ratten huschten über den Boden.

Auf einmal hörte sie etwas.

Sie setzte ein paar Schritte vor und hielt den Lichtstrahl in die entsprechende Richtung.

Zersplittertes Holz, eingefallene Bankreihen. Die Überreste der Zuschauertribüne. Und da saß jemand.

Es war Alexa, gefesselt und geknebelt, die Augen weit aufgerissen.

»Alexa«, rief Carlotta.

Sie wollte auf sie zustürmen.

Doch dann hielt sie inne. Der Blick der Jugendlichen irritierte sie. Ein Gesichtsausdruck, als wollte sie sie warnen.

In diesem Moment machte Carlotta eine weitere Bewegung aus. Sie kam von oben.

Sie richtete den Lichtstrahl hoch zur Zirkuskuppel und erstarrte. Ein Trapez war dort oben befestigt, es schwang leicht hin und her. Und an diesem Trapez war jemand festgebunden. Bäuchlings auf der Stange, kopfüber.

Es war Peer Linde. Ein Knebel in seinem Mund. Seine Augen schienen überzuquellen.

Er gab einen schwachen Laut von sich. Offenbar war er einer Ohnmacht nah.

Der Mörder hatte ihn wohl überwältigt, gefesselt und am Trapez hochgezogen.

Carlotta war fassungslos vor Entsetzen.

Und dann ging alles sehr schnell.

Ein Lufthauch. Jemand war hinter ihr. Sie wollte herumwirbeln, doch zu spät.

Ein mechanisches Geräusch. Ein lautes Rattern.

Die elektrische Säge, durchfuhr es sie.

Jemand packte sie von hinten, und das Geräusch verstummte. Sie spürte das scharfe Sägeblatt an ihrem Hals.

»Carlotta.«

Es war die fistelige Stimme.

»Schön, dass du gekommen bist.«

Ihr stockte der Atem.

»Meine Eulenfrau.«

Sie wollte etwas erwidern. Doch ihr versagte die Stimme.

»Ich mag dein Kleid. Und die Halskette.«

Sie schluckte. Endlich hatte sie ihre Fassung wieder.

»Was willst du?«

»Erschieß ihn«, raunte ihr Ronnie ins Ohr.

»Warum?«

»Ich will es sehen.«

Sie rührte sich nicht.

»Na los, zück deine Waffe und schieß auf den Mann am Trapez.«

»Nein«, brachte sie erstickt hervor.

Das Sägeblatt drückte sich tiefer in ihre Haut. Ein heftiger Schmerz. Sie spürte, wie Blut hervorquoll.

»Ich will es aber so. Du bist doch meine Eulenfrau, oder etwa nicht?«

Sie atmete schwer.

»Sei die bessere Version von Mutter. Eine, die sich wehrt. Mutter hat sich von diesem Mann alles bieten lassen. Erst war sie das Objekt seiner Gier, und dann hat er sie wie Dreck behandelt. Und nun ist sie tot.«

Carlotta versuchte, all ihre inneren Kräfte zu mobilisieren. Sie durfte sich ihre Angst nicht anmerken lassen. Musste Ruhe ausstrahlen.

»Ich weiß, sie hätte dich als Kind besser beschützen sollen, Ronnie.«

»Ja.«

»Du hättest eine Mutter verdient, die sich nicht alles gefallen ließ.«

»Genau.«

»Du hast unter ihrer Trunksucht sehr gelitten.«

»Ja.«

»Hast Schreckliches durchgemacht.«

»Dieser Mann dort oben hätte mich beinahe umgebracht. Er hat mir ein Kissen ins Gesicht gedrückt, so lange, bis ich ohnmächtig wurde.«

»Ich verstehe dich gut.«

»Wirklich?«

»Ja, Ronnie.«

»Er hat Strafe verdient.«

»Es muss aber nicht sein.«

»Das sehe ich anders.«

»Du kannst das Muster durchbrechen.«

»Wie denn?«

»Denk nach. Es steht in deiner Macht.«

»Ich werde an dieser Stelle nicht aufgeben.«

»Komm endlich zur Besinnung.«

»Auch Alexa soll sehen, wie er stirbt.«

»Beruhige dich.«

»Ich *bin* ruhig.«

»Ich spüre doch, wie aufgebracht du bist.«

»Genug geredet.« Wieder drückte er das Sägeblatt fester gegen ihren Hals.

»Hör mir zu …«

»Nein. Keine Tricks mehr. Du erschießt Peer Linde, oder ich schneide dir die Kehle durch.«

Sie musste Zeit gewinnen. Wie konnte sie ihn nur aufhalten? Vertrauen aufbauen, dachte sie. An seine Vernunft appellieren.

Er gab ihr einen Stoß. »Worauf wartest du noch?«

»Du hast recht, ich bin deine Eulenfrau. Hab das Kleid nur für dich angezogen.«

»Das ist gut.«

»Ich habe das Stück gelesen. Ich könnte dir eine Passage daraus vorspielen.«

»Hier?«

»Warum nicht? Eine Privatvorstellung. Nur für dich.«

»Etwas, das mir Mutter nicht erlaubt hat?«

»Ja.«

Er presste sich an sie. »Du bist wunderschön, Carlotta.«

»Lass mich los, ja? Dann spiele ich für dich.«

»Nein.«

Er packte sie fester.

»Erst musst du ihn erschießen«, raunte er.

»Und Alexa? Soll sie das wirklich mit ansehen? Immerhin ist er ihr Vater.«

»Es wird sie erlösen.«

»Nein, es würde sie zerstören.«

»Sie weiß jetzt, was für ein Dreckschwein er ist. Und wenn du es getan hast, wird die ganze Welt davon erfahren. Es wird ein großes Spektakel sein. Polizistin erschießt Bürgermeister.«

Ihr Mut sank. Sie hatte wohl keine Chance mehr.

»Okay, ich tu es.«

»Sehr gut.«

»Ich muss an meine Waffe ran.«

Seine Hand fuhr an ihre Hüfte. Eine Kopfbewegung, und sie sah ihn kurz. Grellweiß geschminkt. Knallroter Mund. Die grässliche Fratze eines Clowns. Eine feuerrote Perücke auf seinem Kopf.

Er zog die SIG Sauer aus ihrem Holster.

»Nimm sie.«

Carlotta zögerte.

»Nimm die Waffe und erschieß ihn.«

Sie griff danach.

Gleichzeitig presste sich das Sägeblatt so fest gegen ihren Hals, dass ihr kurzzeitig schwarz vor Augen wurde.

In ihrem Kopf überschlugen sich die Gedanken. Eine rasche Bewegung, herumwirbeln und auf Ronnie schießen.

Doch als habe er es geahnt, lockerte er leicht den Griff und betätigte den Einschaltknopf der akkubetriebenen Säge.

Die Klinge rotierte, nur Millimeter von ihr entfernt.

Ihr Herzschlag hämmerte. Das Kreischen der Säge versetzte sie in Panik.

»Los jetzt.«

Er schaltete die Säge aus. Das Rattern verstummte. Schon war die Klinge wieder dicht an ihrem Hals.

»Ronnie«, murmelte sie.

»Du bist zu mir kommen. Hast mich gefunden. Nun musst du es auch zu Ende bringen.«

Sie zitterte.

»Mach schon.«

Carlotta richtete den Lauf der SIG Sauer auf den Mann am Trapez.

Sie hatte den Finger am Abzug.

Ihr blieb keine andere Wahl.

Dann fiel der Schuss.

SECHSUNDSECHZIG

Ihre Beine gaben nach.

Carlotta spürte, wie sie fiel. Die Waffe glitt ihr aus der Hand. Schon stürzte sie hin.

Für einen Moment war ihr, als könnte sie nicht mehr atmen. In ihren Ohren toste es. Ihr war schwindlig.

Sie hörte einen Aufschrei.

Was war passiert?

Noch ein erstickter Schrei.

Sie hatte Mühe, sich zu orientieren. Der Schwindel war heftig. Sie wollte nach ihrer Waffe tasten, doch es gelang ihr nicht. Sie war wie gelähmt.

War sie verletzt?

Wo war Dunkler?

Unter größter Anstrengung versuchte sie, sich aufzurichten. Doch sie schaffte es nicht. Auf einmal rebellierte ihr Magen. Sie würgte. Gleichzeitig begann sie, am ganzen Körper zu zittern.

Plötzlich vernahm sie eine Stimme.

Weitere Schreie.

Sie hob den Kopf. Schaute zur Zirkuskuppel hinauf. Der Mann am Trapez schwang kaum merklich hin und her. War er tot? Hatte sie ihn erschossen?

Erneut drang ein Schrei zu ihr.

Sie drehte sich auf die Seite.

Da sah sie den Clown. Er krümmte sich am Boden. Blut rann aus seiner Schulter.

Ihr Zittern ließ nicht nach. Zu viel Adrenalin, dachte sie.

Wieder diese Stimme.

Wer war das?

»Bleib liegen«, rief ihr jemand zu.

Sie ballte die Hände zu Fäusten, versuchte, sich zu beruhigen.

»Einfach liegen bleiben.«

Sie verstand nicht, was geschehen war.

Nach einer Weile gelang es ihr, sich hinzuknien. Meine Waffe, durchfuhr es sie. Fahrig griff sie danach.

Für einen Moment sah sie nur verschwommen, dann erkannte sie ihn.

Es war noch jemand in dem Zelt.

Allmählich begriff sie.

Sie rang nach Luft.

Es war Trojan. Er beugte sich über Dunkler, legte ihm Handschellen an.

Der Clown war angeschossen. Er schrie. Sein grellroter Mund schnappte auf und zu. Die Schminke verlaufen. Die Perücke verzottelt. Seine Augen weit aufgerissen.

Ich habe nicht auf Linde geschossen, dachte sie erleichtert. Nils war gekommen. Im rechten Moment war er in dem Zirkus aufgetaucht. Offenbar hatte er Dunkler eine Kugel in die Schulter gejagt.

Sie konnte es noch immer nicht ganz fassen, aber sie schien außer Gefahr zu sein. Sie blickte auf die elektrische Säge am Boden. Trojan schob sie mit dem Fuß weg.

Der Clown wälzte sich hin und her, schreiend vor Wut und vor Schmerz.

Sie schob die Waffe ins Holster.

Trojan rannte zu Alexa. Zog ihr den Knebel aus dem Mund, schnitt mit seinem Taschenmesser ihre Fesseln auf.

Carlotta hörte, wie er beruhigend auf die Jugendliche einsprach. Schließlich entfernte er sich von ihr und ließ vorsichtig das Trapez herab.

Er löste die Fesseln von Peer Linde, nahm ihm den Knebel ab, fühlte nach seinem Puls. Danach holte er sein Mobiltelefon hervor und alarmierte erst den Notarzt, dann das Team.

»Nils«, sagte sie tonlos.

»Ich kümmere mich gleich um dich.«

Es gab einen Sprung in ihrer Wahrnehmung.

Plötzlich war sie nicht mehr in dem Zirkuszelt. Es wimmelte von Menschen auf dem Vorplatz. Die Kollegen waren eingetroffen.

Sie sah es durchs Wagenfenster, saß auf der Rückbank ihres Bullis. Jemand hatte ihr eine Decke umgelegt und einen Becher heißen Tee gebracht. Sie wusste nicht, wer.

Sie war noch immer zittrig.

Auf einmal war Trojan da. Er setzte sich zu ihr.

»Wie geht es dir?«

»Schon besser.«

»Brauchst du einen Arzt?«

»Ich glaube nicht.«

Sie blickte ihn an. »Habt ihr ihn weggebracht?«, fragte sie leise.

»Ja.«

»Es war also die letzte Vorstellung für ihn?«

»So ist es.«

»Der Clown macht keine Späße mehr?«

»Es waren keine Späße.«

»Bitterer Ernst.«

»Nun ist es vorbei.«

»Ich sehe immerzu seine Fratze vor mir. Und diesen riesigen Mund.«

»Denk nicht mehr dran.«

»Das sagt sich so leicht.«

»Ich weiß.«

»Ich musste das Spiel mitspielen. Sollte die Eulenfrau für ihn sein.«

»Schon gut.«

»Er war mir sehr nah.«

»Er war auf dich fixiert.«

»Mir ist so komisch.«

»Du stehst unter Schock.«

»Aber bis vor Kurzem fühlte ich mich noch sehr stark. Beinahe unbesiegbar.«

»So ist das nun mal. Wir geben bei den Ermittlungen alles. Und wenn wir das Ziel erreicht haben, brechen wir manchmal zusammen.«

Sie schwieg.

»Er wollte dich töten, nicht wahr?«

»Und nicht nur das. Ich sollte zuvor auf Linde schießen.«

»Das ist furchtbar.«

»Was ist mit Linde?«

»Er hat es geschafft.«

»Und das Mädchen?«

»Es geht ihr soweit gut.«

Sie atmete auf.

»Was sagt der Chef?«, fragte sie nach einer Pause.

»Er ist zufrieden.«

»Tatsächlich?«

»Er ist froh, dass der Bezirksbürgermeister und seine Tochter gerettet werden konnten. Gut für seine Bilanz und für die Außendarstellung.«

»Das ist doch mal was.«

»Ja.«

Sie sah ihn an. »Wie hast du mich eigentlich gefunden?«

Er lächelte. »Das Bild über dem Bett. Ich hatte den gleichen Verdacht wie du. Nur kam ich etwas später drauf.«

»Ich hätte es nicht allein durchziehen dürfen.«

»Das ist wohl wahr.«

»Ich hatte Angst, dass du es mir ausredest.«

Wieder lächelte er. »Du bist eben, wie du bist. Sehr eigenwillig. Und ziemlich unkonventionell. Aber auf dein Gespür ist Verlass.«

»Trotzdem. Es tut mir so leid.«

»Mach dir bitte keine Vorwürfe.«

»Tu ich aber.«

»Hör mal, Carlotta. Ohne dich hätte ich das niemals geschafft.«

»Wirklich?«

»Ja.«

Erschöpft lehnte sie sich an ihn.

Er legte den Arm um sie, hielt sie einfach nur fest.

»Alles ist gut«, flüsterte er.

EPILOG

Gegen Mittag war Trojan zurück in seiner Wohnung in der Forster Straße in Kreuzberg. Er zog sich Jacke und Schuhe aus und warf sich aufs Bett. Eigentlich hatte er vorgehabt, noch mindestens eine halbe Stunde heiß zu duschen, um sich von dem Stress der Ermittlungen zu erholen. Doch schon fielen ihm die Augen zu, und er schlief nur wenig später ein.

Er träumte wirr von der Fratze des Clowns. Er sah die elektrische Säge am Hals von Carlotta. Er drückte den Abzug seiner Dienstwaffe, der Schuss knallte, doch er traf nicht den Killer, sondern sie.

Carlotta brach zusammen, der Clown stieß ein heulendes Gelächter aus. Trojan rannte zu ihr. Sie lag in der Manege und starrte ihn an. Wollte ihm etwas sagen. Doch es drang nur Blut aus ihrem Mund.

Trojan wälzte sich im Schlaf herum.

Weitere Traumfetzen zogen an ihm vorbei. Weinende Kinder in einer Krankenstation. Ein Akrobat auf einem Seil hoch oben in der Zirkuskuppel. Er hielt eine Balancierstange, setzte behutsam Schritt für Schritt. Katrina, Corinne und Alexa saßen im Publikum. Sie applaudierten.

Plötzlich sah sich Trojan selbst auf dem Hochseil. Ihm glitt die Stange aus der Hand. Das Seil schlingerte, und er stürzte ab. Entsetzensschreie. Er schlug auf dem Boden auf.

Ein Trommelwirbel, und Ronnie Dunkler tanzte feixend um ihn herum. Eine Eule hockte auf seiner Schulter. Sie spreizte die Flügel und flatterte über Trojan hinweg. Schwerverletzt konnte er sich nicht rühren. Der Vogel kreiste über ihm, als sei er seine Beute.

Er stöhnte, drehte sich auf die andere Seite.

Endlich verblassten die beängstigenden Bilder, und er schlief tief und traumlos weiter.

Als er erwachte, war er für einen Moment orientierungslos. Benommen tastete er nach seinem Handy auf dem Nachttisch und blickte aufs Display. Es war neun Uhr abends. Er war so erschöpft, dass er beschloss, einfach bis zum Morgen liegen zu bleiben.

Plötzlich aber vernahm er ein Geräusch. Es kam aus dem Flur.

War jemand in seiner Wohnung?

Er richtete sich auf und lauschte.

Schließlich riss er die Zimmertür auf.

Der Flur war erleuchtet. Es dauerte eine Zeit lang, bis er begriff.

Er hörte eine helle Stimme und blickte in ein lächelndes Gesicht.

»Überraschung!«

Sofort breitete sich Freude in seinem Herzen aus.

Seine Tochter stand an der Wohnungstür.

»Emily!«

Sie stellte ihre Reisetasche ab und fiel ihm um den Hals.

»Paps.«

»Ich wusste ja gar nicht, dass du …«

»Hab einfach den nächsten Flug genommen. Konnte es nicht mehr erwarten, dich zu sehen.«

Er sah sie strahlend an. »Du bist zurück.«

»Ja.«

»Für wie lange?«

»Weiß ich nicht.«

»Ich hätte dir doch den Flug spendiert.«

Sie lächelte. »Kannst du ja immer noch.«

Nachdem erst sie, dann er geduscht hatte, kochte er für sie beide Spaghetti. Sie aßen in der Küche, und Emily machte grinsend eine Bemerkung über seine mangelnden Kochkünste. Beim Abwaschen – er spülte, sie trocknete ab – scherzten sie herum.

Schließlich saßen sie zusammen auf seiner Couch. Er trank Bier, und Emily schlürfte einen Kräutertee.

»Ich kann es noch immer nicht glauben, dass du hier bist«, sagte er.

»Es war eine spontane Entscheidung.«

»Weiß deine Mutter davon?«

»Ich hab ihr vorhin eine Nachricht geschickt.«

»Was hat sie geantwortet?«

»Sie hätte es gern früher gewusst, um mich vom Flughafen abzuholen.«

»Das hätte ich auch gern.«

»Es sollte doch eine Überraschung sein.«

Er sah sie stirnrunzelnd an.

Sie schien seine Skepsis zu bemerken.

»Okay«, sagte sie ernst, »um ehrlich zu sein, hab ich eine schwierige Zeit hinter mir. Und ich bin ziemlich überstürzt abgereist. Hab heute in Vancouver Stand-by gebucht.«

»Du wirktest schon bei unserem letzten Telefonat recht bedrückt. Was ist passiert?«

»Es ist wegen Sean.«

»Deinem kanadischen Freund?«

Sie nickte. »Es ist vorbei.«

»Emily, das tut mir so leid.«

Ihre Augen füllten sich mit Tränen.

Trojan nahm sie in den Arm.

Sie schluchzte, lehnte sich an seine Schulter. »Anfangs hielt ich ihn für einen tollen Kerl. Aber ich hab ihn völlig falsch eingeschätzt. Er kann einfach nicht treu sein.«

Trojan drückte sie fest an sich.

»Immer hab ich versucht, es ihm recht zu machen. Ich war diejenige, die für gute Laune gesorgt hat. Wenn er in seinem Studium nicht vorankam und alles hinschmeißen wollte, hab ich ihn ermutigt weiterzumachen. Und dann fand ich heraus, dass er sich nebenbei mit einer anderen traf.«

»Das hast du nicht verdient.«

»Paps, ich hab ernsthaft überlegt, ob ich nicht in Vancouver Meeresbiologie studieren sollte. So wie er.«

»Das kannst du doch auch ohne ihn.«

»Ich weiß. Aber auf einmal erscheint mir alles so sinnlos. Der ganze Aufenthalt in Kanada, die Arbeit auf der Farm, war das nicht nur verschwendete Zeit?«

»Ganz sicher nicht. Du warst sehr glücklich dort. Lass es dir nicht von diesem Kerl vermiesen.«

»Aber es tut sehr weh.«

»Das ist leider bei jeder Trennung so.«

Nach einer Pause nahm er ihre Hand. »Du wirst deinen Weg finden, Emily. Lass dir Zeit. Das Leben verläuft nicht immer in geraden Bahnen.«

Sie wischte sich die Tränen aus dem Gesicht. Dann streckte sie sich auf dem Sofa aus und legte die Füße auf seinen Schoß.

»Ich bin im Jetlag. Wollte im Flugzeug schlafen. Es ging aber nicht.«

»Ruh dich einfach aus.«

Sie plauderten noch eine Weile, dann nickte sie auf dem Sofa ein.

Trojan bezog ihr Bett in ihrem Zimmer, das er in all den Jahren nahezu unverändert gelassen hatte. Danach ging er zu ihr, hob sie vorsichtig hoch und trug sie hinüber.

Er legte sie hin, ohne dass sie aufwachte. Er zog ihr die Socken aus und deckte sie behutsam zu.

»Schlaf gut, Emily«, murmelte er und drückte ihr einen Kuss auf die Stirn.

An der Tür sah er sie noch einmal an.

Er wusste ja, dass Eltern ihre erwachsenen Kinder loslassen müssen. Doch gleichzeitig spürte er, wie sehr es ihn erleichterte, sie endlich mal wieder bei sich zu haben.

Sie frühstückten erst am späten Vormittag, nachdem Emily aufgestanden war. Trojan hatte frische Brötchen vom Bäcker geholt und den Küchentisch für sie gedeckt.

»Hast du gut geschlafen?«, fragte er und schenkte ihr Kaffee ein.

»Sehr gut. Und du?«

»Bis auf ein paar wirre Träume war es okay.«

»Wie läuft es denn bei dir auf der Arbeit?«

»Wir hatten gerade einen sehr schweren Fall. Gestern konnten wir ihn endlich lösen.«

»Eine Mordserie?«

»Ja.«

»Wie du das nur immer schaffst?«

»Ich gebe mein Bestes.«

»Und mit Steffie ist es endgültig vorbei?«

»Ja.«

»Ist sie denn noch in deinem Kommissariat?«

Er nickte.

»Ist das nicht komisch für dich?«

»Ziemlich.«

»Wie gehst du damit um?«

»Ich würde gerne mal mit ihr darüber reden. Aber sie weicht mir aus.«

»Das ist schade.«

»Finde ich auch.« Er trank von seinem Kaffee. »Wenigstens hat unser Team endlich Verstärkung bekommen.«

»Ein neuer Mitarbeiter?«

»Eine Frau. Sie ist Kriminalpsychologin.«

»Klingt interessant. Wie heißt sie?«

»Carlotta Weiss.«

Trojan begann zu erzählen. Er verschonte Emily mit Einzelheiten, redete aber dennoch recht ausführlich über den Fall.

»Ich fürchte, die letzten Tage und Nächte werden noch lange in mir nachhallen.«

»War es so schlimm?«

Er nickte. »Eine abscheuliche Reihe von Verbrechen. Gut, dass wir die Psychologin dabeihatten.«

Abermals hob er Carlottas Fähigkeiten hervor.

»Sie hat Großartiges bei den Ermittlungen geleistet«, sagte er abschließend. »Ihre Methoden sind recht speziell, führen aber zum Erfolg.«

Schweigen.

Seine Tochter lächelte ihn an. »Du bist sehr beeindruckt von ihr.«

»Mag sein.«

»Und du bekommst leuchtende Augen, wenn du von ihr sprichst.«

»Sie ist wirklich eine Bereicherung für unsere Mordkommission.«

Emily grinste ihn an. »Eigentlich meinte ich etwas anderes, Paps.«

»Was denn?«

Sie biss von ihrem Brötchen ab, hob die Augenbrauen und blickte ihn vielsagend an.

»Ich verstehe nicht ganz.«

»Aber Pa, ich kenne dich mittlerweile ganz gut.«

Auf einmal wurde er verlegen. »Also, ich werde nicht den gleichen Fehler machen wie schon einmal.«

»Ach nein?«

»Privates und Berufliches sollte man nicht vermischen.«

Sie schmunzelte, und er begann zu lachen.

»Jedenfalls habe ich mir das fest vorgenommen«, sagte er.

Sie fiel in sein Lachen mit ein. »Na dann viel Glück dabei.«

Schließlich kamen sie wieder auf Kanada und Sean zu sprechen, und ihre Miene verfinsterte sich.

»Interessierst du dich denn auch unabhängig von ihm für Meeresbiologie?«, fragte er.

»Es ist ein wichtiges Studium. Hat viel mit dem Klimawandel zu tun.«

»Hmm.«

Plötzlich sagte sie: »Darf ich dir was anvertrauen?«

»Na klar.«

»Ich hab sogar mal über deinen Job nachgedacht.«

»Wie bitte?«

»Im Ernst.«

»Über die Kripo?«

»Ja. Glaubst du, die Polizeiakademie wäre was für mich?«

Er war einen Augenblick lang völlig perplex. »Natürlich, Emily. Ja, aber …«

»Aber was?«

»Die späteren Arbeitsbedingungen sind sehr gefährlich.«

»Das weiß ich doch. Aber es ist eine sinnvolle Tätigkeit, oder etwa nicht?«

»Durchaus.« Er holte Luft. »Wow, Emily. Du wärst bestimmt eine hervorragende Kommissarin.«

»Wirklich?«

»Na ja, ich finde … was einen persönlich begeistert, tut einem letztlich auch gut.«

»Es ist zunächst nur ein Gedankenspiel.«

Er nickte ihr zu. »Wie ich dir gestern schon sagte, lass dir Zeit. Und achte auf dein Bauchgefühl. Du wirst herausfinden, was für dich das Richtige ist.«

»Danke, Paps.«

Am darauffolgenden Nachmittag hatte sie vor, ihre Mutter zu besuchen. Abends wollte sie wieder zurück sein.

»Was wollen wir dann noch unternehmen?«, fragte sie, als sie ihre Jacke schon anhatte.

»Vielleicht gehen wir irgendwo essen?«

»Sehr gerne. Oder wir treffen uns mit Freunden.«

»Wir machen spontan etwas aus, okay?«

»Gut.«

»Grüß deine Mutter von mir.«

»Mach ich.«

Sie verabschiedete sich von ihm.

Als er allein war, dachte er wieder einmal über die Trennung von Friederike nach. Sie lag nun schon so weit zurück. Doch immer, wenn er mit Emily Kontakt hatte, wurden alte Wunden berührt. Es schmerzte ihn, dass seine Tochter unter der Scheidung zu leiden hatte. Auch wenn sie überwiegend einen unbekümmerten Eindruck machte, ahnte er, dass es in ihrem Innern oftmals anders aussah.

Er hing noch lange seinen Gedanken nach, als plötzlich sein Handy läutete.

Es war Carlotta. Er hob ab.

»Nils?«

»Hallo.«

»Konntest du dich etwas von den Ermittlungen erholen?«

»Zugegeben, die Strapazen sitzen mir noch immer in den Knochen. Wie sieht es bei dir aus?«

»Heute Nacht hatte ich wieder schreckliche Albträume von dem Clown.«

»Ging mir ähnlich.«

»Ich hoffe, das gibt sich.«

»Hoffe ich auch.«

Es entstand eine Pause.

Trojan räusperte sich. »Bist du soweit okay? Oder brauchst du Hilfe?«

»Na ja, eigentlich wollte ich dich etwas fragen.«

»Was denn?«

»Meine Nichte ist für ein paar Tage bei mir.«

»Kommst du mit ihr klar?«

»Also, es ist so … Ich dachte …«

Sie druckste herum.

»Sag schon, Carlotta.«

»Wie wäre es, wenn du heute Abend zum Essen vorbeikommen würdest? Du weißt doch …«, sie senkte die Stimme, als könnte Marissa mithören, »… dass die Kommunikation mit ihr nicht ganz einfach ist, darum hab ich überlegt … zu dritt ist es womöglich leichter.«

»Aber natürlich. Gern. Könnte ich vielleicht jemanden mitbringen?«

Er hörte, wie sie am anderen Ende atmete.

Es entstand eine Pause.

»Aber ja. Wen denn?«

Er erzählte ihr von Emily und ihrer überraschenden Ankunft in Berlin.

Carlotta schien aufzuatmen. »Ich freue mich darauf, deine Tochter kennenzulernen.«

»Sehr schön. Dann bis heute Abend.«

Carlotta legte auf. Für einen Moment hatte sie befürchtet, Trojan könnte sagen, er würde eine Freundin mitbringen. Sie war erstaunt, wie sehr es sie erleichterte, dass es sich stattdessen um seine Tochter handelte.

Für einen Moment stand sie gedankenverloren in ihrer Wohnung.

Schließlich klopfte sie an die Tür zum Nebenzimmer, wartete eine Weile und trat ein.

Ihre Nichte lag auf dem Sofa und las in einem Buch. Sie blickte auf, als Carlotta sich zu ihr setzte.

»Ich habe mit ihm telefoniert«, sagte sie.

»Und?«

»Er war einverstanden.«

»Gut.«

Es war für sie noch immer ungewöhnlich, wenn Marissa sprach. Doch die Phasen, in denen sie beharrlich schwieg und sich von der Außenwelt abkapselte, schienen kürzer zu werden.

»Und es stört dich wirklich nicht?«, fragte sie.

»Es ist okay.«

Marissa hatte Trojan kennengelernt, als das Team gegen ihre Mutter ermittelt hatte.

Es versetzte Carlotta einen Stich, wenn sie an ihre Schwester Inga denken musste.

Sie holte tief Luft. »Er bringt seine Tochter mit. Sie heißt Emily. Ich glaube, sie ist zwanzig.«

Ein kurzes Kopfnicken.

»Hör mal, ich weiß, dass es unter Umständen schwierig für dich sein könnte.«

Marissa ließ das Buch sinken. »Er ist dein Kollege. Und du magst ihn.«

»Kann sein.«

»Ich merke es dir an.«

»Tatsächlich?«

»Hmm.«

»Weißt du, es ist so, bei Mordermittlungen verbringt man sehr viel Zeit miteinander und gerät oftmals in gefährliche Situationen. Jedenfalls hatte ich das Gefühl, dass Nils … also, dass ich mich immer auf ihn verlassen kann.«

Marissa schwieg. Nach einer Weile klappte sie ihr Buch zu und stand auf. »Was wirst du kochen?«

»Ich weiß noch nicht.«

»Wollen wir gemeinsam ein Rezept aussuchen?«

Sie lächelte und erhob sich ebenfalls. »Klar. Gerne.«

Am frühen Abend standen sie gemeinsam in der Küche. Sie hatten sich für ein einfaches, aber köstliches Lachsrisotto entschieden. Marissa half ihr beim Zubereiten des Salats.

Als sie mit ihr den Tisch deckte, spürte sie, dass ihre Nichte sie von der Seite anblickte.

»Carlotta?«

Sie war überrascht. Marissa hatte sie bisher noch nie mit ihrem Namen angeredet.

»Ja?«

»Du freust dich auf den Besuch, stimmt's?«

»Hmm. Du dich auch?«

Schweigen.

»Ein wenig vielleicht?«

Sie nickte.

»Etwas Gesellschaft könnte uns guttun, oder?«

»Ja. Bist du eigentlich oft allein?«

»Viel zu oft.«

Eine halbe Stunde später klingelte es, und Carlotta drückte auf den Türöffner.

Sie war aufgeregt. Schritte im Treppenhaus. Sie gab sich einen Ruck, dann öffnete sie die Wohnungstür.

Sie ließ Trojan und seine Tochter herein.

Die Zwanzigjährige mit den blonden Locken war ihr auf Anhieb sympathisch.

»Du musst wohl Emily sein.«

»Ja. Hallo, Carlotta.«

»Hallo.«

Trojan hatte Wein und einen Blumenstrauß mitgebracht.

»Danke für die Einladung«, sagte er.

Sie umarmte ihn. »Schön, dass ihr gekommen seid.«

Einige Zeit später – sie saßen zu viert am Tisch, Marissa hatte das Dessert aufgetragen und sogar eine kleine Unterhaltung mit Emily angefangen –, schaute Carlotta dankbar in die Runde.

Trojan lächelte sie an.

»Es ist durchgestanden«, sagte er leise zu ihr.

Erst in diesem Moment spürte sie, wie eine große Last von ihr abfiel.